ALINE SANT' ANA

llow your dreams

VIAJANDO COM ROCKSTARS – 4

SEMPRE
foi você

CB006358

Copyright© 2021 Aline Sant'Ana
Copyright© 2021 Editora Charme

Todos os direitos reservados. Nenhuma parte deste livro pode ser utilizada ou reproduzida sob qualquer meio existente sem autorização por escrito dos editores.

Esta é uma obra de ficção. Nomes, personagens, lugares e acontecimentos descritos são produtos de imaginação do autor. Qualquer semelhança com nomes, datas e acontecimentos reais é mera coincidência.

1ª Impressão 2021

Produção Editorial: Editora Charme
Capa e Produção Gráfica: Verônica Góes
Revisão: Equipe Editora Charme
Fotos: Shutterstock - AdobeStock - Depositphotos

FICHA CATALOGRÁFICA ELABORADA POR
Bibliotecária: Priscila Gomes Cruz CRB-8/8207

S232s	Sant'Ana, Aline
	Sempre foi Você / Aline Sant'Ana; Revisão: Equipe Charme; Capa e produção gráfica: Verônica Góes – Campinas, SP: Editora Charme, 2021. (Série: Viajando com Rockstars; 4) 400 p. il.
	ISBN: 978-65-5933-042-3
	1. Romance Brasileiro	2. Ficção Brasileira - I. Sant'Ana, Aline. II. Equipe Charme. III. Goes, Veronica. IV. Título.
	CDD B869.35

www.editoracharme.com.br

ALINE SANT' ANA

VIAJANDO COM ROCKSTARS – 4

SEMPRE
foi você

Editora
Charme

"A amizade é uma alma em dois corpos."
— ARISTÓTELES

Para todos aqueles que foram além do medo de tentar.

Aline Sant'Ana

NOTA INICIAL

Shane D'Auvray é um personagem extremamente humano e crível.
Mas, para isso, eu tive todo o auxílio da psicóloga Bruna Angonese,
que foi representada pela personagem Anabelle nesta história,
para que eu pudesse mostrar de perto um pouco mais da vida do Shane.
Assim como da Dra. Camila Braun Heinke, que pacientemente buscou
ajuda dos seus colegas de profissão, além de seu próprio conhecimento.

Com essa equipe, recebi todo o suporte e segurança durante a escrita.
Bruna me ajudou nas situações-chave sobre como poderia ser o
comportamento do Shane dentro de um conflito.
E Camila me auxiliou quanto a sua resposta física.

No entanto, é importante dizer que o tratamento do personagem
não corresponde à vida real. Tentamos trazer apenas o que era
cabível para a história. Algumas teorias foram aplicadas,
mas adaptadas para o contexto da ficção.

Aviso: o livro possui gatilhos como drogas, relacionamento abusivo,
traumas psicológicos e transtorno de ansiedade.

CONTEÚDO +18.

PRÓLOGO

So drag me down to the fire
Surrender me to desire
Paint my soul as a liar
But I don't need nothing
Nothing else but you

— Conor Maynard, "Nothing But You".

Duas semanas antes da turnê

SHANE

— *Preciso esconder vocês, cacete!* — *E lá estava eu, correndo pelo meu apartamento, arrastando duas prostitutas pelas mãos. A cena seria bem cômica se não fosse trágica.*

— *Onde?* — *perguntaram juntas.*

— *Em qualquer lugar!* — *Abri a porta do closet e pensei melhor. Aquilo era uma péssima ideia. Ah, foda-se. Eu beirava o desespero mesmo.* — *Se enfiem aí.*

— *Mas quem é Roxanne?* — *a garota de sotaque russo e falso questionou, piscando os longos cílios.* — *A menina tem a chave do seu apartamento?*

Quem é Roxanne Taylor?

A minha melhor amiga, a pessoa que me entendia mais do que eu mesmo, a única mulher no mundo que eu não podia decepcionar. Eu tinha prometido a ela que sossegaria, especialmente porque agora eu era uma celebridade. Você sabe, sou o integrante da banda The M's. E com a fama veio a agitação. Nos últimos meses, a minha vida virou um corre-corre sem fim. Terapia. Compor músicas. Lançar CD. Ensaiar com os caras. Videoclipes. Interação com os fãs. Me preparar para a turnê.

Eu era um rockstar e, cara, todos os olhos estavam em mim.

Só que isso não me impedia de querer dar umas transadinhas.

Caralho, eu sou um D'Auvray.

— *Sim, ela é a minha melhor amiga e tem acesso a tudo, até à minha alma. Vai me comer ao molho barbecue assim que vir vocês aqui, sendo que eu prometi... não importa.* — *Da forma mais gentil que o tempo permitia, guiei as duas garotas para*

Aline Sant'Ana

dentro do closet, pegando suas roupas que estavam jogadas no chão e entregando tudo a elas. Snow, meu cachorro traíra, começou a pular em cima de mim, como se quisesse me atrasar, bem consciente de que Roxanne estava chegando. — Fiquem quietas, ok?

— Vai ter que fazer um depósito um pouco maior do que... — a outra argumentou.

— É, tô ligado. Pago o que vocês quiserem, desde que prometam não saírem daí.

Escutei o som do elevador subindo, cada vez mais perto.

Fiquei gelado da cabeça aos pés.

Reage, Shane! Reage, porra!

Fechei o closet.

E olhei para baixo.

Eu estava completamente nu.

Fodeu. Fodeu. Fodeu.

Peguei a primeira coisa que encontrei. Por sorte, era uma boxer, e a vesti na velocidade da luz. Meus olhos pairaram em... merda, as calcinhas! Joguei-as embaixo da cama, enquanto Snow corria para encontrar a Roxy. Um instante depois, ouvi sua voz doce mimando-o. Respirei fundo, tentando parecer o mais casual possível. Apoiei uma mão no batente da porta e a outra na cintura, meu peito subindo e descendo pela correria.

E também por ter acabado de gozar.

Roxy veio até o quarto e, quando me encontrou, seus olhos desceram por mim.

— Bom dia, Tigrão. — Sorriu.

— Bom dia. — Olhei para a minha melhor amiga. Cara, ela estava vestida para o trabalho, o estágio supervisionado que eu não fazia ideia de onde era, porque Roxanne dizia que eu ia descobrir na hora certa, ou alguma porra assim. — Você dormiu b...?

Antes que eu pudesse perguntar o resto, Snow chamou a minha atenção. Estava atrás de Roxy. O rabo pomposo branco e curvado, as orelhas atentas e um olhar estreito que diziam que ia me entregar.

Porque ele tinha um sutiã. Rosa-choque. Na boca.

Porra!

— *Roxy, vai no banheiro pra mim?*

— *Pra você? — ela perguntou, confusa.*

— *É, pega a minha... o meu...*

— *Shane. — Roxy estreitou os olhos. — O que está acontecendo?*

Abri a boca para responder, mas Snow... cara, como eu teria rido se não me sentisse tão desesperado. Ele desatou a correr pelo apartamento, patinando, rosnando e brincando com a merda do sutiã. Roxy se virou para olhá-lo. E eu fiquei congelado enquanto a minha melhor amiga pairava os olhos bem na coisa rendada que cintilava.

— *Você não disse que ia parar com isso? Especialmente antes de viajar em turnê? — Ela fez uma pausa. — Onde ela está? — Como não respondi, Roxy chamou Snow. — Mostre para a mamãe. — Snow foi saltitando como um cabrito até o closet, o sutiã rosa ainda na boca, mostrando: olha lá como o seu amigo trepa com desconhecidas. Merda. Roxy abriu a porta do closet, e eu fechei os olhos.*

Eu nem queria ver aquilo.

— *Ah, são duas. Que pena. Meu melhor amigo tem herpes. — Ouvi seu suspiro teatral. — Espero que não tenham feito sexo oral sem camisinha.*

— *Ah, Deus! — uma delas gritou. — Nós o beijamos na boca, não foi?*

— *Vamos dar o fora daqui. — Ouvi a movimentação das garotas de programa como se Roxy tivesse anunciado que eu tinha ebola. Abri apenas um pouco os olhos e vi uma delas tirando o sutiã da boca do Snow. Fechei de novo.*

Merda, aquelas garotas eram boas, as únicas que me aguentavam na cama.

Pelo barulho, o elevador as tinha levado embora. O som de Snow pulando como um maldito cabrito quase me fez sorrir. Então, senti Roxy na minha frente. Seu suspiro exasperado bateu em algum lugar do meu peito.

— *Será que você não consegue ficar um dia sem usar o...?*

— *Eu consigo, mas não quero.*

— *É sério, Shane — reclamou, e eu abri apenas um olho. Roxy estava com uma sobrancelha arqueada, as mãos na cintura. Abri o outro. — Que vontade de dar um tapa nessa sua cara.*

— *Bate. — Sorri de lado. — Eu não me importo.*

— *Sua cueca tá do avesso — respondeu, me ignorando.*

— *Porra. Querubim, olha...*

Aline Sant'Ana

— Não, escuta. Se isso cair nos ouvidos errados, se parecer que você é um ninfomaníaco, acha que vai ser legal? Que vai ser bom para a The M's? — Ela mordeu o lábio inferior. — Shane, nós tivemos todo o cuidado do mundo nesses sete meses. Você expôs o seu coração em uma carta aberta aos fãs, narrando sua trajetória com as drogas até a recuperação, com tanta humildade. Você mostrou a sua redenção antes até que isso fosse um problema, mas imagina como vai ser se descobrirem que faz sexo como come, a cada três horas.

É, por mais incrível que eu fosse agora, não apagava o fato de que eu era um dependente químico em recuperação.

Antes da reabilitação, eu era um merda.

Depois de transar, especificamente — que era um dos gatilhos para eu usar —, eu me enfiava na maconha ou na cocaína. Em um passado não tão distante, esse seria o momento em que eu cheiraria uma fileira branca e pura, para depois ficar fodido. Ou acenderia um baseado para relaxar. Talvez até beberia uma garrafa de vodca. Seja lá qual fosse o entorpecente que eu escolhesse, o pós-orgasmo seria um dos gatilhos para eu ficar louco.

Afinal, a droga era como um mérito ou uma punição.

Fiz algo incrível? Maconha. Me fodi? Cocaína.

Mas essa vontade já não vinha mais.

Aprendi a driblar os gatilhos, assim como me afastei de todas os ambientes e pessoas, modificando as situações-chave até que o meu corpo não exigisse. Minha mente já não se conectava com a necessidade, como era antes de eu querer me tratar pela minha própria força de vontade.

Desejei ser alguém melhor, sonhei em entrar para a The M's e consegui tudo isso.

Mas talvez eu estivesse pouca coisa viciado em trepar.

— Você tá certa.

— É só isso que você diz, mas não consegue se segurar!

Snow, sabendo que estávamos discutindo, veio com um pedaço de alguma coisa na boca, cutucando a minha perna. Ele fazia isso sempre, porque queria deixar a gente feliz com seus brinquedos e...

— Isso é um... — Roxy começou a rir, por mais brava que estivesse. — Deus, ele roeu o pé da mesa?

Sempre foi você

— É, ele arrancou de lá. Agora o pênis é brinquedo dele. — Umedeci os lábios, observando Roxanne. Ela estava com uma calça jeans e uma camisa social. Tão linda, porra. — Ninguém mandou você me dar uma mesa de centro com pés em formato de caralhos. Snow é excêntrico, você sabe.

Roxy gargalhou e tirou o pênis da boca de Snow, colocando-o na minha cara.

— Não vou estar com você no Brasil para segurar a famosa Shaneconda, Tigrão. Sossega o pintassilgo, fazendo o favor. — Enfiou o pé da mesa no meu peito. Mordi o lábio inferior para não rir. — É sério.

— Tá bom.

— Podemos tomar café da manhã?

Caralho, eu ia sentir falta dela no Brasil, por mais que fosse ficar apenas alguns dias fora em turnê.

Nos víamos diariamente, compartilhávamos todas as coisas e ela praticamente passava os finais de semana no meu apartamento.

E mesmo que nos falássemos por telefone...

Ah, caramba. Eu ia mesmo sentir saudades.

Eu e Roxy sempre fomos muito próximos, éramos amigos antes até de eu me entender por gente. Nos unimos ainda mais quando ficamos em um resort, que foi adaptado para a desintoxicação. Roxy viu o meu lado mais obscuro sem soltar a minha mão. Me ouviu implorar por drogas, me ouviu xingá-la quando não as trazia para mim. Me viu vomitar as tripas e quase ter um ataque cardíaco. Me assistiu da forma mais degradante que um ser humano pode estar. E mesmo eu sendo a pessoa mais fácil de ser odiada durante a desintoxicação — até eu me odiei, especialmente nas primeiras setenta e duas horas —, Querubim ainda conseguiu me olhar com ternura.

— Você faz os ovos, e eu, o café? — perguntei.

Roxy assentiu.

De todos os infernos que eu passei, pensei, enquanto nos movíamos para a cozinha, perdê-la era a única coisa que eu não suportaria. Roxanne Taylor era a única pessoa nesse planeta que nunca havia me ferido, que não tinha me abandonado.

E quer saber? A verdade é que eu não a merecia, mas também nunca conseguiria viver sem ela.

Dela...

Aline Sant'Ana

Ah, cara. Eu nunca abriria mão.

CAPÍTULO 1

Thoughts of you and me keep passing by
Like ships in the night, we never collide
Need you even after all this time
You can't be replaced even if I tried

— Jack & Jack, "No One Compares To You".

Dias atuais

Miami, Estados Unidos

SHANE

Aceitação é uma foda mal dada. Eu estava há um bom tempo me preparando psicologicamente. E, sendo honesto, não havia razão alguma para eu estar tão angustiado. Eu sabia que a Roxy teria a conclusão do estágio justo na época em que a The M's faria uma turnê pelo Brasil. E era importante, porra. Tanto para ela quanto para mim. Depois de abrir mão de boa parte da sua vida para cuidar do melhor amigo fodido naquela internação chique, não tive coragem de pedi-la para atrasar a formação só porque...

Eu *precisava* da companhia dela.

Era ridícula essa merda.

Então, fiquei quieto. De boa. O problema é que agora a Querubim não atendia ao celular. Nem para se despedir. Tínhamos combinado uma videochamada, já que eu ia sair de madrugada. E agora eu estava preocupado, porque ela nunca ficava sem atender ao maldito telefone.

Será que o lance de duas semanas atrás a deixou tão puta da vida assim?

Meu celular apitou, avisando que estava na hora do remédio para a ansiedade; um dos presentes que ganhei nessa fase de recuperação. Peguei o comprimido no bolso, coloquei na boca e o engoli com um gole de água.

Em seguida, meu celular apitou de novo.

Não era Roxanne.

> **Mãe: Snow está se divertindo por aqui. Boa viagem, querido.**
> **Fique tranquilo que cuidarei do seu bebê.**

> **Eu: Obrigado, mãe. Amo você.**

— Chegou cedo, Shane. — Yan se aproximou de mim, sentando-se ao meu lado na poltrona do avião da The M's. Abaixei o celular. — Dormiu um pouco à tarde?

— Nem um pouco. Tô pilhado. Primeira turnê internacional. E é no Brasil. — Abri um sorriso, escondendo a minha angústia sobre a Roxy. — Parece que eu tô vivendo um sonho.

— A Kizzie preparou o melhor para nós.

— Fiquei sabendo — revelei. Yan sorriu, e os olhos dele pareciam brilhar mais desde que voltou de viagem com a Lua.

— Você está com a minha touca — ele murmurou.

— É meio que um amuleto.

— Porra, Shane. — Os olhos dele voltaram para o meu rosto. — Obrigado por cuidar tão bem dela.

— Para com isso, cara. — Sorri. — E a Lua?

No momento em que falei da noiva do baterista, ela apareceu na porta do avião, parecendo sair direto daquele filme Legalmente Loira, com um conjunto de saia e blusa cor-de-rosa, saltos altos, uma bolsa de grife e um sorriso enorme. Era bom pra caralho vê-la bem.

— Oi, menino-problema.

— Fujona. — Ela riu no momento em que usei seu apelido.

— Chegou cedo — reparou.

— Por que vocês sempre se surpreendem com a minha pontualidade? — Ergui a sobrancelha que tinha o piercing.

— Você é um D'Auvray.

— Mas tenho ascendência francesa e inglesa. Minha família veio da nobreza. O Zane que é o perturbado.

— Faz sentido. — Ela virou-se para o noivo e então se dispersou um segundo depois, quando deu uma boa olhada no avião. — Parece maior do que da última vez que estive aqui.

O avião executivo da The M's era particular, imenso, um Airbus que deixava qualquer voo comercial com vergonha. Só a decoração já valia milhões.

— É porque você só tem olhos pra mim, Gatinha. — Yan piscou para a namorada.

Sempre foi você

Ah, porra. Eu ia viajar no meio de quatro casais apaixonados, não ia?

— Vocês não vão ficar se beijando na minha frente, né? — perguntei, sentindo falta de dar uns beijos na boca. Eu deveria ter arrumado uma namorada de aluguel, cara. Como eu ia ficar todos esses dias *sem transar*?

— Claro que vai rolar muitos beijos na sua frente — Lua confirmou, e se sentou no colo do noivo, ficando perto de mim. — E você não pode reclamar.

— Se tem uma coisa que a minha família é boa é na arte de reclamar.

Lua se aproximou e apertou minha bochecha como se eu fosse uma criança. Em meio segundo, virei o rosto e mordi seu polegar, prendendo-o delicadamente entre os dentes.

— Selvagem! — me acusou.

Sorri de lado, soltando-a. Lua piscou para mim.

Em seguida, Kizzie entrou com o meu irmão, o guitarrista da The M's.

— Pessoal, tudo bem? — A empresária da banda chegou arfando. — Precisam de alguma coisa?

— Oi, Kizzie — falei calmamente, percebendo a ansiedade na voz dela. A noiva do meu irmão era *workaholic* e tal. Eu não julgava. Também me afoguei muito na banda nos últimos meses. Trabalho, sexo e terapia: tá aí a minha vida bem resumida. — Estamos bem. E você?

Ela exalou como se estivesse esse tempo todo sem respirar.

— Ótima. As malas de vocês já chegaram, né? Tudo certo?

— Tudo certo — confirmei.

— Oliver tá no controle de tudo, Marrentinha. Respira. — Meu irmão estava com uma calça jeans preta, os cabelos longos ao redor do rosto e um sorriso zombeteiro. Ele acariciou as costas da noiva. — Por que chegou tão cedo? — perguntou para mim, o sotaque londrino, que eu não tinha, dançando por sua língua.

— Cara, eu sou pontual.

— Uma foda que você é.

Comecei a rir.

Ele se aproximou e, surpreendentemente, me deu um beijo no topo da cabeça, como fazia quando eu tinha, sei lá, sete anos. Na real, eu não deveria ficar tão chocado assim. Estávamos tendo uma relação bem melhor desde que me

Aline Sant'Ana

16

tratei e entrei para a banda, por mais que tivéssemos brigado tanto no passado por causa das drogas e da minha falta de compromisso com a vida. Zane parecia quase... paternal.

Eu sabia que o guitarrista se culpava por não ter estado lá por mim na minha adolescência, mas fui eu o responsável por tomar péssimas decisões. Conversamos pra caralho nesses últimos meses, resolvemos todas as pendências. Ele e os nossos pais foram até para algumas sessões de terapia comigo. E pedimos desculpas um para o outro, para começarmos de novo.

Hoje, sei lá, eu sentia que éramos a parte boa de um relacionamento entre irmãos, não a sombra.

— Oi, pirralho.

— Oi, seu puto — respondi.

Assim que Zane sentou-se ao meu lado, seus olhos foram para o meu celular.

— Roxy?

— Combinamos de nos falar por telefone, mas ela não atende. Eu só queria ver se tá tudo bem, me despedir. Tá offline em todas as redes sociais também.

— Hummm...

— O que foi? — perguntei. Ele sabia de alguma merda. — Fala.

— O quê? Ela deve estar dormindo. Não sei, porra. Que pressão! — Estreitou os olhos. — Você tá usando a minha camiseta de flanela, né?

Dei de ombros.

— Você deixou no meu apartamento...

— E como tá se sentindo? Preocupado pra caralho com os shows?

— Não, vou tirar de letra — garanti.

— Falou com a psicóloga e a psiquiatra antes de irmos?

— Aham. Já estou com meus remédios e a psicóloga vai me atender à distância.

— Beleza. — Zane respirou fundo. É, eu sabia que ele ficava preocupado quando saíamos da rotina, como se qualquer coisa pudesse ser um gatilho para eu bagunçar a vida de novo. E, apesar de Zane saber que eu estava mais forte, não tinha motivos para confiar cem por cento em mim, sendo que já quebrei essa fé mil vezes antes. — O Yan já te passou algumas instruções do que fazemos em turnê, né?

Sempre foi você

— Não se preocupa, cara. Yan se reuniu comigo ontem, Kizzie me ligou para ver se estava tudo certo...

— Tranquilo, então.

— Amor, vem me ajudar aqui? — Ouvi Kizzie dar um grito lá de fora.

— O dever te chama — zombei do meu irmão mais velho.

Ele não disse nada. Apenas riu, se levantou, lançou mais uma vez um olhar para o meu celular, e virou as costas.

E eu... tentei relaxar.

Recostei-me na poltrona, coloquei os fones de ouvido e acionei o aplicativo de meditação que a Anabelle tinha me indicado. Abaixei a touca sobre os olhos e fechei as pálpebras. Mesmo tentando me concentrar na meditação guiada, pude ouvir Carter e Erin chegando, assim como Mark e Cahya.

Ah, porra, espera. Tenho uma fofoca pra contar.

O segurança da The M's se casou com a Cahya em Miami, em uma cerimônia discreta no civil. Em seguida, aproveitaram as curtas férias e fizeram uma viagem de lua de mel para o Japão. Cara, eles decidiram que eram certos um para o outro rápido.

Embora não acreditasse em relacionamentos monogâmicos e toda a coisa de felizes para sempre, eu estava rodeado de casos de sucesso. Mas isso não significava que o que servia para os outros servia para mim. Enfim, foi bem bonito ver que o nosso segurança durão estava amolecido por conta de uma mulher.

Tentei parar de pensar em Mark e Cahya; eu precisava me concentrar.

Durou dois segundos, porque Roxy voltou para a minha mente como se eu nunca conseguisse me desconectar dela. Não tenha uma melhor amiga se você não quer esse tipo de conexão, cara. A preocupação foi se acumulando e, quando não aguentei mais, procurei minha garrafa d'água, apenas para encontrá-la vazia.

Frigobar.

Tirei os fones e, assim que levantei, cumprimentei a Cahya, chamando-a de garota da aliança, o que a fez sorrir. Dei um abraço no Mark e no Carter, o vocalista bonitão da The M's. Erin, sua namorada, foi beijada na testa enquanto me abraçava. Fui para os fundos do avião e, quando achei o frigobar lotado que a Kizzie providenciou, meu celular tocou, e eu fechei a porta.

Meus dedos tremeram quando vi o nome da Querubim. Levei o Iphone à orelha. Meu coração acelerou como um louco. E assim que saiu a minha voz, gemi.

Aline Sant'Ana

— Porra, Roxanne!

— O que eu fiz? — ela murmurou, chocada. — Me chamou pelo nome e tudo. Credo!

— Você sumiu, caralho! Estou te ligando que nem um louco, porra. Você simplesmente... como faz isso comigo antes de eu ir viajar para o Brasil? — Arfei. — Tá doidona?

— Eu tô ótima, só gosto do mistério mesmo. — Então, riu. — Ai, Shane. A vida dá voltas. Quando você sumia, eu que te ligava e xingava. O jogo virou, Tigrão.

— Tá me dando um perdido de propósito? — Eu não me orgulhava de ter feito um inferno na vida da Roxy. Quando eu me drogava, ela ficava dias sem saber de mim. Às vezes, ia para a rua me procurar. Eu nunca a mereci. Mas agora isso tinha mudado. — E nem tá com voz de sono. Ah, Querubim.

— Não estou mesmo. — Ela fez uma pausa. Escutei o som das suas botas baterem em uma estrutura sólida. — Nossa, mas essa escadinha do avião é bem cretina, né?

— Escada? — Fiquei confuso por um segundo. Então, um frio na barriga tomou meu estômago quando ela desligou na minha cara.

Fiquei com as mãos geladas.

Não, né?

Porra.

Ela não ia fazer isso comigo!

Abri a segunda divisória do avião, me sentindo uma bagunça interna, coração na boca, respiração acelerada, a ansiedade me fodendo sem me pagar um jantar antes, já que o remédio não teve tempo de fazer efeito. Ainda assim, consegui focar em um ponto à minha frente, porque eu não podia acreditar que...

As botas de coturno, a calça jeans preta, a blusa da mesma cor caída em apenas um ombro. E aquele rosto de boneca que se escondia por trás de uma maquiagem escura ao redor dos olhos claros.

Eu a reconheceria a metros de distância.

Abri um sorriso de lado, ainda descrente do que via, sem conseguir parar de tremer.

— Eu te odeio pra caralho, sabia? — falei antes de correr para abraçá-la.

Sempre foi você

Roxy

Quando desabafei com a Erin depois que voltei do resort, meses atrás, falando que não conseguia um estágio e isso estava atrasando a minha formação, ela prometeu que me ajudaria. Mas nunca pensei que a Kizzie apareceria na porta da minha casa me convidando para ser a *personal stylist* dos meninos como o meu estágio final. Claro que aceitei. Eu já estava na The M's muito antes da turnê, sem que o Shane soubesse. Separando os figurinos deles para todos os shows que iam fazer, planejando a identidade visual do novo CD de acordo com o gosto pessoal de cada um, assim como também as roupas das sessões de fotos e o guarda-roupa.

Esses dias no Brasil seriam os meus últimos no estágio. Mas, sem dúvida, era a oportunidade mais perfeita de trabalho que eu poderia receber. Eu ia concluir a faculdade e viajar para o Brasil com a minha banda favorita, além de acompanhar o meu melhor amigo em um dos momentos mais importantes da sua vida.

No entanto, decidi deixar em segredo, porque o Shane ia pensar que eu só estava fazendo isso por ele, que estava abdicando da minha vida de novo. Ele não ia entender. E como seu humor era volátil, preferi manter em sigilo até...

Agora.

Meus olhos encontraram Shane quando disse que me odiava.

O que eu sabia que era balela.

Shane D'Auvray, o menino que eu vi crescer, hoje era um homem. Com mais de 1,90m de altura, possuía ombros largos, além de um tórax proeminente e bíceps tão imensos que dariam duas das minhas coxas. Suas tatuagens cobriam boa parte da pele bronzeada, e ele tinha adicionado mais um conjunto delas. Havia toda a pinta de não-foda-comigo também em seus piercings na sobrancelha, canto inferior do lábio esquerdo e língua.

Ele pareceria intimidador para qualquer um que não conhecesse o seu coração.

E ainda havia o rosto masculino mais bonito que eu já vi. O maxilar marcado, lábios desenhados, nariz arrebitado e cabelos castanhos em um corte despojado, escondidos sob a touca, transformaram o recente baixista da banda o mais desejado pelos fãs. Os olhos heterocromáticos, quase felinos, eram a característica física de Shane que eu mais gostava. O de cor azul-céu e outro no tom mais claro de mel me mediram de cima a baixo por um segundo antes de ele praticamente voar na minha direção.

Suas mãos me ergueram pela bunda antes até que o meu coração pudesse bater de novo. Eu comecei a rir pela surpresa, pela felicidade dele em me ver, enquanto passava as pernas ao redor da sua cintura. Cahya segurou a minha mala de mão antes que se espatifasse no chão.

E, por um segundo, eu só...

Fechei as pálpebras, envolvi os braços em seus ombros e afundei o rosto em seu pescoço, sentindo seu cheiro familiar, protetivo. Ele tinha uma fragrância masculina, uma mistura de chuva, canela e couro, que nunca encontrei em ninguém mais.

— Querubim, caralho... — Ouvi sua voz abafada por meus cabelos.

— Surpresa! — brinquei.

— Veio se despedir de mim? — ele perguntou baixinho.

— Não reparou nas malas que eu trouxe?

Shane me colocou delicadamente no chão.

Minhas mãos ainda em seus ombros.

Seu corpo próximo ao meu.

Sua altura cobrindo as luzes internas do avião.

O sorriso descrente, com o piercing esticado no canto do lábio, vacilando conforme me estudava.

— O quê? — sussurrou.

— Meu estágio supervisionado... lembra?

Shane assentiu.

— Tigrão, não percebeu que as roupas de vocês mudaram?

Ele desceu o olhar por si mesmo.

Usava coturnos Givenchi e calça jeans Armani de lavagem escura, com rasgos ocasionais que eu mesma adaptei. Afinal, precisava exibir suas tatuagens nas coxas. Seu cinto de fivela marrom, com a logo Dolce & Gabbana, era discreto, mas não negava o requinte do couro. As únicas partes simples do seu *look* eram a touca de Yan e a camisa de flanela preta e vermelha do Zane.

— Você... — Então os olhos da pessoa que mais me conhecia brilharam assim que me encontraram. — Você *me* vestiu?

— Há meses estou te vestindo. Sou a *personal stylist* da The M's. E o meu estágio supervisionado era esse.

— Não... porra! É? — Ele se virou para cada pessoa que estava no avião. — E vocês sabiam disso o tempo todo, seus traíras do cacete!

Ouvi as risadas ao nosso redor, mas o semblante de Shane foi impagável. Levou um tempo para que ele entendesse, talvez alguns segundos, até que...

— Então, você vai viajar com a gente? É isso? É sério? — Ele tomou meu rosto em suas mãos imensas, me prensando naquele carinho quase bruto. Eu comecei a rir quando Shane amassou as minhas bochechas, me deixando com um biquinho infantil. — Você vai com a gente para o Brasil? Você quer me foder? Por que não me disse antes?

— Ela quis fazer uma surpresa, cara. — Ouvi a voz do Carter, mas não pude respondê-lo porque o meu melhor amigo estava me amassando. — Não é uma coisa boa?

— É... — Shane perdeu um tempo me encarando, como se ainda não pudesse acreditar. Ele mordeu o canto do lábio, naquele piercing que provocava qualquer mulher. — Você vai mesmo? O estágio era na The M's... — falou mais para si mesmo. — Esse tempo todo...

— *Elha na the emix* — murmurei "era na The M's" do jeito que pude, porque minha boca estava espremida.

— Caralho, caralho, caralho! — Ele sorriu. Então, começou a rir. A risada do Tigrão era a minha melodia favorita. Aquele garoto ria de uma maneira tão contagiante que nem parecia que tinha enfrentado um inferno. — As melhores férias das nossas vidas, porra!

— Me *xolta* — resmunguei.

— Na verdade, nós vamos a trabalho, pirralho. Mas meio que vai ser como férias, já que estamos todos juntos e a sua Querubim vai também — o irmão mais velho falou, com aquele sotaque sexy.

Shane finalmente me soltou.

— Ela não é minha.

Revirei os olhos.

— Vocês todos... — Apontei para os casais ao meu redor. — Não é porque são pombinhos apaixonados que nós somos. E, gente, vamos para o Brasil! Vai que um brasileiro lindo aparece...

Shane bufou.

Ele esquecia que não era o meu único amigo no mundo agora. Carter, Erin, Zane, Kizzie, Yan, Lua, Mark e Cahya compartilharam muitos momentos comigo. Eu não tinha mais a timidez de antes e me sentia mais livre para me abrir com eles. Me inseriram em suas vidas e cuidaram de mim. É o tipo de coisa que te une às pessoas.

— Você vai ter que me vestir. Sem tempo para pegação, Querubim.

— Hummmm, veremos. — Pisquei para Shane e dei as costas quando fui cumprimentar os outros. Zane me beijou na testa, Carter me abraçou apertado, Yan me deu um suave beijo na ponta do nariz, como fazia quando eu era criança, e Mark fez um carinho no meu rosto enquanto me abraçava. Cahya me cumprimentou com dois beijos no rosto, assim como todas as meninas. Virei-me novamente para Shane. — Acho que preciso colocar as minhas malas em... algum lugar. Me ajuda?

Meu melhor amigo abriu um sorriso e duas covinhas afundaram em suas bochechas. A barba estava por fazer, talvez por dois dias no máximo, e minha atenção caiu para aqueles dois pontinhos profundos em suas bochechas. Senti o coração derreter um pouco.

— Vem comigo.

Assim que fomos para a segunda parte do avião, Shane ajeitou mala por mala. Me abaixei para abrir a frasqueira, porque havia algumas coisas ali que eu ia precisar. Inclusive, o celular. Enquanto estava ocupada, pude sentir os olhos do Shane em mim, dançando pelo meu corpo. Talvez não com desejo — ele nunca me olhou dessa forma —, mas mais como se estivesse me vendo. *De verdade.* Eu sabia que tinha muita gratidão naquele olhar, por eu ter estado com ele nos momentos mais difíceis de sua vida, por eu ser sua amiga mais antiga e fiel.

— Obrigado, Querubim. — A gratidão, eu sabia.

— Pelo quê? — murmurei, sem olhá-lo, pegando o celular e ficando em pé.

— Por estar aqui.

— Eu não estava conseguindo estágio, e a Erin me ofereceu ajuda. A Kizzie organizou tudo. Ser a *personal stylist* de vocês fechará as horas que faltam para eu me formar. — Admirei-o. — Então, não precisa me agradecer, Tigrão. A gratidão é toda minha.

Sempre foi você

— Mesmo assim. — Senti a densidade em sua voz. — Eu estava preocupado pra caralho em viajar sem você. É egoísta e estúpido, mas não pude evitar.

— Você não precisa se preocupar comigo — prometi.

— *Atenção, passageiros. Estamos nos preparando para...* — a voz do piloto soou pelos alto-falantes, interrompendo meus pensamentos.

— Vamos para o Brasil, porra! — Shane gritou, o que imediatamente levou os outros integrantes da banda a gritarem na primeira parte do avião também.

Foi inevitável sorrir.

Eu ia viajar em uma turnê com rockstars.

O quão louco era isso?

CAPÍTULO 2

**O jeito da nossa gente é quente,
É diferente
Chuva que lava a minha alma
É fogo que nunca vai apagar**

— *IZA feat Major Lazer e Ciara, "Evapora".*

Manaus, Brasil

SHANE

A viagem nem foi tão longa assim. Quase seis horas passam voando quando se está na companhia dos caras, das meninas e da Querubim.

O alívio que me deu ao vê-la, porra.

Mesmo que fosse apenas para se despedir, eu já teria ficado feliz pra caralho. Mas viajar conosco como nossa *personal stylist*? Cara, isso era de uma felicidade inexplicável. E de um orgulho tremendo porque Roxy ia pegar o diploma.

Soltei um suspiro e dei uma olhada ao redor.

Eu estava prestes a descer a escada do desembarque no Aeroporto Internacional de Manaus, com o coração batendo loucamente no peito. Lua tinha ascendência brasileira, mas esse país sempre fez meu sangue ferver de uma forma diferente. Por viver em Miami, conheci muitos brasileiros. E eles tinham uma energia, uma coisa tão foda. Eu sempre tive vontade de viajar para cá e, apesar de já sentir a mudança climática — em Miami era outono, e no Brasil, primavera —, eu mal podia esperar para curtir essa viagem.

— Sr. D'Auvray, talvez seja pertinente fechar a camisa de flanela. Eu tive informação de que há paparazzi e muitos fãs...

— Você não combinou de nos chamar pelo nome? — Virei-me para Mark. Eu seria o primeiro a descer e, como as minhas redes sociais bombaram desde que fui anunciado como integrante da The M's, o assédio... cara, eu sabia que muitas mulheres me queriam. Mas quinze milhões de seguidores? Era do caralho.

— Estamos em modo profissional ativado, sr. D'Auvray. — Mark me ofereceu um curto sorriso.

— Ah, beleza. Faz sentido.

— Vamos descer?

Aline Sant'Ana

— Sim.

— Vai fechar a camisa? — O segurança olhou discretamente para o meu peito nu.

— Não.

— Se eu ouvir uma bronca da Kizzie... — Mark foi interrompido quando a Querubim apareceu arfando, os cabelos loiros bagunçados e o olhar de pura ansiedade. Ainda assim, estava linda pra caralho. Ela tinha tirado a maquiagem. O nariz pequeno, os grandes olhos arredondados que brincavam entre as cores verde e azul, a boca marcada e definida, mesmo sem batom nenhum, e as maçãs coradas pelo esforço. Ela tinha trocado de roupa no avião e vestido algo mais confortável quando descobriu que estava 33° C em solo brasileiro.

— Espera, vou descer também! Kizzie me expulsou de lá e mandou eu parar de arrumar o cabelo do Carter porque já estava perfeito e... — Roxanne parou de falar e olhou para o meu peito. — Você vai descer *assim*? Está ouvindo o grito dos fãs lá embaixo?

— Deixe-me fazer uma entrada foda, Querubim.

— Kizzie pediu que fossem *discretos*... — Roxy tentou.

Eu me aproximei da minha melhor amiga, pairando meu rosto perto do dela, tão colado que nossos narizes quase se tocaram. Segurei seu queixo entre o polegar e o indicador, abrindo um sorriso sacana.

— Porra, eu sou bom com ou sem roupa, eles vão gritar independentemente da camisa aberta.

Roxy revirou os olhos, e eu dei um beijo na ponta do seu nariz antes de ela virar para o Mark.

— Vamos, Bond — Roxy chamou, usando o apelido que deu a ele e me arrancando uma risada.

É isso.

Vamos ver o que os fãs brasileiros nos reservam.

Roxy

Meu. Deus. Do. Céu.

Assim que Shane pisou no primeiro degrau, me deparei com mais quatro seguranças ao pé da escada. E, conforme nós descíamos, eu escutava com ainda mais nitidez os gritos. Fiquei gelada, dos pés à cabeça, e cada pelo do meu corpo se arrepiou quando vi quantas pessoas eram. Eu imaginava cem, no máximo. Mas *aquilo*? Havia um espaço para a imprensa, já que a Kizzie não escondeu o dia em que os meninos iam pousar no Brasil, pensando na divulgação. Flashes dispararam, e Shane agiu naturalmente, como se o aeroporto de Manaus não estivesse estremecendo pelo barulhos dos fãs.

Eu nunca tinha sentido algo parecido na vida. A quantidade de pessoas e o amor delas pelo Shane. Claro que em shows funciona de uma maneira gigante e linda, mas aquilo era *pessoal*.

Eu esperava que o Shane estivesse se sentindo tão amado quanto meus olhos puderam captar a emoção no rostinho dos fãs.

Lancei um olhar para ele e foi inevitável não abrir um sorriso.

Essa viagem internacional, ser o integrante de uma banda mundialmente famosa, transformara toda a obscuridade do meu melhor amigo em uma luz imensa.

Parecia lindo, uma estrela do rock em ascensão, e nem o céu poderia limitá-lo. Meu coração, de fã e amiga, bateu tão rudemente no peito que pensei que poderia se tornar mais alto do que o grito daquela centena de pessoas.

Saímos da escada rolante e meus olhos estavam marejados.

E tudo foi tão rápido que meus pensamentos foram dispersos. Os seguranças mantiveram Shane protegido, enquanto ele acenava e mandava beijos, autografando alguns pôsteres, fotos e o CD novo que tínhamos criado praticamente juntos. Fez *selfies*, beijou algumas meninas no rosto e teve uma que até desmaiou quando ele chegou perto. A verdade é que ninguém me deu atenção, o que foi ótimo, porque eu me sentia uma mosca assistindo de camarote ao sucesso de uma pessoa que eu amava.

Então os gritos, que diminuíram com a aproximação do Shane, voltaram com força total porque...

Olhei para a escada.

Carter McDevitt estava descendo, em toda a sua glória, ao lado da sua lindíssima namorada.

— Continue andando, Shane — Mark pediu, e deu alguns comandos no ponto de escuta, ordenando que mais seguranças viessem. — Vamos para o carro.

Aline Sant'Ana

— Por onde? — Shane perguntou.

— Por aqui.

Meu coração não parava de bater rápido, e uma parte do meu cérebro ainda não conseguia assimilar que eu estava no Brasil.

Todos aqueles fãs.

Deus...

— Tudo bem, Querubim? — Shane questionou, caminhando rápido, lado a lado comigo, enquanto os seguranças estavam ao redor de nós dois. Sua mão foi para a base das minhas costas. — Você tá com uma cara de quem vai vomitar a qualquer momento.

— Shane, era muita gente.

— É, eu sei.

— Você sentiu? — Virei o rosto para ele, me vendo através do reflexo dos óculos escuros. — O amor daquelas pessoas?

— É surreal a *vibe*, né? É diferente de fazer show nos Estados Unidos. — Shane tirou a touca e passou as mãos pelo cabelo liso e bagunçado. — Porra, Querubim. Essas pessoas realmente nos amam, né?

— Sim, elas amam vocês. E...

— Caralho! — Então Carter se aproximou de nós, o sorriso grande colado no rosto. — Vocês sentiram essa energia? Que coisa louca!

— Foi tão lindo ver a reação das pessoas. Como será que vai ser o show? — Os olhos azuis de Erin brilharam como os do seu namorado.

— Eu mal posso esperar — Carter, o Príncipe Encantado, adicionou.

Chegamos do lado de fora e entramos na van de vidros fumê, com meu coração ainda trotando no peito pela adrenalina e emoção. Não fazia ideia como os meninos aguentavam isso. Eu teria um infarto se fosse famosa.

— Você tá bem, Roxy? — Carter perguntou, percebendo o mesmo que o Shane.

— Ela tá bem — Shane garantiu. Eu nem tinha visto que estávamos sentados lado a lado, e que a van só tinha espaço para Carter, Erin, Mark e os seguranças que nos acompanharam. A van começou a andar e, Deus... eles eram *mesmo* celebridades.

Senti a mão do Shane no meu joelho, um movimento que ele fazia sempre

Sempre foi você

que eu estava me sentindo insegura ou com medo. Mas o meu problema não era nenhuma dessas coisas, e sim euforia. Era como se todo esse tempo em que eu os visse, até em shows lotados e tudo, não parecesse real até aquele instante.

Estávamos fora do país.

E eles eram mais amados do que nos Estados Unidos.

Precisei fechar os olhos por um segundo porque...

Os meninos que eu vi tocando em uma garagem conquistaram o mundo.

Shane

As vans tinham parado em um ponto de encontro, no centro da cidade, reunindo todo mundo, para que pudéssemos comer alguma coisa antes de enfrentar outra curta viagem. Confesso que a primeira impressão que tive do Brasil já foi incrível, mas nada se compara à comida que provamos. X-caboquinho era o nome do sanduíche que eu Roxy pedimos. E, cara, foi uma explosão louca de sabores. O pão era mais crocante do que eu estava acostumado, e era chamado de pão francês, bem gostoso mesmo, e dentro do sanduíche tinha queijo coalho, banana e tucumã, uma fruta típica da Amazônia, com um gosto levemente doce. Depois, nós comemos tapioca e fechamos com um bolo de macaxeira. Os nomes eram difíceis, mas nada nos Estados Unidos se comparava a isso, e eu e Roxy meio que nos apaixonamos.

Não só pela gastronomia. Acho que por tudo.

Nós estávamos na Amazônia, tem noção? Porra, até o ar era diferente. A arquitetura do centro da cidade era antiga, muito diversificada, uma mistura mesmo de estilos antigos com traços de Lisboa, o que me fez lembrar da remota época em que eu achei que seria engenheiro, antes de descartar essa ideia.

Manaus já tinha ganhado o meu coração, e eu não tinha passado nem duas horas aqui.

— Repassando... — Oliver, que tinha vindo no primeiro avião, mas já havia nos encontrado, chamou nossa atenção quando estávamos dentro de uma espécie de micro-ônibus. — Agora, nós vamos para o hotel perto do Parque Nacional do Jaú. Serão duas horas e meia de viagem. Hoje vai ser dia de descanso obrigatório, primeiro, porque ninguém conseguiu dormir, estávamos ansiosos...

— Eu pedi para vocês dormirem à tarde, mas ninguém me escutou — Kizzie resmungou, sem olhar para nós. Meu irmão riu.

— O hotel tem uma temática diferente: selva. Vamos para o meio da floresta. Eu e Kizzie planejamos passar a melhor experiência para vocês, e acho que vamos conseguir. — Oliver era boa pinta, reparei, embora eu já o tivesse visto várias vezes. Era uma mistura de Ásia com Itália, o que tinha ficado bom demais para ser verdade. Lancei um olhar para a Querubim. Merda, ela parecia *bem* interessada. E uma pontada estúpida surgiu no meu coração ao imaginar Roxy ficando com caras aleatórios durante essa viagem.

Ela *disse* isso. Eu não estava louco, porra. Mas era irracional sentir ciúmes.

— Amanhã, também vamos descansar, mas, depois de amanhã, teremos o show na Arena da Amazônia — Kizzie me puxou para a realidade. — E uma passagem de som horas antes. — Ela voltou os olhos para a lista que estava em sua mão. — Ah, e como já conversamos, todas as cidades já estão estruturadas para recebê-los. Fomos cem por cento patrocinados pela maior empresa brasileira de eventos e shows. Não passaremos pela mesma loucura que foi a Europa. Manaus, Fortaleza, Porto Alegre, São Paulo e Rio de Janeiro nos esperam. Falando em trabalho, eu e Oliver temos uma reunião virtual dentro de algumas horas. Então, estamos prontos?

— Estamos crescendo — Carter ponderou em voz alta. — Na Europa, você desmaiou durante o trabalho, Kizzie. Está dizendo que vai ser mais tranquilo dessa vez?

— Há quase seiscentas pessoas trabalhando enquanto conversamos agora. Mais de cem em cada cidade. Então, sim... — Os olhos de Kizzie brilharam, e ela abriu um sorriso cheio de orgulho. — Vai ser mais fácil.

— É, não podemos reclamar. — Oliver coçou um ponto no maxilar. — A divulgação que fizemos do último CD foi incrível. E, quando anunciamos a turnê pelo Brasil, foi o *boom* que os fãs esperavam.

— Somos a atração principal do *Rock in Rio*. — Yan começou a rir. — Eu acho que nem tive tempo de processar isso.

— Caralho. É o Brasil. E a gente vai arrebentar a porra toda! — Zane abriu um sorriso malicioso, recostando-se na poltrona.

As faixas que eu e a Querubim compomos foram o impulso que a The M's precisava para ir mais alto. Anunciar-me na banda também movimentou as coisas. Porra, era meio louco de pensar. Íamos para cinco cidades brasileiras e fecharíamos com um show foda no *Rock in Rio*. Fora que eu e Roxy estávamos compondo uma música para a trilha sonora de um filme. Ou seja, estávamos voando alto pra caralho. E talvez nenhum de nós tivesse noção do quanto.

— Precisamos conversar também sobre algo importante, meninos. — Kizzie suspirou. — Com o aumento da fama, os fãs cresceram em número. Vamos tomar todas as precauções durante essa viagem. Estou cansada de escândalos e mídia. Preciso cuidar da imagem de vocês. E isso inclui um monte de coisas que já conversei com cada um. — Kizzie me encarou. — Especialmente o Shane.

— O quê? — Ergui a sobrancelha. — Eu?

— Ah, a bronca vem. Se prepara, pirralho — Zane provocou.

Peguei a touca que estava novamente na minha cabeça e joguei na cara dele. Zane começou a rir, e Kizzie pigarreou.

— Você é o integrante da The M's com mais seguidores no Instagram. De quinze milhões, quase onze são mulheres, e esse número só cresce. — Ela fez uma pausa. — Você precisa controlar as suas noitadas, Shane.

— Porra, mas é *dentro* de casa.

— Eu sei, mas há paparazzi só esperando um furo de vocês na porta do prédio. — Kizzie suspirou.

O ônibus começou a andar, e eu sabia que a viagem para o hotel seria a base de bronca e lição de moral.

— É, eu conversei com o Shane, pedi para ele reduzir... — Yan ponderou. — Não sei como não foi pego ainda.

— Eu fiz tudo certo! — Olhei para a Kizzie.

Eu era o único solteiro e era sexualmente ativo, muito obrigado. Não ia ficar com meu pau contido, por mais que eles quisessem.

— Seu irmão já foi alvo de muitas coisas, eu e ele. E inclusive Yan e Lua. Até você. Não se esqueceu de tudo o que a Suzanne fez, certo? — Kizzie estreitou os olhos para mim. — Preciso que se controle um pouquinho mais. A frequência de garotas de programa na sua cama tem sido preocupante. E, em algum momento, essa informação pode cair nas mãos erradas.

— Ela tem razão — Roxy murmurou, e eu estremeci com a lembrança daquela filha da puta que me fez ter uma overdose quando estava limpo.

Kizzie estava certa, eu sabia. Mas, cacete, isso era uma merda. Eu teria que arrumar uma namorada se quisesse foder? Ou encontrar uma garota que eu confiasse o suficiente só para me satisfazer? *Quem*? Isso era uma tremenda besteira. Fora que eu não acreditava em relacionamento. Foda-se, eu ia ser infeliz sexualmente, mas não ia me amarrar a ninguém.

— Acompanhantes de alto padrão que são pagas para manter sigilo: ok, desde que seja mais espaçado. Uma namorada: ok e... — Kizzie começou, mas eu a interrompi.

— Eu *nunca* mais vou namorar de novo — declarei, sem pensar duas vezes, os olhos fixos na nossa empresária.

Ela piscou, chocada com a força das minhas palavras, antes de soltar outro de seus longos suspiros.

— Tudo bem. — Kizzie pegou um controle remoto, colocando uma das músicas da The M's para tocar nos alto-falantes. — Vamos curtir a viagem.

— Relaxa, cara — Yan me pediu do banco de trás, baixinho. — Ser solteiro nessa banda sempre teve jeito, não vai ser agora que não vai ter.

— Eu sei — resmunguei.

Ficamos em silêncio, e minhas pálpebras se fecharam. O cansaço por não ter dormido, a preocupação com a Querubim e a adrenalina de chegar ao Brasil cobraram seu preço. Senti os dedos da Roxy envolvendo os meus, me confortando.

Eu sabia, quando decidi entrar para a The M's, que nunca mais poderia ter uma vida normal. Estava pronto para abdicar de quem eu era quando assinei o contrato. Pronto para largar o relacionamento que tive com aquelas três mulheres, pronto para me ver livre das drogas, pronto para ter menos tempo para mim e mais para a carreira. Mas era um tanto quanto inaceitável ter uma vida sexual tão limitada.

Pelo visto, ser um rockstar era também aprender a ser um canalha *estratégico*.

— Tudo bem? — Querubim murmurou, deitando a cabeça no meu ombro, e a gente se ajeitou numa espécie de abraço de lado; acho que ela também precisava dormir. Então seu corpo pequeno se acomodou ao meu, o calor da sua pele me aquecendo do ar-condicionado, seu perfume suave invadindo o meu espaço pessoal.

— Você sabe que eu tô bem — murmurei.

— Eu sei, mas...

— Relaxa, Querubim. Qualquer coisa... sabe que masturbação nunca partiu um coração, né?

— Não use sarcasmo agora.

— Tá. — Exalei fundo, sorrindo, ainda de olhos fechados. — Mas eu tô legal. É só que... falar sobre o meu pau com a noiva do meu irmão é estranho.

— Você consegue se comportar melhor do que faz parecer para as outras pessoas.

— Eu tô ligado.

— Não use essa pinta de bad-boy-que-não-consegue-ficar-dois-dias-sem-transar, porque, quando esteve comigo no resort, você ficou tranquilíssimo sem sexo.

— Eu me masturbei.

— Shane D'Auvray.

— Roxanne Taylor.

— Eu vou dormir. — Ela se acomodou melhor e afundou o nariz pequeno no meu peito nu, ainda exposto pela camisa de flanela que não foi alvo de críticas da Kizzie.

— Bons sonhos, Querubim — sussurrei, dando um beijo em sua cabeça.

— Sempre são quando estou com você.

Aline Sant'Ana

Sempre foi você

CAPÍTULO 3

Era uma vez
O dia em que todo dia era bom
Delicioso o gosto e o bom gosto das nuvens
Serem feitas de algodão

— Kell Smith, "Era Uma Vez".

Cinco anos de idade

Roxy

— *Vai pra lá* — *pedi para o meu melhor amigo, empurrando-o com a bunda.*

— *Sai!* — *Riu.*

— *É o meu lugar!*

— *Vocês estão brigando por causa do sofá?* — *O papai do Shane se aproximou.*

— *Ele roubou o meu lugar!* — *Olhei para o tio Fred.*

— *Shane, eu já disse pra você não fazer isso. É o aniversário da Roxanne e fizemos uma festa para ela. Agora a Roxy vai dormir aqui. Vocês não são amigos?*

— *Claro que somos!* — *respondemos juntos.*

— *Então parem de brigar.*

— *Mas a gente sempre briga, papai.* — *Shane bufou.*

— *Não façam isso.*

Eu estava fazendo cinco anos hoje e, por mais que ele fosse meses mais velho do que eu, não podia mandar no meu cantinho do sofá! Era o mais fofinho.

O tio Fred só saiu quando viu que estávamos vendo TV.

— *Eu não te dei o presente* — *o meu amigo disse.*

Virei o rosto para ele. Os olhos coloridos do Shane eram a coisa mais legal nele! Eu queria ter os mesmos olhos. Se fôssemos da mesma família, talvez eu tivesse. Mas não éramos. Os meus ninguém sabia se eram azuis ou verdes, e eu achava isso tão chato. Os do Shane eram um cor de calda de panqueca e o outro parecia azul da cor do mar.

— *Que presente? Eu ganhei já dos titios D'Auvray.*

— *Mas o meu ainda não.*

Aline Sant'Ana

36

— *Seu?*

Shane não me deixava pintar no seu caderno de desenhos, e eu só podia dormir na sua cama quando tinha pesadelos. Tirando essas coisas chatas, ele era muito legal. Brincava de boneca comigo, e eu brincava de carrinho com ele. Todos os meninos eram chatos, mas o Shane não.

Sorri quando meu melhor amigo puxou do canto do sofá um embrulho pequeno. Era lilás, a minha cor favorita no mundo, e tinha um laço de fita branco em cima!

— Eu comprei com a minha mesada. Então é meu, viu? Foram dez dólares e eu tirei do meu cofrinho. — Ele piscou os olhos diferentes para mim. — Acho que você vai gostar. Parece você. Eu comprei quando meu irmão me levou ao shopping.

— Zane te levou ao shopping?

— O que tem eu? — Ouvi a voz do irmão do meu melhor amigo, que se sentou do lado do Shane. Vi também o Carter, o único moço bonito que existia na Terra, e o Yan, o fofo. — Ah, vai dar o presente para sua amiga, Shane?

— Olha só, ganhando mais presente — Carter falou.

— Estamos curiosos. Você vai abrir? — Yan perguntou. Fofinho! Como meu ursinho de pelúcia, eu disse.

— Tá bem, eu vou. — Comecei a abrir com pressa.

Era um urso de pelúcia pequeno, para grudar na janela do quarto, mas... não era um urso. Era um anjo. As asas, a roupinha lilás e o rosto com cabelos loiros como os meus. Tinha até a cor dos meus olhos!

— Você tem pesadelos quando não dorme aqui em casa, então eu contei pra mamãe, e ela disse que você precisava de um presente que te protegesse do mal.

Era o presente mais legal que eu ganhei.

— Obrigada, Shane! Eu amei esse anjinho.

— Ah, não é um anjo, não! — Shane negou com a cabeça. — É um querubim. Não é, Zane? O que a tia da loja falou?

— Ela disse que eles são considerados guardiões da luz e de todas as estrelas e mensageiros dos mistérios. E que iam proteger você dos pesadelos, Roxy. — Zane sorriu.

— Ah! — murmurei. — Obrigada por esse querubim, de verdade, Shane! — Eu o abracei rapidinho e dei um beijo em sua bochecha. Ele ficou vermelho e os meninos começaram a rir. — Eu amei!

Sempre foi você

— Vamos deixar vocês verem TV. — Zane levantou e fez um carinho na minha cabeça antes de ir embora, assim como Carter e Yan.

— Ele parece você — Shane percebeu.

— É verdade.

— Acho que você é o próprio querubim.

— Mas, se eu sou um querubim, então por que tenho pesadelos?

— Talvez você proteja todos os meus sonhos ruins, já que eu nunca tive um pesadelo, e por isso sonha com tudo o que é mal quando eu não consigo.

— Será?

Ele balançou os ombros.

— Aham.

Naquela noite, eu não tive o pesadelo que me fazia cair no buraco sem fim.

Será que eu protegia os pesadelos dele? Será que eu era mesmo um querubim? E será que, sonhando com as maldades, eu defendia o Shane do mal?

Talvez tudo isso fosse verdade.

Talvez nossa amizade fosse mesmo feita de superpoderes.

Aline Sant'Ana

Sempre foi você

CAPÍTULO 4

Te sinto mais perto
Mais perto eu vou ficar
Te ter comigo é a meta
E também livre pra voar

— *Duda Raposo "Linear".*

Roxy

Eu podia ouvir tudo. O som dos pássaros, os animais movendo-se pela floresta, a água do rio se deslocando, assim como os barcos de pesca. Era a natureza na forma mais literal da palavra, e o hotel que a Kizzie nos hospedou era no coração da Floresta Amazônica, a 180km de Manaus. O quarto panorâmico, designado para mim e Shane, era todo feito de madeira, exceto a extensa varanda, que ocupava uma parede inteira e era de vidro. As cortinas brancas e a decoração rústica faziam o meu coração dançar. Então, tínhamos a vista, a minha parte favorita. Estávamos muito acima do chão, víamos as árvores, o céu, alguns macacos pulando aqui e ali, assim como tucanos e papagaios, que eu nunca teria a chance de estar tão perto.

Chegamos ao hotel no dia anterior, mas eu ainda me sentia deslumbrada.

E por mais que eu e Shane tivéssemos praticamente hibernado desde que nos hospedamos, hoje era um novo dia. Eu já havia ligado para os meus pais e também para os tios D'Auvray, perguntando se Snow estava tranquilo e se eles estavam bem.

Suspirei fundo.

Droga, a vida voou na frente dos meus olhos. Eu estava me formando. Dali para a frente, ia trabalhar com o que amava. E, indo além disso, por causa das músicas que compus com Shane, acabei ganhando uma porcentagem dos lucros. As canções deram tão certo que o dinheiro ia me ajudar a investir na minha própria marca: o futuro. Também havia a experiência que adquiri trabalhando nos bastidores da The M's e todas as adaptações que fiz, os contatos que consegui ao longo desses meses, as negociações com *fashionistas* de alta-costura... a cada dia, a cada minuto, eu estava mais perto de ter a Rosé, a marca que estava no meu coração desde que me entendo por gente.

Enquanto apreciava a vista, os braços do meu melhor amigo envolverem a

Aline Sant'Ana

minha cintura por trás. Ele tinha acordado. E estava sem camisa. *Merda.* Senti o calor da sua pele, assim como os músculos fortes nas minhas costas. Shane inspirou fundo no meu pescoço, me arrepiando, envolvendo-me com seu perfume masculino, e eu cerrei os olhos para que essas sensações fossem embora.

Éramos fisicamente próximos, sempre fomos, e isso raramente tinha um peso para mim.

Mas é que... ele veio com aquelas mãos enormes, as pontas ásperas dos dedos hábeis de baixista deslizando na minha barriga, por dentro da blusa do pijama, alcançando o piercing que eu tinha no umbigo. Quase tocou no limite sob o meu seio conforme me envolveu, ainda pressionando-me contra seu corpo, enquanto me arrepiava. Meus mamilos ficaram duros e aquele frio na barriga traiçoeiro, que sabemos muito bem para o que serve, desceu em direção à minha virilha.

Eu não posso pensar assim. Eu não posso...

— Bom dia, Querubim — sussurrou na minha orelha e deu um beijo no meu pescoço, antes de se afastar, como se não tivesse feito nada.

Deus.

Shane era lindo, gostoso, cheiroso, maravilhoso e... problemático. Todas as vezes em que o meu coração tentou levá-lo para outro nível, criando fantasias de que poderíamos ter alguma coisa, eu lembrava de que nunca poderíamos ser nada *além* de amigos, porque tínhamos objetivos diferentes de vida.

Eu queria um relacionamento saudável, namoro, noivado, casamento e filhos no futuro. O pacote dos sonhos. Shane sempre deixou claro que nunca seria o tipo de homem que subiria ao altar e prometeria fidelidade. Muito menos ter filhos. Quando conversávamos sobre o futuro, ele dizia que seria o tio Shane. O cara que brincaria com meus bebês, que os mimaria até não poder mais e que os levaria para andar de skate ou ver o sol nascer em outro canto do mundo.

Isso sempre foi a corrente que me segurou à realidade e nunca me permitiu sonhar com o irreal. A questão é que não é possível iniciar um relacionamento, seja ele de qual natureza for, se os objetivos não competem.

Eu já quebrei muito a cabeça. Ninguém *muda* ninguém. Então nos resta buscar pessoas que tenham a mesma linha de raciocínio.

Não me leve a mal, Shane era perfeito. Ele seria perfeito para mim mesmo com todos os problemas que acompanham a sua personalidade não-ferra-comigo. Nos entendíamos e completávamos um ao outro como se fôssemos uma única alma dividida em dois corpos. Mas eu nunca o forçaria a viver um sonho que não

Sempre foi você

era seu. E talvez esse fosse o grande abismo que impedia a nossa amizade de virar um relacionamento.

Por mais que... sexo sem compromisso parecesse uma saída.

— Querubim, o que tanto *voxê penxa* que nem me deu bom dia? — Shane perguntou da porta do banheiro. Virei-me para sua voz e vi que estava escovando os dentes, a boca cheia de espuma, o que quase me fez sorrir.

Então desci os olhos e vi o seu peito nu tatuado, as duas asas de anjos, uma em cada lado, indo até aos ombros. Ao centro, um 3D lindíssimo, que formava um diamante, e a frase imensa e centralizada, quatro dedos abaixo do seu pescoço, bem acima do diamante: *Follow your dreams*, lembrando-o de perseguir seus sonhos. Essa foi a última tatuagem que Shane fez. Havia as mais antigas, em seus braços, com desenhos aleatórios de um relógio, caveira, uma rosa, a data de nascimento dos seus pais, além de uma coruja. E mais abaixo, na parte inferior da sua barriga, quase descendo pelo vão, uma praia de Miami.

Meus olhos, sem que pudesse controlá-los, desceram para a cueca boxer azul-céu, que mal continha a ereção matinal gigante, além do piercing que eu era capaz de ver, bem no desenho da glande.

Prendi a respiração.

Continuei indo mais para baixo, nas coxas de Shane com figuras geométricas. Na direita, os pontos e linhas interligados formavam um baixo. Na esquerda, notas musicais. As panturrilhas e canelas, até sobre seus pés, nos dedos, ele tinha se pintado.

— Tá me secando?

— Aham — respondi, sem pensar.

— Por... — ele fez uma pausa, entrou no banheiro, cuspiu a pasta e enxaguou a boca. Em seguida, deu alguns passos em minha direção, virando a cabeça para o lado, enquanto minhas bochechas aqueciam — ... quê?

— Você tem malhado mais, né? — desconversei. — Está maior do que o Hércul... Yan. Não acha melhor reduzir a quantidade de exercícios?

— Ah, não acho. — Shane ativou seu modo sedutor barato. A voz dele descia um tom, ficava ainda mais grave, a ponto de causar frisson em qualquer barriga. Aí ele estreitava aqueles olhos coloridos, umedecia bem o canto do lábio que tinha o piercing, com a ponta da língua, e caminhava devagar, como se estivesse encurralando uma presa. — Mas *você* acha?

Aline Sant'Ana

Eu já o vi fazer isso com dezenas de garotas.

— Uhum. Vamos nos preparar para o passeio? — Parei tudo quando ouvi o meu coração acelerar, chegando na garganta.

Eu tinha afastado Shane mais vezes do que eu poderia contar nos dedos da mão. E não fisicamente. Mentalmente. Aos treze anos, então aos quinze, quando fizemos dezessete e aos dezoito. Quando eu estava namorando, ficava mais fácil separar as coisas. Só que, no resort, a proximidade que tivemos lá, parecia ainda pesar no meu coração. Nos conectamos na terapia, na recuperação e na desintoxicação do Shane. Dormimos juntos, dividimos o dia a dia, desde o café da manhã até o jantar. Incansavelmente, por semanas.

Seja racional, exigi.

— Vamos, sim — concordou. — Só me conta o que você estava pensando.

Dei a desculpa de que era sobre o trabalho, que eu teria que verificar as roupas que separei para os shows.

A verdade?

Era uma linha tênue que eu não estava disposta a ultrapassar.

SHANE

Kizzie tinha alugado um helicóptero foda, porque pela estrada demoraria demais. Nós sobrevoamos Manaus, a vista incrível lá de cima, e pousamos em Presidente Figueiredo, porque tínhamos um roteiro. Quando chegamos, encontramos o guia, que nos instruiu que fôssemos até o restaurante que almoçaríamos, antes do passeio. Funcionava assim porque o peixe que escolhíamos ficava assando até que voltássemos. Achei foda. Nós todos optamos por tambaqui, que era típico da Amazônia, e seguimos rumo à trilha da Terra das Cachoeiras.

O guia foi explicando tudo em português, e Lua traduzia. Achei o caminho bem tranquilo. Apesar de estarmos adentrando a selva Amazônica, a trilha era definida. Nós também estávamos indo contra o horário em que todo mundo visitava; até nisso a Kizzie pensou, para que não fôssemos interrompidos.

Cara, a natureza...

Meus olhos não conseguiam parar de examinar tudo, assim como minhas mãos. Toquei nas árvores, nas folhas, no chão, sentindo uma emoção intensa por estar ali, respirando o ar puro. O farfalhar das folhas, a proteção que as copas das árvores davam do sol, até o som dos insetos e dos pássaros.

Senti a força dos meus músculos.

O suor que escorria pela minha pele.

O ar que entrava nos meus pulmões.

Me desconectei do guia, da voz da Lua e sua tradução, até da presença da Querubim ao meu lado. Eu me concentrei apenas naquela sensação, tímida e fraca, no meu peito, que me dizia o quanto eu estava grato por aquele momento.

Quando comecei a ouvir o som da cachoeira, antes dos vinte minutos de trilha, a porra do meu corpo inteiro se arrepiou. A queda d'água parecia reverberar por meus músculos, mesmo sem vê-la. Andamos mais um pouco, até que eu pudesse enxergar finalmente a Cachoeira de Iracema.

A água era surreal, vermelha, de uma cor que eu nunca vi na vida. Havia algumas pedras e eu tinha escutado algo sobre escorpiões, mas meu irmão foi para a água sem pensar, enquanto o guia nos dava trinta minutos para aproveitar. Em seguida, foram Kizzie, Oliver, Lua, Yan, Erin, Carter, Cahya e Mark, mas eu só tirei um tempo para ver a queda, a força, e a parte rasa onde ela desembocava.

O céu azul sobre nossas cabeças.

E as árvores que abraçavam a cachoeira baixa e larga, como se a adorassem, e...

Roxanne começou a tirar as roupas à minha direita.

Eu já tinha visto aquela cena diversas vezes. Mas, por alguma razão idiota, meus olhos começaram a enxergar aquilo quase como se estivesse em câmera lenta.

O jeito que a Querubim jogou seus cabelos longos e loiros de um lado para o outro até começar a dar voltas e mais voltas, prendendo no topo da cabeça, me paralisou. Em seguida, tirou a regata preta, exibindo devagar a barriga, depois o umbigo com aquele piercing desgraçado em forma de estrela. A pele branca, tão pálida, sendo beijada pelo sol, como se ele quisesse tocar cada centímetro que antes escondia. E, finalmente, a minha morte: o biquíni vermelho como maçã, abraçando os seios pequenos, me deixando ver nitidamente os bicos duros pelo vento nada gentil.

Naquele segundo em que o mundo parou — até os pássaros ficaram em silêncio —, foi como se eu a visse...

Aline Sant'Ana

Porra, esses pensamentos não, caralho.

Passei a língua pelo lábio superior, sentindo o piercing bater no céu da boca.

Ela enganchou os polegares nos shorts jeans, fazendo aquela dancinha para sair dele, me deixando ver a sua bunda pequena e redonda balançar com o movimento. Cara, o biquíni não deixava porra nenhuma para a imaginação. Então desceu mais, até as coxas, fazendo o short escorregar até o chão, e saiu dele.

Ela dobrou as roupas, abaixando-se para colocar sobre a saída de praia de Erin, enquanto eu podia ter uma visão perfeita daquela bunda, quase na minha cara.

Porra, se eu esticasse a mão, poderia tocá-la. E eu já tinha tocado. Várias vezes. Mas vê-la abaixada, *porra*.

Senti o meu corpo responder, o calor descer com força para a virilha, retesando as bolas, me deixando quente. Quase duro. Do nada. Eu não ficava excitado fácil, porra. Levava um tempo. Mas aí aqueles cabelos loiros presos, que dariam várias voltas na minha mão, aquela bunda empinada...

O que eu tô pensando?

Certamente era a falta de sexo.

Desde que voltei da reabilitação, estava acostumado a foder todo dia. E era o meu corpo pedindo alívio. Era só me masturbar que ia passar.

Ela é sua amiga, seu merda, me repreendi e desviei o olhar, quando a Roxy ficou ereta e começou a ir para a água.

Arrumei meu short, esperando que não aparecesse...

— Se olhasse mais, tenho certeza absoluta de que o nó do biquíni ia se abrir, menino-problema. — Ouvi Lua mexer comigo à distância.

— Ele não consegue evitar, porra. É meu irmão — Zane me defendeu.

Me dispersei e olhei para a água, sem encontrar Lua.

— Onde você tá, Fujona?

— Atrás do Gigante.

— Talvez a gente tenha que colocar um GPS na sua bunda pra você não sumir de novo.

Todo mundo começou a rir.

— E a Roxy tem um GPS na bunda, Shane? — Erin alfinetou, gritando sobre o som da cachoeira.

Sempre foi você

Olhei para a Querubim, que estava já com um pé na água.

— Eu, o quê? — ela perguntou, encarando Carter e Erin.

Erin só balançou a cabeça, negando.

Cara, quando a Roxy ficou gostosa assim?

Olhei mais um pouco e talvez mais do que deveria. E a Roxy terminou de foder a minha cabeça quando enfiou os polegares nas laterais do biquíni, ajeitando, e afundando ainda mais aquele pedaço minúsculo de tecido na sua bunda.

Ah, eu queria arrancar aquilo com o dente.

Se não fôssemos amigos...

— Talvez não, mas deveria — respondi para a Erin, antes de começar a tirar as minhas roupas também.

Roxy

Acho que eu nunca conseguiria, enquanto vivesse, apagar a visão do Shane entrando na água vermelha e retornando à superfície como se fosse um Poseidon do Amazonas. A pele bronzeada e molhada, os cabelos castanhos jogados para trás do rosto, os olhos destoantes me encarando. Aqueles músculos, todo aquele homem... O que estava acontecendo comigo?

Eu era acostumada com aquilo, com ele. Então, o quê... *por quê*? Era pelo cenário paradisíaco? Mas estávamos só há dois dias no Brasil. Eu não poderia culpar o país, dizendo que tinha uma magia sedutora sobre ele ou... *Será?*

— Shane está cada dia mais bonito ou é impressão minha? — Erin me perguntou baixinho, enquanto Zane, Yan, Oliver, Mark e Carter conversavam sobre o show do dia seguinte.

— Oi? — Voltei-me para a ruiva de olhos claros que sorria para mim.

Então Cahya, Kizzie e Lua se aproximaram também.

— Qual é o assunto. É fofoca? — Lua perguntou. Às vezes, ela era tão parecida com o Zane que me assustava.

— Só estava reparando no quanto Shane amadureceu. Ele parece... — Erin ponderou.

— Mais forte agora, mental e fisicamente, do que há meses, sem dúvida — Kizzie percebeu.

— Vemos o Shane todo dia, mas há algo diferente nele — Cahya pensou alto.

— Sim — Kizzie concordou.

Olhei atentamente para cada uma delas e franzi o cenho.

— Não comecem.

— Com o quê? — indagaram as quatro juntas.

— Sei que vocês *acham* que eu vejo o Shane assim, mas...

— Vai dizer que não vê ou acha que não pode? — Lua ergueu uma sobrancelha sugestiva. — Shane estava te secando cinco minutos atrás, Roxy, como se fosse um pedaço de...

— Carne — Cahya adicionou.

— Todas nós vimos. — Kizzie assentiu.

— Foi uma olhada e tanto. — Erin sorriu.

— Ele nunca me viu como uma mulher, sempre como uma menina. Ele e Zane já até discutiram sobre isso — esclareci. — E nós não viemos aqui para formar mais um casal, né?

— Bem... — Os olhos de Kizzie brilharam.

— Keziah Hastings! — Arfei, incrédula, e comecei a rir. — Eu não estou aqui para viver um romance com o Shane!

— Nós sabemos, querida. Nós sabemos — Erin abafou o assunto.

Porque eu realmente... nunca... jamais...

Shane estava boiando na água vermelha, cada pedaço da sua pele sendo beijada pela água. Eu teria que frear esses pensamentos se quisesse sobreviver a esses dias. Não queria cair no mesmo canto da sereia que cada uma das meninas caiu, porque, diferente delas, o homem em questão diferia de todos os meninos.

Ele não era como Carter, que acreditava no amor. Nem como Yan, que gostava da estabilidade de uma relação. Ou como Mark, que vivera intensamente a paixão. Ou como Zane, que nunca tinha amado.

Shane já se apaixonara.

Já se ferira.

Mas, diferente de mim, não acreditava em recomeços.

Se bem que, para sexo casual...

De novo esse pensamento?

Sempre foi você

— Vamos para o próximo passeio? — Lua gritou após o guia nos dizer que o tempo tinha acabado.

Respirei aliviada.

Os pensamentos iriam embora, eventualmente.

Shane

Depois de almoçarmos um dos pratos mais deliciosos da minha vida — tambaqui assado, arroz, feijão, farofa de uarini, banana frita, mandioca, salada e vinagrete —, demos uma volta pela corredeira de Urubuí. O que me surpreendeu é que parecia muito com uma praia. Havia uma grande extensão de areia, algumas crianças brincando nas corredeiras, mas, como tínhamos comido bem pra caralho, decidimos que só entraríamos na água na última cachoeira.

Então chegamos ao último passeio, a Cachoeira do Santuário. Foi somente uma caminhada de dez minutos na trilha, um pouco íngreme, até chegarmos. Mas, cara, era imensa. E a água vermelha, de espuma amarela, foi inacreditável de ver. Havia uma imagem de uma santa, a padroeira do local, bem no centro da cachoeira. Todos ficamos em silêncio por um tempo, em respeito, e o lugar parecia mesmo ter sido tocado por Deus.

Atravessando a ponte, chegamos na parte mais tranquila da cachoeira, que poderíamos entrar. O guia nos disse que ela ainda não estava em seu auge — o que acontecia nos meses de janeiro a maio —, mas, ainda assim, já era surpreendente. No fim, ele também disse sobre a lenda que, quando entra nas águas vermelhas da Cachoeira do Santuário, você é preenchido por amor.

— Vamos entrar? — Roxy estava na minha frente e virou de lado, me oferecendo sua mão, que aceitei.

— Não sei se é seguro entrar nessa água do amor aí com você.

— Por quê? — Ela riu, de jogar a cabeça para trás, até começar a afundar os pés na água, me puxando. — Ah, Shane, para. Já existe amor entre nós há mais de vinte anos.

— Não, vai que é o amor romântico.

— Não é! Para de ser medroso. — Roxy continuou me puxando.

— Sei lá.

— Todo mundo entrou. Quer entrar sozinho? — Ela piscou, descrente, os lábios entreabertos.

— Não.

— Então, nós...

Não deixei que ela terminasse de falar. Peguei a Querubim no colo, andei com ela rindo da minha cara até o meio da água e... mergulhamos juntos. Era fria, mais do que pensei que seria, e Roxy deu um grito assim que submergimos juntos.

— Fria demais!

— Pra caralho, né? — Foi a minha vez de rir.

Roxy estava completamente molhada, com a água vermelha em volta dela, parecendo tão linda com aqueles olhos claros em mim.

Eu não conseguia aceitar todos os caras que passaram em sua vida sem valorizá-la. Sempre me mantive afastado dos relacionamentos amorosos dela; esse era o acordo que tínhamos: um não se metia nas merdas do outro. Mas, toda vez que eu olhava para a Querubim, a delicadeza, o coração dela e, porra, a personalidade divertida, leve e doce... não conseguia entender como um babaca poderia feri-la.

Eu odiei cada *maldito* namorado que passou em sua vida.

Assim como me odiei por tê-la desejado.

Porra, não tinha cabimento.

Eu era um fodido e a Roxy, uma princesa. Ela acreditava em casamento, em contos de fadas... Porra, ela queria filhos. Eu não conseguia me imaginar amando alguém para prometer um felizes para sempre.

Como eu disse, eu era um merda.

Um passado de merda, uma personalidade escrota, um cara bruto até dizer chega. Eu nunca mancharia a vida da Roxy só porque achava que poderíamos dar umazinha. Sabe como é, né? Éramos como preto no branco. E eu sabia que nos tornaríamos cinza assim que ultrapassássemos essa linha.

Ela era minha há vinte e dois anos, mas não minha totalmente. E se havia a chance de manter a única parte boa da minha vida assim, eu jamais faria nada que pudesse estragar isso.

Roxanne era o meu ponto fraco, mas também a minha única força.

Sempre foi você

CAPÍTULO 5

**Take a moment just to take it in
'Cause every high and every low led to this
I'm just so glad you exist**

— *Dan + Shay, "Glad You Exist".*

Roxy

Algumas horas depois, estávamos de volta ao hotel, cada um em seu quarto. Kizzie tinha muitas coisas para resolver com Oliver — na verdade, apenas acompanhar se estava tudo certo, porque, no dia seguinte, seria o *grande* dia. E os meninos tinham planos de estarem descansados, para que o show saísse perfeito. Já eu teria que conferir cada peça do figurino.

Às oito da noite, Kizzie ia me buscar para verificarmos estes ajustes finais.

A porta do banheiro se abriu. Shane tinha acabado de tomar banho.

Os olhos coloridos do meu amigo percorreram o quarto até me encontrarem.

E ele abriu um sorriso. Com as covinhas. Os piercings.

Alguma parte dentro de mim estremeceu um pouco.

— Vou relaxar com você — disse.

— Vai?

O peso do Shane afundou a minha cama de solteiro quando ele se sentou perto dos meus pés. Meus olhos voltaram-se para ele. Estava sem camisa, com um boné vermelho e uma bermuda branca. Meu melhor amigo ficou me olhando, em silêncio, o olho esquerdo em tom de mel e o direito azul-claro estreitos para mim.

— O que houve? — perguntei. — Tô feia demais hoje?

Ele umedeceu os lábios.

— Ainda tá meio difícil acreditar que você veio.

Sua frase atingiu em cheio o meu estômago, e decidi contornar da forma que eu sabia: com uma brincadeira.

— Eu não sou a Roxanne de verdade, sou a irmã gêmea renegada.

Shane sorriu com os olhos.

— Vai pra lá um pouco — pediu.

Aline Sant'Ana

50

— Não. — Imediatamente me lembrei de quando eu ia na casa dos D'Auvray, quando pequena, e Shane nunca cedia o espaço para mim. A vingança tarda, mas não falha. — É cama de solteiro. E você é um Tigrão.

— Cabe sim, se a gente se aconchegar.

Então Shane, ao invés de fazer como um ser humano normal, que levantaria e se deitaria ao meu lado, simplesmente virou-se para mim, colocou uma mão em cada lado da cama e começou a engatinhar na minha direção. Não sei o que aconteceu ali, porque minha respiração ficou errática. Vi seu tórax forte, os bíceps imensos, as veias saltadas, a barriga com oito gomos perfeitos, o vão que descia para o short e seu membro relaxado, sem cueca, mas bem interessante, por trás. Vi suas coxas, e aí subi para seu pescoço, o maxilar trincado, os olhos em... *mim.*

Em questão de segundos.

E uma fantasia, quase estúpida demais para sequer existir, criou a imagem de Shane sem... nada.

Larga de ser louca, Roxanne Taylor!

— Você está brigando consigo mesma mentalmente. Só fico curioso sobre qual é a disputa da vez.

— O quê? — murmurei, atordoada, porque meu melhor amigo, em três movimentos, praticamente me escalou.

— Nada. Deita de lado, pra eu conseguir caber aqui de conchinha.

Fiz o que ele pediu. Shane se aconchegou às minhas costas e me envolveu em seu abraço. Os pelos da minha nuca subiram, assim como em cada parte do meu corpo. Eu queria parar de sentir essas coisas, colocar para longe, como sempre.

Mas a questão aqui é que eu me sentia em carne viva.

A forma que comecei a ver o Shane não era saudável. Nem para ele, nem para mim. E por mais que parecesse mais forte do que jamais senti, eu empurraria a luxúria para longe. Era só... uma coisa carnal. Ia passar. Talvez eu pudesse me aliviar sozinha.

Ou talvez eu pudesse simplesmente dormir com ele.

Cala a boca, Roxanne.

Cerrei os olhos no instante em que Shane me abraçou com mais carinho.

Encaixando-se entre minhas pernas com a sua.

Seu corpo engolindo o meu.

Sua respiração na minha nuca.

Minha calcinha ficando molhada.

— Tô te achando meio arredia comigo, Querubim. Tá rolando algo?

— Não.

— Fala. É sobre algum babaca?

— Estou solteira, você sabe.

— Gael nunca mais...

— Nunca — confirmei. E era verdade. Isso já tinha acabado e eu já tinha lambido as minhas feridas.

Estava olhando para Shane assim por *carência*?

Acontecia, às vezes. Eu olhava para ele dessa forma, e então eu encontrava outro cara e a nuvem luxuriosa ia para longe, carregando a tempestade. A carência voltava sempre que eu estava solteira.

— Então o que é? — Ele deu um beijo na minha nuca. Lento. Os lábios quentes e molhados se demoraram um pouco mais na minha pele. Quase levei a bunda para trás, mas contive o movimento.

Ah, o período fértil!

Era aquela semana caótica em que eu subia pelas paredes como se precisasse de um pênis para sobreviver. O que era tão contraditório, porque eu nem conseguia gozar com penetração. O problema era... carência somada ao período fértil.

Agora que racionalizei o sentimento, como a psicóloga Anabelle me ensinou, ia conseguir me livrar e voltar a ser a melhor amiga do Shane sem querer montar no seu colo.

— Querubim... — A voz dele estava rouca.

Respirei fundo.

— Hum?

— Não gosto quando você fica em silêncio comigo, cacete. Você é mais transparente do que chiffon.

E eu realmente era, exceto quando o assunto era *ele*.

— Que orgulho saber que você fez Moda comigo, de tanto que me ouviu falar sobre a faculdade.

Shane riu.

Aline Sant'Ana

52

— Porra, é. Mas não absorvi nada, se quer saber. Só alguns nomes de tecidos.
— Então, fez uma pausa. — Não desvia do assunto, Querubim. O que tá rolando?

— Não estou preocupada com nada, exceto o show de amanhã. — Prendi a respiração, odiando omitir meus sentimentos dele. — Como *você* está se sentindo?

Ele aconchegou o rosto no espaço entre meu pescoço e ombro, pareando nossas cabeças.

— Pilhado, na real — a voz rouca soou bem baixinha. — Eu quero muito surpreender os fãs. Fazer jus ao lugar que conquistei.

— Já te amam, vai dar tudo certo.

— Ensaiamos pra caralho nos últimos meses. Realmente, o show tá perfeito. Mas a ansiedade...

— Vocês vão fazer história, Tigrão. — Acariciei o braço que estava me envolvendo, sentindo os músculos na ponta dos dedos e o calor quase febril da sua pele, com as veias saltadas. — A turnê pelo Brasil da The M's é a mais completa feita no país em muito tempo. A maioria só visita São Paulo e Rio de Janeiro. Vocês têm noção?

— Eu sei de tudo isso, Querubim, mas...

— Não tem *mas*, vai ser perfeito — reforcei.

— Vai, né? — Então senti o sorriso malicioso dele se expandir na bochecha que estava colada à minha. — Já sou perfeito, na verdade. Sou um baita de um gostoso, talentoso do caralho...

Comecei a rir e Shane balançou junto comigo na cama, rindo também. Éramos tão leves. Eu amava isso em nós.

— Então você poderia pedir conselho para o seu ego, desabafar com ele. Nem sei por que eu existo.

— Meu ego é quase uma persona. — Shane ainda estava sorrindo.

— Você fica se namorando no espelho...

— Porque eu *sou* um baita de um gostoso. Tenho consciência disso.

— Então, como vem me dizer que o seu ego é imaginário? Ele existe. É quase palpável.

— Muito palpável, diga-se de passagem. Meu ego é fruto dos vinte e quatro centímetros da Shaneconda. Reclama com Deus ou com o útero da minha mãe, que me produziu em toda glória.

Sempre foi você

Minha gargalhada foi tão alta que a minha barriga doeu, quase a ponto de dar cãibras. Shane me virou de costas na cama, enchendo-me de beijos e cócegas até que eu não conseguisse mais respirar.

Abri os olhos quando a risada cessou, assim como o momento cômico.

O rosto dele estava próximo do meu.

Shane desviou os olhos coloridos para a minha boca.

E eu entreabri os lábios.

— Vamos lá encontrar o pessoal?

— Uhum — respondi.

Ele baixou seus lábios até que encontrassem a ponta do meu nariz e se levantou da cama enquanto eu ainda sentia dificuldade de respirar.

Mas não pela risada.

Shane

— Porra, não. Claro que não! Eu peguei mais mulher do que todos vocês juntos, isso sem contar no Heart On Fire, que vocês dois estavam amarrados. — Zane estava discutindo com Carter e Yan sobre quem tinha transado com mais mulheres.

Claro que as meninas não estavam presentes.

Kizzie tinha ido trabalhar com Oliver. Erin e Lua estavam tomando sol na piscina. Então estávamos eu, os caras, Mark, Cahya e a Querubim no quarto do meu irmão, relaxando ao som de um rock dos anos oitenta, jogando conversa fora.

— Eu prefiro nem falar sobre todas as mulheres que peguei. Zane cairia duro — Yan provocou.

— Certeza que o Yan tem uma lista em ordem alfabética das mulheres que dormiram com ele — Carter zombou, fazendo todos nós rirmos.

— Não, deve estar organizado por desempenho e eficácia, cacete. — Zane jogou a cabeça para trás, gargalhando.

— Concordo. Deve ser tipo: as que fodem excelente, as que fodem mais ou menos... — zombei.

Yan abriu um sorriso discreto.

54

— Eu tinha uma lista, quando solteiro.

— Vocês são nojentos — Cahya falou, mas estava sorrindo.

— Hércules, eu te achava tão fofo quando eu era criança.... — Roxy franziu os olhos, como se o estivesse enxergando pela primeira vez.

Yan deu de ombros e lançou uma piscada para ela.

— Fofo, o caralho. Yan pegou a escola toda no sigilo — denunciei. — Lembra, Zane?

— Porra, sim. Shane vinha me falar, mesmo depois que já tínhamos concluído o ensino médio, que Yan era uma lenda. — Meu irmão passou a mão nos cabelos longos.

— Todos os caras falavam do Yan como se fosse um modelo a seguir. — Me recostei na poltrona. Querubim estava ao meu lado, e coloquei a mão na coxa dela. Era algo que fazia naturalmente, como respirar. Gostava de senti-la ali. Ainda que... todos acompanhassem o movimento da minha mão. Ignorei. — Eu só fui beijar mesmo quando...

— Aquela maldita Calça Rosa foi a primeira — Roxy me interrompeu. Ela odiava aquela garota. Odiou todas. — Depois, Shane desandou. Era uma menina por dia.

— Meu irmão, igualzinho. — Zane riu.

— Vocês são meu extremo oposto. — Mark tomou um gole do seu energético. — Eu fiquei anos sem transar, tranquilo.

— Meu homem é perfeito. — Cahya deu um beijo em sua careca. Ela estava sentada na cama ao lado de Zane, e Mark estava no chão, de pernas cruzadas, as costas entre as pernas dela.

Ah, porra. A piada veio pronta.

— Ô, garota da aliança. — Ela imediatamente me olhou. — Já pensou que você tem um Buda pra chamar de seu? É careca e tudo.

Todo mundo gargalhou. Até Mark.

— Realmente tenho um Buda. — Cahya beijou a careca do marido de novo.

— Não inventem apelidos novos. Bond é o Mark, Tigrão é o Shane, Zane é o Casanova, Yan é o Hércules e o Carter é o Príncipe Encantado.

— E o Oliver? — Cahya perguntou.

Sempre foi você

Silêncio.

Meu coração até parou de bater.

Lancei um olhar para Roxy.

Eu estava sentindo uma coisa no ar? Queriam arrastar ela para o asiático italiano gostosão? Nem fodendo. Aquele cara era mais velho, amigo da Kizzie, e era perfeito demais, porra. Trabalhador, bem-sucedido, malhado, olhos claros mesmo com traços da Ásia, uma raridade genética ou qualquer coisa assim que faria um útero desejar criar bebês. Todo mundo o olhava por onde ele passava.

— Ainda não inventei um apelido para o Oliver, mas o chamo de Keanu da Ásia.

— Keanu da Ásia? De Keanu Reeves? — Cahya começou a rir. — Qual é a ascendência dele?

— Acho que um de seus avós é coreano e do outro lado da família tem Itália também. — Zane sorriu.

— Ficou uma mistura tão boa que nem parece verdade — Cahya pensou alto. — Com todo respeito, marido.

— Sem problema, eu me garanto. — Mark olhou para cima e Cahya deu um beijo em sua boca, de ponta-cabeça.

Eu não conseguia respirar.

— Ele está solteiro? Acho que nunca o vi com alguém desde que comecei a trabalhar para a The M's — Roxy perguntou para o Zane.

Meu irmão me lançou um olhar.

— Bem solteiro, bem foda. O cara é nota mil. Se quiser investir, vai com força — Meu irmão, talvez para me provocar, incentivou.

Mas me *provocar*? O que eu estava pensando? Zane sabia que nada rolava entre mim e a Querubim desde... sei lá, sempre. Por que eu estava pirando com a possibilidade de ela dormir com o Oliver? Foda-se. É a vida dela, certo? Ela faz suas próprias escolhas...

— Oliver é um cara pra namorar. Ele é super responsável com tudo o que acontece na banda. Me instrui da melhor maneira. Eu voto sim, se você estiver interessada... senhori... Roxanne. — Mark sorriu.

— O cara é ótimo mesmo. — Carter inclinou a cabeça para o lado, pensativo. — É esse tipo de interesse que você tem?

Aline Sant'Ana

56

— Na verdade, eu só quero curtir. Se é pra namorar, não é o momento certo — Roxy esclareceu.

— Uau — Yan ficou surpreso, enquanto meu coração esvaziava a angústia. — Não quer compromisso, Roxy?

— Agora? Nem pensar. Estou solteira há meses. — Ela lançou um olhar para todos, com exceção de mim. — Não tentem me arrumar um marido em poucos dias porque não vai rolar. O que aconteceu com Carter, Yan e Zane...

— E, de certa forma, comigo também — Mark falou.

— Com todos vocês! — Roxy pareceu chocada.

— Ah, que merda. Vai que é contagioso. Eu fujo deles como diabo foge da cruz. — Recostei-me, mais aliviado.

Querubim achava o cara boa pinta, mas talvez não quisesse...

— Quando eu estiver interessada em namorar, aviso vocês.

Roxy não poderia enfrentar outro relacionamento tóxico, cacete. Não que Oliver fosse, mas o que ela passou com o Gael... O cara era muito perturbado da cabeça.

— Roxy tá comigo. — Puxei-a para os meus braços, beijando o topo da sua cabeça. — Nossa amizade é o melhor relacionamento que já existiu nessa vida.

— Amizades são realmente incríveis — Cahya concordou. — Mas um melhor amigo não te leva para a cama quando a noite chega. Você sabe que há um espaço aí que não te compete, Shane.

Eu senti a minha espinha gelar da base das costas até a cabeça.

Mas, mesmo que fosse um puta de um tapa na cara, Cahya não estava errada. Meu relacionamento com a Roxy não cobria as partes de um relacionamento afetivo. Éramos perfeitos juntos, mas eu não transava com ela à noite. Nunca prometi um para sempre, além de que sempre estaria ao seu lado, mas não *esse* tipo, porra.

Eu não cabia naquele espaço... que seria para outro cara preencher.

E essa constatação veio forte e ácida na minha garganta. Por mais que eu fizesse tudo pela Querubim, sempre haveria esse precipício imenso entre nós dois.

Sempre haveria, caralho.

Porque eu não cederia... não é?

Sempre foi você

— Shane me completa em todas as outras coisas da vida, mas sim... — Querubim disse, em meus braços. — Ainda quero viver um amor como o de vocês.

— E com razão. — Carter apoiou os cotovelos em suas coxas. — Todo mundo merece um amor assim.

— Menos eu, eu vou fazer safadeza pelo resto da vida — garanti.

Zane sorriu, mas não rebateu. Eu sabia o que ele pensava. Que eu seria como ele. Negaria boa parte da vida, mas acabaria me apaixonando. Mas eu, diferente do meu irmão, já fiz isso. E não quero de novo. Eu estava de boa. Roxy ia ser feliz. Eu seria o tiozão dos fins de semana. Estava bem com isso.

— Vamos tomar um sol com a Erin e a Lua? — Cahya ofereceu.

Eles saíram, me deixando sozinho com a Querubim. Beijei o topo da sua cabeça antes de soltá-la.

— Tá a fim de um sol também?

Ela assentiu.

— Ah, Brasil. Quantas experiências nos reservam aqui ainda?

— Espero que muitas — murmurei.

O suficiente para eu entender o espaço que me competia sendo amigo da Roxy.

Minha cabeça estava uma merda esses dias. Eu precisava de ar puro.

Roxy

Ficamos do lado de fora até o sol se pôr. Assistimos ao entardecer e ao início da noite estrelada de Manaus, com o coração apaixonado por um país que não era nosso, mas parecia mágico o suficiente para fazer qualquer um amá-lo.

Zane e Lua, quando se juntavam, causavam, então nós rimos muito naquele fim de tarde. Shane ficou um tempo pensativo, não acompanhando tanto a conversa, e imaginei que fosse devido ao show que seria no dia seguinte. Ele estava até um pouco afastado, conversando com Mark e Yan, os antebraços apoiados no guarda-corpo da imensa área da piscina, em um ponto isolado do hotel. A borda infinita somava ao céu e trazia a sensação de estarmos imersos no universo.

Em meia hora, eu teria que me levantar e me arrumar porque Kizzie ia me

58

buscar com Oliver, mas decidi ficar um tempo ainda namorando o céu quando Lua se sentou ao meu lado.

— Sabe que sou bem direta, né? Não gosto de rodeios. Acho isso insuportável.

— Pode perguntar, Lua. — Ri.

— Por que você e Shane são tão complicados? Seja sincera comigo, só uma vez. Há uma atração rolando...

Minhas bochechas ficaram vermelhas.

— Sempre rolou da minha parte, de forma implícita, em vários momentos das nossas vidas. Mas eu evito vê-lo... como homem.

— Posso entender o motivo?

Expliquei os meus pontos sobre termos objetivos diferentes de vida, e Shane ser... complexo demais, com várias camadas, além da sua negação forte em se relacionar. Não era *só* isso, mas serviria.

— Entendo que seja difícil, delicado por conta do que você passou com o Gael, mas, você não acha que racionaliza muito as coisas?

— Nem vou negar — murmurei.

— Sua racionalização nem sempre faz sentido. Você disse, no avião, que estava interessada em ficar com as pessoas sem compromisso. Por que ficar com Shane poderia ser tão maluco?

Dei de ombros.

— São vinte anos. Ele não é um cara que eu conheci numa viagem aleatória.

— Entendo tudo isso, mas vocês dois são tão maduros. Um acordo de que não levariam isso a ponto de estragar a amizade não seria conveniente?

Pensei por alguns segundos.

— Você sabe que não funciona dessa forma...

— Sei? — Lua olhou para o céu. — Acho que as pessoas complicam o que é descomplicado, Roxy. A vida é tão curta. Eu e Shane estivemos a um passo de perdê-la, e não sinto que frear os sentimentos seja tão inteligente da parte do ser humano. Se machucar? A gente sempre vai. Se ferir também. Mas amizade é o amor que nunca morre. Já passaram por tanto, são tão novos. Talvez pessoas incríveis apareçam na vida de vocês no futuro, mas o presente... — Ela desviou os olhos para Shane. — O presente é tão bonito, não acha?

Sempre foi você

E ele era. Belíssimo. Até quando Shane era insuportável, eu conseguia amá-lo. Mas, aos olhos de terceiros, dar esse passo que faltava era apenas isso... um passo. Para mim, era cruzar as fronteiras do meu coração e arriscar.

Eu odiava correr riscos. E odiava a ideia de colocar meu coração em uma caixa feita de ar e fumaça.

Ainda que o desejasse...

— De qualquer maneira, não quero te pressionar. Só quis te trazer outro ponto de vista. — Lua segurou minhas mãos. — E caso você não queira se jogar de paraquedas, a gente tem uma asa delta.

— O que está dizendo? — De repente, fiquei confusa.

Lua apontou com o queixo para a minha esquerda e se levantou, me deixando sozinha, como se já tivesse feito o suficiente.

Oliver chegou ao lado de Kizzie. Ele estava cansado, mas ainda conseguia ser tão bonito que era impossível não reparar.

Mas havia algo nele que não me atraía como ímã.

Talvez eu não conseguisse gostar dos caras certos.

Talvez eu só quisesse arrumar problema para a minha cabeça.

Ele se aproximou e se abaixou, mais rápido do que eu pude processar, ficando de cócoras para pairar nossos olhos, enquanto Kizzie ia cumprimentar o noivo. Eu tive um pouco de contato com ele trabalhando para a The M's nos últimos meses. Oliver sempre foi muito paciente, solícito e amável. Mas era um... colega gentil. Por mais lindo que fosse, eu não me imaginava tirando a roupa para ele.

Ou talvez...

— Oi.

— Oi — respondi, sorrindo.

— Acha que pode ir conosco? Chegamos mais cedo.

Senti os olhos do Shane sobre nós dois. Eu nem precisava vê-lo para saber que estava observando tudo; eu o sentia em mim.

— Sim, vou só tomar um banho e me trocar. Me perdi na conversa com a Lua...

— Tudo bem. — Oliver umedeceu os lábios e se levantou, me dando espaço.

Fui para a ducha com os pensamentos na conversa que tive com a Lua...

Aline Sant'Ana

As pessoas estavam começando a entender a forma que eu via Shane.

E não sei até quando o meu melhor amigo não enxergaria o mesmo.

CAPÍTULO 6

You put your body on mine when it's sinking in
You're the pain in my heart, it's so heavenly
You are, you are, you are
The cure for all my scars

— James Arthur, "Medicine".

SHANE

Respirei fundo. E de novo. E mais uma vez.

Ouvir a multidão gritando o nome da sua banda, em um estádio lotado com mais de trinta mil pessoas, era surreal pra caralho. E por mais que estivesse confiante de que dava conta disso tudo, eu só precisava baixar a minha ansiedade um pouco.

Mas, caralho...

Trinta mil pessoas. A lotação máxima do lugar.

A performance de duas horas e quarenta minutos da The M's estava na minha cabeça. Eu sabia tudo o que tinha que fazer. Abriríamos com *Angel*, a música que eu e Roxy compomos, adaptada por Carter, arranjos e melodias feitos por mim, Zane e Yan. Era perfeita. Era o nosso maior sucesso. E a música que nos fez estourar com o novo CD.

— Cinco minutos, tudo certo? — Kizzie perguntou, checando, enquanto Roxy passava ao seu lado, verificando nossas roupas. Oliver estava com Zane, resolvendo um detalhe da guitarra do meu irmão.

Eu já ouvia a nossa história passando no telão. Podia ouvir a minha própria voz, falando da importância de ter entrado na The M's, assim como os caras. Como um filme das nossas vidas, como uma introdução de quem éramos.

E a produção para esse show foi imensa. Nós íamos emergir do chão, cada um em um ponto. E estávamos na parte de baixo àquela altura, apenas esperando.

Eu mal conseguia respirar.

— Shane? — Roxy, me entendendo como ninguém mais, voltou, enquanto Kizzie continuou a caminhar.

Na noite passada, algumas coisas relacionadas a nós dois me deixaram pensativo pra caralho. Era como se eu estivesse me corroendo de ciúmes, o que

Aline Sant'Ana

eu sempre tive, na verdade, mas não dessa forma tão... *intensa*. O jeito que a Cahya jogou a verdade crua na minha cara e a maneira que o Oliver olhou para a Querubim...

Ela não estava interessada em relacionamento com ninguém.

Mas por que parecia que eu ia morrer se a visse com outro cara?

Que coisa mais escrota. Eu já presenciei a Roxy beijando na boca mais vezes do que poderia contar nos dedos da mão, sentada no colo de outros caras e, apesar de sentir uma pontada estranha no peito, nunca foi tão forte.

Eu não poderia ter esse sentimento de posse com a minha melhor amiga, cacete.

— Você vai ficar sem me responder? — Ela segurou a lateral do meu rosto, trazendo-me para a realidade, para *ela*.

Roxy estava com suaves olheiras, de tanto trabalhar nas últimas horas, mas parecia tão alegre e orgulhosa de mim, que não era justo eu afastá-la com ciúmes.

Com... bobagem minha, porra.

Toquei sua mão, que estava no meu rosto, e afundei sua palma na minha bochecha. Fechei os olhos por um segundo, só para sentir que ela estava ali, só para eu cair na real de que a minha melhor amiga merecia todos os sentimentos bons que existiam dentro de mim. Me aninhei naquela mão pequena, exalando fundo, me acalmando, até que pudesse abrir as pálpebras. Os olhos da Querubim fitaram cada um dos meus, de um para o outro, e ela prendeu a respiração quando levei sua mão pequena à boca e a beijei suavemente na palma.

— O que houve?

— Preciso de um abraço — murmurei, e virei o baixo para trás do meu corpo, de modo que Roxanne pudesse se aconchegar em mim.

— Três minutos, meninos! Vamos mostrar para o Brasil a energia, vamos mostrar que os rockstars que os fãs amam... estão aqui! — Kizzie iniciou um discurso que eu queria muito ouvir, de verdade, mas não pude. Meus olhos estavam em Roxanne Taylor, naquela garota que virou mulher na minha frente, sem que eu pudesse perceber.

Roxy passou os braços em torno da minha cintura e afundou a cabeça no meu peito. Por um momento, eu só deixei que fosse um abraço unilateral, sentindo-a. O perfume, que lembrava maçã verde, invadiu as minhas narinas e eu a abracei de volta.

Sempre foi você

— Um minuto! — Foi a vez de Oliver avisar.

— Precisa me soltar ou eu vou subir no palco com você. — Ela riu. Dei um beijo no topo da sua cabeça, e Roxy afastou apenas um pouco o rosto do meu peito, apoiando o queixo ali, me vendo de baixo. — Está nervoso?

— Pra caralho.

— Cadê o seu ego imenso? — Roxy sorriu.

— Foi passear.

— Trinta segundos! — Oliver avisou.

— Preciso ir. — Roxy deu alguns passos para trás. — Está tudo bem, né?

— Sim, está — prometi. — Só queria um abraço mesmo.

— Faça a sua magia, vá lá e mostre o quão fantástico você é. — Seu semblante compenetrado me fez prender a respiração. — Como seus dedos nasceram para dedilhar um baixo, o quanto o seu carisma é contagiante, e seu talento, nato. Faça com que eles vejam tudo o que eu vejo, Tigrão. Faça-os olharem para o seu coração.

Merda, Querubim. Suspirei fundo, abri a boca para responder, mas, antes que pudesse fazê-lo, o elevador do palco começou a se movimentar. Como Katniss indo para a arena de Jogos Vorazes. Eu me posicionei certo, com o baixo à frente do corpo, e sorri para a minha amiga para tranquilizá-la até que eu não a visse mais.

Mas a verdade é que eu estava tremendo dos pés à cabeça.

Com as luzes ainda apagadas, cheguei à superfície.

E, caralho...

Era *mesmo* trinta mil pessoas.

Gritando alto pra cacete.

As luzes, que antes estavam no público, vieram para mim.

E eu colei meus lábios instintivamente no microfone, lançando um olhar para os caras, antes de seguir o *script* e dizer em português o que Lua havia me ensinado:

— Que noite gostosa é essa, hein, Manaus?!

Aline Sant'Ana

Roxy

Dizer que um show da The M's é inesquecível parece tão pouco perto do que realmente é. Os meninos entregam tudo, esperando apenas o amor dos fãs em troca. Assisti-los tocar as músicas que eu e Shane compomos, ao vivo, foi uma sensação de sonho se tornando realidade. Mas o crédito do show, sem dúvida, eu teria que dar aos brasileiros. Acho que nunca vi nada parecido com essa energia, esse nível de carinho, dos fãs. Eles gritavam a plenos pulmões, curtiam cada música com a alma, sabiam cantar todas as letras, ainda que fosse em uma língua diferente. E, em alguns momentos, eu, Erin, Lua, Kizzie, Cahya e Mark nos emocionamos, porque o coro de trinta mil pessoas aproveitou o tempo entre uma música e outra para dizer, a ponto de estremecer a Arena da Amazônia, que os amava.

— Aí, olha eles... — Kizzie falou.

Sempre que saíam do palco, pareciam estar pilhados com uma vibração e euforia. Cada um dos meninos passou por mim, me dando um beijo na testa, Carter ainda mais carinhoso do que a impulsividade do Zane e a força de Yan, mas quando meus olhos pousaram em Shane...

Ele estava com uma calça de couro Roberto Cavalli e uma regata branca e cavada, molhada de suor, com poucos detalhes que a fazia fugir do básico. Seus cabelos estavam úmidos, os olhos brilhando e o sorriso...

Shane veio até mim, me puxou delicadamente pela nuca e me colou em seu peito, envolvendo-me em seus braços. Não me importei que ele estivesse pingando de suor, porque, àquela altura da nossa amizade, não havia mais nada que tivéssemos frescura um com o outro. A respiração ofegante veio até a minha orelha e ele disse alto o suficiente para que eu pudesse ouvi-lo:

— Eu tô feliz pra cacete, Querubim.

Minha garganta ficou apertada e meus olhos marejaram. Eu sabia o que significava. Como era difícil para o meu melhor amigo provar a felicidade sem que precisasse de um entorpecente.

— Eu sei.

— Preciso trocar de roupa. — Ele se afastou. — Vamos para as músicas acústicas agora e depois fechamos com as mais pesadas de novo.

— As peças já estão no camarim, eu vou quando estiverem vestidos, para ver se não colocaram nada do avesso. O cabeleireiro e o maquiador só estão esperando...

Sempre foi você

Shane segurou meu queixo entre o polegar e o indicador e passou a ponta da língua entre seus lábios. Me arrepiei. Inteira. Ainda que estivesse me segurando só ali.

— Eu já vou, mas tenho ainda mais dois minutos com você.

Encarando os olhos dele, senti uma espécie de atração tão...

— Shane, desculpa, mas o seu irmão está te chamando no camarim — Lyon, o funcionário da Kizzie, disse. — É sobre a segunda parte do show.

— Hum... — Shane não desviou os olhos dos meus quando respondeu. Aliás, ele até desceu a atenção para a minha boca. Em um movimento, traçou a ponta do dedo áspero no canto direito do meu lábio inferior. — Borrou de batom.

Ele estava lindo, exalando masculinidade, força, e me olhando daquele jeito que bagunçava todo o meu interior, daquele jeito que me fazia pensar...

Em coisas.

Em coisas com *ele*.

— Já vou, Lyon — Shane comunicou e voltou a me admirar nos olhos. — A próxima música é *Lost*. Se prepara pra chorar. — Me deu um beijo na testa. — Eu peço para te chamarem quando estivermos vestidos.

— Tudo bem.

Shane sorriu para mim com as covinhas e os piercings implorando pela minha atenção.

— Tudo bem, então.

Shane

— Tudo certo, pirralho? — Zane perguntou, ajeitando sua guitarra em frente ao peito. Íamos começar com um solo da guitarra e, em seguida, do baixo, então, a voz de Carter daria início a *Lost*, com Yan ao fundo.

Estávamos numa parcial escuridão. Os fãs da frente já sabiam que estávamos no palco, mas a grande maioria não podia nos ver. Então, tínhamos mais liberdade para conversar sem o microfone ligado.

— Tudo certo.

— Tá curtindo o show pra caralho, né? — Ele sorriu. Tínhamos conversado tanto antes do show, no camarim... em cada momento, os caras perguntaram se eu estava confortável, se me sentia bem. Se eu estava nervoso. E meio que eles sabiam que precisávamos funcionar juntos, como se fôssemos parte de um mesmo corpo. Zane seria os braços, eu, as pernas, Yan, o troco e Carter... a alma.

— Zane — chamei, e ele sabia que era sério. — Eu já te agradeci infinitas vezes, até você querer chutar a minha bunda, mas sabe que isso aqui é o que me deu forças, né? Vocês... — Apontei para a multidão. — E eles, que me acolheram, mesmo sabendo quem eu fui no passado.

Meu irmão mais velho, meu espelho por toda a vida, me encarou com seriedade, sem a pose sarcástica, sem a pinta da bad boy e o caralho. Só sendo o meu irmão. E me calou com um olhar.

— Todos nós já tomamos decisões erradas na vida. Carter casou com uma interesseira. Eu fodi sem compromisso e magoei pessoas por quase três décadas. Yan quase rompeu o relacionamento com a Lua enquanto só olhava para o próprio umbigo. Você acha que tá cercado de gente perfeita? Até as meninas, porra. Lua se escondeu em seus próprios medos, Erin quase jogou uma amizade de anos por omitir da melhor amiga que estava apaixonada. Kizzie não confiou em me dizer certas coisas. Ninguém aqui... *ninguém* é perfeito.

— Mas...

— Não tem *mas*, cara. — Ele segurou meu rosto, uma mão em cada lado, me puxando até que nossas testas colassem. — Eu sempre fui muito rígido, falava que você era um merda. Virei as costas, querendo que tomasse jeito, sem saber que o que você mais precisava era do meu apoio. Porra, mas eu tô aqui agora, Shane. Não abro mão, tá me ouvindo? — Suas mãos ficaram mais firmes e ele exalou fundo. — Tô aqui agora pra dizer que você me orgulha todo dia. Sei que os médicos dizem aquela frase lá, um dia de cada vez, e eu tô ligado que é assim mesmo. Mas até agora tem sido só surpresa boa. Não pense que não sei que terão dias mais difíceis do que outros. Mas eu vou estar aqui, sacou? Dias bons e ruins, do seu lado. Pra te guiar quando pisar na bola, para elogiar quando fizer certo. E agora? Cara, agora você é foda!

Respirei fundo.

— Porra, Zane.

— Hoje... quem você é hoje?

— O baixista mais foda que a The M's poderia ter.

— Então, apenas seja quem você é. — Ele me deu um beijo no meio da testa e

Sempre foi você

se afastou, dando passos para trás. As pessoas, ao fundo, gritavam nossos nomes.

— Tudo o que elas querem de você é o agora.

As baquetas do Yan nos deram o aviso de que íamos entrar.

Ele bateu uma, duas, três vezes e...

Os holofotes acenderam.

Zane iniciou o solo de guitarra, caminhando para o imenso T invertido feito na Arena da Amazônia, chegando até o meio da multidão, enquanto lágrimas se formavam nos meus olhos.

Ele estava certo.

Só queriam de mim o agora.

E o eu de hoje... era foda pra cacete.

Quando meus dedos dedilharam o baixo, fui até Zane. Ficamos lado a lado, um instrumento completando o outro, o que fez as minhas lágrimas serem substituídas por um sorriso imenso.

A voz do Carter soou, cantando a música que eu compus com a Roxy.

No palco, eu estava em casa.

E não havia nada nesse mundo que pudesse arrancar essa conquista de mim.

Roxy

O renascimento que eu vi do Shane, naquele palco, me fez entender que ele não havia desistido de si mesmo. Eu sabia, acompanhei toda a luta, mas vê-lo tocando o baixo azul da cor do mar, com a emoção imensa em ser quem nasceu para ser, me trouxe uma sensação de dever cumprido nesse mundo.

Droga, eu ia começar a chorar.

— Porra! — Zane saiu do palco após a última música, pulando e abraçando a Kizzie como se pudesse quebrá-la ao meio. Então, beijou-a com vontade, língua e tudo, para depois arfar assim que se afastaram. — Cacete, Marrentinha. Melhor show da minha vida!

A noiva do guitarrista sorriu.

— Espere para dizer isso depois do *Rock In Rio*.

— Quer me matar mesmo, não é, mulher? — Ele a abraçou e a puxou para

Aline Sant'Ana

um canto. — Vem que eu quero te falar o que podemos fazer antes de...

Em seguida, veio Yan, tranquilo, mas sorrindo de orelha a orelha. Ele deu um beijo na boca da sua noiva, sem dizer uma palavra, mas, antes de ir embora curtir um momento com ela, me deu uma piscadinha.

Carter veio em penúltimo lugar. As lágrimas em seus olhos me fizeram derramar o choro que ainda estava na garganta. Ele não teve vergonha nenhuma de aparecer assim, tão vulnerável. Simplesmente passou por mim, fez um carinho no meu cabelo, e foi direto para os braços da sua Fada, sendo recebido com todo o amor do mundo. E ele a beijou, enquanto transbordava emoção, acariciando os cabelos dela e respirando a mesma paixão.

Era *algo assim* que eu queria. Um homem sensível que não tivesse medo de chorar na minha frente. Que me abraçasse como se estivesse carregando o mundo inteiro nas costas. Que sustentasse meus medos e os seus, que fôssemos a força um do outro. Eu queria viver uma experiência maravilhosa em que eu não tivesse pavor de estar apaixonada. Queria alguém que ficasse ao meu lado não por me prometer o resto da vida, mas simplesmente por desejar isso de verdade.

— Srta. Taylor?

Pisquei, confusa com a voz de Mark, enquanto namorava a interação de Carter e Erin.

— O sr. D'Auvray está te chamando. Pode me acompanhar, por favor? — Abriu um sorriso.

— Ah, claro, Bond... Cadê a sua esposa?

— Comendo frutas no camarim.

— E já não terminou o expediente? — perguntei para ele, enquanto Mark caminhava comigo pelos bastidores. — Por que me chamar de senhorita?

— Enquanto vocês não estiverem seguros no avião rumo a Fortaleza, ainda tenho uma missão. O foco é na segurança de vocês.

Mark subiu comigo o lance de escadas que nos levava atrás do palco. Eu pude ouvir a movimentação das trinta mil pessoas enquanto elas saíam.

— Continue por aqui até chegar à extrema direita. Vou deixá-la a sós com seu... amigo, srta. Taylor. Lembrem-se de que sairemos em meia hora, pegaremos as malas e partiremos para Fortaleza, tudo bem?

— Sim, Bond. — Pus a mão no ombro forte de Mark e fiz um suave carinho. — Obrigada.

Mark me deixou sozinha. Caminhei por trás das cortinas, até encontrar um conjunto de caixas de som. Andei mais um pouco e achei uma escada.

Olhei um pouco para cima.

Meu coração acelerou quando o encontrei sentado na estrutura metálica da escada de plataforma, as pernas balançando a uns três metros de altura.

— Consegue subir? — perguntou.

— Claro.

Alguns lances de escada depois e eu estava com ele. Sentei-me ao seu lado, e respirei fundo quando dei uma boa olhada na visão à minha frente.

— Eu queria me desculpar, Shane — cortei o silêncio.

Senti os olhos coloridos em mim, felinos, atentos.

— Por quê? — Sua voz soou baixa.

— O meu último relacionamento foi conturbado. No tempo em que estive com ele, me vi... diferente. Mudei de alguma forma, te afastando um pouco. Deixei de ir a todos os nossos encontros, cortei os finais de semana com você, porque Gael morria de ciúmes. E por mais que tenhamos compensado no resort e, agora, com essa viagem, sinto que perdi uma parte da nossa amizade.

Ele se remexeu ao meu lado, parecendo desconfortável por algum motivo, então sua mão se entrelaçou com a minha. Shane desviou o olhar e foi a minha vez de admirá-lo. O perfil do seu rosto. A maneira que seu nariz era arrebitado na ponta, o formato dos seus lábios, a linha quadrada do maxilar, o furo em seu queixo. Apesar de Shane ter apresentado a última canção sem camisa, assim como todos os meninos, não era esse tipo de atração que reverberava em mim naquele minuto. Era mais como admiração. Por tê-lo respirando ao meu lado, por tê-lo comigo.

Sob as estrelas e as luzes sob nossos pés, era como se estivéssemos voando.

— E você acha que os finais de semana que deixamos de nos encontrar enfraqueceram a nossa amizade? — Shane olhou para o céu e abriu um sorriso.
— Eu te ligava todos os dias e vice-e-versa. Você me enviava fotos, e eu também. Nós assistíamos ao mesmo filme da Netflix, na mesma hora, para fingirmos que estávamos no cinema. Eu te enviava trechos de músicas que estava compondo, você cantava em áudio para mim como seria a melodia. Cara, nem nos momentos em que eu me afastei ou que você se afastou, nunca reduzimos o que sentíamos um pelo outro. Você sempre foi a minha melhor amiga, sempre esteve ao meu

Aline Sant'Ana

lado, e eu não precisava da sua presença física para saber disso. Acho que era recíproco. Porque, mesmo quando eu estava sendo a pior escória de um ser humano, você nunca me deixou de lado também.

Foi a primeira vez que ouvi um discurso do Shane, tão longo e emotivo, sem ter nenhum palavrão no meio. Pisquei dezenas de vezes, surpresa, e desviei a atenção do seu perfil. A mão masculina ainda envolvia a minha, os dedos ao redor dos meus, e uma sensação de culpa por eu estar vendo-o de forma diferente engoliu meu coração.

Pigarreei para que eu não chorasse mais uma vez naquela noite.

— Você sabe que estamos juntos nas horas boas e ruins.

— Então, o que há para se desculpar? — Ele se virou para mim, percebi pela visão periférica. Engoli em seco. — Eu nunca te culpei por ter se afastado por causa do babaca do Gael. Assim como você nunca me culpou por eu te me afastado quando... — Imediatamente, Shane se fechou. — O que achou do show?

Apesar de Shane ter evoluído muito quanto a se abrir para mim, família e amigos, ele ainda tinha uma linha limite em seu passado que nunca cruzava. Eu sabia de todas as coisas, os fatos, por assim dizer, mas não entendia o quanto isso o afetava significativamente até hoje.

Ele era delicado. Espinhoso. E a pessoa mais preciosa que já conheci.

— Foi o melhor show da minha vida. Estou tão orgulhosa de você. A maneira que tocou o contrabaixo, o modo como cantou com os meninos, sua presença de palco. Absolutamente... eu estou muito encantada por estar aqui hoje. — Fiz uma pausa e tive coragem de me virar para ele. — Mas por que me chamou aqui, Tigrão?

— Senti a sua falta.

Arregalei os olhos.

— Como?

— Porra, eu sei. Mas agora, daqui a pouco, aliás, vai começar a correria de irmos embora dessa cidade incrível e irmos para outra. Então, sei lá, eu só queria cinco minutos com você antes de enfrentarmos a realidade.

— Uma pausa no tempo?

Ele sorriu, reconhecendo algo que fazíamos quando éramos adolescentes.

— Uma pausa no tempo — respondeu baixinho.

Sempre foi você

Deitei a cabeça em seu ombro, Shane me envolveu com um de seus braços, pela cintura, e meu coração, que já tinha se quebrado tantas vezes, pareceu querer se colar novamente.

Jamais permitiria uma coisa dessas, não com Shane, mas era tão bom estar em seus braços, sem sentir que...

Mas o meu corpo respondeu, traiçoeiro, como se tivesse um demônio puxando as minhas cordas, me revirando do avesso. Respondeu porque ele inspirou fundo, sentindo a fragrância do meu perfume. Seus braços me apertaram e percebi que ele estava sem camisa, *colado* em mim. Fechei os olhos, expirando devagar.

Shane começou a acariciar minha cintura nua, bem no pedaço de pele que o cropped não cobria, circulando devagar com a ponta dos dedos. Cada pelo do meu corpo se arrepiou em alerta, aquele toque áspero contra a tez macia, rodando e rodando, me deixando pensar como seriam esses dedos em cada parte do meu corpo. Os bicos dos meus seios ficaram duros, roçando o cropped que não precisava de sutiã, e eu soltei um suspiro, que se misturou a um gemido, quando ele me deu um beijo na têmpora.

— O que foi? — perguntou baixinho, seus lábios roçando ali. Shane respirou fundo e desceu o beijo para a maçã do meu rosto, demorando-se um pouco mais. — Fala, Querubim.

— Hum? — murmurei, perdida.

A vontade criou asas e se transformou em milhares de borboletas no meu estômago, que reviraram tudo, só para começar a descer... e descer... até que o meu clitóris pulsasse. Inchasse. E um líquido muito conhecido umedecesse a minha calcinha.

— Você tá arrepiada? — ele perguntou. — É frio?

— É... — confirmei, quase gemendo, sob um calor de trinta graus de Manaus.

— Roxanne? — ele chamou quase como se me punisse quando disse meu nome, quase como se me implorasse para que meu corpo não respondesse como estava respondendo.

— Shane, nós temos que ir. — Tirei sua mão da minha cintura, me afastei um pouco, e exalei tão fundo que meu pulmão ardeu. Pisquei, olhando-o, sem conseguir vê-lo como um todo. — Nós precisamos mesmo ir.

Ele ficou em silêncio e umedeceu a boca como se sentisse falta de beijar alguém.

Aline Sant'Ana

— É. — Me encarou, as íris discrepantes cintilando sob as estrelas. — Você tem razão.

— Tenho. Vamos, Tigrão.

Mas ele não quis me acompanhar.

— Rolou alguma coisa aqui? — perguntou, de repente.

— Não. — Franzi a testa. — Do que você tá falando?

Shane estreitou os olhos.

Meu corpo nunca respondeu a ele tão descaradamente. Como o conhecia bem, Shane ia pensar que era fruto da sua imaginação, dos seus dias sem sexo, da sua loucura masculina. Ele nunca, em toda a sua vida, ia interpretar como se tivesse mexido comigo. Não porque não era esperto, mas porque ele nos enxergava com uma lente de amizade.

— É, nossa. — Então, ele riu e passou a mão nos cabelos lisos e bagunçados, jogando-os para trás. — Porra, vi coisa. Foi mal.

Eu disse.

— Vamos embora que a adrenalina do show ainda está nas suas veias.

— Caralho, sim. Vamos pra Fortaleza, Querubim.

Naquele momento, eu não sabia o que Fortaleza nos reservava, mas o problema é que a atração começa como uma gota no mar, até se tornar um oceano inteiro.

Eu achava que estava no controle.

Ledo engano.

CAPÍTULO 7

**It's hard for me to say,
I'm jealous of the way
You're happy without me**

— Labrinth, "Jealous".

Quinze anos de idade

S**HANE**

Virei a garrafa e caiu na Roxy.

— Verdade ou desafio, Querubim?

Ela estava linda naquela tarde. Era inverno em Miami e, por mais que não fizesse tanto frio, Roxy estava com o gorro cor-de-rosa que eu dei de presente no seu aniversário daquele ano, um moletom branco e calça jeans.

— Verdade.

Estávamos no Tropical Park, um dos meus lugares favoritos em Miami. Era um parque com lagos, uma imensa área verde, pista de caminhada e até uma quadra de futebol americano. E a gente tinha se reunido no final de semana só para jogar conversa fora, mas aí... Sean comprou uma garrafa de Coca-Cola, e entramos no jogo de verdade ou desafio com a galera.

Eu estava de rolo com uma garota chamada Ivy, e ela estava quase sentada no meu colo, mas eu não conseguia parar de pensar na Querubim e Sean. Eu sabia que o meu amigo estava a fim dela desde que me pediu para ajudá-lo com isso. Merda, a Querubim... ela já tinha ficado com alguns meninos, mas eu nunca tinha visto. Se ela fosse beijar o Sean na minha frente, não sei como reagiria. Era meio maluco isso tudo, né? Que saco.

— Você tá a fim do Sean? — Ivy perguntou, do nada, já que eu enrolei pra caralho.

— Por que fez isso? — Virei-me para ela.

Era bonita. Cabelos cacheados, pele bronzeada e olhos cor de ônix. Era a popular da sala. E adorava dar uma de cupido. Mas Ivy sabia que Roxanne era minha melhor amiga, e não tinha o direito de colocar Roxy em uma situação constrangedora.

— Porque eles estão interessados um no outro. — Franziu a testa.

Aline Sant'Ana

Era isso. Eu terminaria com a Ivy no dia seguinte.

— Sim — Roxy respondeu. — *Sean é uma graça, na verdade.*

Não, ele era um babaca.

Estreitei os olhos para ela.

Roxy ergueu as sobrancelhas, como se me desafiasse a rebatê-la.

A timidez da Querubim ia e vinha, e eu odiava ser pego desprevenido toda vez.

Que porra de posse é essa que tá surgindo em mim?

E... o que é isso, Sean?

Ele se sentou do lado dela, segurou na parte de trás da cabeça da Roxy e simplesmente...

Eu ouvi os "hummm" de todo mundo da roda, mas meus olhos não conseguiam sair daquela cena bizarra em que Sean, meu amigo, enfiava a língua na boca da Roxy. E ela cedia, como se fosse experiente. Cara, cada pedaço do meu corpo se desintegrou sobre a grama. Foi como se eu assistisse em câmera lenta aos lábios do Sean deslizando pela boca da Roxy, enquanto ela agarrava os cabelos negros do cara como se quisesse mais.

Eu nunca a tinha visto beijando. Me dê um crédito aqui. Porra!

— Que cara é essa, Shane? — Ivy perguntou. — *Tá com inveja? Me beija, então.*

Ela tentou me puxar para beijá-la, mas me afastei.

Meu peito estava apertado, e fiquei sem ar. Assim que aquela cena de terror parou, Sean colocou o braço em volta dela, me quebrando ao meio.

Roxy me encarou, como se tentasse me ler.

— Pessoal, eu vou ligar para a minha mãe, que deve estar preocupada. Vem comigo, Shane?

Assenti, porque queria conversar com ela. Queria dizer que Sean não prestava. Não que eu pudesse falar qualquer coisa do cara, já que eu era pior. Trocava de menina a cada vinte e quatro horas. Mas Roxy... merecia mais do que isso.

Saímos de perto das pessoas, fomos para uma distância segura, e quando eu ia abrir a boca para falar mal do Sean, Roxy colocou as mãos na cintura e me fitou com raiva.

— Eu já sei tudo o que você vai dizer. Que Sean não presta, que não me merece. Que eu poderia encontrar um namorado ou ficante melhor. Que na nossa escola não *existe ninguém à minha altura... — Uau, ela estava irritada. — Mas antes que você diga alguma coisa, Shane, quero te falar o seguinte: vamos concordar de não nos metermos nas merdas um do outro. Não é assim que você diz? Quando eu te alertei sobre a Ivy, que ela era uma louca desvairada, e a Calça Rosa...*

— Caralho, Querubim. A Calça Rosa? Eu era mais novo...

— Eu te alertei de todos os relacionamentos furados em que se enfiou e você me alertou de todos os relacionamentos furados em que me meti. E adiantou de alguma coisa? — Arfou, puta da vida.

— Porra, não.

— Então pare de falar quem devo namorar, se esse alguém nunca vai ser você! — gritou.

Dei um passo para trás. E depois outro.

Até que pisei numa bosta de cachorro.

Mas não me importei, porque minha melhor amiga estava chorando.

— O quê?

— Somos amigos, sempre seremos, então por que age como se sentisse ciúmes?

— Porque eu sinto, cacete! — resmunguei, direto.

— Ótimo, eu também odeio te ver ao lado da Ivy, da Tessa, da Mary, da Keyla... Quantas mais foram? Centenas? Ótimo! Odeio todas elas! E às vezes eu queria parar de me sentir assim! É errado em diversos níveis!

Me aproximei da Querubim.

— Roxy...

— Você é o meu melhor amigo. — Ela continuou a chorar. — Mas às vezes te amar me machuca, Shane!

— Eu também me sinto assim!

— Então faça o tempo parar. A vida é essa! Ela é inevitável. Eu vou me casar, ter cinco bebês, uma cerca branca, grama verde, um labrador e você... vai continuar com as Ivys da vida, sem nunca se apaixonar, porque você é assim!

— Eu vou me apaixonar! — gritei de volta.

— Então para de sentir ciúmes de mim! Sinta pela louca da Ivy...

— Pare de falar mal da Ivy, pelo amor de Deus.

— Ela é louca! — Roxy quase riu.

Aline Sant'Ana

— Sean não presta! — rebati.

— Ah, Shane...

Respirei fundo e segurei as laterais do rosto dela, nossas respirações se misturando.

— Uma pausa no tempo — sussurrei.

— O que disse? — murmurou de volta.

— O tempo nunca vai parar, mas nós podemos dizer "uma pausa no tempo" toda vez que sentirmos que precisamos... só de nós dois no mundo. Combinado?

Ela envolveu os braços ao redor de mim.

Não podíamos sentir ciúmes um do outro. Não dessa maneira.

— Uma pausa no tempo, então — respondeu, afundando o rosto no meu casaco.

— Só toma cuidado com o Sean, tá?

— E você, com a Ivy. E com todas que virão.

— Tudo bem.

— Tudo bem — repetiu.

Sean ficou com Roxy por cinco semanas. Roxy se apaixonou, claro, e foi até a minha casa com lenços de papel e um pote de sorvete, falando que nunca mais ia amar de novo. Mas ela amou, tão mais do que esperava, sem saber que sentimento a gente não controla.

Eu também me apaixonei uns anos depois daquilo.

Mas aí é outra história...

CAPÍTULO 8

I don't wanna know
If you're playing me, keep it on the low
'Cause my heart can't take it anymore
And if you're creeping, please, don't let it show
Oh, baby, I don't wanna know

— *SOMMA & Brenda Mullen, "I Don't Wanna Know".*

Fortaleza, Brasil

SHANE

— Caralho, não acredito que a gente tá aqui. É imenso esse lugar! — falei, perplexo, porque era lindo e tinha tanta atração que eu não conseguia calar a minha criança interior.

— Eu sabia que vocês iam gostar. — Kizzie abriu um sorriso.

Viajar em turnê é a coisa mais louca que existe no mundo, cara.

Na madrugada de hoje, saímos do show da Arena da Amazônia, entramos no avião rumo a Fortaleza, e tiramos um cochilo na segunda parte da aeronave no voo de três horas e pouco, porque ninguém era de ferro. Depois, desembarcamos, pegamos um micro-ônibus e paramos em uma mansão perto da praia. A casa era imensa, com cinco suítes, vista para o mar, infinitas salas, piscina, varanda gourmet e até cinema. Não que fôssemos ter tempo de aproveitar isso tudo, mas a ideia da Kizzie de nos colocar em uma casa, ao invés de hotel, foi do caralho.

Agora, depois de finalmente conseguirmos dormir um pouco mais, estávamos em Aquiraz, entrando no Beach Park, o maior parque aquático da América Latina. Íamos aproveitar por toda a manhã, porque, no fim da tarde, teríamos passagem de som.

— Porra, não. Esse parque é do caralho mesmo. Eu nunca vi algo assim na vida. — Meu irmão me puxou, trazendo-me para perto, enquanto eu ria. A empolgação dele era a mesma que a minha.

— Eu quero ir no mais doido que tiver. Como é o nome? — perguntei.

— Insano — Yan respondeu, já com o mapa na mão.

— Vamos no Insano primeiro — avisei.

— Não sem antes a gente se acostumar com a água — Erin disse. — Sem

Aline Sant'Ana

ninguém precisar jogar ninguém na piscina... por favor.

— Roxy, quer vir conosco? — Lua perguntou.

— Claro, vamos nos molhar primeiro. — Ela começou aquela dancinha de tirar a roupa, e eu, respeitosamente, desviei o olhar.

Meu irmão me puxou para o lado, como se quisesse ter uma conversa. Em seguida, vieram Carter, Yan e Mark. Por sorte, Oliver estava ocupado com um telefonema, lá atrás.

Eu não briguei com ele.

Mas tive vontade assim que pisei em Fortaleza.

O cara achou que a Roxanne não ia ficar na casa principal comigo. Na verdade, ele praticamente *ofereceu* um quarto, ao lado do dele, na casa da equipe. E meio que... eu não pude me meter, né, cacete? Tive de assistir Roxy pensar nisso por quase um minuto inteiro antes de decidir que ficaria comigo.

É, porque parece que a Kizzie só encontrou lugares onde nós dois teríamos que ser, indiretamente, um casal. Não que eu tivesse qualquer reclamação em relação a isso. Sempre dormirmos juntos sem problema, porra.

Mas, enfim. Eu me estressei com o Oliver, e o cara nem merecia. Ele estava dando os lances dele, tinha o direito de fazer o que bem desejasse. Era solteiro, mas eu estava com raiva sem que Oliver nunca tivesse feito nada para *mim*.

Nada além de dar em cima da Roxanne.

— O que tá rolando? — Zane perguntou, direto, me encarando. Embora eu estivesse me vendo pelo reflexo dos seus óculos aviador, sabia que seus olhos estavam fixos nos meus.

— Nada — disparei.

— Negou rápido demais — Carter percebeu.

— Muito rápido mesmo — Mark concordou.

— Fala, Shane — Yan pressionou, e jogou o cabelo para longe da testa.

— Porra, não é nada. Eu tô confuso. Carente. Querendo transar com alguém.

— É esse o problema? — Zane passou o peso de um pé para o outro. Então, deu de ombros. — Leve uma garota daqui para um hotel, então. Especialmente uma que não te reconheça.

Franzi a testa.

Eu poderia fazer isso.

Certo?

Lancei um olhar para a Roxanne, que estava rindo com as meninas em uma das muitas piscinas do parque.

— Não, eu tô de boa. Vou me masturbar mais tarde.

— Então não é *esse* o problema. — Yan estreitou os olhos cinzentos para mim.

— Não é. — Carter abriu um sorriso. — Apesar de já saber, só tá faltando assumir em voz alta.

— Ninguém vai julgar aqui. — Mark abriu os braços. — Somos todos adultos e...

— É, a gente já fez tanta merda, cacete. Fala logo. — Meu irmão umedeceu a boca.

Eles sabiam.

Esses filhos de uma...

— Eu tô desejando a Roxanne. Mas é carência, falta de sexo. Fim do falatório. Vamos circular. — Eu ia dar um passo para a frente, mas Zane se enfiou no meio.

— Conheço bem esse discurso, mas olha só... você não joga uma informação dessas e cai fora, não. Ela é sua amiga há vinte anos. — Ele cruzou os braços na frente do peito nu. — Como tá se sentindo por finalmente descobrir?

— *O quê?* — murmurei, perdido.

— Todo mundo sabe que você a deseja, cara. Não é novidade. O que vai fazer a respeito? — Carter perguntou.

— Eu tô confuso nessa viagem, titio Carter. Só isso.

— Não adianta pressionar. Ele vai assumir só até onde se permite confessar. O resto o tempo resolve. — Yan colocou os óculos escuros, sem parar de sorrir. — Então, e aí? Vai ficar assim? Não vai tentar nada?

— Nem posso. Se der merda, jogo anos de amizade fora. Nem fodendo.

— Oliver vai ficar com ela, escuta o que eu tô falando. — Meu irmão inclinou a cabeça para o lado, me analisando.

Senti o sangue ferver.

Não é da minha conta. Não é da porra da minha conta.

Aline Sant'Ana

— Foda-se.

— Sério? — Mark indagou, erguendo a sobrancelha. — Achei que se importasse. Se está desejando-a e todo o resto... quando demonstraram interesse pela Cahya na missão que fizemos juntos, só faltou eu ir lá socar o cara até a morte.

— Talvez vocês possam fazer um acordo — Yan jogou a ideia no ar. — Transarem apenas durante a viagem, mas depois tudo voltar ao normal.

— Vocês estão pirando muito, caras. Não é assim, porra. Ela nem vai me querer — resmunguei. — Vamos aproveitar esse parque ou não?

— Tem um cara super a fim dela que poderia dar tudo o que você *acha* que não consegue oferecer — meu irmão soltou.

— Eu deixo a Roxy pra ele — afirmei, convicto.

— É? — Carter arregalou os olhos. — Surpreendente.

— Ela pode ficar com quem quiser, não temos nada — rebati. — Agora, *dá* pra gente aproveitar o parque?

— Oi, caras. — Oliver se aproximou, tirando a camisa, ficando apenas de bermuda. O filho da mãe era bonito mesmo, puta merda. — Desculpem o atraso. Eu estava em uma ligação importante sobre o show de amanhã. Podemos ir agora.

— Vem para a piscina, Oliver! — Roxy gritou à distância.

— Claro! — ele respondeu de imediato.

— Ninguém vai para a piscina de ninguém não, cacete. Vamos para os brinquedos — resmunguei, azedo. *Esse passeio ia ser um inferno, não ia?* — Vamos logo, porra!

— Vamos. — Zane me abraçou de lado, me levando a passadas largas. Ele me conhecia o suficiente para saber que eu poderia, de boa mesmo, bater meu punho na cara do Oliver acidentalmente. — Pensa nisso, pirralho. Ninguém precisa se amarrar a ninguém, isso é uma escolha que eu e os caras fizemos porque nos apaixonamos. Mas você e Roxy... nunca se apaixonariam, certo? Já conhecem tudo um do outro, então é de boa. Você pode ser a foda casual dela, se ela quiser, sem dor na consciência.

— Foda casual? — Pensei por um segundo.

— É, dar uma transadinha sem compromisso. A banana na florzinha, sacou? Isso é problema pra você?

Apesar de gargalhar com a metáfora idiota do meu irmão, lancei um olhar

Sempre foi você

para a Querubim saindo da piscina. Molhada. Gostosa. O biquíni era branco. E mesmo não sendo transparente, parecia gritar para que alguém olhasse por baixo — os bicos dos seios marcados, já que a parte de cima era pequena, e as gotas da piscina descendo velozmente por sua barriga, pairando em um lugar que eu me vi sonhando em provar com a boca.

— Ela não me quer. Na real, nem aceitaria...

— Ah, irmão. Algumas pessoas tendem a nos surpreender. Não ouviu Roxy dizer que não está em busca de um relacionamento? Acho que você tá criando mil paranoias na sua cabeça sem razão nenhuma. De qualquer maneira, você é um D'Auvray, odeia seguir conselhos, mas pensa nisso.

— Vocês estão lentos demais hoje. Vamos ou não? — Lua pressionou.

— Vou pensar — respondi, um pouco atordoado com tanta coisa acontecendo em tão pouco tempo.

Roxy

— Tá com medo? — Oliver ergueu uma sobrancelha para mim, enquanto estávamos no Kalafrio, um dos brinquedos do parque.

— Eu tô... — Voltei a gargalhar. — Rindo de nervoso!

— Relaxa!

A velocidade era surpreendentemente alta, e uma sensação gelada preencheu meu estômago.

Gritei assim que despenquei.

Era a minha enésima atração já, a garganta arranhada de tanto gritar. Eu tinha ido no Atlantis com as meninas, em uma boia para várias pessoas, que foi uma delícia e tivemos que segurar com força. Fui no Ramubrinká com os meninos, cada um em um toboágua, sendo um deles a descida em completa escuridão. Foi o que me arrisquei em ir e adorei cada segundo. Shane disse que, no amarelo, pensou que ia voar para fora do toboágua, o que fez a gente rir muito quando ele desceu puto da vida. Fui sozinha no Arretado, mesmo com o coração na garganta, após descer na sensação de queda-livre. Lá de cima, pude ter a vista da praia incrível do nordeste brasileiro. Acho que nunca tinha me deparado com algo tão belo na vida. Em Miami, as praias são bonitas, claro, mas não chegam aos pés dessa.

Aline Sant'Ana

O brinquedo parou, e eu e Oliver rimos conforme saímos. Não sei o que aconteceu, mas, depois de Carter conversar com Oliver em particular, ele meio que estava... dando em cima de mim descaradamente. Eu estava começando a me preocupar sobre o que o pessoal estava achando que ia rolar entre nós dois, porque, quando Oliver me convidou para a segunda casa que a The M's havia alugado para os funcionários, percebi que não tinha pretensão nenhuma de ficar com ele. Caso contrário, eu iria e pronto, entende?

Fora que a conversa que Lua teve comigo na piscina me fez pensar de novo se eu e Shane...

— Então, pensou no meu convite? Enquanto os rockstars fazem a passagem de som à noite, podemos comer alguma coisa na beira da praia.

Uma transa aleatória? Mas eu conseguiria manter meus sentimentos afastados? Sim, né? Já mantive tudo fechado a sete chaves, o que seria um sexo sem compromisso?

— Roxy?

Então havia o fato de Shane não tomar a iniciativa. E eu não tinha problema nenhum em propor algo para ele, mas...

— Se você está me ignorando, significa que não quer. — Eu o ouvi dessa vez.

Oliver estava dando em cima de mim. Eu poderia resolver a minha vida sexual com ele, usá-lo, da mesma maneira que eu sabia que a maioria dos homens usava as mulheres, mas o problema é que Oliver era uma pessoa tão boa, *e se ele...*

Estreitei os olhos para o homem à minha frente.

E meu coração se agitou com uma suposição.

— O que Carter falou com você?

— Perdão? — Ele se fez de desentendido.

Os meninos e as meninas estavam fazendo planos às nossas costas, não estavam?

— O Príncip... Carter te pediu para dar em cima de mim?

Oliver levou a mão imensa aos cabelos escuros, jogando-os para trás, e abriu um sorriso carregado de vergonha.

— Um pouco.

— Um pouco *quanto*?

— Durante a viagem. Na verdade, não foi ele quem pediu. Ele só me falou agora para ser mais explícito. Quem conversou comigo de verdade foi o Zane.

— Zane? — Só... *uau.*

Oliver deu de ombros.

— Você é linda, Roxanne. Mas existe a sua atração visível pelo Shane, que, na verdade, é bem recíproca. Zane me disse que os D'Auvray são teimosos e para o Shane aceitar que está interessado em você talvez precisasse de um empurrão. Estávamos ajudando nos bastidores, mas agora que sabe me resta perguntar: quer entrar nessa dança comigo? Por pouco tempo, ciúme bobo, uma ou duas vezes para o Shane acordar.

Eu estava tão chocada que fiquei gelada da cabeça aos pés, e não porque eu tinha saído da água, mas porque eu não podia acreditar que os meninos e as meninas...

— Preciso saber se você realmente o quer, a ponto de provocar ciúmes, para ver se o Shane se mexe. Desculpa, sei que ele é ativo e até demais, mas, quando diz respeito a você, a coisa muda.

— Preciso de um tempo para pensar. Quero estar no controle da situação.

Oliver abriu um pouco mais os olhos puxadinhos e claros.

— Caramba.

— O que foi? Se vou arriscar, preciso ter a razão ao meu lado.

— Então, continuo dando em cima de você?

Eu não era boa em jogos de conquista, nunca fui. Shane era excelente nisso. Ele sabia ser sedutor a qualquer hora do dia; parecia ter sempre uma aura sexual em sua volta. Eu era tímida, exceto com quem conhecia, então sempre esperava o homem tomar a iniciativa, dizer que me queria, pelo simples medo da rejeição.

Mas, naquele jogo, as peças eram diferentes.

Ainda seríamos amigos; eu tinha certeza de que uma noite não faria diferença.

Mas *eu* queria ter esse poder de decisão.

— Vamos fazer isso. Eu vou provocá-lo, mas com consciência do que está sendo feito. Preciso estar racionalizando enquanto fizer isso ou os sentimentos podem se misturar.

— Só não se esqueça de que ele é expert em provocar também.

Aline Sant'Ana

— É, mas sobre os encantos dele... eu conheço. Agora, Shane conhece os meus?

Shane

Eu me preparei, pela segunda vez no dia, para o Insano, o tobogã mais rápido e mais alto do mundo.

Eu precisava extravasar.

E já que eu não tinha sexo, precisava da adrenalina.

Roxanne com aquele Oliver...

Por Deus, cara.

Me posicionei no brinquedo, que tinha quarenta e um metros de altura e chegava a cento e cinco quilômetros por hora. Cruzei os braços, já deitado no toboágua, na posição em que me orientaram.

E, quando me impulsionei para a frente, a água me levou por um curto percurso até...

São segundos em que você automaticamente prende a respiração, o coração vai a milhão, e o medo te faz esquecer qualquer pensamento ou preocupação. Aqueles cinco segundos em que você desce, de uma altura de quatorze andares, faz você se sentir tão melhor.

Porra, como eu podia levar o toboágua para casa?

Mergulhei na piscina, afundando completamente na água, sentindo a leveza em meus músculos depois de tanta tensão. Emergi, respirando o ar puro, e passei as mãos no rosto para me livrar do excesso d'água, até que encontrei meu irmão me encarando.

— Acabei de voltar da cápsula em queda livre, cara. Do caralho! — Zane sorriu.

— Vamos? — convidei.

— Quer ir? Carter tá na fila, você pode ir com ele. Estou indo para o Vaikuntudo. A gente tá meio disperso agora porque algumas fãs nos reconheceram.

— Quase na hora de irmos embora, né? — perguntei para Zane retoricamente. Apoiei as palmas na beira da piscina, me impulsionando, e pisei em terra firme, sentindo a água escorrer por minha pele. — Kizzie disse algo?

— Tá se divertindo mais do que eu. Agora foi na Correnteza Encantada com a Erin e a Cahya. Parece uma criança.

Abri um sorriso e observei o meu irmão.

Ele realmente amava a Kizzie. E, apesar de eu ver que estavam com dificuldades para descobrir como fariam depois do casamento, especialmente sobre onde iriam morar e tal, eu sabia que eles iam encontrar o caminho. Iam ceder de um lado ou de outro e seriam felizes pelo resto da vida.

Meu irmão se amarrou mesmo.

E eu não julgava, cada pessoa encontra na estrada da vida o que merece receber.

— Que bom ver que a minha cunhada tá se divertindo. Onde estão Mark e Yan?

— Mark está em modo segurança ativado junto com o Carter. Ele chamou alguns seguranças também, que estão espalhados por aí, para nos olhar à distância.

— Sei.

— E o Yan foi com a Lua comer alguma coisa.

— Beleza.

— Tá se sentindo bem? — meu irmão perguntou, me estudando.

— Você sabe que eu tô puto.

— E disse que não se importa com ela... — Zane zombou e, então, começou a rir. — Porra, Shane, até quando isso?

— Até quando o quê?

— Até quando vai negar que se importa? — Zane ergueu uma sobrancelha. — "Eu deixo ela pra ele, blá blá blá." Somos D'Auvray, caralho. A gente não cai sem lutar.

É, a gente não caía sem enfrentar a porra toda. Mas sabe-se Deus onde Querubim estava. Se não tinha ido para algum canto do parque dar uns beijos no Oliver e...

— Tigrão! — a razão do meu surto gritou, o que me fez automaticamente buscá-la com os olhos.

Só ela.

Aline Sant'Ana

Mais ninguém.

Porra, tão linda.

Os cabelos úmidos, mas bagunçados. O rosto corado pelo sol de Fortaleza que, mesmo com o protetor solar, foi implacável conosco. Roxy estava dos pés à cabeça arrepiada, molhada, coberta apenas por duas peças do biquíni, enquanto ficava na ponta dos pés, pulando entre apoiar o peso em um e outro, para que eu a visse enquanto acenava para mim.

O sorriso perfeito naquela boca foi o que terminou de me matar.

Foda.

Comecei a caminhar em direção a ela, ignorando o meu irmão, ignorando o cara que estava ao seu lado, e simplesmente puxei-a pela cintura, trazendo-a para junto de mim. Ela arfou quando se chocou com a minha pele gelada da piscina, mas me abraçou de volta. Seus braços enlaçaram meus ombros e, por mais que eu não fizesse sentido nenhum, nas horas em que ficamos separados no parque... senti falta.

— Oi. — Beijei-a na bochecha, o cheiro do protetor solar me instigando.

— Oi, Roxy — Zane disse, a voz zombeteira pra cacete. Eu sabia no que ele estava pensando. — Seu amigo aqui estava quase parindo um filho de saudade.

— Ah, é? — Ela me lançou um olhar. — E... oi, Casano... Zane. Vou no Vaikuntudo antes de irmos embora. Querem ir comigo? O Oliver disse que vai parar de vez, então...

Peguei-a pela mão e, mesmo sem saber onde estava o maldito brinquedo, comecei a andar.

— Isso — concordei, quando já estávamos longe de Oliver. Zane nos acompanhou.

Uma parte da minha consciência estava dizendo que eu parecia um neandertal com medo de ela ficar com outro cara, como se fosse minha propriedade. O que era de uma imaturidade imensa. A minha parte racional me dizia para eu parar o que estava fazendo e deixar a Roxanne ter a vida dela, mas eu simplesmente... não conseguia.

— É pra lá o brinquedo, pivete. O imenso cone colorido. Tá vendo ou ficou cego de ciúme também? — Zane alfinetou.

Eu nem podia brigar com ele, porque eu faria o mesmo, ou até pior.

— Foda-se.

Sempre foi você

— Tá bravo, Shane? — Roxy perguntou, com a voz suave.

— Não.

— O que aconteceu enquanto estive fora? — insistiu.

— Nada — respondi.

— O que houve, Zane?

— Sei não. — Meu irmão não aguentou e começou a rir.

Do Insano para o Vaikuntudo... juro por Deus que nem vi o caminho. Roxanne tinha ficado com ele? Por que eu estava tão preocupado com essa merda? Por quê? Por que eu parecia justamente os homens que tentava afastar da Roxanne? Porque estava acostumado agora com ela solteira, só pra mim? Porque, depois do Gael, eu meio que...

Sei lá.

Que inferno.

Eu tinha que parar com isso.

Precisava parar agora.

Minha cabeça ficou tão aérea que nem prestei atenção na fila que pegamos, se tinha muita gente, quanto tempo havia demorado. Ouvi alguma coisa do Zane dizendo que tínhamos um ponto de encontro com todo mundo, na entrada do Beach Park, mas a minha mente não parava de rodar.

Em um ciúme corrosivo.

Talvez porque eu soubesse que Oliver a faria dizer sim se ele se esforçasse só mais um pouquinho.

— Eu vou falar com o cara que vamos nós três, esperem aqui — meu irmão disse, tomando a frente, e eu fiquei sozinho com a Querubim por alguns minutos.

Ela se aproximou, quase colando nossos corpos. A mão direta da Roxanne veio direto para a minha barriga, a ponta dos dedos frios contra a minha pele quente fazendo o músculo saltar. Tudo retesar. Até o músculo da mandíbula. Olhei um pouco para baixo, achando-a naquelas íris claras, as pupilas cintilando para mim. Roxy fazia isso quando queria me pedir alguma coisa, e eu geralmente a envolvia em um abraço. Mas o problema é que existia pouquíssima roupa entre nós, eu estava puto de um ciúme sem cabimento, e o meu corpo já estava respondendo sem que eu a tivesse tocado. Meus braços pendiam ao lado do corpo, duros como pedra.

Aline Sant'Ana

— O que houve? — murmurou, com a voz doce.

— Nada.

— Você tá tão tenso comigo. — A ponta dos dedos da Roxy subiu para a minha barriga, e depois desceu, encontrando a linha estreita de pelos abaixo do umbigo.

Olha o jeito que você tá me tocando, quase falei. Mas, ao invés disso, só rosnei mesmo. Mordi o piercing do canto da boca, o que atraiu os olhos da Roxanne para lá.

— Fiquei sem você o dia todo, mas é coisa idiota da minha cabeça. Se divertiu hoje?

— Bastante. — Os olhos dela ainda estavam na minha boca.

Cinco segundos. Seis segundos. Sete segundos encarando-me ali.

Mulher... cacete...

— Hum... que bom pra você. — Coloquei a ponta da língua bem no piercing, e Roxy...

Doze segundos.

Ela ainda estava olhando para a minha boca.

Se fosse qualquer outra ali, eu teria beijado no primeiro décimo de segundo.

Mas era a Querubim, ainda que meu corpo não quisesse saber dessa merda.

Onde ela estava me tocando, descendo e subindo pela minha barriga, eu já me sentia completamente rendido. A ponta das suas unhas me arrepiou mais do que a água na minha pele contra o vento. Um tipo de arrepio diferente, daquele que você sabe que o corpo está curtindo. A vontade começou a se construir bem onde ela me tocava, descendo em espirais, sem dó, até as minhas bolas. Senti meu pau em segundos iniciar uma semiereção, fácil assim, só com uma das mãos daquela garota em mim. O sangue circulou depressa nas veias, o membro deu um impulso por trás da bermuda vermelha, querendo tanto a ponto de latejar.

Porra.

A vontade que eu tinha era de tocá-la, e nem precisaria das duas mãos. Pegá-la pela bunda, preenchendo o espaço que faltava, apenas para descer o rosto sem desviar o olhar do dela e sem raciocinar. Invadir com a minha língua aquela boca gostosa, fazendo-a provar pela primeira vez nosso beijo, fazendo-a sentir entre as pernas o que só a minha língua em sua boca poderia fazer. Queria moer sua bunda em meus dedos enquanto a beijava, imaginando seu biquíni ficando pesado bem na boceta, molhadinha para mim.

Mas ela... era Roxanne.

— Vaikuntudo, Shane — meu irmão disse.

— O quê? — Pisquei, imerso.

— Ah, a Lua não te explicou ainda a tradução dos brinquedos, o que significa. — Ele riu, de jogar a cabeça para trás e tudo. — Vamos, porra, chegou a nossa vez.

Entrei no Vaikuntudo, achando foda pra caralho, mas a minha cabeça não estava ali. A verdade é que estava ficando cada vez mais forte essa atração. Quanto mais o tempo passava sem sexo, mais vontade eu tinha...

De transar bem gostoso com a minha melhor amiga.

O quão filho da puta isso me tornava?

Aline Sant'Ana

Sempre foi você

CAPÍTULO 9

Taking your time
Preparing for you
But I can't let go of you
So much gentle time
Too many people dying 'cause you (because of you)
But I'm done crying for you

— TCVVX, "Days".

Roxy

Os meninos estavam fazendo a passagem de som, ensaiando no Centro de Eventos, enquanto eu estava em um restaurante na Praia do Futuro, com Oliver, o que ia contra todos os meus princípios como amiga do Shane. Deixá-lo chateado por alguma razão me doía por dentro, mas a verdade é que eu queria entender o que estava acontecendo. E, para isso, precisava de fatos. Se ele não se sentisse atraído, não ficaria se corroendo desse jeito, certo? Eu vi no toboágua o quanto estava puto comigo, quando depois me arrastou pela mão como se eu fosse uma criança. E apesar de eu nunca ter tentado provocá-lo com ciúmes, não conscientemente, talvez...

Testá-lo, para ver até onde isso ia, não seria tão ruim.

Alguma chave nele havia mudado, assim como em mim. Alguma *coisa* estava diferente e, da parte do Tigrão, não era só a ausência de sexo, como eu tinha certeza absoluta de que ele estava pensando.

— Mas não era do jeito que é hoje — murmurei para Oliver.

Ele não aguentou e riu, porque eu estava defendendo o que eu e Shane significávamos um para o outro. Oliver, depois de rir, apenas ergueu as sobrancelhas e levou o canudo até a boca, bebericando a água de coco.

Ele era tão bonito e legal, além de ser o melhor amigo da Kizzie, que era até um pecado eu não ficar com ele.

Mas...

— Talvez não fosse conscientemente, Roxy, mas vocês dois se secam desde que entrei para a The M's. Estava ali o tempo todo, mas vocês nunca viram. — Eu discordava, porque eu olhava para o Shane, mas nunca o contrário. Deixei Oliver continuar falando. — Kizzie disse que acreditava que vocês dois deveriam tentar

Aline Sant'Ana

92

sem pensar que há vinte anos de amizade. Já Zane falou que achava que vocês dois seriam capazes de se envolver sem deixarem o coração falar mais alto, até porque são muito racionais um com o outro, se conhecem a vida inteira. Mas uma aventura? Por que não?

— Parece tão fácil para todo mundo, mas é mais do que isso.

Oliver abaixou o coco e me encarou com seus olhos espertos.

— Imagino que seja. Mas veja que interessante. Eu e Kizzie somos amigos há muitos anos. Nunca, em nenhum momento, olhei-a com desejo. E tenho certeza de que ela jamais o fez. Andrew e Lua são amigos há bastante tempo, e nunca ansiaram um pelo outro. Antes de virmos para esse jantar, ela estava rindo com ele ao telefone. Há mais exemplos de amizade na sua frente: Zane com cada uma das meninas, assim como Yan, Shane, Carter e Mark. Entende o que estou dizendo? Não estou falando que vocês dois não sejam amigos, mas há um fator diferente nessa equação. — Suspirei fundo e Oliver continuou: — Segurar a vontade um pelo outro não faz sentido, porque, eventualmente, alguém vai ceder. E pode ser amanhã, daqui a dois anos, dez... ou quando for tarde demais. Pode ser quando você estiver casando e ele aparecendo no dia, dizendo que sempre te quis. E que bem isso traria? Tudo é questão de *timing*. E se não for para aproveitarem quando estão jovens, quando, então?

— Você diz como se tivesse cinquenta anos.

— Sou anos mais velho que você, Roxanne. — Ele sorriu, sedutor. — E acho que vocês estão complicando o que é descomplicado.

— Então troca de alma comigo e faz o que eu não tenho coragem de fazer.

Oliver gargalhou.

— Você não precisa ser possuída. Vai acontecer. Só siga o plano.

Meus olhos passearam pelo restaurante e a movimentação além dele, na praia, as pessoas empolgadas pela noite de quinta-feira em Fortaleza. Pelo que o garçom nos informou, hoje era dia de caranguejada na cidade, um prato típico que envolvia caranguejos ao leite de coco, pirão e farofa. Eu e Oliver tínhamos pedido o prato principal e a bebida que poderia acompanhá-lo, que era a água de coco direto do coco.

De entrada, chegou para nós lula à doré e queijo coalho na brasa. A verdade é que os pratos brasileiros eram muito aromáticos, saborosos e com tempero.

E Fortaleza... O pouco que vi já foi de encher os olhos de amor.

A praia parecia imensa e conseguíamos ver algumas pessoas aproveitando a

Sempre foi você

areia, o ar quente da noite, o som do mar quebrando em ondas. Tinha um grupo de amigos à extrema esquerda, dançando de uma maneira nova para mim. Não conseguia ouvir a música, claro, mas havia um casal em específico, que dançava arrastando o pé na areia conforme iam de um lado a outro, girando e girando, tão junto e imerso, que me perguntei o grau de intimidade que aquela dança gerava...

— E quais são seus planos, Oliver?

— Me dedicar a The M's, ao trabalho, por enquanto. Quero viajar para a Itália no final do ano, quando tirar férias, passar um tempo com uma parte da minha família e...

Por um segundo, por mais que fosse rude, parei de ouvir Oliver, porque meus olhos capturaram uma movimentação na entrada do restaurante, e meu coração soube quem era antes que eu visse. Meu melhor amigo estava ao lado de Georgia, uma garota que trabalhava para a The M's, mas sem tocá-la. Parecia que ele mal se dava conta da presença dela.

Os olhos heterocromáticos estavam em mim.

Fixos.

As narinas expandindo-se com força.

Como?

Assim que passou pela *hostess*, Shane veio como um touro vendo vermelho, fazendo meu coração chegar na garganta, embora eu estivesse tentando manter a calma.

Ele nunca invadira meu espaço pessoal assim.

Estava com a mesma roupa que usou para ensaiar no Centro de Eventos: regata branca, boné e calça de moletom preta justa em todas as partes indevidas. Parecia ter saído direto da cama, se não fosse pelo suor que colava a regata em seus músculos como uma segunda pele. Dava para ver as tatuagens por baixo, o quanto estava puto, a respiração subindo e descendo com força no peito, seus olhos ainda em mim.

Foi questão de segundos; nem tive como avisar Oliver. Fiquei tão petrificada que, antes que eu pudesse raciocinar, assisti ao meu melhor amigo pegar a mesa vazia à nossa direita e, sem delicadeza nenhuma, colocá-la grudada à nossa.

A brusquidão do som da mesa no chão fez Oliver quase saltar da cadeira.

Eu teria rido, se não estivesse tão surpresa.

Georgia me olhou como se me pedisse desculpas.

Aline Sant'Ana

Me voltei para Shane, incrédula, assistindo-o se aproximar de outra mesa, onde um casal estava jantando na maior tranquilidade. Ele lhes perguntou, em inglês, se usariam os pratos e os talheres. O casal ficou confuso por um segundo, mas negou com a cabeça. Ele recolheu dois pratos, o conjunto de talheres e os copos. Colocou tudo sobre a toalha, enquanto o garçom se aproximava, dizendo que ele não precisava fazer isso.

Shane me lançou um olhar, se afastou apenas para pegar as cadeiras e as posicionou no lugar certo, abrindo um sorriso para o garçom quando se sentou ao meu lado.

— Vou querer o mesmo que eles, obrigado. Desculpe a inconveniência.

— Senhor, poderia ter nos avisado, teríamos preparado uma mesa ao lado... — o rapaz disse.

— Não se preocupe. Já está feito. Mas agradeço mesmo assim. Me veja uma soda com limão também, obrigado. Georgia? — Acho que nunca vi o meu melhor amigo sendo tão educado, embora suas ações o entregassem.

— Água, por favor.

— Desejam mais alguma coisa? — O garçom engoliu em seco.

Eu só neguei com a cabeça.

— Boa noite — Shane finalmente nos cumprimentou, sorrindo, embora fosse a coisa mais contraditória do mundo. — Me avisaram que vocês estavam tendo um jantar muito *agradável*. Georgia, também estava faminta. Não é, Georgia...?

— Claro — ela concordou, como se tivessem ensaiado.

— ... Me emprestou o carro alugado e viemos juntos. — Shane mordeu o piercing do canto da boca. — Já comeram as entradas?

— Sim. — Oliver se recompôs antes de mim. — Estavam ótimas. Escuta, você saiu no meio do ensaio para vir jantar?

— Fizemos uma pausa. — Shane virou-se para Oliver, enquanto eu ainda tentava respirar. Ele estava ao meu lado, exalando ciúmes, e eu nunca, em toda a minha vida, esperaria uma reação tão *nítida*.

— Interessante. Carter disse que vocês iam ficar até às onze passando o som. — Oliver cruzou os braços na altura do peito.

— E vamos, mas, como eu disse, fizemos uma pausa. — Shane estreitou os olhos.

Sempre foi você

— Há tantos restaurantes e quiosques... — alfinetei, sem conseguir segurar a língua. — Posso saber por que veio nesse?

— Vocês já estavam aqui. — Então, Shane virou-se para mim. Estávamos perto um do outro, ele havia praticamente colado a sua cadeira na minha, de modo que nossas pernas estavam batalhando por espaço. — Atrapalhei alguma coisa?

— Sim — afirmei, sem peso na consciência.

— Ah, é? — Ele desceu os olhos para a minha boca e desviou rapidamente, voltando-se para Georgia. — Podemos ir para outro lugar, se quiser.

— Eu... — Georgia ficou perdida.

— Não acho que seja conveniente. Você... — Oliver se conteve. Eu imaginei que ele queria dar um corte em Shane, mas se segurou, por educação. — Se já chegou aqui colocando a mesa ao lado da nossa, o certo é aproveitar a refeição, não?

— Uhum, alguma porra assim. — Shane virou o rosto na minha direção, os olhos em uma linha fina, um brilho perigoso neles. — Depois daqui, a gente pode dar uma volta?

— Por quê? — indaguei. — Não precisa fazer a passagem de som?

— Só quero dez minutos.

O garçom chegou com o prato principal e as outras bebidas, que foram pedidas antes que eu pudesse retrucar.

Eu queria provocá-lo com ciúmes, mas nunca imaginei Shane agindo *assim*. Aliás, já o vi liberar namoradas para relacionamento aberto, então nunca pensei que o veria arrastar a coitada da Georgia para um jantar, só porque eu estava com Oliver.

Ele se sentia ameaçado por Oliver... Como se fosse me perder...

Shane ficou em silêncio por um tempo, e eu só o observei. Ele pegou o caranguejo como se o pobre bicho tivesse feito algum mal para ele, na força do ódio. Em seguida, lançou um olhar para o Oliver, vendo como ele fazia.

Shane quebrou a pata do caranguejo em meio segundo e comeu tudo tão rápido, que só sobrou o corpo do caranguejo. Ou cabeça. Não saberia dizer.

Mas então Oliver chegou na parte mais complicada. Ele pegou o martelo e bateu com delicadeza em alguns lugares, revelando uma parte que o garçom nos indicou comer com a farofa e o molho da casa.

Aline Sant'Ana

Shane respirou fundo e deu uma martelada com tanta força que o caranguejo saiu do prato, voando para o chão.

Não aguentei.

E comecei a gargalhar.

Shane

Foda-se, eu nem queria comer o caranguejo mesmo.

Fui para o segundo, ignorando a risada da Roxanne, sentindo um ciúme tão grande dentro de mim que mal conseguia pensar. Eu teria que recuar, era o certo a fazer, mas, depois de ela passar o dia inteiro com o cara, se divertindo na piscina e nos tobogãs, aceitou ir *jantar* com ele.

Caralho.

Eu fiquei louco quando Zane me contou. Os caras iam fazer uma pausa de uma hora, e eu perguntei para Georgia se ela sabia onde Oliver estava. Não pensei duas vezes em pedir o carro dela e arrastar a menina, que não tinha nada a ver com o rolo, para o restaurante à beira-mar.

O filho da mãe escolheu um lugar foda.

E a Roxanne estava bonita pra cacete.

Um vestido, cara. Coisa que ela evitava até o fim dos dias. Preto, justo e curto o suficiente para que, sentada, as coxas estivessem completamente de fora. Tinha optado por uma maquiagem suave, os cabelos soltos em ondas ao lado do rosto, e parecia...

Pronta para um encontro.

Eu tinha ido para lá bem tranquilo, pensei em fingir que foi uma coincidência, mas, assim que pus os olhos nela, perdi a merda da cabeça. Eu era impulsivo pra cacete, um D'Auvray sagitariano, se quiser culpar o meu signo, então simplesmente peguei a mesa e enfiei do lado da deles, sentando perto da Roxanne, com medo de perder um segundo daquela interação.

Eu não estava aguentando.

Estava enlouquecendo.

E se não me controlasse, foderia com tudo.

Minha consulta com a psicóloga era no dia seguinte e ela tinha me alertado sobre as obsessões para ex-usuários. Mas Roxanne não poderia pagar o pato pelos meus problemas. Eu teria que me controlar, cacete!

— Então, estão empolgados para o show de amanhã? — Oliver puxou assunto, aqueles olhos desafiadores diretos em mim.

Eu tinha vontade de socá-lo, embora ele não merecesse.

Respirei fundo, chupando a carne do caranguejo com mais força do que deveria.

— Sim. — Joguei a carcaça no prato e peguei a outra parte. — Vai ser do caralho. Muita gente e a energia do nordeste do Brasil... já tinham me avisado que seria inesquecível.

— Claro, os brasileiros são ótimos mesmo. As redes sociais estão em polvorosa com as fotos que postamos do show em Manaus. Você chegou a ver?

— Ainda não. — Lancei um olhar para Roxanne, que estava inquieta. — Você não vai comer, Querubim?

— Vou, claro.

O assunto com Oliver encerrou, assim como qualquer tentativa de deixar aquele jantar o mais agradável possível. Georgia parecia querer se esconder embaixo da mesa, e eu teria que pedir desculpas a ela depois, mas precisava conversar com Roxanne. Se ela me dissesse que queria o Oliver... eu não podia estragar a vida da minha melhor amiga. Proteção ou posse... isso era coisa de gente idiota. De homem babaca. Eu não era assim.

— Preciso voltar para o Centro de Eventos — Georgia avisou quando o jantar chegou ao fim.

— Eu te levo, Georgia — Oliver ofereceu. — Shane quer conversar com a Roxy...

— Oliver, eu sinto muito se o jantar não foi da maneira que nós esperávamos — Roxanne disse. Ela realmente estava chateada.

Porra.

— Tudo bem, remarcamos quando pudermos. — Ele se levantou e estendeu a mão para mim. — Cuide dela.

Segurei a mão de Oliver com força, e ele quase fez uma careta.

— Cuido dela há vinte e dois anos sem que você precise pedir isso.

Aline Sant'Ana

Fui babaca, eu sei.

Oliver franziu a testa e não disse mais nada antes de levar Georgia para longe.

Roxanne se levantou, sem dizer uma palavra. Saímos do restaurante e eu enfiei as mãos no bolso da calça, com a chave do carro alugado pela Georgia em um bolso, e a carteira no outro. Esqueci até a merda do celular no carro dela, mas algo me dizia que eu ainda tinha tempo até voltar para os caras.

Minha melhor amiga suspirou fundo.

Pensei que ela ia me dar o maior sermão do mundo, mas, ao invés disso, simplesmente olhou para mim e abriu um sorriso.

— Vamos dar uma volta por Fortaleza? Acho que temos tempo.

Fui pego desprevenido.

Completamente.

Ainda assim, eu tive que falar.

— Isso com o Oliver, eu me metendo, porra, não vai mais acontecer. Não sei o que deu em mim. Acho que só queria entender que porra estava rolando.

— Eu sabia que era isso que você queria conversar, mas não tô a fim. Vamos para o carro. Onde estacionaram?

— Aqui perto.

— Vamos, então. — Roxanne começou a andar, e eu a segurei pelo pulso, mostrando a direção certa. Meu coração chegou até os pés.

— Quero uma pausa no tempo.

— E teremos — prometeu.

Destravei as portas, e Roxy recostou-se assim que entrou no sedã. Minha sorte era ter uma carteira de habilitação internacional. E, como sempre fazíamos, entramos em uma sincronia. Ela ligou o som em uma rádio local, eu coloquei o cinto de segurança para ela, Roxy acionou o botão que afastava o meu banco mais para trás, enquanto eu descia o dela. Querubim também colocou o meu cinto.

Nós paramos um segundo.

Com o rosto perto um do outro.

Meu corpo se acendendo mais rápido do que fogo em palha.

Umedeci a boca.

Sempre foi você

E, quando ia pedir desculpas, ela disse:

— E se eu te contar que quero transar com o Oliver?

O quê, porra?

Foi um tapa na minha cara. Isso veio do nada e de uma pessoa que mal conseguia conversar comigo sobre o assunto sem corar. Mas Roxy estava... me olhando. As pupilas fixas nas minhas, apenas uma sobrancelha arqueada. E embora suas bochechas estivessem ficando vermelhas, havia muita determinação em seu rosto.

— Sexo?

— É.

— E se ele for mais um dos que não consegue te dar um orgasmo? — Isso pareceu idiota assim que saiu da minha boca. Na real, eu não conseguia *parar* de ser idiota aquela noite.

Roxy nunca tinha experimentado o orgasmo por penetração. Depois daquela informação, que foi dada no resort na frente de todo mundo, eu meio que... uma parte minha, talvez o meu ego, quisesse mostrar que era possível ela sentir, sim, desde que estivesse relaxada e com um homem que soubesse o que fazia.

Imaginar a Roxanne transando nunca passou pela minha cabeça.

Mas agora eu tinha a imagem de Oliver com ela.

Nua.

Arrancando suas roupas...

— Só vou saber tentando — rebateu. — Tudo bem para você?

— Grr... — quase gemi.

— Isso é ciúmes ou você tá imitando um escapamento velho?

— Não brinca comigo, Roxanne.

— Não estou. Apenas te *comuniquei* que estou pensando se devo ou não passar uma noite com o Oliver. É tudo o que eu quero, uma noite e nada mais. — Ela voltou a se acomodar no banco e fechou os olhos. — A não ser que apareça outra pessoa interessante no meio do caminho, estou realmente cogitando. Agora, dirija. Vamos dar uma volta pela cidade antes de irmos para o Centro de Eventos.

Liguei o carro, absorvendo a informação.

Ela queria sexo sem compromisso.

Aline Sant'Ana

Roxanne nunca foi disso, cara.

Mas agora...

Lancei um olhar para ela.

E fechei os olhos por um segundo antes de pisar no acelerador.

Roxy

Lua, Erin, Kizzie e Cahya me deram dicas do que fazer para provocar um homem. Isso quando nós ficamos sozinhas enquanto os meninos se arrumavam para ir ao Centro de Eventos. Embora elas tenham falado de forma genérica, sabia que queriam que eu usasse com Shane.

E eu estava tão nervosa com ele que ia fazer mesmo.

Respirei fundo e, de esguelha, observei-o.

Estava com o maxilar tenso, os bíceps saltados, as veias evidentes nos braços, sob as tatuagens, conforme seus longos dedos seguravam o volante com força. A sobrancelha com o piercing estava erguida, sinal de que estava lutando com seus próprios pensamentos. Mas, embora houvesse toda essa tensão nele, dirigia de forma prudente, guiando-se pelo GPS. Shane deu algumas voltas pela cidade em silêncio, e já colocou o Centro de Eventos como destino.

Abri a janela do passageiro.

— Então, não quer dizer o que acha do Oliver? — quebrei o silêncio.

— Porra, você realmente quer fazer isso? — perguntou, me olhando por um segundo antes de voltar a atenção para as ruas. — Quer transar com um cara por uma noite só porque tá a fim?

— Eu já sou adulta, Shane. Quero experimentar coisas na vida. E já tive transas casuais. Você fala como se fosse um bicho de sete cabeças!

— Você nem lembra o nome deles.

— Não lembro, e você me culpa?

— Caralho, não. Eu só tô te falando que não dá pra fazer sexo com alguém que você *conhece* sem que fique complicado.

Então, ele achava que eu ia gostar do Oliver. Assim como achava que eu iria gostar dele, caso nós dormíssemos juntos.

— Acho que sou bem-resolvida o suficiente para saber qual é o meu limite. E que moral você tem para falar de mim? Eu, hein? Depois do Gael, não fiquei com ninguém. Sinto falta de beijar, da mesma maneira que sinto falta... de... você-sabe-o-quê.

Ele ficou em silêncio por uns segundos.

— O que você quer de mim, Roxanne? Quer que eu te diga para ir em frente? Quer um sinal verde?

— Não, eu não quero nada. Só te *comuniquei*. Não preciso de autorização.

— Então ótimo — ele grunhiu.

— Que bom! — disparei. — Ai, essa calcinha está me incomodando tanto...

— O que foi que você disse? — Shane murmurou, sem tirar os olhos da rua.

Tirei o cinto por um segundo e coloquei as mãos por dentro do vestido, na parte de baixo, puxando as laterais da calcinha dos quadris.

Senti os olhos de Shane em mim.

Ele parou no semáforo vermelho.

E continuou me olhando.

Puxei mais um pouco, conseguindo me manter coberta o suficiente para que nada aparecesse. Embora estivesse no *quase*. Eu morria de vergonha, mas a raiva por Shane me deu coragem. Dancei o quadril pelo banco e escutei a respiração do meu amigo se alterar quando viu a calcinha branca passar da barra do vestido.

— O que você tá fazendo? — Sua voz estava rouca.

— Me livrando disso aqui. — Abaixei-a mais, passando-a pelas coxas. O fio-dental branco causaria o suficiente na imaginação do Shane para que ele não dormisse naquela noite. Cheguei no joelho e lancei um olhar para ele. — O sinal ficou verde.

— Cacete...

— O que foi?

— Você tá tirando a calcinha no carro... como quer que eu me concentre?

— Ué, somos amigos. Tenho certeza de que, se eu ficasse nua...

— Roxanne Taylor, estou há dias sem transar, me corroendo por dentro, e você joga uma calcinha de renda na minha cara.

Comecei a rir.

Aline Sant'Ana

— Eu não joguei na sua cara. Deveria?

— O que tá rolando? — ele perguntou, a voz parecendo tão grave que meus pelos se ergueram em alerta.

— Deixe-me explicar. Eu me depilei, porque achei que me daria bem com o Oliver essa noite. — Tirei a calcinha por uma perna e depois por outra. Shane engoliu em seco, provavelmente vendo a movimentação pela visão periférica. — Só que renda sabe ser um inferno na vida de uma mulher, então eu quis tirar. — Segurei a peça com um dedo e joguei dentro da bolsa. — Pronto, resolvido.

Shane freou o carro de uma vez e, quando olhei para fora, vi que estávamos no estacionamento do Centro de Eventos. Ele tirou o cinto e voou para fora do carro, agitadíssimo. Saí do sedã e olhei para ele, o automóvel entre nós.

— Eu preciso ensaiar com os caras.

— Claro, pode ir — concordei.

Ele colocou as duas mãos sobre o teto prata, fechando os dedos com força, sem tirar os olhos de mim.

— Você me conhece como ninguém, Querubim.

— Conheço.

— Então, sabe o que eu tô pensando.

Alternei o peso de um pé para o outro, incomodada com o salto alto.

— Dessa vez, não — menti. — Você parece uma névoa para mim. Quer compartilhar o que tá acontecendo?

Seu pomo de Adão subiu e desceu devagar enquanto ele dançava os olhos em cada parte do meu rosto.

— Pense antes de dormir com Oliver...

Sorri, embora quisesse morrer por dentro.

Não sabia se, um dia, a gente conseguiria cobrir o abismo que havia entre nós.

Vinte e dois anos é o nome do precipício.

E de todos os traumas que adquirimos no decorrer disso.

— Não se preocupe, a minha *beyoncetta* estará protegida de qualquer ato de amor até que eu me sinta racional sobre o assunto.

Ele sorriu de lado.

Sempre foi você

— Me desculpe por hoje. Realmente não quero atrapalhar. Não sei o que deu em mim.

Eu sei, quis dizer. Você sentiu ciúmes, está vivendo a mesma luta interna que eu, e tem medo de ceder tanto quanto.

— Nossa pausa no tempo acabou, Shane.

— É. — Ele me encarou com carinho. Mas havia uma chama em seus olhos que não havia se apagado. — Queria que tivesse durado mais tempo.

Naquele momento, decidi.

Eu o provocaria mais um pouco, só um *pouco* mais.

De uma maneira que Shane não teria escolha a não ser tomar uma decisão, para sim ou para não.

Mas eu iria até o fim.

Porque estava cansada de viver no "e se".

E se ele tinha a mesma vontade que a minha...

Passei a concordar com todos que nos conheciam.

Por que não?

Aline Sant'Ana

Sempre foi você

CAPÍTULO 10

Who's the one you think of night and day?
Ain't no time to waste
I'm just trying to say
Who do you love?

— *Monsta X feat French Montana, "Who Do U Love".*

SHANE

Roxanne tinha separado para cada um de nós um figurino que nos tornava desejáveis aos olhos de qualquer um. Porra, eu estava com uma camisa social preta. Havia também a calça jeans na mesma cor, justa nas minhas coxas e panturrilhas, além de coturnos.

Para o nosso segundo dia em Fortaleza, teríamos o *Meet & Greet*, algumas horas antes do show. Foi uma das coisas que Kizzie organizou, dado o grande número de fãs que saíram de suas cidades apenas para irem nos ver. Os ingressos tinham esgotado em menos de dez minutos desde que foram disponibilizados para compra on-line, meses atrás. Agora, eu estava pilhado com a ideia de encontrar os fãs pessoalmente, dar autógrafos e tirar fotos que, para nós e para eles, significavam tanto.

Porra.

Como a gente pode ficar tranquilo numa situação dessas?

Meu celular vibrou no bolso da calça. Eu estava sozinho, já que tinha sido o primeiro a ser finalizado pelo cabeleireiro e coisa e tal. E, de onde estava, conseguia ouvir os gritos dos fãs a certa distância. Faltava pouco para entrarmos.

Quando vi o nome da Anabelle no identificador de chamadas, suspirei em alívio.

Noite passada, não consegui contatá-la. Estava confuso, precisando ajustar os parafusos na cabeça, ou ia fazer merda.

— Oi, Shane.

— Anabelle, eu te chamei tipo, sei lá, cem vezes ontem de madrugada.

Ela soltou um suspiro do outro lado da linha.

— Eu estava dormindo. — Na verdade, eu sabia que era balela. Anabelle ficava acordada a madrugada inteira. A real é que ela queria que eu usasse o nosso

Aline Sant'Ana

gerenciamento de crises, mas fui tão impulsivo em ligar trocentas vezes que esqueci que poderia correr na beira da praia para aliviar o estresse, por exemplo.

— Dei uma pirada.

— Quer conversar sobre o que aconteceu?

Contei para ela sobre o que eu estava enfrentando durante a viagem, e que parecia que meus laços com Roxy estavam se estreitando. Narrei também o interesse do Oliver na Roxy e no quanto isso me doeu.

— Eu tô achando que essa bagunça toda é pela viagem — finalizei.

— Você quer colocar um peso no fator externo, mesmo se o que está acontecendo é dentro de você? Ou quer racionalizar o que está sentindo? E não estou dizendo que é errado, só quero entender como está pensando.

— Tem que ter uma explicação, cara.

— Eu já te contei como as emoções funcionam?

— Acho que não — murmurei.

Pude ouvir o rolar das rodinhas no piso do seu consultório, indicando que ela se mexeu na cadeira.

— Os nossos sentimentos são como uma nuvem de fumaça, um sinal de que algo está acontecendo dentro de nós. Você assistiu ao filme *Harry Potter e a Câmara Secreta*?

— Sim. — Franzi a testa.

— O Rony Weasley, após ignorar uma série de tentativas de contato da mãe, recebe uma carta mágica e falante, no meio da escola, chamada de Berrador. Assim que Rony a abre, a carta começa a gritar, de um jeito muito engraçado, com a voz da mãe, porque ele não quis lê-la. — Eu podia imaginá-la sorrindo. — Nossos sentimentos são assim. Eles começam de forma pequena, e nós ignoramos boa parte do tempo. Até que eles gritam em nossos ouvidos, em forma de "surto", para que possamos olhar para eles com atenção. Você acredita que sentir ciúme da Roxy é algo inédito?

Sempre tive ciúmes, mas agora parecia à flor da pele, porra.

— Não.

— Vocês sempre tiveram uma conexão muito forte, mas observei, no resort, que se trata de uma conexão emocional. Vocês repetem os gestos um do outro, complementam ações. Pensam de forma muito parecida, ainda que sejam tão diferentes. — Anabelle fez uma pausa. — Agora, a questão: o que o ciúme representa para você?

— O ciúme é perda.

— Sim, o ciúme é uma fonte de insegurança e sinônimo de perda, para alguns. Vamos aos fatos. Vocês são amigos. — Anabelle fez uma pausa. — Sente ciúmes, que não é de hoje, e isso está crescendo. O que poderia ser?

— Me deu a louca de pensar que vou perdê-la *agora*? Como se o sentimento que sempre existiu dentro de mim crescesse e eu o ignorasse?

— Me diga você. Se são apenas amigos, como frisou, de onde está vindo esse sentimento? Teme perder a amizade dela por causa de Oliver ou por suas próprias ações?

— Acha que vou escorregar e ficar com ela?

— Seria um deslize? — rebateu.

— Seria, porque ela é a minha melhor amiga, cacete!

— E você diz a si mesmo esse pensamento pré-condicionado por toda a vida, mas o que está diferente *agora*? Shane, quero que analise os seus sentimentos. Já fizemos isso em relação a tantas coisas na sua vida, não relute nessa parte do tratamento.

— Eu sempre disse a mim mesmo que éramos amigos, sempre fomos... — murmurei.

— Hipoteticamente, se você a beijasse, o que de pior poderia acontecer?

— Eu ultrapassaria uma linha.

— E o que aconteceria se ultrapassasse?

— Poderíamos perder a amizade.

— E se perdessem a amizade, o que de pior pode acontecer?

— Ela não falar mais comigo.

— E você acha que a Roxy faria isso, conhecendo-a tão bem?

Não. Mas eu não disse em voz alta.

Talvez eu não tivesse medo de perdê-la para Oliver, mas pela minha falta de atitude. O medo real de beijá-la era como se o mundo fosse se partir em dois... sendo que, fisicamente, isso era impossível.

Era o que Anabelle queria me mostrar. E eu não queria enxergar.

Aline Sant'Ana

— Já passei por coisas demais, e tô tentando ficar tranquilo agora.

— "Coisas demais." Estamos olhando tudo o que está acontecendo no presente, você não me deixou ainda ler seu passado, e está claro, a essa altura, que as peças que você me deu hoje não estão nos dando respostas. — Ela respirou fundo. — Acho que o seu passado é a fonte de todas as pontas que ainda estão soltas. Arriscando mais, acho que a sua abertura em todas as áreas da vida, exceto essa, é o que mais me preocupa.

— Shane, vamos entrar em cinco minutos. — Kizzie passou por mim.

— Eu preciso de um alento aqui, Anabelle. E também preciso ir embora.

Ouvi seu suspiro. Ela tinha quarenta e dois anos, era nova demais para o tamanho do seu currículo. Tinha cabelos escuros, olhos amendoados e bondosos, mas suas sessões sempre me empurravam além da porra da zona de conforto.

Era essa a função dela. Mas eu ainda ficava puto.

— Desconhecer o que você sente não significa que o sentimento não esteja lá. Faça exercícios, como combinamos. Dance. Ou segure uma pedra de gelo por alguns segundos até que doa. Em crises, você sabe que é isso que vai segurar e te puxar para a razão, ao invés de estourar pela emoção. Me ligue assim que puder, estarei aguardando. Se cuide, querido — arrematou e encerrou a chamada.

— E aí, Shane? Tudo tranquilo? — Yan me envolveu pelo ombro, puxando-me para perto, sem que eu tivesse tempo de processar. — Ei, que cara é essa?

— Eu tô meio confuso com umas coisas.

— Quer conversar? — Yan ofereceu.

Carter e Zane se aproximaram, me olhando de esguelha. Eu sabia que a fofoca já tinha rolado solta, e que eles tinham total consciência do que houve ontem, já que cheguei para ensaiar ainda mais pilhado do que deveria.

— Eu tô querendo a Roxanne, mas uma parte da minha cabeça me diz que vou perdê-la se fizer isso.

— Ainda pensando dessa forma? Pensei que tinha cogitado a ideia de oferecer para ficarem sem compromisso — meu irmão disparou.

— Sigo achando que vou foder com tudo.

— E vai pensar assim até quando? — Carter me observou, os olhos verdes tranquilos. — Acha que vocês dois conseguem viver nessa tensão imensa sem estragarem a amizade pelo simples medo de tentar?

Sempre foi você

— O mundo não é tão simples, amizades são complexas — Yan intermediou.
— Shane, sou seu mentor, cara. E não apenas para a banda, mas para a vida. Estamos em qualquer merda juntos.

— Meninos, vocês precisam entrar. — Kizzie voltou com o *walkie talkie* na mão. Roxy estava lá para dentro, o que me fez respirar fundo por ela não ver a bagunça que fiquei depois de dez minutos falando com a Anabelle.

— Podemos atrasar dois minutos? — Yan indagou.

— Vocês têm uma entrevista depois do show, então... sim. Mas os fãs estão esperando.

— Tudo bem. — Yan voltou-se para mim. — Há medos que valem a pena a tentativa, só para descobrirmos que não são tão horríveis assim. Olhe só para si mesmo agora. Você não é mais um moleque que age de forma inconsequente. Já é um homem, que coloca a cabeça para funcionar, que pondera as coisas. Só quero que se enxergue da mesma maneira que te vemos. Você é do caralho, você é da The M's. E a gente sempre soube enfrentar todos os tipos de desafios, por mais gigantes que fossem. Relaxa, respira... depois do show, tenha um momento sozinho e veja o que vale o risco. Roxanne vale, eu já te adianto a resposta, mas isso você tem que descobrir sozinho.

Roxy

Eu estava nos bastidores do *Meet & Greet* completamente encantada.

Uma moça se aproximou do Shane, e as mãos dela tremiam tanto na hora de entregar o pôster para ser autografado que meu amigo, delicadamente, segurou-a, tomando-o de suas mãos. Le abriu aquele sorriso lindo, que oferecia a todas, mas era sincero em cada olhar, em cada toque, em cada abraço, em cada beijo.

Meu coração se encheu de orgulho, mas de emoção também. Eu conhecia o garoto por trás do rockstar mais desejado do momento. Por mais que Shane não visse o coração imenso que ocupava todo o seu peito, eu via. E era bonito enxergar isso não só com a alma, mas com os olhos também.

A menina que não parava de tremer quase desmaiou quando Shane se levantou para fazer uma foto com ela. Os integrantes da banda estavam em uma mesa comprida, fazendo com que as fãs passassem por cada um, tirassem fotos e pegassem autógrafos.

Aline Sant'Ana

Shane se posicionou atrás da moça, segurou-a na altura dos ombros e, antes do flash brilhar, roubou um beijo de sua bochecha.

Ela começou a chorar, levando as mãos ao rosto. O meu melhor amigo a puxou para um abraço.

Todo o tipo de amor é finito, mas o amor dos fãs é de uma fidelidade, de uma generosidade incomparável. Amavam sem esperar nada além da felicidade do ídolo de volta. Amavam a ponto de chorar, gritar, pirar a cada show, a cada música, a cada novidade nas redes sociais. Realmente os amavam, não precisando nem estar muito perto para viverem o sentimento. E um encontro? Era como alcançar o céu.

Os olhos de Shane vieram para mim.

E eu só percebi que estava chorando quando ele apontou para o meu rosto e me fez tocar a bochecha.

Ri enquanto as lágrimas desciam, dando de ombros. Era inevitável se emocionar.

O *Meet & Greet* teve uma quantidade seleta de pessoas, que pagaram uma quantia razoável para estarem com os meninos. Apenas em algumas cidades aconteceria tal evento. Eu sabia que, por Kizzie, Oliver e por eles, todas as cidades teriam a mesma opção, mas, devido ao cansaço pós-show, seria impossível cobrá-los além da exaustão.

Após o evento, os meninos foram entrevistados, o que me fez selecionar outro estilo de roupa para eles. Quando finalizaram, foram direto para o banho, e tive um tempo para respirar. Enviei mensagens para os meus pais e os D'Auvray, até ouvir a voz da minha modelo internacional favorita.

— Nossa, Roxy... — Erin se aproximou de mim, soltando um suspiro. — Estou tão cansada e nem faço parte da The M's.

Acabei rindo.

— Não é? Como será que eles se sentem?

— Empolgados, na verdade. — Kizzie chegou também, enquanto comia uma banana, que era o máximo que ela conseguia entre uma movimentação e outra. Lua e Cahya estavam com ela. — Eles ficam com tanta energia nesses shows que me pergunto em que momento das suas vidas vão se sentir exaustos.

— Não se sentem. — Lua envolveu-me com um braço. — O Yan fica ainda mais ativo na cama em uma turnê.

Sempre foi você

— Carter fica do mesmo jeito.

— Mark fica um pouco mais mandão no sexo. É como se ele continuasse sendo um segurança. Eu adoro, não vou mentir. — Cahya nos arrancou risadas.

— Eu nem preciso falar do Zane. Ele é um D'Auvray — Kizzie murmurou, como se já explicasse tudo. Então, os olhos da cunhada do Shane vieram para mim. — Sabe que nós não gostamos de nos intrometer nos acontecimentos... externos.

— É... — Lua me deu um beijo na bochecha, o que me surpreendeu. — Mas eu e as meninas estávamos nos perguntando como você está com tudo isso.

— Eu sei que o Oliver foi chamado por vocês e pelos meninos para dar um chá de ciúmes no Shane. — Elas arregalaram os olhos juntas. — Não precisam negar.

— Esperta — Erin elogiou.

— E o que você decidiu fazer a respeito? — Kizzie pareceu interessada.

— Eu vou testar para ver até onde isso vai.

— Sério? — Cahya pareceu de fato surpresa por um segundo. — Menina, que bom ver que você está indo além da linha que se autoimpôs.

Eu me sentia ansiosa, angustiada e eufórica.

Tinha visto com meus próprios olhos a reação do Shane sobre o Oliver.

Ele me queria. E eu estava determinada a senti-lo.

Não só nos meus sonhos.

Ao menos... por apenas uma noite.

SHANE

Horas mais tarde, eu estava com o contrabaixo Fender e branco dessa vez, colado ao meu corpo, ouvindo a multidão gritar o meu nome no solo. Fechei os olhos, deixando os meus dedos agirem com rapidez nos acordes. Um dos meus pés estava sobre o amplificador e o outro no chão. Já tinha arrancado a camiseta àquela altura, foda-se.

— Shane, Shane, Shane! — o coro continuou a cantar, e minhas pálpebras se abriram, porque eu precisava ver.

Aline Sant'Ana

112

Eu conseguia enxergar os rostos dos fãs na grade, na segunda fileira e assim por diante, até que ficassem tão distantes de mim que eu não conseguia mais focalizá-los.

Mas eu os sentia. Dentro de mim.

Minha alma nasceu para a música, para ser livre, assim como a do meu irmão, Carter e Yan. Não nos encaixávamos no padrão de estudar e trabalhar atrás de uma mesa de escritório. Não me leve a mal, eu até quis essa vida antes de mexer com outras merdas. A real é que tive de ir para o fundo do poço para descobrir o que eu queria de verdade.

Comecei a tocar o baixo ainda novo, mas só fui pegá-lo para valer quando a única parte boa dos meus dias se resumia a tocar e compor músicas. Era a minha pílula de felicidade, foi no baixo que me agarrei para não descer ainda mais fundo, para que não acabasse em uma tragédia.

E eu fiquei bom nisso. Fiquei bom pra caralho porque não era uma parte ruim de quem eu era. Eu gostava do Shane baixista. Eu amava esse cara. E, quando eu tocava, não conseguia fumar, beber ou cheirar, eu só tocava para me manter são. E esse foi um dos motivos para me manter vivo.

Além da minha família e... Roxy.

Continuei a dar para o público tudo o que sem dúvida mereciam: o melhor de mim. Carter se aproximou, passando a mão no meu ombro, o microfone colado em sua boca enquanto sorria para a multidão. Virei o baixo para ele, e Carter começou a cantar com sua voz de enlouquecer gerações. Éramos fodas agora, mais do que a The M's já foi como um trio, como se sempre faltasse... eu.

Não havia nada maior do que isso para compreender que a minha existência era necessária.

Eu ficava em pé.

Agora não só pelo baixo, por Roxy e por minha família.

Mas pela The M's.

As luzes se apagaram quando a música chegou ao fim. Era a última da noite. Então, os fãs começaram a gritar pedindo mais, e aí as luzes se acenderam.

— Fortaleza, como foi bom estar com vocês! — Zane gritou no microfone, e o tradutor, que mudava a cada cidade, disse em português para o Centro de Eventos. — Porra, que energia maravilhosa!

Tirei o pé do amplificador, e fui em direção a Yan e Zane, que já estavam se

Sempre foi você

posicionando no centro do palco, junto a Carter.

Me deixaram falar por último.

— Eu quero agradecer... — Os fãs voltaram a gritar assim que minha voz ecoou, o que me fez rir e esperar a agitação cessar um pouco. — Quanto amor, hein?

Mais gritos ensurdecedores assim que o tradutor fez o seu papel.

— Quero agradecer cada abraço, beijo e carinho que recebi instantes antes do show, no *Meet & Greet*. Quero agradecer a presença de todas as pessoas que saíram de suas casas para virem curtir o show foda que só a The M's sabe fazer!

— Shane, eu te amo! — os fãs disseram em uníssono.

— Nós descemos pela América e chegamos em um país acolhedor pra caralho, com uma comida deliciosa, pessoas calorosas, gente que sabe amar com o coração e de verdade. Vocês estão me ensinando tanto! Porra, me ensinando a ser corajoso, a ir em busca dos meus sonhos... — O suor escorria pelo meu corpo enquanto eu falava. Ajeitei o boné para trás, tentando enxergar o máximo de pessoas possível. Eu queria fechar os olhos naquela noite e me lembrar da exata sensação de agora. Esperei o tradutor terminar e continuei: — Vocês me ensinaram, essa noite, que o amor verdadeiro é só o incondicional. Obrigado por me amarem assim. Eu amo vocês com a mesma intensidade. Obrigado, Fortaleza! A gente vai voltar!

Yan me puxou de um lado, Zane de outro, enquanto Carter abraçava Zane. Juntos, nós nos abaixamos em agradecimento àquelas pessoas, que nos deram energia para carregarmos por toda a vida, e quando as luzes se apagaram...

As lágrimas vieram.

Em Manaus, eu segurei, mas agora não consegui. Quando estávamos quase saindo do palco, me joguei sentado no chão, e senti os caras acariciarem minhas costas enquanto o peso da alegria parecia ser maior do que a força das minhas pernas.

— Tá tudo bem? — Yan perguntou.

— Só preciso de uns segundos.

Na escuridão, senti um par de mãos femininas nos meus ombros. E mesmo que estivéssemos em total breu porque o foco da luz estava no público, que se organizava para sair, eu sabia bem quem era.

— Fernanda, a esposa do Lucas, o homem responsável por vocês em

Aline Sant'Ana

Fortaleza, fez uma festa de despedida para nós — disse, não querendo comentar que eu estava em lágrimas. Querubim não precisava de explicação, já me entendia além de qualquer merda que eu pudesse inventar. Estava em *seiza* na minha frente; podia sentir seus joelhos batendo nas minhas pernas. — Vamos dançar algo chamado forró. Não sei se estou pronunciando certo, mas...

Então a puxei contra o meu corpo, inspirando seu perfume de maçã verde, afundando o nariz no seu pescoço enquanto a abraçava.

Eu não vou aguentar muito mais, Roxanne.

— Vamos dançar forró — falei, tranquilo. Mas puto comigo mesmo.

Se os sentimentos são nuvens de fumaça, pensei no que a Anabelle me disse, *desde quando me sinto assim?*

Sempre foi você

CAPÍTULO 11

Eu quero ver você correndo atrás de mim
Quando eu te procurei você nem ligou pra mim
Agora eu quero ver você correndo atrás de mim

— *Aviões do Forró, "Correndo Atrás De Mim".*

SHANE

Tínhamos voltado para casa pilhados do show. Eu e os caras tomamos uma ducha, e depois liberamos os banheiros para as meninas. Íamos para uma *home party*. E eu estava pronto para curtir a noite inteira.

Só não esperava ver Roxanne Taylor... assim.

Cacete, não reconheci a minha melhor amiga quando ela desceu pelas escadas. Foi uma sensação tão insana que meu cérebro virou uma tela em branco. E só entendi que era ela quando sorriu para mim.

Não me lembrava da última vez que a vi arrumada vestindo uma cor diferente de preto. Precisei admirá-la de cima a baixo até que ouvisse meu coração nos tímpanos. Merda, seus pés estavam em saltos altos, tão pequenos e delicados, à mostra no calçado de tiras finas. Então, seus tornozelos, as coxas magras, mas tensas a cada decida. O vestido rosa e branco, com flores, subia para os seios pequenos, e o colo... estava exposto o suficiente para me fazer engolir em seco.

O rosto dela...

Eu pude ver a maquiagem, mas Querubim estava tão ela mesma. Porra, tão linda. Nunca senti meu coração bater tão forte em toda a merda da minha vida, nem quando eu estava caindo a cem quilômetros por hora no Insano.

A maneira que Roxy desceu degrau por degrau, quase em câmera lenta, me fez entender que...

Esse tesão misturado com desejo, que veio quicando para cima de mim, era mais forte, mais intenso, do que qualquer coisa. Surgiu sob a minha pele com a malícia de quem queria destruir o meu psicológico.

Empurrei para longe.

— Não que seja uma surpresa, mas vocês estão lindas — Carter elogiou primeiro. Então veio Zane, Yan, Mark e até Lucas.

Oliver não estava conosco; graças a Deus só ia mais tarde.

Aline Sant'Ana

Mas eu não consegui dizer uma palavra.

Ela se aproximou de mim e, junto com aquela aparência de arrancar o ar que restava dos meus pulmões fodidos, veio o seu perfume.

Seus dedos entrelaçados nos meus.

Sua altura batendo na minha boca pelos saltos.

Seu corpo se aproximando além do limite que eu aguentaria quando ela me deu um beijo no queixo, bem no furinho.

— Você sabe o quanto é perfeita, Roxanne? — Ela franziu a testa, enquanto quase esboçava um sorriso. E eu continuei: — Porque não tem outro elogio para uma mulher que fica linda do preto ao rosa, porra. Você é perfeita pra caralho.

— Obrigada. — Seu sorriso ficou completo.

Meus dedos envolveram os de Roxy com força e dei um beijo bem na ponta do seu nariz antes de ouvir a movimentação das pessoas, que já estavam deixando a mansão. Não prestei atenção em nada, cara. Fiquei surdo, mudo e cego...

Só por uma mulher.

E era errado, meu Deus. O quanto isso era errado.

Essa emoção bizarra teria que ir embora.

E se ela viesse em forma de uma carta falante do caralho, que nem a analogia que a Anabelle fez com o Harry Porter, eu ia precisar correr de um estado a outro para me acalmar.

Ainda iria dançar com Roxy naquela noite.

Como segurar o que parece fora de controle?

Roxy

A festa na casa de Fernanda e Lucas não reuniu muitas pessoas — acho que trinta no total, se contarmos a equipe e nós. Mas Fernanda organizou de forma delicada a celebração da nossa despedida, sem bebidas alcoólicas, em respeito ao Shane.

Sua casa era linda. A música tocava em cada cômodo que visitávamos, apesar de a festa ter sido planejada na área da piscina. O cardápio foi preparado com uma inspiração tropical. De entrada, ceviche de camarão. O prato principal era lagosta, que se servia grelhada e acompanhada de um risoto de limão siciliano. De sobremesa, mil folhas de caju, o que me deixou surpresa e apaixonada.

— Eu te giro, depois você me gira e eu te giro de novo, tudo bem? — Lucas explicou, fazendo o passo devagar, o que me permitiu acompanhá-lo perfeitamente.

O curioso é que passei cerca de duas horas após o jantar alternando entre dançar com Lucas, Bruno e André, que se ofereceram para me ensinar, sempre com muito respeito e carinho. Já Shane pegou os passos na terceira música. Já tinha dançado com a esposa do Lucas, Fernanda, e com Maria, uma senhora de cinquenta anos, assim como com Erin, Lua, Kizzie e Cahya, exceto... comigo.

Isso me fazia ter vontade de bater nele. Já estava suada, já havia aprendido o básico, e geralmente só conseguia dançar de verdade quando estava sendo guiada por Shane. Acho que era uma questão de confiança.

Mas meu melhor amigo não estava me convidando para dançar.

Outra música começou, e eu saí da pista improvisada. Se Shane não me tiraria para dançar, eu não ia ficar de mão em mão.

Ah, não ia mesmo.

— Hum... essa cara... — Yan observou, abrindo um sorriso quando me encontrou na mesa de sucos. — Shane tá fazendo merda?

— Ele não dançou comigo.

— É, ele tá fazendo merda.

— Estou ficando cansada. — Me servi de suco de maracujá, esperando que me acalmasse, e tomei um longo gole. — Acho que vou voltar para casa e cochilar um pouco antes de pegarmos o voo.

— Ah, não vai não. — Yan pegou a minha mão livre, o que me surpreendeu. E, de repente, começou a me arrastar. Eu deixei o copo em qualquer lugar enquanto ele procurava alguém com o olhar e, quando encontrou, continuou a me puxar. Carter, percebi, era seu alvo. — McDevitt — Yan chamou.

Carter franziu o cenho. Estava com Erin, Lua e Mark, descansando em outra área externa.

— Oi, Yan. O que tá acontecendo?

— Tira a camisa — Yan pediu.

Carter arregalou os olhos.

Aline Sant'Ana

— O quê? Por quê?

— Tira a camisa, leva a Roxy para a pista de dança e vai pra lá com ela. Você nem vai precisar dançar. Se eu conheço o Shane, ele vai tirá-la das suas mãos em dois tempos.

— Não quero que ele aja só quando estiver com ciúmes — avisei e entrelacei meus dedos nos de Yan. — Obrigada, Yan. A intenção é válida, mas...

— O que tá rolando? — Zane se aproximou com Kizzie, Cahya e Oliver.

— Seu irmão tá parado em cima do muro. — Carter franziu os olhos.

— Alguma coisa assim. — Yan puxou minha mão para seus lábios e deu um beijo ali antes de soltá-la.

— Percebi. — Zane analisou meu rosto. — Porra de cara lerdo do cacete.

— Preciso fazer alguma coisa? — Oliver indagou, me dando o direito de escolha.

Respirei fundo.

— Acho que talvez... — Erin parou de falar.

Todos congelaram. Mark gentilmente me avisou com um mover da cabeça que havia alguém atrás de mim, mas não antes de eu sentir um par de mãos envolvendo a minha cintura, abraçando-me por trás.

— Oi. — Sua voz soou ao pé do meu ouvido quando baixou o rosto. — Te procurei na pista para dançar e não te achei.

— É, eu a roubei por um segundo. — Yan ergueu uma sobrancelha, como se o desafiasse a dizer qualquer coisa.

Mesmo sem ver Shane, pude senti-lo tenso atrás de mim.

— Hum... muito cansada para dançar? — Shane perguntou.

— Achei que nunca fosse convidar.

— Você estava se divertindo com o Lucas e os outros caras lá.

— Você também — alfinetei.

— *Agora* podemos nos divertir juntos? — Shane indagou baixinho.

Então senti uma das suas mãos, que estava na minha cintura, ir mais para a altura do meu estômago. Pus minha mão sobre a dele. Era um passo do *Dirty Dancing*, quando Baby estava na frente de Johnny e ele a girava. Shane fez exatamente isso, pegou a minha mão e me girou, fazendo meu corpo bater direto

Sempre foi você

contra o dele quando me virou de frente para si.

— Acho que sim... — murmurei, perdida.

Ele estava lindo, meu Deus.

Vestia uma camisa acetinada, quase social, exceto pelas mangas curtas, de um profundo azul petróleo com linhas espaçadas e verticais brancas. Ele tinha aberto tanto a camisa que o V em seu tórax quase alcançava o início da barriga.

Eu tinha vontade de percorrer o caminho com a língua.

E usava um conjunto de três colares masculinos, que ficavam exatamente no limite de onde a camisa estava aberta. Ainda tinha a calça jeans branca, rasgada aqui e ali, e o cinto marrom que combinava com o tênis *slip on*. Era moda praia e ele estava tão elegante que passei a noite inteira namorando-o com os olhos. Além disso, tinha a barba por fazer, os piercings que ele tinha trocado de ouro para prata, os seus cabelos rebeldes bagunçados pela dança e pelo suor.

— Vamos dançar forró, Querubim. — Me deu um beijo na ponta do nariz. — E vai ser um espetáculo.

Naquele instante, eu não fazia ideia.

Mas ia ser *mesmo* um espetáculo.

Shane

Evitei Roxanne a noite inteira, não posso mentir. Evitei até que eu conseguisse controlar a bagunça que ela tinha me causado. Então, dancei. Até aperfeiçoar os passos e conseguir guiá-la sem errar. Embora a desculpa fosse esfarrapada pra caralho.

A verdade é que eu não estava pronto para senti-la contra o meu corpo. E o forró, cara. Era pele com pele. Era pélvis com pélvis, era quadril juntinho...

A minha mente poluída só conseguiu imaginar o pior cenário, então eu precisava estar no controle.

Porém, vê-la girando e girando, mexendo o quadril, me permitindo enxergar o short de lycra branco sob a saia do vestido...

E se ela estivesse sem calcinha?

Foda-se.

Eu ia dançar com a minha melhor amiga, independente da reação do meu corpo. Eu ia deixá-la feliz e leve, porque sabia o quanto gostava de dançar comigo. Parei de me preocupar com minhas reações, respirei fundo e fui atrás dela.

No caminho para a pista improvisada, entrelaçamos nossas mãos, e Roxy me lançou um olhar.

Não havia uma gota de álcool no meu sangue, nada mesmo, mas me sentia pilhado pela ansiedade. Sempre rolava uma coisa meio estranha toda vez que nossos corpos ficavam à mercê um do outro.

Antes, eu culpava a dança.

Agora, eu já não sabia de porra nenhuma.

A conversa com a Anabelle passou pela minha cabeça antes que eu me posicionasse com a Roxy. E a sua pergunta "o que de pior poderia acontecer?" estava me corroendo desde que a chamada foi encerrada.

— Tudo bem? — Roxy perguntou.

Cara, ela estava tão linda. Mas não era *esse* o problema. O x da questão eram aqueles olhos claros me encarando.

Tinha uma aura diferente nela.

Não me olha assim, Querubim.

— Uhum — respondi, umedecendo a boca.

Na pausa entre as canções, enquanto Fernanda atualizava a playlist, uma das minhas mãos foi parar na cintura da Roxy, e a outra, unida à sua, na altura da sua cabeça. Essa posição não duraria, porque o forró era giro atrás de giro, então, minhas mãos dançariam por seu corpo.

Já suado por tudo o que dancei, o calor subiu mais mil graus assim que Roxy deu um passo à frente, colando-se em mim antes da batida começar. A ponta dos seus cabelos roçou na parte de trás da minha mão, ao mesmo tempo em que eu sentia uma gota descer da minha nuca, bem no centro das costas, deslizando até me arrepiar.

Minha cabeça, por um segundo, ficou congelada com a ausência da distância física entre nós. Ouvi a batida e soube que teria que me mover, *mas...*

— Dois pra lá, dois pra cá? — ela perguntou, quando me viu preso no lugar.

Meus olhos deslizaram por cada centímetro do seu rosto — as íris intensas e claras me analisando, o nariz pequeno, os lábios entreabertos, a ponta da língua rosada bem no meu campo de visão.

— É — respondi, segurando sua cintura com mais força, prensando-a contra mim. Meu corpo respondeu às suas curvas quase imediatamente, formando uma bagunça na porra do meu estômago, descendo, me aquecendo todo. Em meio segundo, seu quadril começou a balançar de um lado para o outro bem em cima do meu caralho.

Cara, como eu ia me manter vivo?

Minha saída foi começar a nos rodar, afastando e voltando, como Fernanda tinha me ensinado, mas sem parar de sentir os nossos quadris entrando no ritmo cada vez que se chocavam. Minha mão estava firme na sua, soltando-a ora ou outra durante os rodopios, meus dedos amassando suas costas cada vez que a tinha bem perto, agarrando o vestido, para que eu me segurasse e não descesse bem para a sua bunda.

Para com essa merda, Shane.

Roxy começou a rir, se divertindo pra cacete, o que me obrigou a sorrir e parar de pensar no calor latente na virilha.

Por um tempo.

Fomos no dois para lá, dois para cá, ao som da sanfona, virando e virando, bem rápido, fazendo círculos em torno de nós mesmos de acordo com os passos. A primeira música se tornou a quarta, a quinta. Mais casais se uniram a nós. E, sem a atenção de todo mundo sobre mim e Roxy, me soltei.

Como se eu me entregasse todo para ela.

Virei-a de costas para mim, em um dos passos, só indo um para lá e um para cá, o quadril da Querubim empinando-se para trás, me sentindo semipronto. Deixei que ela sentisse, deixei que se esfregasse, ignorando a razão. Inclinei a cabeça para frente e raspei meus lábios bem entre seu ombro e o pescoço, leve, um toque, para depois respirar em sua pele quente e escorregadia, sentindo-a se arrepiar sob minhas mãos.

Girei-a quando me dei conta de que havia perdido o ritmo, me perdido em mim mesmo. E quando nossos olhos se encontraram, o que vi em Roxy me deu um estalo no peito.

Esqueça os vinte e dois anos. Naqueles olhos, havia chamas, chamas na *minha* direção, descendo do meu rosto até a camisa quase aberta, no suor e nas minhas veias saltadas, no volume que a calça jeans branca jamais esconderia.

Ah, cara.

Aline Sant'Ana

Umedeci a boca e deixei que Roxanne me sentisse. Guiei sua mão para o V da camisa, sem parar de mexer meu quadril de um lado para o outro. O sorriso safado que abriu na minha boca foi inevitável, e a Querubim não me decepcionou. Ela desceu a ponta dos dedos pela abertura, rebolando comigo, abrindo o resto dos botões.

Engoli em seco e segurei sua mão contra o meu coração acelerado, passando do meu peito até o cinto, de uma só vez.

— Shane...

Mas não deixei que ela falasse, apenas a impulsionei para frente e fiz o rodopio duas vezes, e ela girou em volta de si mesma, girando também em volta de mim.

O que de pior poderia acontecer?

Olhei-a. Os cabelos balançando de um lado para o outro, molhados de suor, a sua confiança em mim deixando-a bem mais solta do que com os outros caras.

— É tão bom dançar com você — ela disse, tão leve, antes de eu fazer mais um giro dela e um meu pela cintura. Me afastei um pouco para segurar suas duas mãos em frente a nós dois, apenas para depois trazê-la com um estalo para perto.

Fechei os olhos quando foi a minha vez de encaixar as minhas pernas entre as suas. Senti, na coxa, o quanto ela estava quente, mesmo com a calça jeans entre nós dois. E, na enésima música, um forró mais lento, uma das minhas mãos foi parar no último centímetro que seria respeitável em suas costas, para ajudá-la a se remexer contra mim.

Foi tão devagarzinho o rebolar entre nós dois. Continuamos a dançar, mas sem nos mover do lugar; nem nossos pés estavam se mexendo. Era o baque de um quadril para lá e outro para cá, rebolando gostoso, indo e vindo. Uma das minhas mãos naturalmente desceu e foi em direção à lateral do seu quadril, ondulando-a para frente e para trás, esfregando-a em mim.

Roxy respirou contra a minha boca.

Meu nariz resvalou no dela.

Nossos lábios quase se tocaram.

Porra. Porra. Porra.

Para a minha surpresa, Roxy me girou, me afastando. Ela riu quando voltou para os meus braços, passando a mão no meu corpo, me deixando ainda mais louco, embora parecesse, para ela, que aquilo não era nada.

Sempre foi você

Fechei os olhos.

Me afundando de novo no seu pescoço.

Porque, caralho, *tão perto...*

Suas mãos dançaram por minhas costas até Roxy me arrepiar inteiro quando levou os dedos para a minha nuca, envolvendo meus cabelos em suas mãos.

Ela afastou meu rosto, me obrigando a abrir as pálpebras. Sorrindo para mim, umedeceu os lábios, tão controlada que eu não sabia se tinha vivido a merda toda na minha imaginação ou se realmente havia acontecido.

— Um forró bem dançado não precisa de preliminar — Fernanda disse ao microfone, brincando com os casais.

Escutei ao fundo os aplausos de todos em nossa direção, porque, pelo jeito, demos um show ou algo do tipo.

Mas não consegui tirar os olhos de Roxanne.

Ela me deixou maluco, apenas para me olhar como se nada tivesse acontecido.

— Vou tomar um suco, você vem? — perguntou, levemente ofegante.

Você tá me provocando?, quis perguntar. Estudei seus olhos. Ela rebolou no meu pau e, de todas as vezes que dançamos, nunca havia sido tão explícito.

Eu poderia culpar o forró?

Ou a determinação nos olhos da minha melhor amiga?

O que você quer de mim, Querubim?

Passei a ponta da língua pelo lábio inferior.

— Eu quero — sussurrei.

O suco ou ela... que diferença faz?

Aline Sant'Ana

Sempre foi você

CAPÍTULO 12

Todos já sabem o que sinto por você
Só você não vê
Basta ouvir tua voz
Para o meu corpo estremecer

— *Reação em Cadeia, "Um Dia".*

Porto Alegre, Brasil

Roxy

Shane não estava acostumado a ser provocado por mim.

Na verdade, nem eu estava acostumada a provocar os homens. Mas sabia que ele estava ficando no limite quando quase tocou nossos lábios na pista de dança. Eu vi o fogo em seus olhos, senti seu corpo respondendo a mim, mas ainda não era o suficiente.

Eu sabia que não era.

Para fazer um D'Auvray quebrar era preciso muito mais do que deixá-lo passar vontade.

Era necessário fazê-lo implorar.

— Nossa, faz um tempo que ninguém vem aqui — percebi, segurando a mangueira. Queria aguar as plantinhas que não receberam atenção dos antigos inquilinos, o que me distrairia do que quer que Shane estivesse causando dentro de mim.

Na noite passada, após a festa de despedida em Fortaleza, nós dormimos tanto que quase perdemos o voo das onze da manhã para o próximo destino. Chegamos em Porto Alegre quase duas da tarde, com as fãs enlouquecendo pelos meninos. Havia tantas garotas apaixonadas por eles que a The M's não resistiu e foi dando uma atenção especial para quem estava na frente. Fotos, autógrafos, beijos... levamos mais um tempo para chegarmos à casa que a Kizzie alugou. E acho que, pelos meninos estarem empolgados, já estavam começando a pensar nas próximas músicas.

Kizzie e Oliver, assim como fizeram em Fortaleza, escolheram uma casa em um bairro nobre da cidade, na Zona Sul. A mansão era decorada para veraneio, mas

Aline Sant'Ana

126

era tão bonita que eu estava começando a me sentir pesarosa com a perspectiva dessa viagem chegar ao fim. Meu coração sentia que não tínhamos aproveitado o suficiente de cada cidade. Eu não sabia como os meninos faziam isso sempre, sem pensarem que estavam deixando um pedaço de seus corações. Eu, pelo menos, estava me sentindo assim.

— O que fizeram com vocês? — murmurei, me lembrando dos D'Auvray. Os pais dos meninos teriam um ataque de fúria se vissem flores murchas, sem água. Liguei a mangueira e... droga. Estava furada. A água me molhou inteira, e eu coloquei o dedo no furo. Respirei fundo quando deu certo. *Nossa, milionários não podiam comprar uma mangueira?* — Eu vou cuidar de vocês enquanto eu estiver aqui, tudo bem?

— Está conversando com as plantas? — Escutei a voz de Oliver a certa distância, e me virei para olhá-lo, abrindo um sorriso. — Quer ajuda?

— Não tem muito mistério — murmurei, e Oliver riu. — Onde estão as meninas?

— Erin saiu com Kizzie para ajudá-la com alguns preparativos e...

— Eu e Cahya estamos aqui. — Lua se aproximou. — Não quer se juntar a nós para tomar um sol?

— Assim que terminar aqui, vou sim.

Lua me lançou um beijo no ar, e Cahya, a princesa da Disney, piscou.

Oliver ainda estava ali, me observando como se estivesse cuidando de mim.

— O que foi? — indaguei, piscando várias vezes.

— Shane ainda não te viu, né?

— Está dizendo sobre como estou vestida?

— É. Isso é short e top? — Oliver abriu um sorriso sacana, o que, surpreendentemente, me causou uma espécie de frio na barriga. Eu não era de ferro, né? O homem era lindo.

— É.

— Eu vou fazê-lo vir pra cá depois — prometeu.

— Oliver...

— O plano é nosso. Deixe-me ajudar. — Ele umedeceu os lábios. — Se esse cara não se mover, juro por Deus que é burro pra caralho.

— Um palavrão, empresário? — Arregalei os olhos.

Sempre foi você

— Estou andando com rockstars. — Ele deu de ombros, rindo. — Depois o Shane passa aqui.

Fiquei sozinha com as plantas, caminhando pela grama e molhando uma a uma, esperando que reagissem. Perdida em pensamentos, ouvi a música que Lua e Cahya colocaram na piscina. Era uma batida deliciosa. Comecei a dançar.

— Que música é essa, Lua? É brasileira? — gritei, para que ela pudesse me ouvir.

— É! — respondeu aos gritos de volta. — A banda se chama Skank. Minha mãe sempre escutava quando eu era pequena. O nome da música é *Garota Nacional*.

— É maravilhosa! — falei de volta.

— Não é? — Lua riu, leve e, para a minha sorte, aumentou ainda mais o som.

Aguei as plantas dançando, feliz comigo mesma, até que...

— Eu não sei como, mas você ainda consegue me surpreender, Querubim.

Meus olhos se voltaram para o dono daquela voz grave, e minhas pálpebras se estreitaram antes que eu pudesse sorrir. Me deparei primeiro com o boné branco, virado para trás. Então, o rosto sem-vergonha que descia em um pescoço largo, ombros fortes, veias... aquele tórax explicitamente definido, tatuado e bronzeado, para descer em uma barriga obscena e muito bem trabalhada em cada gomo, os braços, as mãos imensas e... *aquelas* coxas.

Mas, espera.

Aquilo era uma sunga branca?

Na verdade, uma sunga-short, que tinha até duas cordinhas dependuradas para amarrar, bem sobre o início do sexo, no meio. Estava colada em seu corpo como uma segunda pele, mostrando o membro relaxado, chegando quase ao osso do quadril... a única peça que o impedia de estar nu era a droga da sunga. Havia até um corte em V, bem minúsculo, nas laterais, mostrando bem mais do que deveria...

Aquele piercing *maldito* na glande.

Umedeci os lábios.

— Oi, Shane.

Aline Sant'Ana

SHANE

Eu a peguei dançando.

Molhada, porra.

Estava com água por todo o corpo, embora não parecesse ter consciência disso. Suas coxas ensopadas, um pedaço da sua barriga nua também e o top amarelo. Fora que o short cinza-claro estava todo encharcado, agarrando-se àquela bunda com força, com a mesma vontade que eu tinha.

Eu estava me segurando para não bater uma pensando nela.

Eu nunca fiz isso.

Mas estava difícil pra caralho.

Roxy deu alguns passos para frente e, assim que o sol tocou sua pele, eu vi, sob o tecido amarelo, as auréolas pequenas dos seus peitos. Os bicos durinhos. Tudo aquilo fodendo a minha mente, brincando com a imaginação, pedindo para receber a minha boca. A transparência começou a me acender, e eu, que estava de boa, no meio do jardim, comecei a sentir meu corpo inteiro queimar com a vontade mais primitiva de um ser humano. Caralho, sua barriga estava toda molhada, gotas d'água escorrendo lentamente, pairando no short de algodão... Ela estava com uma calcinha amarela. Pude ver pela lateral, que havia subido um pouco do limite do short.

— Oi, é? — quase gemi e me aproximei, instintivamente, sem saber o que eu ia fazer. Mantive uma distância segura. — Você se viu, Querubim?

Roxy ergueu uma sobrancelha e me encarou atentamente.

— Como?

— Eu tô te vendo quase nua. — Umedeci a boca, porque... Porque *porra*.

— Onde? — Ela se olhou. E suas bochechas ficaram vermelhas. — Vou me enrolar em uma toalha.

— Uhum. — E se o Oliver a visse ali? E se todos os caras...

Foda-se. Não era da porra da minha...

— Conseguiram avançar com a música? — murmurou.

— Sim, mas vou precisar de você mais tarde.

Roxanne se aproximou de mim e soltou a mangueira. Ela era tão pequena, mas seus olhos estavam fixos, determinados, um calor vindo deles que era novidade. Seu corpo quase se colou ao meu, apenas centímetros de distância

Sempre foi você

entre nós, quando veio com a ponta do dedo molhado e escorregou pelo meu peito, fazendo um ziguezague do centro do meu estômago, descendo pela barriga. O músculo do meu maxilar saltou. Ela parou bem na borda da sunga e, sem dó nem piedade, resvalou a ponta dos dedos sobre a base do meu pau, por cima da sunga, pegando as cordinhas do inferno.

— Pode sair na piscina se não amarrar.

— É? — Minha respiração estava uma bagunça.

Meus braços ficaram duros ao lado do corpo. As mãos, em punhos.

Cheguei a tremer, caralho.

As borboletas filhas da puta dançaram nas minhas veias e o meu cacete pulsou quando Roxy deslizou as costas dos dedos enquanto amarrava. E ela o fez bem devagar, me fazendo sentir o calor do seu toque sobre o tecido. Cerrei os olhos e joguei a cabeça para trás quando uma risada, misturada a um gemido, escapou.

— Prontinho. — Ela deu um passo para trás e virou de costas para mim. Nem tive tempo de processar até que sentisse um jato de água fria bem no meio da minha barriga. Rindo, Roxy ergueu uma sobrancelha. — Shane, Shane... — Um sorriso lindo despontou em sua boca. — Que mente, hein? Pena que precisa de um exorcismo.

— Acho que tô precisando mesmo. — Tirei a mangueira dela e, mesmo no limite do tesão, tão louco que nem sabia mais como respirar, abri um sorriso. Entreguei-lhe minha toalha, e Roxy a envolveu no corpo. Ergui uma sobrancelha. — Corre.

— Você não vai...

— Vou.

— Shane... — Ela desatou a correr, rindo.

Já molhado, sentindo a sunga colar em cada parte do meu corpo. Não demoraria para Roxanne perceber. Se já não tinha percebido. Me molhei com a mangueira, ligando o foda-se para tudo, precisando da água fria. Quando a vi na outra extremidade do jardim, um pensamento me ocorreu.

Você tá me provocando de propósito? Me testa assim não, cacete.

Ouvi as meninas rirem na piscina enquanto eu caminhava calmamente em direção a Roxy. Escutei os caras chegarem. Tínhamos trabalhado desde que pisamos no sul do Brasil e faríamos um curto passeio antes do anoitecer.

Aline Sant'Ana

Porto Alegre ainda não tinha sido apresentada a nós, mas o meu foco era...

Roxanne Taylor.

Corri em volta da piscina, enquanto a Querubim fugia de mim. Meu irmão gritou para eu pegá-la, enquanto Roxy se agarrava à toalha como se fosse um bote salva-vidas, fugindo como o diabo foge da cruz. Ela errou, foi para a direita, o que me fez gargalhar. Avancei alguns passos e captei para onde ela iria antes que Roxy pudesse voltar atrás. Sem largar a mangueira, peguei-a com um braço só, jogando-a na lateral do meu corpo. Ouvi a gargalhada de todo mundo quando virei a água para nós dois, com Roxy de toalha e tudo, até que eu finalmente abandonasse a mangueira.

— Desliga pra mim, Mark! — pedi à distância.

Ele o fez rapidamente.

Escorreguei a Roxy pelo meu corpo, colocando-a no chão.

Ela parecia um pinto molhado, a toalha colada completamente em seu corpo.

Um sorriso imenso no rosto.

Não me faz avançar o que a gente não vai dar conta, Querubim.

Porque, quando eu beijar você, não sei o que vai ser de nós.

Deixe-nos na leveza e...

Antes que eu pudesse pensar, escutei uma movimentação bem atrás de mim. Era Oliver correndo. Ele pegou a Querubim no colo e pulou na piscina com ela, me deixando tão chocado e puto...

Ainda mais puto quando percebi que a toalha ficou na minha mão.

— Porra, Oliver! — gritei, caminhando para frente, assim que ele emergiu. — E se a machucasse?

— Relaxa — ele disse, sorrindo. — Tudo bem, Roxy?

Ela estava rindo.

Era assim, ela ia ficar de gracinha com o cara...

Vocês não têm nada, uma parte do meu cérebro avisou. *Seu filho da mãe. Vai perdê-la pelo simples fato de não avançar. Vai perdê-la pelo seu próprio orgulho, por seu medo, por achar que a Roxy é de cristal e que vai quebrar assim que tocá-la. Larga de ser covarde, seu bosta!*

Joguei a merda da toalha no chão.

Sempre foi você

Meu irmão surgiu ao meu lado.

— Eu te avisei... — falou, e se jogou na piscina em seguida.

Carter e Mark foram mergulhar também, mas Yan parou ao meu lado, cruzando os braços em frente ao peito.

— Vai ter que segurar dez quilos de gelo na mão, se continuar agindo assim.

— O quê?

— Uma das coisas que a sua psicóloga indicou: segurar gelo. Ela me encaminhou o seu gerenciamento de crise.

— Ah... — Exalei fundo, percebendo que a Roxy começou a brincar com Oliver e os caras.

— Roxy gosta da companhia do Oliver — Yan soltou, inclinando a cabeça para o lado e sorrindo. — São bonitos juntos, não acha?

— Cala a boca, Yan.

— Não vou calar. E vou te explicar o motivo. — Fez uma pausa. — Tá difícil agora? Imagina daqui a cinco anos. Ou dez. Trinta, talvez. Imagine quando a vir viver o resto da vida ao lado de alguém que não é você.

— Eu não curto a Roxy assim... é só tesão.

— É? — Yan não riu, mas seus olhos estavam divertidos. — Então, é mais fácil ainda de resolver, não acha?

O baterista se afastou e se jogou na piscina, sem me dar o direito de resposta.

Era simples, não era? O que eu estava complicando?

Roxy disse que queria uma noite e nada mais. Eu tinha que confiar nela, confiar em mim, de que não íamos ferrar com tudo. Éramos mais do que um beijo. E eu poderia começar assim.

Um beijo.

O que de pior poderia acontecer?

Se eu nunca vivesse, como eu ia saber, caralho?

Eu poderia ter ficado puto o suficiente e ido para o quarto, mas, quando me joguei na piscina, consciente do meu corpo, de quem eu era...

Oliver poderia tentar.

Mas eu era a porra de um D'Auvray.

Aline Sant'Ana

Roxy

Quando Kizzie nos avisou, antes de desembarcarmos, que este dia seria apenas para aproveitarmos, eu não esperava tanta diversão. *Mesmo*. Era sábado, no meio de uma turnê, mas os meninos tinham planos de passarem a noite inteira curtindo. E acho que, em parte, é porque eles sabiam que, desde o show, que aconteceria no domingo, até o meio da próxima semana, a The M's não teria parada. Participariam de sessões de fotos, entrevistas, iriam para todos os meios de comunicação da cidade... seria punk.

Mas hoje estava sendo maravilhoso!

Depois da piscina, nos arrumamos e fomos para a Orla do Guaíba. Kizzie e Oliver alugaram uma lancha imensa, no iate clube, para assistirmos ao anoitecer e, depois, aproveitaríamos a noite livremente. Eu sabia que cada casal ia para um canto, o que me deixaria sozinha com Shane...

Mas eu não queria pensar sobre isso agora.

— Como o Bond é capaz de pilotar qualquer coisa? — perguntei, surpresa, quando o vi girar a chave e começar a acionar vários botões.

Mark sorriu para mim.

— Eu lido com qualquer coisa no ar, terra ou água, Roxanne.

— Isso é sexy — elogiei e me virei para Cahya. — Você sabe que o seu marido é maravilhoso, né?

Ela riu, se sentando ao lado dele.

— Vocês têm sorte de conviver com um casal perfeito. Mark foi militar e eu, agente de campo da Interpol. Definitivamente, não há nada que não possamos fazer.

— Vocês são perfeitos — Erin concordou, se aproximando de mim com uma bandeja de salgadinhos. — Coma. É divino. Lua me contou que isso aqui é coxinha...

— Isso! — Lua gritou da outra extremidade. — Tem risole de queijo e presunto, bolinha de queijo, miniquibe, empadinha, pão de queijo, pastel de carne, enroladinho de salsicha... — Ela começou a rir quando arregalei os olhos, perdida em seu português. — São salgadinhos brasileiros, meu amor. Coma, não vai se arrepender.

— É bom pra caralho — Carter disse, pegando uma porção da bandeja de Erin.

Lancei um olhar para trás e vi Yan, Oliver, Shane e Zane se matando de tanto comer.

— Vai sem pensar. — Erin riu. — É a melhor coisa que você vai comer na sua vida.

Enquanto Kizzie se aproximava para servir Mark e Cahya, eu coloquei a tal coxinha na boca. Meus olhos se fecharam. Era crocante, salgada, e depois o recheio de frango e queijo derretia deliciosamente na boca. Abri os olhos e a Fada do Carter estava me observando com um sorriso imenso.

— Eu amo coxinha — disse, de boca cheia.

— Porra, Lua. A gente pode levar pra casa? — Shane perguntou.

— Minha mãe sabe fazer com as receitas antigas da minha avó — avisou Lua. — Na próxima festa que tivermos em Miami, eu converso com ela. E ainda não chegamos na melhor parte. Eu e Yan experimentamos, em Noronha, um refrigerante daqui do Brasil. — Ela se levantou e foi em direção ao cooler. Assim que pegou o que queria, ergueu uma latinha verde e sorriu. — Apresento a vocês o Guaraná.

— Você tá muito brasileira, Lua — Zane mexeu com ela, nos arrancando uma risada.

— Estou tão na *vibe* brasileira que tem até docinho para mais tarde. Primeiro, quero apresentar os doces do sul, especialmente os de Pelotas, uma cidade do interior do Rio Grande do Sul. A Kizzie achou uma lojinha maravilhosa aqui em Porto Alegre. E depois vou apresentar doces brasileiros: brigadeiro, beijinho... Terminem de comer que vou pedir para o Mark acelerar.

— A seu dispor — o segurança disse.

Ainda no início do passeio, comemos todos os salgadinhos, experimentamos o melhor refrigerante do mundo e brindamos à vida com as latinhas de Guaraná, porque... estávamos unidos, vivendo uma experiência que eu tinha certeza de que nenhum de nós esqueceria, e quando achamos que não poderia ficar melhor, o sol começou a se pôr no horizonte.

Shane se sentou ao meu lado antes de Mark acelerar a lancha, seu braço ao meu redor, o vento forte batendo em nossos rostos, enquanto meus olhos não conseguiam sair da Orla do Guaíba. A água refletindo os raios no tom mais denso de laranja transformavam o pôr do sol em um evento monumental. O céu estava

Aline Sant'Ana

134

limpo, não havia sequer uma nuvem, e estava pintado em uma paleta degradê de azul que se misturava ao laranja e ao amarelo. Meus olhos se encheram, sem razão nenhuma, e senti Shane virar o rosto até que seu nariz se colasse à minha bochecha. Ele apoiou a testa na minha têmpora e, mesmo sem ver seu rosto, soube que estava sorrindo. Levei minha mão até a lateral do seu rosto, a barba por fazer pinicando minha palma.

— *Quando o sol está desacelerando* — ele cantou algo que eu nunca tinha escutado, baixinho, só para eu ouvir. Os pelos do meu braço subiram quando a respiração quente tocou a minha pele. — *O meu coração está perseguindo você. Me diga para onde vamos daqui. Tentando resistir, mas isso não parece justo para nós. O que vamos fazer?* E... não sei o resto, mas me veio agora. Acho que dá para adicionarmos no que pensamos da música que irá para o filme. — Ele me deu um beijo demorado na bochecha e se virou para o céu.

— E você cria algo lindo assim e diz que não sabe o resto? — murmurei, analisando seu perfil.

Meu coração acelerou. Minha respiração ficou presa na garganta. As lágrimas que não ousei soltar pesaram nos meus olhos.

Seu rosto se virou para o meu e nossos narizes quase se tocaram.

Foi como se o mundo congelasse, como se o sol esperasse com apenas um resquício da sua presença para que eu admirasse Shane. Para que eu observasse aquelas íris diferentes, os olhos suavemente puxados, a maneira intensa que ele estava me encarando, sua respiração se misturando à minha, e o sorriso lindo.

Shane segurou a lateral do meu rosto e umedeceu os lábios.

— Preciso de você — murmurou. Então, seus olhos caíram para a minha boca. — Para a música e tal.

— Aham. — Meu coração ia bater no céu, e eu quase acrescentei: tudo o que você quiser. Até que Shane começou a se aproximar, só mais um pouco, seus lábios *quase* raspando nos meus, então...

Não propositalmente, mas Mark fez uma curva com a lancha, e os meus cabelos voaram entre nós dois, cobrindo nossos lábios e rostos, o que me arrancou uma gargalhada que, por consequência, fez Shane rir também.

Ele afastou os cabelos do meu rosto, suas pupilas brilhando, o sorriso com os dentes branquinhos entre os lábios cheios e entreabertos.

— Tá pronta pra curtir Porto Alegre comigo, Querubim?

Sempre foi você

Eu só assenti, porque era a única coisa que me restava.

Não sabia se poderia respirar enquanto sentia em minhas veias que aquilo estava ficando a cada segundo mais difícil de conter.

Aline Sant'Ana

Sempre foi você

CAPÍTULO 13

This is heaven
And I don't know how this could get
Than, you and me, here right now
This is heaven
And every time I touch you, it gets better

— *Nick Jonas, "This Is Heaven".*

SHANE

Depois que o sol se pôs, Erin colocou uma música alta e experimentamos os doces. Fiquei meio viciado no brigadeiro e no ninho. Talvez tenha comido mais do que deveria, mas, de todo jeito, eu ia correr pelo bairro de manhã...

E agora? Porra, éramos eu, Roxanne e Porto Alegre.

— Pensei em irmos dando voltas pela cidade. Você quer fazer alguma coisa em especial? — perguntei. Cada um foi para um canto, claro, com seguranças seguindo à distância. Zane me deu a chave de um conversível e disse para eu *não* me comportar. — Quer nadar pelada no Guaíba? Quer pular de asa delta? Quer assaltar um banco?

Roxanne riu e negou com a cabeça.

— E se a gente conhecesse as músicas de rock do Brasil?

— Sério? — Foi inevitável não abrir um sorriso. Deslizei as mãos pelo volante. — Porra, não quer uma balada ou algo do tipo?

— Não, isso a gente tem em Miami. Vamos conhecer o Brasil.

— Tá feliz pra cacete com a viagem, né? — Observei Roxanne quando o semáforo ficou vermelho. Ela estava mais uma vez com um vestido, o que não parava de me surpreender. Desde que saímos de Fortaleza, Roxanne abriu uma de suas malas que ela sempre levava, mas que nunca vestia nada dali. Cara, eram peças que fugiam do preto. Querubim evitava usar, mas aqui estava ela... bagunçando a porra da minha mente num vestido justinho vermelho, que contrastava com a pele e era tão curto que me fazia pensar como seria beijá-la até que o vestido naturalmente subisse e...

— Estou, sim. Sabia que seria incrível, mas tem superado todas as expectativas. As fotos que eu pesquisei sobre o Brasil... parece que nada faz jus ao que vi e vivi, entende?

Aline Sant'Ana

— É, porra. Eu sei como você se sente. — Aproveitei o tempo parado no trânsito para pesquisar, no celular, se havia algum pub por perto que tocava rock. Coloquei o que encontrei no tradutor e foi fácil entender. Marquei no GPS e a rota foi traçada.

Acelerei quando a cor verde iluminou dentro do carro e abandonei o celular.

— Aliás, sua mãe reclamou que só o Zane está enviando fotos. Que você só pergunta dela, do seu pai e do Snow, mas que não recebe uma fotografia. Sabe que sentem sua falta.

— Vou mandar. — Pus a mão na coxa nua da Roxy. Atento ao trânsito, apontei com o queixo para a rádio. — Sabe as regras. Quando eu dirijo, você dá o *play*.

— Sempre. — Roxy riu, leve. Então, ligou o rádio. Não entendíamos nada do que estava sendo dito e nem que música era, mas a batida era boa. — Eu tô apaixonada demais por esse lugar.

— Acho que não é só você, Querubim. Tô me sentindo, sei lá. Curado, entende?

— Eu sabia que ia fazer bem pra você, Tigrão. De verdade. É uma turnê que parece muito mais com uma viagem a passeio do que qualquer outra coisa. Meu coração tá tão leve. Então, sim. Entendo perfeitamente. Fora que a Kizzie e o Oliver delegaram o trabalho para diversas equipes, então vocês ficam com a parte boa de serem rockstars. — Senti os olhos claros em mim e vi, pela visão periférica, Roxy apoiar a lateral da cabeça no encosto do banco. O vento suave balançou seus cabelos. — Como foi a sua última conversa com a Anabelle?

— Foi de boa.

— Algum conflito em andamento? — ela perguntou suavemente.

Dei a seta e, antes de entrar à direita, olhei-a fixamente nos olhos por poucos segundos, apertando levemente a sua coxa.

— Nenhum. Porra, na verdade, estou decidido quanto ao que eu quero.

— É? — Seus olhos cintilaram em surpresa. — Uau, Shane.

— Pois é.

Quase a beijei naquela lancha, porra.

E eu não ia aguentar muito mais do que isso.

Eu sentiria aquela boca nem que fosse uma vez.

Eu já estava de joelhos, cara.

Sempre foi você

139

— Meu Deus, eu amo essa música! — ela gritou, aumentando o som quase ao máximo. Nick Jonas cantou em alto e bom som pelas ruas de Porto Alegre enquanto Roxy erguia as mãos e fechava os olhos, balançando seu corpo de um lado para o outro. — *At the gate, come inside!* — Roxy cantou com ele, sorrindo, balançando os ombros e dançando. — Ah, Nick nunca me decepciona!

— Eu sei, você ama esse cara. — Já tínhamos chegado no endereço, mas Roxy não percebeu porque estava curtindo a música. — Então aproveite.

Por ela, dei mais uma volta no quarteirão e depois outra, escutando sua voz melodiosa combinar com a de Nick Jonas como se Roxy fosse feita para cantar qualquer música do mundo. Acabei curtindo, mesmo ele não sendo um dos meus cantores favoritos, porque, porra... Nick arrasava com as garotas e tal. Quando peguei o refrão, cantei com Roxy, e ela começou a rir quando eu fiz uma gracinha, dançando enquanto dirigia, imitando as caras e bocas do Nick, que ela amava desde criança.

— *This is heaven!* — cantamos juntos. Acelerei pouca coisa mais o carro só para Roxy curtir a energia. Ela soltou o cinto quando entramos em uma rua vazia, e assim que o saxofone começou a tocar, se levantou e se sentou no encosto do banco, dançando.

E eu ri, porque, caralho...

Como é linda.

Os cabelos ao vento, sua energia enquanto cantava, sua alma.

Daria quantas voltas no quarteirão precisasse desde que pudesse ver aquele sorriso.

Talvez, ter uma amiga fosse mesmo isso. Deixar a pessoa ser ela mesma, entrar na dança até dos seus defeitos, como o fato de Roxanne adorar o Nick Jonas.

— Você é linda pra caralho, Roxanne Taylor! — gritei sobre a música alta quando ela escorregou no banco e se sentou ao meu lado.

Roxy sorriu para mim.

— Você deu três voltas no quarteirão só para eu ouvir Nick Jonas, então, sim, eu devo estar linda esta noite.

— Percebeu, é?

— Shane, eu te decifro até quando você não quer ser decifrado. — Ela abriu a porta do carro e elegantemente saiu dele, ajeitando os cabelos longos. — Vamos ou não?

Aline Sant'Ana

— Com você? — Saltei do carro e acionei o alarme, que fechava o teto e as janelas. Coloquei o boné e torci para não ser reconhecido. — A resposta é: sempre. Vem. — Agarrei sua mão, puxando-a para mim. — A noite é nossa, Querubim.

Roxy

Nós tivemos sorte que, em um sábado à noite, aquele pub não estava lotado, porque, assim que o Shane entrou, foi reconhecido por uma fã, que, discreta e muito gentilmente, pediu um autógrafo no guardanapo e quis tirar algumas fotos. Como ela estava de saída e mais ninguém se aproximou, Shane interpretou como se fosse tranquilo para aproveitarmos.

— Porra. — Shane virou para mim, as íris brilhando sob as luzes coloridas, sua presença criando uma sombra. — Regras dessa noitada. Um: não beijar desconhecidos.

Ergui a sobrancelha.

— Por quê?

— Porra, deixa eu terminar de falar as regras.

— Uhum... — murmurei, observando aquele homem imenso, arrebatadoramente lindo e com cara de safado na minha frente.

— Segunda regra: não fazer nada que a Kizzie possa me cozinhar depois.

— Essa regra só se aplica a você. Aliás, a primeira também. Não sou uma celebridade.

— Mas tá comigo.

— E a terceira? — Ignorei o fato de que o Shane parecia preocupado demais com a possibilidade de eu beijar um homem aleatório.

— Curtir a noite comigo. — Shane abriu um sorriso sacana, que começou em um canto da sua boca, até se completar. Para finalizar, puxou o piercing do canto com o dente, provocando.

Deus, por favor...

Shane entrelaçou sua mão na minha, puxando-me além da entrada do pub, até que encontrasse uma mesa mais isolada.

Quando o garçom veio, pedi um suco de maracujá e Shane, um suco de morango. Passei a evitar bebidas perto dele, porque eu sabia que qualquer coisa que Shane fizesse em direção à vida antiga que já teve, poderia ser um passo ao que eu jamais queria que ele vivesse de novo.

— Cara, o rock brasileiro é gostoso demais. Batida suave. Queria saber o que está escrito atrás dos caras que estão tocando. — Ele puxou a minha mão para sua coxa e entrelaçou os nossos dedos por baixo da mesa.

Nós sempre fazíamos isso. Mas, naquele ambiente, com um rock suave tocando ao fundo, o calor de sua palma contra a minha parecia mais íntimo. Seus dedos calejados acariciando os meus ia além da amizade.

Uma noite, Shane. Só uma noite.

Sentir sua coxa, mesmo que nas costas da minha mão, parecia ter um peso centenas de vezes maior do que em todas as outras vezes. E, quando o olhei, sorrindo para o palco, apaixonado pela música do Brasil, meu coração foi parar no estômago.

— Eu consigo traduzir para você.

— É? — Ele voltou-se para mim, seu olhar estreito pelo sorriso que não saía da sua boca. — Como?

Peguei o celular e tirei uma foto do que estava escrito, com uma mão apenas, porque não queria soltar a sua. Passei a foto no aplicativo de tradução e suspirei fundo antes de fazer uma pequena pesquisa.

Os sucos chegaram e nós tomamos alguns goles.

— O que está escrito lá atrás é: Tributo a Legião Urbana. — Fiz uma pausa. — Legião Urbana era uma banda originária de Brasília, fundada em 1982. O cantor Renato Russo tinha uma das vozes mais icônicas do rock brasileiro e, infelizmente, faleceu em 1996, devido a complicações causadas pelo HIV, segundo o Google.

— Então, eles não são... Legião Urbana. Apenas estão fazendo uma homenagem. — Shane ficou pensativo, observando o palco. — Que bonito da parte deles, cara.

— Sim.

— São talentosos pra caralho — Shane elogiou. — Quando eu ficar tiozão, acho que vou ajudar bandas pequenas a crescerem.

— É? — indaguei, surpresa.

— É, sei lá. — Shane umedeceu os lábios, os coloridos olhos dançando por meu rosto. — Os caras são mais velhos do que eu, provavelmente vão querer se aposentar com... uns cinquenta? Vão querer curtir os filhos, os netos, sabe Deus

Aline Sant'Ana

142

o que o futuro reserva. Eu sou mais novo, ainda vou ter pique, mas não para fazer carreira solo. Porra, não. Acho que... eu quero futuramente ajudar as pessoas como a The M's me ajudou.

— Shane, isso é... — Minha voz falhou quando senti um nó na garganta. — É lindo demais.

— Será? Ah, não sei. Só sei que tem tanta gente na merda, Querubim. Tantas pessoas sem perspectiva. Quero ser o cara que vai chegar nessas pessoas e falar: não deixe de sonhar. — Ele abriu alguns botões da camisa, mostrando a tatuagem que dizia para seguir os sonhos. — A vida se trata disso, Querubim. Fui salvo, mas eu sou um sortudo filho da mãe.

— Nunca foi sorte. Veio do esforço, não tire esse mérito de você, não se deprecie assim. — Apertei sua mão com mais força, observando os lindos olhos se estreitarem para mim. — Há tão mais em você que não se dá conta.

— Tipo o quê? — Sua atenção desceu para a minha boca.

— Você me inspirou todos os dias a não desistir da Rosé, mesmo quando eu era pequena e brincava de te vestir com as roupas da minha mãe. Desde aquela época, você diz que eu tenho que ir atrás do que eu quero e, só assim, alcançarei o céu. Você passou a sua vida me ensinando a voar e, quando eu caía, você estava lá para me segurar. Nos relacionamentos, na escola, na faculdade, na vida adulta.

— Eu não sou esse santo, porra.

— Ah, não é mesmo. Me preocupei com você a ponto de chorar todos os dias, com medo de que não voltasse para casa. — Shane desviou o olhar, mas o fiz voltar sua atenção para mim quando toquei no seu queixo. — Mas essa fase não representa nem um por cento de quem você é. Shane, você é todos os outros noventa e nove e, para o meu coração, isso basta.

— Como?

— Porque eu sei que você é muito mais do que seus olhos conseguem ver. Agora, levanta essa bunda da cadeira, porque as músicas começaram a ficar mais agitadas.

Ele se levantou e o puxei para a pista. Os rapazes disseram algo no microfone que não pudemos entender, mas falaram algumas palavras-chave que me fizeram compreender que iam tocar outras bandas. Quando o nome Skank saiu de suas bocas, eu comecei a rir, pensando na Lua.

Garota Nacional soou nos alto-falantes.

Sempre foi você

E me soltei.

Shane

Ela grudou o corpo no meu, os braços jogados ao redor do meu pescoço, suas mãos na minha nuca, a ponta dos dedos arrepiando minha pele, seu quadril se movendo de um lado para o outro, contra mim, que estava paradinho, só recebendo seu movimento.

Suas palavras, minutos atrás, seu olhar, sua beleza...

Minha cabeça estava uma bagunça fodida, e Roxanne Taylor estava me enlouquecendo.

Coloquei uma das mãos na cintura fina, trazendo-a para ainda mais perto, meus dedos amassando seu vestido, enquanto sua perna se encaixava entre as minhas. Ela rebolou, e precisei respirar fundo quando sua atenção alternou entre meus olhos e boca assim que comecei a dançar junto, entrando no seu próprio ritmo.

Roxanne queria me matar.

As luzes de infinitas cores tingiram sua pele, no mesmo segundo em que meu coração levantava voo, fazendo o sangue acelerar em cada veia. Respondi àquilo, a ela, o prazer descendo numa espiral quente por minha barriga, escorregando com força até a virilha, para que eu não tivesse para onde fugir.

Travei a mão em sua cintura, sem parar de dançar. Seus cabelos loiro-claros mudando de azul para rosa, de verde para amarelo, de roxo para laranja, assim como seus olhos, que pareciam carregar o universo inteiro.

Tão linda, cacete.

Levei a mão que não estava nela para o boné, virando a aba para trás, e abri um sorriso de canto de boca quando Roxy instintivamente aproximou o rosto do meu, entendendo o convite, interpretando as entrelinhas.

Lábios entreabertos.

O suor fazendo sua pele brilhar na enésima música.

Eu não ia aguentar porra nenhuma.

A mão que estava em sua cintura subiu até a alça do vestido vermelho e a abaixou, expondo o ombro. Dancei com ela, quebrando nosso quadril de um lado para o outro, mesmo sem saber se estávamos no ritmo. Esqueci das pessoas que estavam ao nosso redor, apaguei tudo da cabeça, assim que meus lábios tocaram seu ombro. Começou devagar, foi um toque de lábios na pele, mas então Roxy suspirou no meu ouvido, e eu perdi a porra do controle. Comecei a beijá-la de língua, como sonhava fazer há mais tempo do que poderia admitir em voz alta.

O que de pior poderia acontecer?

Fui levando os lábios além do ombro, para cima, e tive de fechar as pálpebras. Afundei o rosto no seu pescoço, e beijei a pele dali com força, cansado de ser suave, com vontade de sentir seu suor. Deslizei os lábios febris, a língua dançando, enquanto o meu piercing escorregava de baixo até em cima, chegando na linha do seu maxilar.

Me senti tonto. Tonto de me conter, tonto por ela.

O gemido que saiu dos seus lábios era tão suave e contido.

Era Roxanne Taylor gemendo por mim.

Roxy estremeceu, e afundei os dedos no seu ombro, na sua cintura, sentindo-a trêmula e ansiosa. Me afastei um pouco para beijá-la no queixo quando labaredas de fogo dançaram em minhas veias, me guiando para o inevitável.

O que de pior poderia acontecer?

Ela respirou fundo, tão rendida que...

Eu não poderia fazer isso. Mas eu deveria.

Eu deveria pra cacete.

Puxei-a como se ainda estivéssemos dançando e a girei. Uma, duas, três, cinco vezes, parando no canto mais reservado que encontrei, minhas costas contra a parede, e aquela mulher linda em cima de mim.

Ela estava tonta.

E mal teve tempo de respirar quando meus olhos encontraram os seus.

Meu nariz se conectou ao dela, e eu estava ofegante, como se tivesse corrido uma maratona. Meu corpo parecia a ponto de explodir. Em segundos, a mão que estava em sua cintura trouxe-a para mim, sem chance de deixá-la escapar. As pontas dos cabelos longos rasparam nas costas da minha mão, e comecei a dar voltas e voltas até que os fios estivessem em torno dos meus dedos.

— Shane... — ela sussurrou quando puxei seu cabelo para trás, fazendo-a olhar direto para mim.

Sempre foi você

Brinquei com a ponta do seu nariz, de um lado para o outro, engolindo seu ar na minha boca.

Eu não seria humano se aguentasse.

Meus lábios foram devagar até os dela, como se eu fosse capaz de quebrá-la, até que se encaixassem. Eu estava fervendo, querendo beijá-la, querendo senti-la bem gostoso, mas a verdade é que toda a velocidade desacelerou no instante em que meus lábios cobriram o espaço que faltava e sentiram a maciez dos seus.

Maracujá.

Roxanne.

Frio na barriga.

Tela azul.

Sabe quando a porra do Windows trava e você não sabe que merda tá acontecendo?

Eu me afastei no mesmo segundo e arregalei os olhos.

Era bom.

Era bom *demais.*

E foi tão pouco.

Um selinho, porra.

Não ia adiantar merda nenhuma.

Eu queria...

Sua boca é tão macia...

Meu coração acelerou como louco, batendo na garganta e nos tímpanos. Meu pau latejou por trás da calça, minha barriga ondulando de prazer, as bolas se retesando até deixarem meu membro completamente duro.

Eu não fazia ideia de que seria...

— Não vou perguntar se você quer, porque seu corpo tá tremendo por mim — falei, a voz rouca pra cacete. — Não tem volta depois daqui, Roxanne.

Ela estreitou os olhos, como se ponderasse por um segundo as minhas palavras, como se ficasse confusa. Então, desceu o olhar para a minha boca.

Eu sei, ela disse sem dizer.

Envolvi seus cabelos com mais força na minha mão, apertei sua cintura com

Aline Sant'Ana

146

a outra e ondulei meu corpo no mesmo segundo em que meus lábios cobriram vinte e dois anos de amizade, se resumindo a centímetros. Meu coração doeu como se uma adaga tivesse atravessado meu peito, mas meu corpo inteiro amoleceu contra o dela. Seus lábios se encaixaram, enquanto meu cérebro me dizia o quanto eu era um filho da puta por ultrapassar essa linha com a Querubim.

Eu o calei.

E dei tudo de mim.

Roxy sugou o piercing do canto do meu lábio, e eu gemi quando suas mãos começaram a passear pelo meu corpo, quase descendo em direção ao meu pau. Entreabri um pouco mais os lábios, como se já soubesse exatamente o que ela faria. Roxy arranhou a minha barriga, me puxando para perto, e foi como se nós estivéssemos brigando com o corpo um do outro. Soltei seus cabelos, angulei seu rosto para a direita e enfiei a língua na sua boca.

Ah, caralho.

Ela me recebeu como se já tivesse me beijado milhões de vezes, me conhecendo e sabendo exatamente o que me deixava maluco. Sua língua dançou em volta da minha, brincando com o piercing, envolvendo do céu da boca áspero até a parte macia, me fazendo gemer quando ela nos girou e colocou a si mesma contra a parede, dando espaço apenas para que eu descesse as mãos para a sua bunda.

Enquanto minha língua girava na dela, aquecendo toda vontade que eu silenciei durante cada minuto, de cada dia, por anos, puxei-a para cima. Em um movimento, esfreguei-a no meu pau, suas pernas quase se abrindo para mim, enquanto eu apertava, afastando e unindo cada parte da sua bunda. Roxy tomou o controle, a língua desbravando-me a ponto de cada músculo do meu corpo se entregar em resposta, suas mãos descendo, me tomando, sentindo com a ponta dos dedos cada pedaço que tive de construir para me tornar um cara decente.

Virei-nos de novo e senti-a derreter nos meus braços quando comecei a mergulhar em sua boca com mais sede, com mais vontade, a língua densamente provando a sua, indo o mais fundo e o mais raso que eu conseguia, brincando com sua boca a ponto de mordê-la no lábio inferior, apenas para tremer a ponta da língua na borda e fazê-la imaginar o que quisesse. *O sabor de maracujá.* Senti aquele beijo como se ele escorregasse direto para o meu pau. A glande inchou, meu coração acelerou, o sangue pulsou depressa.

Afundei os dedos em seus quadris, deixando-a sentir o meu pau muito pronto...

Sempre foi você

Roxy gemeu.

Eu esperei esse beijo toda a minha vida.

Essa constatação só fez eu me agitar mais e minhas mãos correrem, ainda que estivessem lentas, percorrendo seu corpo, entrando no vestido, até que eu buscasse a renda de sua calcinha com a ponta dos dedos, mas não...

Porra, não havia nada.

Mulher. Cacete!

Só pele com pele. Só Roxanne.

Subi a mão até seu quadril, apertando a carne em meus dedos, sentindo-a se remexer contra mim, sem nunca parar de me beijar. Caralho, eu queria brincar com a língua em cada centímetro que eu estava tocando, queria chupá-la e beijá-la até ouvir meu nome saindo de seus lábios. Agarrei com vontade a sua bunda por baixo do vestido, ciente de que ele subiria se eu fosse adiante, mas incapaz de me conter conforme a sentia derreter na minha boca. A língua de Roxy perdeu o ritmo pelo prazer, e ela respirou dentro dos meus lábios quando meus dedos passearam para baixo, saindo da curva da bunda até o início da sua coxa, abaixando seu vestido. Quando voltou a si e me beijou de volta, eu a desci até o chão, mas ela rebolou em mim, ondulando no meu pau, instintivamente, me exigindo... dentro.

Eu a engoli com avidez, minha língua quente brincando entre ser rápida e torturantemente lenta. Roxy abriu mais a boca, me deixando circular os lábios com a ponta da língua, para depois me sugar para dentro, tomando-me do jeito que faria com meu pau.

Era um convite.

Era a porra de um convite.

Do mesmo jeito que eu estava fazendo com ela.

— Porra — gemi quando me afastei apenas um segundo.

Carreguei-a no colo, não vendo mais nada, e a levei para o banheiro, trancando a porta em seguida. Coloquei-a lentamente no chão e tirei a camisa para que Roxy sentasse em cima. Peguei-a de novo no colo e a pus em cima da pia. Quando Roxy agarrou os meus cabelos, me puxando para perto...

Ela me beijou de novo, cacete.

Sugando meus piercings.

Aline Sant'Ana

Chupando a minha boca.

Girando aquela língua gostosa em torno da minha.

Roxanne era passional pra caralho. Intensa até transformar um cara em fogo. Ela beijava como se consumisse a sua alma e você pedisse *sim, por favor.*

Ela beijava como se me tivesse.

E ela tinha. Porra, como tinha.

Suas pernas se abriram para mim, mas eu não ia fazer isso. Não, não em público. Ainda assim, puxei-a contra mim, e nossas línguas se encontraram antes que nossas bocas tivessem a oportunidade. Beijei-a como nunca havia beijado uma mulher, porque meu coração estava prestes a sofrer um ataque cardíaco, e eu...

Não podia parar.

Levei meus lábios inchados e quentes, judiados por ela, até seu pescoço, alcançando o lóbulo da sua orelha, enquanto nos assistia perder a cabeça no imenso espelho à minha frente. Roxy levou suas mãos para o meu peito e, quando sentiu meu coração acelerado, a pele quente e suada, a gente desacelerou. Eu sorri contra sua bochecha, e mantive o sorriso até tê-la olho no olho.

Roxy pegou a minha mão e levou até o seu peito.

E sorriu de volta.

Era isso.

A gente tinha pirado.

O que de pior poderia acontecer?

Nada. Essa era a resposta.

Segurei delicadamente o rosto da Querubim, vi suas pálpebras se fecharem antes das minhas, e o beijo foi calmo dessa vez. Meus lábios dançaram nos seus até que ela gentilmente os abrisse. Sem mais tela azul, só o maracujá dos seus lábios, o morango dos meus, o cheiro do seu suor limpo com perfume, só minha melhor amiga me oferecendo sua boca e o melhor beijo da porra do mundo.

Eu estava fodido.

Quando sua língua encontrou a minha, meu coração bateu mais rápido do que o dedilhar da guitarra lá fora.

E eu soube que não teria paz até que a tivesse nua.

Sempre foi você

Roxy

Sua boca tinha sabor de pecado e era quente — na verdade, abrasadora. Sua língua vinha na intensidade e velocidade perfeitas, e meu coração dançou no peito quando Shane veio devagar. Seu piercing era delicioso, e o jeito que seus lábios cheios dançavam nos meus, cobrindo-me inteira, era como se fosse uma viagem só de ida direto para baixo. Quando Shane levou suas mãos para as minhas coxas, por dentro do vestido, eu gemi.

Todo aquele ego... fazia sentido.

Shane transava com a boca. Ele fazia amor e fodia, tudo ao mesmo tempo, com aquela língua. Ele vibrou-a, consumindo espaços que homem nenhum havia tocado. Seus polegares afundaram com ainda mais força na parte interna das minhas coxas, e gemi quando Shane resvalou apenas um pouquinho o canto dos dedos na minha virilha. Instintivamente, abri mais as pernas. A velocidade do meu sangue, indo contra toda a delicadeza que Shane aplicou, era quase uma tortura. Meus dedos se afundaram em sua cintura e a puxei para mim, inclinando meu rosto para a direita, pedindo que sua língua fosse mais fundo.

O beijo era uma preliminar.

Ele estocou a língua entre meus lábios, entrando, saindo, o piercing passando sobre a minha língua e depois sob, atiçando-me a ponto de arfar. Meus pelos estavam eriçados, a minha vagina, inchada, meu clitóris, pulsando, meus seios, duros...

E ele sabia.

Shane riu contra os meus lábios, os polegares passeando apenas mais uma vez na virilha, antes de ele tirar a mão de baixo do vestido e guiá-la acima, pela barriga, pelos seios, acariciando-os com as duas mãos, os mesmos polegares que queriam acabar com a minha vida.

Joguei a cabeça para trás.

Shane lambeu do centro do meu decote, aquele piercing desgraçado, subindo direto pela coluna da garganta, até o queixo, apenas para me encontrar de boca aberta e língua exposta.

Ele lambia.

Ele sugava.

Aline Sant'Ana

Era o tipo de homem que beijava cada centímetro de pele e ainda não ficava satisfeito.

Shane mordeu meu lábio inferior e acalmou a ardência quando me beijou de novo. Suas mãos em meus seios entraram no mesmo ritmo da sua língua, o que derreteria qualquer pessoa, até que o senti mudando o ritmo... devagar... mais devagar... ainda mais devagar...

Até parar completamente.

Ele se afastou um passo e depois outro, como se precisasse da distância física para ser capaz de pensar.

A boca parecia ter acabado de beber uma xícara fervente de chá.

Pisquei, arfando.

Depois de ter beijado o meu melhor amigo.

Meu coração não se calava e a minha cabeça não conseguia parar de pensar no quanto meu corpo queria continuar aquilo.

Os olhos destoantes me mediram, analisando-me. Ele chegou a inclinar a cabeça para o lado, e eu me permiti a mesma observação. Seu peito subia e descia pela respiração irregular. A barriga ondulava com a batida insana de seu coração. E a ereção parecia lutar para não passar do cinto da calça. Estava dura, marcada como ferro, e era suficientemente larga para fazer uma mulher ficar sem andar por uns dois dias.

Caramba, Shane.

Ele veio até mim, a passos lentos, assim que respirou um pouco. Pegou meu queixo entre seu indicador e polegar, erguendo-o até que eu alcançasse seus olhos.

Estava sentada na pia de um banheiro.

Mas, naquele instante, só os olhos de Shane me importavam. Estavam ainda mais felinos, ainda mais perigosos e brilhando de uma maneira tão maliciosa que eu engoli em seco.

— Tudo bem?

— Tudo. — Respirei fundo.

— Hum... — Ele estudou meu rosto e umedeceu os lábios, encarando os meus, como se não tivesse me sentido o suficiente.

Reuni toda a coragem que eu não tinha, e disse:

Sempre foi você

— Quer ser meu por uma noite, Shane?

Ele arregalou os olhos.

— O quê?

— Eu quero alguém que transe comigo sem compromisso. Você é perfeito para o cargo de pau amigo. E já me ouviu dizer o que eu quero na frente de todo mundo. Por que não? — Ergui o queixo. — Me conhece como ninguém, seria ótimo. Estamos solteiros... os dois...

— Hum... — A voz saiu como nada além de um grunhido. Ele inclinou a cabeça de um lado para o outro. — Quer alguém que te foda até suas pernas tremerem sem que assuma um relacionamento?

— Basicamente.

— Tem certeza de que isso não foderia a nossa amizade junto?

Franzi a testa.

— Por que estragaria?

— Porque eu sou um merda e você merece algo melhor.

— Eu disse que não é um relacionamento.

Shane me deu um suave beijo na boca, mas demorado o suficiente para voltar a me acender, até afastar alguns centímetros o rosto do meu.

— Vou pensar e te digo.

— Não achei que você negasse essas coisas — pensei alto.

— Nego se essa pessoa é minha há vinte e dois anos e é o único relacionamento que não manchei com as minhas merdas.

— Qual a diferença entre me beijar agora como se fosse arrancar as minhas roupas e uma proposta formal?

Ele ergueu uma sobrancelha e soltou uma risada.

— Mas é uma proposta *formal*?

— A gente pode fazer um contrato.

Shane gargalhou.

— Você tá lendo muito romance, Querubim.

— Mas é sério. Se quiser... posso prometer que não vou exigir nada além de uma noite.

Aline Sant'Ana

152

— Uma noite, hein? — Seus olhos caíram de novo para a minha boca. — Não sabe que todos que fazem esses acordos acabam se envolvendo?

— Nós seremos a exceção, afinal, somos melhores amigos, isso é maior do que qualquer atração física — afirmei, embora não me sentisse tão convicta. — Mas, se não quiser, o Oliver é a segunda pessoa na minha lista.

— Porra, você... — Ele estreitou os olhos mais uma vez, me encarando com o maxilar travado. — Quanto tempo tenho para te responder?

— Vinte e quatro horas. Pense e me diga. — Desci da pia, embora tudo em mim ainda tremesse, peguei sua camisa e abaixei mais o meu vestido. Puxei Shane pela nuca e, mesmo de salto, foi difícil alcançar sua boca. Ele sorriu contra os meus lábios quando o beijei levemente, sem conseguir acreditar que tínhamos... que nós tínhamos... *Deus, eu estava com os lábios colados nos do meu melhor amigo.* — Vamos voltar para a festa — murmurei, raspando nossas bocas, o que causou cócegas nos meus lábios. — Quero dançar muito esta noite.

Shane D'Auvray havia me beijado

Ele havia me desejado.

De verdade.

A minha certeza de que conseguiríamos separar as coisas, de que *eu* conseguiria separar as coisas, na verdade, apertou no meu coração com uma angústia tremenda.

Talvez porque eu não soubesse e o universo quisesse me alertar que aquele beijo era o começo do nosso fim.

CAPÍTULO 14

If I'm moving too fast
We can slow up
Baby, this is for our fun
And you know that

— ZAYN, "Vibez".

SHANE

Caralho, que porra de beijo foi aquele?

Acordei antes de amanhecer, pensando nela.

E ainda a sentia como se sua língua estivesse invadindo meus lábios e me desmanchando.

Mas foi só um beijo.

Durante as horas que dançamos, cada vez em que colei meu corpo no dela, em que a senti em meus braços... era como se a Querubim jamais tivesse ultrapassado aquela linha comigo. Cara, o mundo pareceu sair daquele universo paralelo estranho em que tinha sentido os lábios da minha melhor amiga para voltar ao que sempre foi.

Ela rindo das minhas piadas, para depois fazer uma tirada sarcástica e me zoar...

Tudo igual.

Roxanne apertou o botão que nos voltava ao início de tudo...

Como se *não fosse nada*.

E não rolou de novo, mas não por falta de tentativa, cacete. Eu sou um D'Auvray. Tentei ficar com a Roxy quando as músicas internacionais, já no fim da festa, deram as caras. Enquanto o vocalista se esforçava para chegar à voz do Bon Jovi, dizendo alguma coisa sobre a garota ter nascido para ser dele, meus lábios rasparam nos dela, e fiz todos os truques possíveis que me tornavam um canalha: beijei seu pescoço, mordi o lóbulo de sua orelha, respirei contra seus lábios e disse o quanto eu estava louco de vontade para provar mais uma vez aquela boca, mas Roxanne Taylor... não quebrou, o que me fez perceber que ela só cedeu porque quis, não porque eu era o foda na arte da conquista. Roxanne me beijou porque ela estava no controle da situação, porque me desejava naquele momento.

Aline Sant'Ana

Eu fui seduzido, porra. Não o contrário.

As peças começaram a se encaixar na minha cabeça, a calcinha sendo tirada no carro, seus dedos raspando sobre a sunga, os olhares, os arrepios... tudo isso somado ao fato fodido de que eu não conseguia parar de pensar naquela boca, naquele corpo, na virilha sem a calcinha. Cara, por que eu não olhei para baixo? Por que não tive um vislumbre da sua boceta molhada?

Quando fechava os olhos, era como se... eu voltasse ali. Naquele banheiro. Ouvindo seus gemidos. Provando seus lábios.

Vinte e quatro horas, Roxanne ofereceu.

Eu não duraria mais duas horas daquele jeito.

Puto comigo mesmo, peguei o celular sob o travesseiro. Eram 4:04, como se fosse uma mensagem vinda do inferno de que eu não conseguiria ter paz. Lancei um olhar para o lado e vi a Querubim dormindo, ressonando, tão tranquila. A cama era king, não tínhamos escolha além de dormir no mesmo quarto e, cara, era uma péssima ideia no meio de tanta tensão sexual. Observei-a virada com o rosto para o meu lado, os lábios entreabertos, de boa.

Nada aconteceu. Tudo aconteceu.

Já fazia um bom tempo desde que tínhamos voltado para casa. Meu irmão não passou a noite na mansão com Kizzie, nem Carter e Erin, que provavelmente foram curtir a cidade por mais tempo. Achei apenas o carro que Mark pegou para sair com Cahya, e o de Yan e Lua. Assim que chegamos no nosso quarto, como sempre, esperei a Querubim tomar um banho primeiro e ela saiu completamente vestida, de pijama de flanela e suas pantufas. Quando voltei da minha ducha, Roxy já estava em um sono profundo agarrada com um travesseiro.

É, eu não ia conseguir dormir direito nunca mais na porra da minha vida. Quantas horas tive de sono? Duas? Três?

Fui para o banheiro, tranquei a porta, liguei a banheira de hidromassagem e, enquanto enchia, coloquei uma música tranquila para tocar baixinho para não acordar a Querubim. Abaixei o short, ficando completamente nu.

Eu precisava ficar tranquilo.

Estava todo tenso, percebi pelos meus trapézios, duros que nem pedra. Mas aí havia um outro tipo de tensão em meus músculos, em meu corpo, nas veias, que me pedia alívio, que imploravam por *ela*. A respiração parecia alterada demais, entre o limite de eu ter uma crise de ansiedade ou explodir pelo tesão contido. As tatuagens pareciam dançar sob a meia-luz do banheiro e, sem que estivesse pensando nela, meu saco retesou, dolorido, enviando um impulso direto para o piercing na cabeça do pau, deixando-o semipronto.

Porra, eu levava horas pra ficar duro por qualquer mulher, mas...

Respirei fundo, sabendo que eu precisava mesmo relaxar. Peguei os sais de banho da Roxy e despejei na banheira. Quando estava suficientemente cheia e quente, afundei devagar e ali... percebi o erro.

Submergi no seu cheiro, que, diferente da maçã verde, era algo como jasmim, e gemi quando a água abraçou a minha pele como se fosse ela, a força dos jatos atiçando o que eu queria que ficasse em silêncio. Fechei os olhos por um segundo, enquanto minha mente tentava, sem sucesso, se concentrar na porra da música que supostamente deveria me livrar da ansiedade. Mas não do tesão, óbvio. Mordi o lábio inferior, o piercing no canto da boca doendo pela força. Meu quadril deu um impulso para cima instintivamente. Abri os olhos e me deparei com meu pau duro, a glande rosa despontando para fora da água com o piercing atravessado me implorando por fricção.

Na luta interna mais filha da puta que já vivi, deixei que o demônio vencesse quando minhas mãos passearam pelo meu corpo. Não eram nem um pouco macias como as dela, ainda assim o contato me fez respirar mais raso. Passei pelo meu peito, brincando com os bicos duros de tesão por uma garota que, com um beijo, tinha me desmontado. Desci para a barriga, sentindo cada saliência se agitar em expectativa. Chupei meu lábio inferior, enquanto escorregava a ponta dos dedos para a virilha. Tive que fechar os olhos de novo e a imagem veio, a sensação também: a boca da Roxanne na minha, aquela língua me tentando e deslizando. *O jeito que ela gemeu, tão contida, como se tentasse frear o que sentia...* Meus dedos continuaram a ir para o lado, sentindo a minha pele, as veias. Com uma das mãos, segurei as bolas, devagar, massageando, e, com a outra, agarrei o meu pau, quase em punição, segurando-o com força.

Latejei por inteiro e joguei a cabeça para trás, rendido demais para conseguir frear aquilo tudo.

De pálpebras fechadas, minha mente sentiu Roxanne como se ela estivesse ali. E, na minha imaginação fodida, ela entrava na banheira e sentava no meu caralho, devagarzinho, pulsando na cabeça até me ter todo dentro. Gemi seu nome, minhas mãos começaram a se movimentar, deslizando pelos testículos e sentindo o cumprimento do meu sexo muito pronto, muito duro, lisinho, as veias pulsando na palma da minha mão. Desci e subi uma só vez e meu quadril rebolou porque estava tudo tão molhado, tão quente...

Aline Sant'Ana

O cheiro de jasmim...

A respiração saiu como um sopro, para depois surgir um grunhido na garganta assim que meus dedos subiram o vai e vem para a glande. O piercing tremeu com a força que eu apliquei, pensando na Roxanne em cima, quicando, rebolando só a bunda enquanto me engolia todo. O ritmo veio, duro e condenatório, e eu soltei as bolas para apertar a coxa esquerda, enquanto minha mão subia e descia por todo o membro. Minha bunda ia contra o ritmo, o que me fazia sonhar com uma estocada bem gostosa, naquela boceta apertada e pequena, eu construindo seu prazer até que ela tivesse espasmos em todo o seu corpo, gozando para mim.

E como eu era um tremendo de um desgraçado, pulsei a mão no meu pau piscando em volta dele, idealizando aquele abre e fecha gostoso que eu sabia que Roxanne ia sentir. Mordi a boca com mais força, meu quadril subindo e descendo, molhando o banheiro inteiro. Espacei mais as pernas e apoiei um pé de cada lado da borda, rodando a pélvis em círculos enquanto todo o resto ondulava, sentindo a *vibe*, imaginando...

Acelerei tão forte que meus olhos obrigatoriamente se abriram para eu ver a bagunça que estava. O pau imenso na minha mão, encharcado, vermelho e inchado, o piercing brilhando enquanto eu manipulava o meu caralho tão gostoso que era quase como se Roxanne... Minha cabeça, como num apagão dado pelas drogas, saiu daquele banheiro e foi para um quarto de luzes azuis. Roxanne, cheiro de jasmim, os olhos fixos nos meus. Pisquei e voltei para o banheiro, a imaginação...

Quarto azul.

Sua boca na minha.

Deixei que viesse, era boa. Acelerei o quadril e senti Roxanne sentando em mim naquele universo azul enquanto eu rebolava e me afundava nela, bem dentro. Levei a mão à cabeça grossa e escorregadia do meu pau, apertando, até que eu sentisse a onda forte desenrolando das minhas bolas, em espirais, até a glande, quente e impiedosa. Abri a boca, em um grito silencioso, a língua para fora enquanto eu me curtia.

Mas foi tão mais do que isso, porra.

De olhos fechados, flashes de luz me cegaram, cobrindo a imaginação, o prazer reverberando em cada veia, pulsando no meu corpo inteiro. Foi tão forte que o ar ficou preso nos meus pulmões, e o prazer dançou com sua língua quente do saco até os meus dedos, em jatos longos e densos. Fiquei naquela *vibe*, curtindo o nirvana onda após onda, já que não atingia isso há tempos, nem com vinte mulheres na minha cama.

Respirei fundo quando a última gota saiu e gemi com o resquício de dignidade que existia em mim.

Me senti um merda.

Mas, ao mesmo tempo, Roxanne Taylor conseguiu, só na minha imaginação, me fazer pirar com a expectativa de senti-la.

Eu já sabia a resposta para a sua proposta desde que saiu de sua boca.

Mas por que havia dentro de mim a certeza de que, quando fosse tê-la, iria perdê-la no processo?

A voz de Anabelle surgiu na minha cabeça como um chamado, uma resposta, pedindo que eu abrisse o passado.

Não estava pronto para enfrentar essa merda de frente ainda.

Quem precisa de respostas, não é mesmo?

Vou com medo mesmo, porra.

Estava cansado de me esconder.

Roxy

Senti a luz do sol tocar a minha perna. Me espreguicei, tateando o colchão, e meus olhos se abriram quando constatei que Shane não estava lá.

Suspirei fundo e passei a mão nos cabelos quando me sentei.

Na noite passada, tive um sono digno dos deuses. Eu estava exausta de tanto dançar, exausta de segurar a vontade de sentar no colo do meu melhor amigo, e se isso não era difícil demais, ainda sonhei com ele.

Eu estava enlouquecendo?

A porta do quarto se abriu lentamente e, quando aqueles infinitos pares de olhos perceberam que eu estava acordada, surgiu uma Erin descabelada, Lua com um baby doll cor-de-rosa, Cahya mordendo uma maçã e Kizzie já vestida para o trabalho.

Pisquei com a súbita invasão feminina no quarto.

Mas então meu queixo caiu de vez quando Zane, de toalha de banho, se sentou na cama, ao meu lado, assim como Carter, vestido, Yan, com um terno completo da mais alta qualidade, se acomodando na cadeira próxima à escrivaninha, e Mark, que parecia ainda mais surpreendente, sem camisa e com tatuagens à mostra, apenas de calça social.

— Bom dia? — perguntei, tentando focar tantos rostos. — Que horas são?

— Sete, mas quem se importa? — Zane disse, estreitando os olhos para mim. — O que rolou ontem?

— Deixa a menina respirar, amor — Kizzie pediu.

Pisquei, notando tantos rostos curiosos, que minhas bochechas aqueceram.

— Nós nos beijamos — revelei.

Eu juro por tudo o que é mais sagrado nesse mundo que eu nunca, em mil anos, imaginaria uma cena como aquela às sete da manhã no quarto. Zane se levantou e deu um grito alto. Mas não foi só ele. Lua começou a dançar e Cahya puxou Mark para um beijo. Parecia comemoração da final do Super Bowl. E era uma mistura de palmas, com gritos e danças. Se meu queixo ainda não tinha descolado da cara, aquele era o momento. Erin me puxou e me abraçou, e comecei a gargalhar quando Carter me tirou da namorada e me levantou, me jogando sobre o ombro, descendo as escadas comigo de ponta-cabeça, olhando a sua bunda.

— Eu esperava algo assim, então preparei um café da manhã especial — disse, confiante.

— Mas... — Eu ainda estava gargalhando e não conseguia parar. Nem quando Carter me colocou no chão, ajeitou meus cabelos e segurou a lateral do meu rosto. — Pra que isso?

— Porque estava todo mundo fodido de ansiedade por culpa de vocês dois — Zane falou, me puxando para si. Ele me deu um beijo na lateral da cabeça, enquanto me abraçava de lado. — Porra, Roxanne. Eu estava quase entregando os pontos, achando que isso nunca aconteceria.

— Mas essa festa toda... — Observei a mesa do café da manhã. Carter tinha *mesmo* caprichado. Fiquei confusa por um momento. — Shane não está aqui, né?

— Não. Ele saiu pra correr, já faz quase uma hora — Kizzie avisou. — Deve estar descontando todas as preocupações no exercício.

— É bom pra ele, deixa o moleque. — Yan sorriu, um brilho perigoso no olhar. — Foi só beijo mesmo?

— Só beijo.

Sempre foi você

— Tem mais coisa. — Lua estreitou os olhos castanho-esverdeados para mim. — Conta tudo!

— Meu Deus, Lua. — Voltei a rir.

— Vamos deixar a garota se sentar e aproveitar o café da manhã. — Cahya me tirou das mãos do Zane e me sentou à mesa imensa. — Enquanto ela come, ela conta. Certo, *Querubim*?

— Tudo bem, eu vou dizer tudo. — Respirei fundo, aqueles olhos todos em cima de mim. — Vocês realmente estavam ansiosos, não é?

— Pra caralho — Zane não escondeu. — Fizemos até uma aposta.

Arregalei os olhos.

— Vocês são terríveis! — Todos se sentaram ao redor da mesa e as imagens da noite passada vieram na minha cabeça. — Certo, hum, por onde eu começo? Nós fomos para um bar de rock brasileiro...

Narrei cada acontecimento da noite, mas o choque no rosto de todos foi impagável quando contei sobre a proposta que fiz a Shane. Nós todos rimos, leves, como se fosse tão inevitável quanto a criação do universo. Mas a verdade é que nós lutamos muito, mental e emocionalmente, para que nossos lábios se tocassem sob as luzes coloridas. E eu sabia que, para Shane, era difícil, sabia que minha proposta era vinte e dois anos mais ousada do que se eu fizesse isso com qualquer desconhecido. E eu também estava confiando em mim mesma para que os sentimentos não se misturassem, confiando em nós dois para que conseguíssemos separar as coisas, porque, se não funcionasse assim, nos perderíamos no processo.

Era como se estivéssemos dançando sobre o fogo, esperando que não nos queimássemos. Ou mergulhando na profundeza das águas, esperando oxigênio. Eu não tinha certeza de que conseguiria sair disso tudo sem adicionar novas cicatrizes no coração, mas como passaria o resto da minha vida olhando para Shane sem pensar no que poderíamos ser?

Nós éramos como uma melodia criada, nunca antes tocada, e eu queria ouvir a música...

Eu *tinha* de ouvi-la.

O café da manhã durou mais de meia hora, entre conversas ocasionais sobre mim e Shane, o trabalho da The M's naquela semana e a agenda para os próximos shows. Oliver se uniu a nós um pouco mais tarde, mas, em uma troca de olhar,

Aline Sant'Ana

percebeu o que tinha acontecido. Ele assentiu para mim, sorrindo, erguendo a xícara de café como se brindasse.

O som da porta se abrindo me fez virar o rosto. Shane D'Auvray apareceu com o corpo estupidamente musculoso e suado. Os cabelos castanhos estavam mais escuros e molhados, bagunçados, o que deu a ele um ar ainda mais selvagem. Meu corpo começou a responder, e apertei o guardanapo de linho no meu colo com mais força quando desci o foco. A pele dourada e tatuada estava vermelha em lugares estratégicos. Os olhos de lince se estreitaram para mim enquanto eu descia a atenção por cada parte de Shane que estava à mostra. Ele estaria nu, se não fosse pelo short colado, daqueles que os ciclistas usam, que exibia as coxas, os músculos e o volume nada modesto entre as pernas.

Shane D'Auvray abriu um sorriso perigoso para mim.

— Bom dia — saudou e veio na minha direção.

Meu coração foi do Brasil ao Japão em segundos, e eu fechei os olhos quando Shane me deu um beijo demorado na bochecha.

Shane

Os olhos de todos estavam em mim quando afastei os lábios de Roxanne, e um silêncio desconfortável pra caralho surgiu quando me afastei.

— Vou tomar uma ducha e venho para o café da manhã. — Olhei para cada um à mesa, pairando especialmente no meu irmão. — Tudo bem?

Todos começaram a falar ao mesmo tempo.

— Tudo ótimo — Zane respondeu.

— Perfeito — Yan disse.

— Tudo certo — Carter garantiu.

— Hum... — murmurei, desconfiado. — Como tá a nossa agenda, Kizzie?

— Sairemos em exatamente... — Ela virou o relógio no pulso. — Quarenta e dois minutos.

— Beleza — garanti.

— Vocês farão a passagem de som no Estádio Beira-Rio, depois teremos uma sessão de fotos para uma revista e, em seguida, voltamos para o estádio para se prepararem para o show — Oliver detalhou.

Mas não prestei atenção. Estava preso à Roxanne. Preso na noite em que bati uma pensando nela, várias vezes até que conseguisse sair daquela maldita banheira sem uma ereção. Era como se meu apetite tivesse se multiplicado por dez desde o instante em que senti a sua boca. E eu queria tanto chamá-la num canto e dizer todos os absurdos que eu queria fazer...

Mas meus olhos ficaram cegos de novo.

Como quando aconteceu enquanto eu me masturbava, um sonho acordado.

Quarto azul. *Flash*. Roxanne. *Flash*. Seus cabelos raspando na minha cara. *Flash*. Sutiã preto. *Flash*. E tudo se repetia.

Seu perfume de jasmim.

— Shane? — ela perguntou, me fazendo piscar repetidas vezes. — Tudo bem? — Sua voz soou preocupada.

Eu estava ficando maluco ao imaginar coisas com ela em um quarto azul bizarro?

Segurei seu queixo entre os dedos, pairando a poucos centímetros da sua boca, analisando seus olhos claros que desviavam de uma pupila a outra, atentos em mim.

— Seu beijo me provocou fantasias. E essas fantasias estão me enlouquecendo — murmurei para que só ela ouvisse. Escutei o *gulp* descendo devagar por sua garganta. — Vou te dar a resposta para a sua pergunta hoje à noite.

— Que misterioso.

Me aproximei do seu ouvido e sussurrei:

— É porque a sua proposta parece fraca demais. Eu tenho outra. Então, terei uma resposta e uma contraproposta.

— Minha proposta? Fraca demais? — ela murmurou, apertando minha cintura com um pouco mais de força, afundando os dedos em mim.

Que tesão do caralho.

Mordi seu lóbulo suavemente, na frente de todo mundo.

— Só quero um pouquinho mais, Querubim. — Me afastei, e sua mão na minha cintura se foi assim como toda a calma que adquiri por correr quilômetros e quilômetros, desejando me afastar da vontade que Roxanne instalou em mim.

Adiantou correr? Sim. *Mas agora...*

Fui para o banheiro antes que fodesse com tudo. Pensando que, na ducha,

Aline Sant'Ana

eu teria mais paz do que na banheira, me ensaboei por inteiro, depois lavei os cabelos até que todo o suor fosse embora. Mas, como um adolescente, minha mão naturalmente foi para o meu pau, até que eu contivesse o movimento e desistisse.

Eu queria a minha pele na dela.

Colei a testa no box de vidro, cerrando os olhos, deixando a água correr pelo corpo e enxaguar a espuma. E como uma punição pelo alívio que não tive, minha mente começou a misturar realidade e ficção. A ansiedade subiu como bile até a ponta da minha língua, misturando na minha cabeça a cena que vivi no banheiro com a loucura fantasiosa do quarto azul. Minha nuca ficou arrepiada, mesmo embaixo d'água, meus pelos eriçados como se me avisassem que havia alguma coisa errada.

Roxanne.

Quarto azul.

Jasmim.

Saí do chuveiro quando senti falta de ar, fui correndo até o quarto, peguei o comprimido de ansiedade, tomei e depois abri o frigobar, caçando as pedras de gelo e segurando-as com força.

— Você está aqui. — Respirei fundo, pelado e molhado no chão de madeira, falando comigo mesmo. — Você está aqui.

Exalei e inspirei, do jeito que Anabelle me ensinou. Busquei com os olhos o celular e, só quando consegui me controlar, acionei o seu número na discagem rápida.

— Acho que estou ficando maluco — murmurei, assim que Anabelle atendeu.

Ela ficou em silêncio por alguns segundos e disse:

— Me fale cinco coisas que consegue ver agora, Shane.

Perdido, olhei ao meu redor, e encontrei...

— A cama, a janela, o tapete, as nossas malas e as pantufas da Roxy.

— Quatro coisas que consegue tocar.

— O chão, o frigobar, meu corpo e a parede.

— Três coisas que você consegue ouvir — Anabelle continuou.

— O vento contra a janela, minha própria respiração e a galera conversando lá embaixo.

Sempre foi você

— Duas coisas que consegue sentir o cheiro.

— Do banho que acabei de tomar e do perfume da Roxanne pelo quarto.

— Uma coisa que você sente o sabor — pediu.

— Da água aromatizada com hortelã e limão que levei na corrida.

— Ótimo. — Sua voz saiu um pouco mais aliviada. — Estamos aqui?

— Estamos — garanti. — Eu fiz o lance com o gelo e tal.

— Se sente mais tranquilo depois do gelo e do exercício?

— Sim.

— Agora, vamos conversar. Quer fazer uma videochamada?

Acabei rindo.

— Se o seu marido não se importar... tô peladão.

Anabelle pigarreou.

— Você tem idade para ser meu filho, Shane D'Auvray. Não fuja do conflito e me diga o que está acontecendo. Faremos por telefone.

Fechei os olhos, tentando entender a bagunça que estava na minha cabeça.

Contei que beijei a Roxanne e o que o mundo não se partiu em dois, muito pelo contrário. Falei de como me senti bem e vivo enquanto a tinha em meus braços. Também repassei a proposta de Roxy, de termos uma noite e tal, e o sim que estava na ponta da minha língua. Então, fui para o que fiz na banheira noite passada, sem vergonha nenhuma com Anabelle, porque essa mulher nunca ia me julgar. E aí cheguei no assunto da imaginação estranha que ontem foi gostosa, mas hoje me desencadeou uma crise de ansiedade. Não fazia ideia do que estava acontecendo comigo, mas eu queria Roxanne, porra. Por que a minha cabeça estava brincando comigo?

— Estou feliz por ouvir que você enfrentou esse medo, Shane. Não faz ideia do quanto isso é bom para o seu tratamento! Você já avançou tanto desde que começamos, mas me deixa tão orgulhosa saber que, não apenas em relação à recuperação, mas também com as relações interpessoais... — Pude ouvir a emoção em sua voz, por mais que Anabelle não fosse me dizer o quanto aquilo parecia pessoal para ela, àquela altura do tratamento. Eu sabia que ela me adorava, cara. Ninguém resistia a um D'Auvray. — Ah, você está progredindo tanto! — Tossiu discretamente e fez uma pausa, como se precisasse se recompor. — Então, a sua imaginação pareceu vívida?

Aline Sant'Ana

— Sim e, honestamente, não sei como passei mal só de me imaginar transando com a Roxy. Estava tudo bem ontem à noite, mas hoje... a respiração ficou presa na minha garganta.

— Como você estava se sentindo quando começou a pensar no ato?

— Confuso. Eu não queria me masturbar de novo pensando nela. Eu queria só fazer isso com ela.

— A masturbação pareceu errada? — indagou.

— Sim, de alguma forma. Porra, não sei.

— Mas ontem ocorreu tudo bem?

— É.

Anabelle fez uma pausa.

— Estou tentando entender a natureza do conflito. Ontem já estava certo de que queria dormir com ela?

— Aham. Desde o momento em que Roxanne perguntou, eu já sabia a resposta. Na verdade, eu sempre quis, né? Acho...

— Hum... e você não disse sim, por mais que tivesse certeza do que queria, naquele instante.

Pensei por um segundo.

— Não.

— Você consegue entender o que te impediu de dar a resposta na hora?

— Acho que não.

— Quando a imaginação surgiu, ela pareceu carregar emoções? — Ouvi Anabelle andar sobre o piso de madeira do seu consultório, os saltos estalando para lá e para cá.

— Foram flashes. — Fiz uma pausa. — Senti o perfume da Roxy na banheira da primeira vez e foi tudo bem. Agora, na segunda, não precisei sentir o perfume para essa imaginação surgir. Era como sonhar acordado. Mas ela é vívida pra caralho. E acho que isso me trouxe pânico. Ainda assim, eu quero, Anabelle. Quero demais.

— Será que o seu cérebro criou uma falsa memória? Porque apenas um produto da imaginação me parece... — Ela pareceu ponderar em voz alta. — Quando você pensa em dormir com a Roxanne, não correlacionando a essa imaginação, mas apenas no fato de dormir com ela, tudo fica bem, certo?

Sempre foi você

— É, tudo fica bem.

— Quero que deixe esse pensamento vir, Shane, mas quero que tente entender o que representa para você. Contê-lo te fez mal, então, não faça isso. Não se prenda porque, às vezes, o que quer vir na sua mente é necessário para entendermos o que se passa com as suas emoções.

Nós desligamos a chamada e eu fui me secar e me vestir, confuso pra cacete.

— Roxanne Taylor... — falei sozinho, me encarando no espelho. — O que você tá fazendo comigo?

Sempre foi você

CAPÍTULO 15

I've been hiding out for days
Next to you
Onto lies
Yeah, I'll be waiting with this silence
To see a little bit of fire
But all I see is you

— *CLNGR, "Safe and Sound".*

Dezoito anos de idade

Roxy

Era o aniversário da namorada do Shane.

Na verdade, esse era o primeiro relacionamento duradouro dele.

Ele disse que ia se apaixonar.

Por Deus, não estava mentindo.

O primeiro amor do meu melhor amigo tinha um e sessenta de altura e era tão bonita quanto maluca. Melinda tinha cabelos negros e curtos, na altura do queixo. Os olhos castanhos quase no tom de mel. Era branca como a neve, mas seu semblante de modelo internacional sumia perante a rebeldia. Possuía tatuagens escondidas, piercings aqui e ali, e uma voz bem mais rouca do que a maioria das meninas da nossa idade. Fumava cigarro, maconha, sabe-se Deus que outras coisas, e andava em péssimas companhias, como as gangues de Miami e traficantes de drogas.

O primeiro amor do meu melhor amigo era um problema. Mas ele não percebia isso. Estava tão cego pela sua falta de amor-próprio que não enxergava a um palmo do nariz, tão apaixonado por Melinda Watson quanto seu coração permitia deixar de amar a si mesmo.

Na noite passada, ele me falou que a pediria em casamento.

E eu estava ali, no aniversário de dezoito anos da menina, pensando que vomitaria no instante em que vi meu melhor amigo dar uma aliança de madeira, às escondidas dos pais dela e dos seus, para alguém que ele juraria que seria para sempre.

Na frente dos nossos amigos.

Na frente dos "parceiros" dela.

Aline Sant'Ana

168

Zane não estava aqui e nem sabia desse plano ridículo, muito menos seus pais, ou todo mundo colocaria juízo em sua cabeça.

Só me restava observar como se eu não soubesse que Melinda seria sua ruína.

Shane já estava mudando. Em seis meses de relacionamento, nossos finais de semana já não eram mais nossos. Ele fumava cigarro e bebia a metade de uma garrafa de vodca como se estivesse bebendo água. E isso antes de alcançar a idade certa para beber. Acendia um baseado "só para relaxar" e me dizia que o mundo parecia mais tranquilo. Quando eu o repreendia e dizia que contaria para o Zane, Shane simplesmente jogava na minha cara que eu queria "cortar o seu barato".

Ele acreditava que eu tinha inveja.

Inveja do relacionamento bizarro em que ele se enfiou com a tal da Melinda.

Inveja que ele havia encontrado sua alma gêmea ou coisa parecida.

— Tá curtindo a festa? — Thomas, um dos meus poucos amigos, se aproximou.

— Você sabe que não, Thom.

— Por que não diz logo que tá gostando do Shane? Assume para ele, tenho certeza que...

— Esquece, Thom.

Era tarde demais.

O timing era errado. Melinda era perfeita dentro das suas próprias imperfeições aos olhos do meu melhor amigo. Ela era uma divindade. Todos amavam a Melinda, mas eu não conseguia nem conversar com a garota.

No começo, eu pensei que era só ciúme.

Mas, conforme fui percebendo o quanto ela estava ferrando o meu amigo...

Não, era preocupação.

Ele se afastou da Melinda, os olhos vidrados porque tinha usado alguma coisa. Alguma coisa que eu não sabia o nome e nem queria saber. Shane segurou as laterais do meu rosto, fedendo a álcool, e sorriu.

— Eu tô noivo, porra!

— Parabéns.

— Pode ficar feliz por mim, Querubim? — Rolou os olhos. — Ou tá difícil?

— Na verdade, tá bem difícil. — Peguei sua mão e o puxei para um canto, sentindo os olhos da Melinda em nós dois. — Quando isso vai parar, Shane?

Sempre foi você

— O quê?

— As drogas.

— Do que você tá falando?

— Ela te obrigou a usar? Eu nunca te vi tão maluco como você está hoje. — Fiz uma pausa, procurando o celular no bolso, as mãos trêmulas. — São três horas da tarde.

— Ah, Querubim. Relaxa. Eu tô noivo. Vou me casar antes do Zane, ter vários bebês com a Linda e vou... porra, eu vou ser feliz.

— Vai mesmo? — Meus olhos se encheram de lágrimas quando absorvi o seu estado. A fala afetada, um tique estranho no nariz, os olhos vidrados. Ele estava destruído. No auge dos dezoito anos, Shane parecia... — Por favor, se você tem consideração por mim, por favor...

— Quer que eu termine com a Linda? Não vou fazer isso. Eu tô...

— Apaixonado, eu sei.

— Fique feliz por mim, tá legal? — Se aproximou e me beijou no meio da testa. Eu fechei os olhos quando o cheiro de vodca com alguma substância ilícita ardeu nas minhas narinas. — Eu te amo pra caralho também. Você vai ser a madrinha.

— Lindo, vamos cortar o bolo. Tá batizado! — Melinda riu.

Shane virou as costas para ir até ela, enquanto eu agarrava a minha bolsa e deixava meu corpo despencar. Por sorte, havia uma cadeira atrás de mim.

Shane adquiriu uma síndrome de super-herói; ele adorava as meninas que precisavam ser salvas. Então ficou com a Melinda em uma festa. Em uma semana, dormiram juntos. Em três, estavam apaixonados. Ele a pediu em namoro após um mês. E, desde então, sua vida virou de ponta-cabeça. Shane começou a sair com os amigos dela, experimentou a primeira droga e a segunda, me afastando toda vez que eu tentava colocar juízo na sua cabeça.

Eu ameaçava dizer para os seus pais, mas era uma covarde. Não conseguia nem ligar para o Zane porque não queria que Shane me odiasse.

E tudo isso era tão estúpido, que as lágrimas desceram antes que eu tivesse forças para respirar. Solucei, assistindo à distância Shane levantar Melinda em seu colo, beijando-a na boca, dizendo que a amava.

Sempre, ele dizia. Que a amaria para sempre.

— Vem, Roxy. Eu te levo pra casa. — Thom apareceu, estendendo a mão para mim.

Aline Sant'Ana

Eu não sabia se ficava para cuidar do Shane ou se ia embora para preservar o meu coração.

Naquele instante, decidi aceitar a mão de Thom.

O que foi a minha sorte, porque vomitei em todo o gramado antes que chegássemos ao seu carro.

CAPÍTULO 16

I need you tonight
'Cause I'm not sleeping
There's something about you girl
That makes me sweat

— INXS, "Need You Tonight".

Roxy

Nas horas seguintes, mal tive tempo de esbarrar no meu melhor amigo enquanto a vida nos cobrava movimento. Shane e os meninos foram para o ensaio, tiveram de sair correndo depois e se aprontarem para uma sessão de fotos de uma revista famosa. Ainda deram uma entrevista na rádio local e precisaram reservar uma hora para atualizarem as redes sociais. Não me pergunte como aguentavam — eu mal consegui acompanhá-los —, porque a agenda em Porto Alegre parecia muito mais intensa do que a de Manaus e Fortaleza.

Aproveitei o tempo para trabalhar na confecção das peças, especialmente as de São Paulo e Rio de Janeiro, mas meu coração se apertou com saudade de casa.

— Oi, mãe — falei quando ela atendeu ao telefone, enquanto media a calça do Carter e comparava com as medidas da última roupa que eles fizeram. Estava com uma diferença de apenas um centímetro na cintura... — Como você tá?

— Querida, que bom que ligou! Estou bem. Na verdade, fazendo uma torta de maçã...

— Ah, que ótimo! — Sorri e abandonei a calça, feliz de estar conversando com a sra. Blair Taylor, mais conhecida como mamãe. — Papai está bem?

— Está na casa dos D'Auvray, com Fredrick. Os dois estão inventando moda no jardim. — Ela riu. — E Charlotte está aqui comigo.

Fred e Charlotte eram os pais de Zane e Shane e, claro, os melhores amigos dos meus pais. Eles são amigos há séculos e se mudaram de Londres para Miami juntos. Papai, o sr. Kennedy Taylor, é britânico, e tem o mesmo sotaque lindo do Zane e dos tios D'Auvray. Mamãe é americana até dizer chega, nascida em Miami. A história dela com meu pai é bem bonita e inspiradora. Eles namoraram à distância por meses até ela se mudar em definitivo para Londres, mas voltaram para Miami quando meu pai recebeu a mesma proposta de trabalho que o sr. D'Auvray.

Aline Sant'Ana

172

Minha família era uma bagunça maravilhosa; meus pais, tão jovens de espírito quanto os D'Auvray. E além de Shane ser meu parceiro desde a infância, eu considerava meus pais meus melhores amigos. Não havia nada nesse mundo que não soubessem.

Mas é claro que não concordávamos em tudo; não éramos um comercial de margarina.

Quanto à minha profissão, como em todas as áreas da minha vida, eu sempre recebi o apoio de ambos. No entanto, quanto se tratava dos namorados, as coisas ficavam um pouco mais complicadas. Motivo: Shane D'Auvray. Eles *amam* o Shane, mesmo ele sendo um problema com P maiúsculo, e vivem numa ilusão de que eu e o meu melhor amigo vamos nos casar, ter quadrigêmeos e ser felizes para sempre.

Eu sabia que os pais D'Auvray pensavam a mesma coisa.

Mas, não...

Sinto decepcionar meus pais e os tios D'Auvray...

Isso nunca vai acontecer.

— Mande um beijo para a tia Charlie e pergunte a ela se o Shane mandou notícias.

Tia Charlotte respondeu, ao fundo, que seu filho querido tinha enviado literalmente quinhentas fotos via WhatsApp.

Eu comecei a rir.

— E como estão as coisas? — mamãe perguntou. — Você está se alimentando bem? Dormindo direito?

— Sim, mãe. O fuso horário nem é tão diferente assim, só uma hora. Nem senti a viagem, de verdade. Mas tenho tantas coisas para te contar...

Falei sobre o Brasil e tudo de incrível que vivemos, mas, por mais que eu fosse cem por cento transparente com ela, não pude dizer que havia beijado o meu melhor amigo porque Blair Taylor começaria os preparativos do casamento com Charlotte D'Auvray só com o anúncio de um beijo. E se fosse para partir o coração de alguém, que fosse apenas o meu.

— Mande um beijo para todos os meninos e diga que estou orgulhosa. Te amo, meu amor. Ah, Charlotte quer conversar rapidinho com você... — Mamãe passou o telefone.

Fiquei cerca de trinta minutos fofocando com a mãe do Shane, que me fez

Sempre foi você

prometer que eu a visitaria assim que voltássemos para Miami.

— Sinto falta dos meus meninos e de você. A casa agora parece tão vazia... — Charlotte murmurou.

— Não se preocupe, tia Charlie. Irei puxando cada um dos seus filhos pela orelha.

Ela riu e me mandou um beijo antes de encerrar a chamada.

A porta se abriu atrás de mim. Era Oliver.

— Os rapazes estão saindo do último compromisso e vão passar aqui para você verificar as medidas e liberar as roupas. Como está? Tudo certo?

— Sim — garanti a ele. — Pode pedir para eles virem. — Olhei para o relógio. — Falta uma hora para o show. Vamos torcer para dar tempo.

Eu não vi o dia passar, a verdade era essa.

— Você está bem? — Oliver entrou e fechou a porta.

— Não pareço bem? — Arregalei os olhos.

Ele riu suavemente e deu de ombros.

— Parece preocupada. Quer conversar?

Era besteira estar insegura depois de cair a ficha de que joguei no colo do meu melhor amigo a decisão de dormirmos juntos ou não? Era, né? Eu sou um ser humano, com minhas inseguranças e medos, como qualquer outro. Precisava ligar para Anabelle, desabafar sobre o meu lado, ouvir seus conselhos...

— Pode me ouvir por cinco minutos antes do furacão The M's chegar? — pedi, porque não daria tempo de falar com Anabelle.

Oliver se aproximou, puxou uma cadeira e se sentou ao meu lado.

— Estou aqui.

Shane

Eu nem sabia mais a porra do meu nome de tanto que trabalhei. Eu e os caras mal tivemos tempo de almoçar ou jantar, na real. Entre o ensaio, entrevistas, fotos, me vi no piloto automático. E só entendi que horas eram quando Oliver me levou até o cara que arrumaria o meu cabelo, faltando quarenta minutos para a abertura do show.

Aline Sant'Ana

174

— Shane! — Roxy arfou, entrando pela porta, as bochechas coradas e os cabelos bagunçados. — Eu não esqueci de você, só tive um problema com a calça do Carter. Pode vestir isso para mim? — Quando Roxy apareceu no camarim, me entregando a calça jeans, fiquei feliz pra caralho.

— Posso.

— Terminamos — o cara que cuidou do meu cabelo disse, com sua equipe atrás. — Eu queria tanto que vocês tivessem chegado antes para cuidarmos do cabelo de todo mundo na mesma hora... Vou para o Zane agora.

— Zane tá mais rabugento do que o normal, cuidado — Roxy avisou, sorrindo.

O cabeleireiro saiu rindo com suas assistentes.

E ficamos eu e ela.

Desabotoei a calça e abaixei o zíper, meus olhos fixos nos da Querubim, que me observava com uma atenção quase proibida, mas sem conseguir desviar. Mordi o lábio inferior enquanto enganchava os dedos no cós da calça, chutando os tênis Adidas. Abaixei o jeans bem devagar, aproveitando para dançar meus olhos por ela. Estava sem a maquiagem pesada, só seu rosto de princesa e os cabelos em um rabo de cavalo todo desalinhado. Vestia uma calça jeans preta e a camiseta folgada da mesma cor. Já tinha voltado para sua camuflagem de sempre, mas ainda era a mulher mais linda do mundo.

— Como foi seu dia? — perguntei, e desci a calça até as canelas.

— Meu... — Querubim se perdeu e, depois de corar quando percebeu que eu estava de boxer branca, subiu a atenção para os meus olhos. — Meu o quê?

— Dia. — Sorri, e tirei a camiseta branca. E lá estava eu, de meia e boxer, seminu e sentindo uma *vibe* gostosa no ar quando vi o fogo nas íris da Roxanne. — Como foi?

— Corrido, mas não tão corrido quanto... — Fez uma pausa e me estendeu a calça do show. — Pode vestir isso, por favor, Shane?

Comecei a rir e aceitei a calça, vestindo-a.

— Sim, não tão corrido quanto o nosso. — Me enfiei na peça e fechei o zíper. Roxy me entregou uma camisa meio rasgada de um tecido leve, me pedindo para deixar três botões abertos. Quando terminei, gemi. — Porra, eu tô morrendo de fome.

— Sério? — Ela se aproximou e colocou a minha camisa para dentro da

Sempre foi você

calça, só um pedaço, deixando o resto de fora. Virou a cabeça para o lado, me analisando profissionalmente, mas seu toque bem dentro da bordinha da calça, porra... — Sobrou dois sanduíches que eu trouxe, você quer?

Ergui uma sobrancelha.

— Assume que você trouxe só pra mim e que já comeu os seus.

Roxanne rolou os olhos, rindo, quando foi até a bolsa e me entregou os sanduíches. Eram os meus favoritos: frango desfiado, mostarda e salada. Abri com pressa e, em uma dentada, comi a metade do primeiro, grunhindo de prazer e fome.

— Ah, cacete. Que delícia. — Dei outra mordida, acabando com o sanduíche e já abrindo o próximo. — A gente tem tempo para sentar cinco minutos?

Roxy olhou o relógio atrás da minha cabeça.

— Temos dez minutos. Cadê o seu baixo?

— Mark tá com ele — respondi, de boca cheia, me jogando na poltrona. Roxanne se sentou na minha frente, cruzando as pernas, toda menininha.

Ainda éramos nós dois, mesmo depois do beijo. *Ainda éramos, cara.* Isso não parecia incrível pra caralho?

Acabei com o sanduíche e, como se meu estômago não estivesse satisfeito, ele roncou. Roxy puxou da bolsa uma Pringles e estendeu para mim.

— Como sabia que os sanduíches não seriam suficientes?

— Porque eu sabia que, apesar de vocês terem um camarim gigante e cheio de comida, não ia dar tempo. Aliás, ainda tenho outra Pringles aqui e mais duas barras de chocolate ao leite. — Seus olhos brilharam.

— Me dá, vou comer essa porra toda.

Sorrindo, Roxanne fez o que pedi e ainda me deu uma garrafa geladinha de meio litro de Guaraná. Eu estava tonto pela fome e só percebi quando a comida caiu no estômago vazio. Respirei fundo e fechei os olhos quando terminei tudo, a barriga cheia.

Ainda precisava conversar sobre o que eu queria que rolasse entre nós dois.

Mas estávamos no meio da correria, porra.

Minha melhor amiga tocou a minha coxa, me fazendo abrir as pálpebras.

— Além do cansaço, tá acontecendo mais alguma coisa. — Claro que Roxanne perceberia. Ela me entendia mais do que eu mesmo. — É sobre nós dois?

Aline Sant'Ana

Estou tendo uns flashes que envolvem eu, você, um quarto azul e o seu sutiã, mas tá tudo...

A porta se abriu antes que eu pudesse concluir o pensamento.

— Senhor D'Auvray, está na hora — Mark me avisou, carregando o meu baixo.

Eu e Roxy ficamos em pé. Ela foi até um canto e me deu um par de coturnos. Tirei-os delicadamente de sua mão e me aproximei, cobrindo o espaço que faltava entre nós, quase colando meu corpo no dela, sem me preocupar com Mark, com o tempo. Perdido nos olhos da Roxy, que me fitavam como se me quisessem, baixei o rosto, pouco me fodendo para o que quer que fosse acontecer em seguida. Meu nariz tocou a ponta do seu, inspirando seu ar, seu cheiro, ela toda. Sem que minhas mãos estivessem nela, abaixei-me, querendo acabar com o espaço que faltava. Meu coração e todas as coisas que deveriam calar a boca se agitaram dentro de mim, me desmontando no segundo em que meus lábios se encaixaram devagarzinho entre os seus.

Foi tão suave como a brisa da manhã. Mas tão intenso quanto descer ao inferno em milésimos de segundos.

Ela ainda me provou, pouca coisa, com a ponta da língua suavemente tocando o espaço das nossas bocas, como se implorasse por mais.

Reuni todo o autocontrole desgraçado que eu nunca tive e me afastei alguns centímetros, alternando o foco entre suas pálpebras ainda fechadas e sua boca entreaberta, me pedindo.

— Vou lá ser um rockstar e depois eu volto — murmurei, rouco.

Com tesão. Maluco. Angustiado.

— Tudo bem. — Seu sussurro fez meus lábios formigarem.

— Certo. — Dei dois longos passos para trás, exalando com força e encarando Mark, que estava discretamente prestando atenção lá fora. — Vamos, Bond.

Mark sorriu quando o apelido da Querubim saiu dos meus lábios, e me encarou como se soubesse exatamente o que eu sentia.

Não, Mark. Não é isso.

Não se eu puder evitar.

Sempre foi você

Roxy

— Eles arrancaram a roupa! — resmunguei para Kizzie. — Eu tenho todo o trabalho do mundo para escolher peça por peça, cada troca que eles fazem, para simplesmente tirarem as camisas e ficarem seminus.

— E Shane também vai ficar sem a regata, pelo jeito — Kizzie notou.

Yan foi o primeiro, Zane, o segundo, Carter, o terceiro e Shane agora estava na frente do palco, na extrema esquerda, conversando com o público durante a pequena pausa entre a penúltima e a última música.

— E esse calor, Porto Alegre? Achei que aqui era mais frio, porra — Shane disse ao microfone auricular, o tradutor explicando logo em seguida. As mulheres começaram a gritar quando Shane tirou a alça do ombro, livrando-se do instrumento e colocando-o gentilmente no suporte à sua frente. O baixista sorriu. — Estão se hidratando por aí?

O público respondeu *sim*, em inglês, o que foi adorável.

— Espero que sim ou vou ter que descer aí e ver de perto.

Os gritos foram tão altos que estremeceram o chão. Senti a presença de Erin, Lua e Cahya atrás de mim. E vi Lyon jogar uma garrafa de um litro de água para Shane, que a pegou no ar e bebeu metade em longos goles. O holofote estava somente nele, enquanto os meninos se hidratavam, mas em silêncio e na escuridão. A cada momento do show, havia um espaço para um dos integrantes se destacar. Aquele era o momento do Shane.

— Será que vocês me querem mais pertinho? Tô longe, né?

A luz acompanhou o meu melhor amigo enquanto ele saía do T e ia para a ponta, causando alvoroço nos fãs com seu caminhar confiante. Sem conseguir vê-lo de costas, dei dois passos para o lado para observá-lo em um dos telões. E seu rosto parecia divino. Shane estava suando e, quando passou a mão nos cabelos, as meninas começaram a gritar com ainda mais força. Ele congelou o movimento, o bíceps saltado enquanto seus dedos permaneciam entrelaçados nos fios, um sorriso despontando lentamente em sua boca. Eram aqueles olhos de lince, o sorriso safado e a aura perigosa...

— Vocês gostaram disso? — perguntou. Elas gritaram em resposta. Shane soltou a mão do cabelo e pôs a garrafa d'água no chão. Então, como se estivesse em casa, levantou pouca coisa a regata, nem cinco centímetros, mas parecia que o chão ia se abrir sob meus pés, porque as fãs gritaram insanamente. — Mas gostam *mais* disso, pelo visto... humm... acho que vocês não são tão anjinhas do

Aline Sant'Ana

178

Shane assim não, porra. Que horas são, Zane?

Zane, sem aparecer, disse ao microfone com seu sotaque britânico e voz envolvente:

— Onze da noite.

— O horário já permite um strip-tease, né? — Shane perguntou e abriu um sorriso sacana assim que o tradutor disse em português. — Mas eu sou tímido.

Eu comecei a rir com as meninas atrás de mim... e todo o público do estádio.

— Para eu me soltar — ele continuou. — Vou ter que colocar uma música. Será que esses roqueiros aqui fazem a batida de *Need You Tonight*, do INXS? — Óbvio que Shane seria o único a criar uma trilha sonora para tirar a roupa na frente de milhares de pessoas.

— Isso *definitivamente* não está no script. — Kizzie continuou rindo.

No escurinho, vi a bagunça que a The M's fez. Carter pegou a guitarra do Zane, que pegou o contrabaixo, e Yan continuou na bateria, talvez porque eles tocavam isso quando mais novos. Acho que me lembrava dessa música, mas...

A batida sensual começou.

O holofote em cima de Shane ficou ainda mais forte e a produção colocou uma meia-luz vermelha no resto dos meninos. O meu melhor amigo começou a dançar, devagarzinho, rebolando o quadril de um lado para o outro, mas eu sabia que aquilo não era nem um por cento do que ele poderia fazer.

— Rockstar e *go-go dancer* nas horas vagas. — Shane riu. — É um show particular que vocês querem antes de irmos embora?

As meninas gritaram *sim*.

E eu perdi o fôlego.

Shane pegou a garrafa e derramou na cabeça. Como se fosse planejado, as luzes que estavam nele saíram dos tons frios e foram para os quentes, num amarelo denso, à meia-luz, criando um clima sensual demais para que meus olhos conseguissem despregar do telão. Os instrumentistas acompanharam o que a The M's começou a criar e aquilo se tornou...

Shane levou as mãos à nuca, passeando no caminho, e rebolou tão lento que meu corpo começou a se acender só de imaginar como seria aquilo dentro de mim, acompanhando o som do baixo que Zane fazia. Iniciou devagar, sensual, só um círculo em seus quadris, as mãos firmes em sua nuca. Seu sorriso foi impagável quando os fãs fizeram Porto Alegre tremer. A regata branca, claro, não foi capaz

Sempre foi você

de esconder nada, exibindo as tatuagens que faziam parte de sua pele, de sua personalidade intensa.

— Boa sorte, Roxy — Lua gritou atrás de mim. — Agora é só escorregar a bunda e cair acidentalmente em cima desse homem.

— Sorte? Ela vai precisar de uma calcinha nova. — Cahya fez todas rirem.

Em um movimento, Shane levou as mãos à regata.

E virou de costas para o público.

De frente para mim.

Estávamos longe o suficiente, mas seus olhos estavam fixos nos meus. Eu conseguia ver aquele par de íris felinas no meu corpo. Me lembrei do beijo no bar de rock, a sua boca consumindo a minha com aqueles piercings, seus dedos na minha virilha, sua respiração quente embriagando os meus sentidos. Então o beijo suave que ele me deu hoje, fazendo meu coração voar para fora do corpo.

Como se soubesse exatamente o que eu estava pensando, umedeceu os lábios.

E sem parar de dançar, começou a tirar a roupa.

Meus olhos capturaram a cena em câmera lenta, porque eu não queria perder um segundo. Esqueci do telão, esqueci das milhares de pessoas e das meninas atrás de mim. Era apenas ele, agarrando sua regata forte com os dedos, com a mesma brutalidade que meu coração atingia os tímpanos, me ensurdecendo. Minha atenção desceu para a borda do seu jeans, que estava muito abaixo do que deveria, então o tecido branco e colado beijando sua pele, como se nunca quisesse ir embora, deslizando por Shane como se implorasse para ficar ali. Os pelos ralos e retinhos na linha da barriga surgiram no meu campo de visão, então o umbigo, o abdômen trincado, ondulando apenas uma vez enquanto ele arrancava a peça de roupa, passando-a pelo peito, os ombros, os braços...

Tudo isso sem parar de mexer o quadril como se estivesse...

Ele pegou a regata molhada e a jogou no ombro, estreitando os olhos para mim uma última vez antes de virar para o palco. O tigre no seu dorso me deu um olá, mas aí meus mamilos já estavam completamente duros, a minha calcinha poderia ir para o lixo, assim como meu clitóris estava latejando...

Tudo exalava sexo. Shane vertia luxúria como se mostrasse para o mundo inteiro que transar com ele era uma passagem de ida para o inferno que você imploraria para pegar.

Aline Sant'Ana

Aérea, não percebi quando a pequena apresentação acabou e a última faixa da The M's começou. Só assisti, pelo telão, Shane descendo para o público pela escada do palco, causando uma verdadeira comoção nos seguranças, que tentavam conter os fãs. Vi, tonta e ainda muito excitada, Shane receber o amor dos fãs, as mãos passando por seu corpo, beijos quase sendo roubados de sua boca... ele desviava por muito pouco, o que cada vez me causava um mini ataque cardíaco. Ciúmes, tesão, uma vontade imensa por alguém... Até ontem, eu achava que estava no controle.

Não, eu não tinha controle de nada.

Eu só queria transar com Shane até que víssemos estrelas.

Acho que nunca tive tanta vontade de...

E Shane, sem saber o quanto tinha me estragado para o mundo, apenas voltou para o palco, agarrou seu contrabaixo contra o corpo, passando a alça por seu ombro, fechou os olhos assim que a voz de Carter soou pelos alto-falantes, e cantou.

Shane

O jogo de luz mudou assim que terminamos de nos despedir e, no instante em que o pessoal da iluminação trocou as cores de amarelo para azul, meus olhos ficaram turvos.

Foi como se minha pressão caísse, o que seria plausível, já que não tive tempo de fazer uma refeição decente. Zane ainda estava com um braço ao meu redor, Carter, no outro, porque tínhamos acabado de nos abaixar pela última vez para agradecer ao público. Fiquei tonto pra caralho, e quando as luzes se apagaram, e o grito dos fãs foram às alturas, eu perdi a força das pernas.

Os caras me seguraram, e ouvi as vozes deles me chamando ao fundo, mas aquele quarto azul era tão atrativo e eu precisava...

Minha mente trouxe aquela fantasia.

Vi alguns quadros na parede, um pôster do Slipknot à esquerda. Havia fumaça, tanta fumaça. Roxy se sentou no meu colo. Em seus olhos, vi as pupilas dilatadas. Algo me dizia que estava bêbada. Em seguida, sua boca se colando à minha. Suas mãos passeando pelo meu tórax nu, as minhas viajando por seu corpo, seu sutiã, seus cabelos no meu rosto.

Aquele quarto parecia tão familiar...

— Shane? — Zane gritou.

A fantasia se dissipou. Meus olhos focaram no rosto do meu irmão.

— Onde tá a Querubim? — perguntei, gemendo.

— Ela saiu do palco antes do show acabar com as meninas. Porra, o que aconteceu? Você...

— Tô limpo, só passei mal.

— Devemos chamar um médico — Carter opinou.

— Eu só preciso ligar para a Anabelle. — Olhei ao redor. Estávamos no camarim. Eu estava sentado em uma poltrona. — Caralho, vocês me carregaram?

— Shane, está tudo bem mesmo? — Yan se aproximou, tocando meu rosto. — Você tá pálido pra caramba e gelado. Tá quase trinta e cinco graus lá fora.

— Eu concordo com o Carter, um médico é essencial — Mark falou. — Temos uma estrutura para isso, eu vou só... — O segurança se afastou, chamando um código no *walkie talkie*. — Equipe vermelha, na escuta? Preciso de vocês no camarim...

— O que aconteceu? — Zane observou meu rosto. — O que rolou, Shane?

— Estou tendo uns flashes bizarros, coisas que nunca vivi.

— Alucinações? — Carter murmurou.

— Não sei que porra tá acontecendo, preciso da Anabelle — gemi, me sentando melhor.

Fui atendido pela equipe médica, viram a minha pressão, que estava mesmo baixa, mas era só isso que tinha de errado comigo. Assim que foram embora, meu irmão pegou o celular e quis se afastar com a banda, mas pedi para ele deixar no viva-voz enquanto eu, ainda tonto, explicava para a minha psicóloga o que diabos a minha cabeça estava criando.

— Você disse que é um ambiente familiar. Se lembra de como se sentiu?

— Sim, eu parecia tonto, talvez drogado. Não sei. Mas aquele quarto era familiar... talvez de algum amigo.

Anabelle respirou fundo de novo.

— Shane, preciso que você faça uma coisa por mim, tudo bem?

— Sim, porra. O que puder para esses pensamentos pararem de me bagunçar.

Aline Sant'Ana

182

— Tudo bem, mas começo dizendo que todos os sinais têm um motivo. Acho que seria interessante você conversar com a Roxanne. Acho que seria importante perguntar para ela se há algo na história de ambos que não se lembra. Essas "imaginações" possuem lugar, cheiro, emoções... há tantos detalhes.

Meu corpo inteiro ficou gelado.

— Está dizendo que pode ser uma memória ao invés de...? Não, porra. Roxy nunca me esconderia uma coisa dessas. Eu nunca toquei nela, eu tenho certeza absoluta!

Senti os olhos da The M's em mim, em silêncio.

— Pode ser apenas uma memória falsa, criada pelo seu cérebro como se tivesse existido, mas quero que entenda a possibilidade de... — Anabelle continuou falando, mas meus ouvidos ficaram surdos.

Um pânico começou a se instalar no meu peito, como se me abraçasse e quisesse me arrastar para a escuridão. Fechei os olhos, respirando fundo, apavorado.

— Não, Anabelle. Na boa, a Roxanne... eu nunca fiquei louco perto dela, porra. Ela já me viu fumar baseado, até cheirar, mas eu nunca... — Fiz uma pausa. *Eu tinha mesmo certeza?*

Me despedi de Anabelle após mais alguns conselhos e desabafos. Encarei os quatro rostos em cima de mim, preocupados pra caralho.

— Não posso perguntar isso para ela — murmurei, perdido, fitando os olhos do meu irmão mais velho arregalados e surpresos, tanto quanto os meus. — Não consigo.

— Talvez você se sinta assim agora. — Zane se abaixou, ficando na altura do meu rosto. — Mas você precisa saber. Se...

— Isso nunca aconteceu — neguei. *Nunca aconteceu.*

— Mas pode ter sido só um beijo — Mark elucidou. — Você não sabe o que rolou depois.

— É — Yan concordou. — Talvez seja uma memória falsa também, como Anabelle disse, mas você só vai descobrir se perguntar.

— Nós podemos te ajudar se você quiser. Podemos conversar com a Roxy antes ou pedir a uma das meninas... — Carter ofereceu, mas neguei com a cabeça.

— Vocês fazem muito por mim, e nunca vou ter palavras para agradecer o suficiente, mas isso é pessoal. É uma coisa minha e dela. — Eu ri, embora me sentisse à beira do precipício. — Roxanne nunca esconderia algo tão foda de mim, e eu nunca tocaria nela... drogado. Imundo. Eu não posso ter sido tão merda a ponto de fazer isso, não é? Eu não faria. Zane?

Meu irmão respirou fundo.

— Eu tenho certeza de que há mais coisas por trás, sejam verdadeiras ou falsas. Porra, nós vamos fazer o seguinte: comemos alguma coisa, damos uma volta pela cidade e só depois voltamos para casa, beleza?

Assenti, experimentando a estranha insegurança de ter perdido o chão.

O problema das certezas absolutas é que elas fazem parte de você, parte do que você acredita em sua visão de mundo, parte do que você constrói em cima disso.

Eu construí todo o meu relacionamento com a Querubim acreditando que eu nunca tinha ultrapassado uma linha com ela.

Mas... e se?

Aline Sant'Ana

Sempre foi você

CAPÍTULO 17

Let me touch you where you like it
Let me do it for ya
Give you all of my attention
Dive into that ocean of your love, oh
Let me show you just how much I want ya

— Zayn, "Sweat".

Roxy

Shane me enviou uma mensagem dizendo que os meninos iam sair para dar uma volta e jantar. Eu fiquei com Cahya, Erin, Kizzie e Lua em casa, preparamos alguma coisa para comer e ficamos juntas por um tempo, mas estávamos tão cansadas que não tardamos a ir para o quarto.

Tomei uma ducha longa e demorada. Assim que deitei, Shane surgiu na minha mente como se meu cérebro o conjurasse.

A vontade ainda ziguezagueava pelo meu corpo, silenciosa, implorando para ouvir uma resposta daquela boca pecaminosa, que ainda não veio. Eu estava ansiosa para sentir o seu corpo contra o meu, vivendo uma expectativa imensa de que seria...

Ah, tinha de ser incrível.

Minhas mãos começaram a dançar pelo meu corpo macio, imaginando seu toque. Como seriam seus dedos ásperos passeando por minha pele, com calma? A sua boca invadindo, sua língua adentrando centímetro por centímetro entre meus lábios, minha respiração se misturando à sua? Ergui o quadril no mais puro instinto quando levei os dedos para os mamilos, sentindo-os duros, apenas para escorregá-los no meio das minhas pernas, sobre o short.

Não era a minha primeira vez imaginando-o.

Sonhando com ele.

Ansiando por ele.

Então a culpa nem ousou se aproximar, porque meu instinto o queria. Queria tanto que eu já sentia o inchaço nos lábios e clitóris, esperando o contato. Numa loucura de ficar nua nos lençóis que dormíamos juntos, arranquei com pressa a regata e o short, puxando a calcinha junto. Com calma, me virei de bruços,

Aline Sant'Ana

afundando o nariz no cheiro do seu travesseiro, empinando a bunda como se fosse recebê-lo.

Era couro, chuva...

Era Shane.

Gemendo, mordi meu lábio inferior, precisando respirar aquele aroma masculino. Pus a mão entre as pernas, a ponta dos dedos brincando com a entrada febril e molhada, girando. Eu estava tão sedosa e quente que podia me ouvir me tocando, a respiração curta e os meus gemidos. Rotacionei uma, duas, três vezes, brincando na minha mente de que seria a língua do Shane no lugar, me sugando para dentro de sua boca. Aquela onda lasciva começou a correr em minhas veias, arrebentando qualquer corda invisível que pudesse me prender à nossa amizade. Mergulhei na fantasia e, quando começou a ficar mais escorregadio e molhado, choraminguei de prazer. De olhos cerrados, pensando nas tatuagens de Shane, nas suas mãos imensas agarrando a minha bunda e no seu pau lentamente entrando...

Girei o clitóris com mais força.

Mais rápido.

A única maneira que eu sentia prazer era assim, imaginando Shane e me tocando, por mais que eu nunca pudesse...

Admitir... que ele...

— Shane — gemi, afundando o rosto no travesseiro, o quadril rebolando em meus próprios dedos enquanto a fricção ficava mais e mais rápida. Minhas coxas se retesaram, e meus quadris foram para e frente e para trás quando meus dedos cansaram do que pareceu ter sido horas, mas ainda...

Não, não era suficiente.

Desci a bunda, parando um pouco de empiná-la, abrindo completamente as pernas, deixando os dedos imóveis e só movimentando a pélvis, roçando-me deliciosamente ali, tão perto.

Minha mente criou um cenário em que Shane estaria atrás de mim, com seu corpo quente nas minhas costas, puxando o meu cabelo e me dizendo as coisas mais pervertidas do mundo. Era quase capaz de ouvir a sua voz, rouca e pesada, seu sexo grosso e longo entrando em mim. Mordi o travesseiro para conter o grito quando um calafrio cobriu da ponta dos meus pés, coxas, subindo direto para onde eu estava me tocando. Acelerei o quadril tão forte que ouvi o bate-bate da cama, mas eu não queria me conter...

Sempre foi você

Eu estava...

— Sha-ne — arfei de novo, precisando acelerar para causar exatamente o que ia...

Meus olhos reviravam por trás das pálpebras fechadas.

A onda veio tão deliciosa que tudo em mim convulsionou.

Mas eu ainda...

Droga, eu ia ficar nisso até ouvir sua voz lá embaixo, não ia?

Gemendo em resignação porque meu corpo não estava satisfeito com uma simples e inocente masturbação, virei de costas para o colchão, ainda de olhos fechados, e voltei a me tocar.

Shane D'Auvray não saía dos meus pensamentos.

Nem dos meus lábios.

Muito menos das minhas veias.

É possível sobreviver ao feitiço de um D'Auvray?

Shane

Os caras até tentaram me tranquilizar.

Nós saímos para comer, demos uma volta e retornamos para casa.

Estava pensando em como abordar com a Roxanne o assunto. Na real, eu precisava conversar com ela, por mais que não quisesse. Roxy me deu vinte e quatro horas para que eu pensasse se íamos dormir juntos e, porra, meu prazo tinha acabado.

Mas eu precisava entender. Precisava saber.

Parte de mim não queria aceitar que era uma memória, mas ao mesmo tempo parecia bizarro pra caralho me imaginar beijando a minha melhor amiga no quarto do Thomas. Pois é, o quarto existia. Era de um amigo nosso em Miami, com quem já tínhamos perdido contato. Me veio na cabeça o pôster do Slipknot no meio do jantar.

Eu não tinha certeza de mais porra nenhuma.

Antes de ir para o meu quarto, combinei com meu irmão de usar o seu banheiro porque eu queria tomar uma ducha antes de falar com a Querubim.

Aline Sant'Ana

Kizzie não se importou, mas Zane perguntou, enquanto me entregava uma toalha, uma bermuda vermelha limpa e uma escova de dente descartável, se eu ia fugir da Roxy a noite inteira.

Ignorei, tomei o banho e, quando Zane me expulsou de lá porque queria privacidade com a sua noiva, percebi que não tinha mais escapatória.

Parei em frente à porta do quarto e respirei fundo antes de colocar a mão na maçaneta.

Meus ouvidos capturaram um som delicioso antes que eu pudesse abri-la. Era um gemido feminino que implorava por prazer. Ouvi uma, duas, três vezes e cerrei os olhos quando meu corpo inteiro entendeu que era a Roxy.

Porra. Caralho. Porra!

Meu pau formigou sob a bermuda, me incentivado a cometer um pecado, e travei uma luta interna que durou dois malditos segundos entre me afastar e abrir lentamente uma fresta da merda da porta.

Eu precisava ver.

Ela estava se tocando sobre os nossos lençóis...

Grunhi baixinho assim que meus olhos pairaram naquela mulher completamente nua. De quatro, empinada, o rosto afundado no travesseiro, a bunda completamente exposta, movendo-se para lá e para cá, tremendo. Suas coxas tensionando e seu quadril indo e vindo enquanto ela se esfregava em seus dedos. As unhas pintadas de preto dançando por sua boceta rosada, os lábios inchados, encharcada de tesão...

Meu coração bateu na garganta

Roxanne completamente nua...

De quatro.

Toda entregue.

— Shane — ela disse, sem me ver.

Gemendo.

Implorando por mim.

Ela disse mesmo o meu nome?

Então desceu o quadril e começou a se tocar com mais fricção, ainda mais rápido. Ela ia gozar com as pernas muito abertas e aquela boceta linda e molhada, cara...

Sempre foi você

Caralho...

Abri mais a porta, sonhando em cair de boca ali e chupá-la até que estremecesse, o sangue denso rugindo em minhas veias e meu coração prestes a explodir. As bolas se retesando, um pré-gozo na ponta do meu pau, que desejava entrar nela bem devagarzinho e gostoso. De quatro, Roxy era uma visão deliciosa, mas, quando gozou, tremendo toda, percebi que teríamos de acontecer.

Nós teríamos, porra.

Era meu nome em sua boca, era a mim que ela pedia.

Todas as razões para que eu não fizesse isso se desintegraram como uma nuvem de poeira.

Entrei no quarto, fechando a porta tão devagar que Roxy não se deu conta. Ela permaneceu de olhos fechados, imersa na própria fantasia, virando-se de costas, no meio da cama, para uma nova posição. Eu aproveitei para dançar os olhos por aquela mulher que voltou a se masturbar... *pensando em mim*. As pernas dobradas, os pés apoiados na beirada da cama, o rebolar do quadril.

Sortudo do caralho.

Abri um sorriso safado enquanto via seus bicos rosados durinhos e pequenos. Era a minha primeira vez vendo a minha melhor amiga assim, porra. A barriga plana, o piercing em seu umbigo, a cintura estreita e o quadril mais largo, se remexendo de vontade. Joguei toda a racionalidade fora, porque ela, vibrando nos meus lençóis e gemendo, era forte pra cacete.

A bermuda do Zane já era apertada, com meu pau duro parecia que ia rasgar.

Mas aquilo se tratava dela.

Só dela e mais ninguém.

Segurei o grunhido que quis escapar da garganta, me ajoelhei aos pés da cama, viajando por seu corpo com os olhos, querendo que fosse com a boca. A proporção do seu corpo peito-cintura-quadril, naquela posição... *tão gostosa.* Levei as mãos até seus tornozelos e, quando os toquei, Roxy imediatamente se sentou, arregalando os olhos.

Ela ficou parada.

Dura como pedra.

Tirou as mãos do corpo e levou ao rosto, cobrindo-o. O que era contraditório pra cacete, porque ela estava nua, com a boceta na minha cara, mas precisava esconder o rosto.

Aline Sant'Ana

Querubim, você é perfeita sem nem se esforçar.

— Diz pra mim que você não é real — murmurou.

Umedeci os lábios enquanto avançava as mãos por sua pele, as panturrilhas, os joelhos, as coxas. Roxy permaneceu escondendo o rosto nas mãos, sua pele ficando vermelha de vergonha. Enquanto ela se recompunha, admirei o contraste do meu bronzeado com a tez branca, e uma parte masculina e muito lasciva dançou em mim, alertando-me que era a minha pele na dela.

Roxy era tão macia, e aquele cheiro de jasmim...

— Acho que eu sou bem real. — Continuei dançando os dedos por sua pele, suas coxas, apertando o que eu encontrava, deixando marca. Roxy suspirou fundo. — Vai olhar pra mim ou faremos isso de olhos fechados? — Ela engoliu em seco, as mãos ainda cobrindo o rosto. — Roxanne, olha pra mim.

— Eu tô com vergonha demais pra te olhar, Shane. O quanto você... *o quanto* viu? — Sua respiração estava acelerada, a barriga, subindo e descendo, o coração, vibrando sob seus seios. A boceta, molhada, pulsando com uma vontade que ela ainda não tinha resolvido.

— O suficiente. Você gemendo o meu nome foi um tesão do caralho. — Ela choramingou de vergonha, querendo fechar as pernas, e eu sorri. — Aliás, a resposta da sua proposta é sim. Com uma condição: não vai ser só uma noite. Eu quero todas as noites que pudermos ter até essa viagem acabar. Só preciso saber onde eu assino.

— Não fiz um contrato.

Sorri assim que ela disse, porque a minha piada tirou o nervosismo.

— Porra, achei que você ia me chamar até para uma reunião.

— Shane...

— Só preciso saber se tem certeza de que quer isso. Sem expectativas, sem nada complicado, só algumas noites. Quando entrarmos no avião, seremos amigos de novo. — Pausei um momento. — Eu sou um merda. Mas estou aqui, de verdade, se você me quiser.

Eu tinha de dizer. Tinha de garantir a ela que a queria e que sabia que era a escolha errada.

Mas, porra, eu queria demais.

As mãos saíram do rosto. E, embora ela estivesse tão vermelha quanto um morango, seus olhos brilharam em surpresa.

— Sim, Roxy? — perguntei suavemente.

Ela assentiu uma única vez.

A expectativa fez meu corpo inteiro vibrar por algo que sonhei, que desejei com cada parte de mim, em cada maldito dia da nossa adolescência, ainda que eu nunca tivesse confessado nem para mim mesmo. Era Roxanne Taylor ali. Não apenas me beijando como naquele bar de rock, mas se entregando. Cara, era o seu corpo rosado, pulsando, ela molhada e nua porque tinha se tocado pensando em como seria...

Em como seríamos...

Eu não ia conseguir parar.

Ia fodê-la até que tivesse certeza de que tinha gozado.

Desci os olhos para a sua boceta, os lábios pequenos, corados, inchados, com a mesma vontade que a minha. Foquei em Roxy, seu rosto me observando, mais relaxado, os olhos faiscando. Puxei-a mais para a beirada da cama, agarrando seu quadril, deslizando-a até que sua bunda batesse no meu peito. Exalei fundo quando o estalo ressoou pelo quarto, sentindo seu cheiro de jasmim se misturar a sexo e, quando minha mente cismou de vagar, eu a puxei de volta para a realidade.

Roxanne. Aqui e agora.

Vi-a se arrepiar quando toquei com a boca a parte interna do seu joelho, raspando os lábios, passeando por ela. Roxy amassou os lençóis da cama com os dedos, chiando quando sentiu a temperatura febril da minha respiração em sua pele doce.

Meu pau saltou dentro da bermuda, as veias impulsionando sangue para a cabeça, me fazendo tremer.

Porra.

Tortuosamente lento, lambi a lateral do seu joelho, o piercing deixando-a ainda mais arrepiada enquanto eu adentrava suas coxas. Fui trilhando aquele caminho que ia me desmontar em mil, e não tinha mais volta. Roxanne se contorceu conforme eu mordia e chupava, de leve, só raspando os dentes na sua pele, deixando marcas vermelhas onde minha boca ia. A barba por fazer me auxiliava gostoso; por onde a passava, via os pontos de sua pele se erguerem em alerta. Espacei mais os meus joelhos, escorregando para o chão, descendo o corpo ao mesmo tempo em que a sugava toda, acompanhando o caminho, até que tivesse parado na virilha depilada.

Aline Sant'Ana

Caralho de mulher gostosa.

Ela fez um círculo com o quadril quando chupei a sua virilha, querendo ter o controle, ou simplesmente pelo desejo primitivo de receber um oral gostoso. Onde ia a minha língua, dançando por sua boceta lisa, ela me buscava. *A entrega, porra.* Seu corpo rebolou mais e mais, me pedindo exatamente ali, onde deveria ser, escorregando para a direita, implorando. Suas mãos foram para os seios, agarrando-os, enquanto eu assistia à minha Querubim se perder por me sentir. A ponta da língua fez um círculo contrário ao rebolar da Roxy, deslizando por seus lábios, até encontrar o capuz do seu clitóris e chupá-lo.

Roxanne gemeu o meu nome.

E eu sorri porque, cara, eu era bom demais nisso.

Fazia tanto tempo que eu não transava apenas com uma garota. Cacete, eu sempre pegava várias, e já nem me lembrava da delícia que era se dedicar a uma só.

E Roxanne era tudo o que eu entendia sobre o mundo.

Vibrei o piercing bem onde ela precisava, tão rápido quanto eu conseguia, subindo e descendo, girando por toda a volta, sem nunca parar de tremer a língua e a bolinha do piercing no ponto sedoso. Seu clitóris teso, encharcado de tesão, verteu de vontade. Minha cabeça quis explodir quando a consciência me lembrou de que era minha melhor amiga ali, mas liguei o foda-se quando agarrei a parte de trás das suas coxas, suspendendo-as no ar, apoiando seus pés nos meus ombros para que ela pudesse...

— Shane. — Ouvi meu nome de novo.

Como um canto.

Como a coisa mais deliciosa que já ouvi na porra da vida.

E ela se abriu mais, se remexendo.

Isso, rebola pra mim, caralho.

Seus pés se fincaram em meus ombros, os dedos amassando minha carne, seu quadril em espasmos enquanto ela ia e vinha na minha boca. Tão passional, com tanta vontade. Trabalhei a língua naquele pontinho aveludado, vibrando em cada terminação nervosa dela, seu sabor e misturando à minha saliva, a ponto de não saber mais onde eu começava e ela terminava. Uma de suas mãos foi para o meu cabelo, cravando os dedos nos meus fios, me puxando. Ri rouco contra sua boceta no instante em que ela me empurrou mais para baixo, como se estivesse me guiando ao que a faria chegar lá.

Sempre foi você

Mas eu a conhecia.

A vida inteira.

Conhecia cada curva do seu corpo mesmo que nunca tivesse beijado. Conhecia cada loucura que Roxanne precisava sem que ela sequer tivesse vivido. Conhecia exatamente o tipo de sacanagem que ela nunca admitiria que gostava. Eu a conhecia. E a decifrava. Quando enfiei a língua com o piercing dentro da sua boceta, que palpitou para me receber, ouvi sua respiração ficar rasa e seu corpo começar a tremer.

Levei as mãos até seus seios, agarrando-os com facilidade. Rocei seus mamilos com os polegares, no ritmo insano da língua, e seus gritos ficaram tão mais gostosos que eu sabia que não demoraria. *Porra, não mesmo, já estava pingando na minha boca inteira.* Alternei entre devagar e rápido, mole e duro, revezando isso com enfiar a língua toda dentro e brincar bem em cima do clitóris, até que seus gemidos começassem a ficar mais curtos, até que meu nome saísse com mais frequência e sua mão voasse para agarrar o travesseiro que estava bem acima da sua cabeça.

— Shane... eu... — resfolegou quando tomei sua boceta todinha na boca, deslizando a língua para dentro, estocando como faria com meu pau. Arqueou a coluna, vindo para a minha cara, e por um segundo eu pensei como os filhos de uma puta que ficaram com ela não souberam aproveitá-la como merecia.

Essa mulher gemia.

Rebolava.

Se entregava.

Cheia de tesão.

Como alguém tinha coragem de transar com Roxy sem deixá-la gozar bem gostoso?

Suas pernas perderam a força e escorregaram para os lados, apenas para tensionarem de novo. Roxy pegou o travesseiro e mordeu, para não acordar a casa inteira.

A sensação era nova.

Ela nunca tinha gozado transando.

Mas ia fazer isso agora.

Peguei-a pela bunda com força, e fui para o meio da cama, com a cabeça da Roxy em um dos travesseiros, derrubando almofadas, emaranhando a porra do

Aline Sant'Ana

194

lençol. Deslizei as mãos por suas costas, erguendo-a sentada, meus antebraços sendo o seu encosto, minhas mãos agarrando seus ombros por trás. Não me freei quando suas coxas começaram a se agitar, não parei de sugá-la até que Roxanne rebolasse a boceta linda na minha cara, não parei quando a língua começou a bater em seu clitóris, atiçando-a. Não parei quando Roxanne começou a fechar as pernas em volta do meu rosto, achando aquilo demais, porque eu sabia que, para ela ter um orgasmo foda, teríamos que ir além disso. Abocanhei seus lábios e chupei-os sem parar de zanzar a ponta da língua de cima a baixo, ouvindo o som molhado e estalado da minha língua com a fricção por todo o quarto, somado aos seus gemidos. Minhas costas já estavam molhadas de suor, e o cheiro doce na sua pele estava ainda mais forte pela fina camada brilhosa. Éramos uma bagunça. Éramos uma foda gostosa demais para ter fim. Minha bunda instintivamente começou a ir e vir, a cabeça grossa do meu pau e o piercing querendo movimento contra o osso do meu quadril; eu já estava tão duro que cada centímetro parecia puro incêndio.

É só sobre ela.

Roxy agarrou meus cabelos com as duas mãos e cruzou as pernas atrás da minha cabeça quando...

Ah, lá estava a onda.

Não tinha gozado transando o cacete.

Comigo a coisa acontecia, sim, porra.

Sorri contra sua boceta, vibrando até o último resquício de Roxy usando a língua, os piercings. Vi sua abertura derramar um pouco mais de prazer, pulsando, até ela gemer e gemer... transformando aquilo em apenas um respirar ofegante quando me afastei.

Ela levou as mãos para o rosto, se escondendo, e começou a gargalhar.

Franzi a testa, surpreso com a risada; era a primeira vez que isso acontecia comigo e olha que na minha cama já tive muitas mulheres. Comecei a escalá-la devagar, meus antebraços em cada lado de sua cabeça, enquanto eu observava seu rosto coberto pelos dedos magros.

— Oi — murmurei. — Tem alguém aí?

Ela ainda estava rindo.

Com o nariz, pedi um espaço entre as suas mãos, até seus olhos brilharem quando as afastou. O sorriso permaneceu em seu rosto, o olhar lânguido e divertido, o tesão ainda zanzando por sua pele.

Sempre foi você

— Eu gozei mesmo ou foi um surto coletivo? — sussurrou.

— Porra, lá de baixo pareceu um orgasmo. — Soltei uma risada rouca quando entendi o motivo da gargalhada, enquanto meus lábios tocavam os seus levemente. — Mas me diz você.

— É sério? — Suas mãos foram para o meu peito, descendo por ele. *Se ela sentisse o meu coração, caralho...* — Eu consegui ter um orgasmo com sexo oral?

— Sua *beyoncetta* tá felizona, é? — Ela riu alto, mas eu fiz uma pausa quando um pensamento me ocorreu. — *Agora* você tá falando putaria comigo? — Arqueei uma sobrancelha.

Roxanne riu, e eu pairei meu corpo no seu, sentindo-a abrir as pernas para mim como se quisesse avançar mais um passo. Umedeci a boca, sentindo ainda o seu sabor na minha língua.

Deliciosa.

Tão ela, porra.

— Tem noção do quanto seu ego vai ficar empolgado com isso?

— E com razão — garanti. — Nesse momento, ele está dançando *Sexual Healing* de tanga, comemorando a conquista. Eu sou foda pra caralho, assume. Só a minha língua, porra. Precisou de mais nad...

— Cala a boca, Shane. — Ela envolveu minha nuca e me puxou para baixo, os dois rindo, até que sua língua invadisse meus lábios e nós perdêssemos a cabeça.

Meu peito dançou com uma emoção completamente nova.

As borboletas do demônio sambaram na minha barriga.

Mas eu silenciei tudo o que acontecia em mim.

Porque eu não estava sozinho com as minhas merdas e os meus problemas.

Eu tinha Roxanne Taylor em meus braços.

Aline Sant'Ana

Sempre foi você

CAPÍTULO 18

With your permission
I just wanna spend a little time with you
With your permission
Tonight I wanna be a little me on you

— Ro James, "Permission".

Roxy

O homem de quase dois metros de altura deixou que a minha língua invadisse a sua boca, e aqueles piercings atiçaram partes do meu corpo que ainda estavam acesas e prontas para o que quer que fosse acontecer em seguida. Eu, a menina do orgasmo número zero, já tinha tido prazer uma vez aquela noite por mim mesma e uma pela língua obscena do Shane.

Comecei a rir de novo.

Foi inevitável.

Shane se afastou do beijo.

— Mulher, você nem teve o orgasmo por penetração ainda. Quer parar com isso? — brincou, sorrindo. Ele sabia o que eu estava pensando.

A gargalhada tinha tudo para quebrar o clima, mas éramos Shane e eu ali — a intimidade indescritível, o conhecimento de uma vida inteira, uma amizade que se transformou em um tesão incontrolável. Éramos eu e ele. E mais ninguém.

Finalmente eu e ele.

Não podia acreditar.

Segurei as laterais do seu rosto, a barba pinicando na palma, alternando a atenção entre seus olhos coloridos, o mel e azul me encarando de volta conforme eu via a sua alma. E havia tanto medo ainda dentro daquelas íris, tanta relutância, mas Shane estava dizendo sim para mim, contra tudo que havia em seu coração, contra si mesmo.

Eu sabia disso e valorizava além do que podia dizer em voz alta.

É só tesão, Shane. Vai dar certo.

Minha boca se colou à sua sem a diversão dessa vez, meus lábios alternando entre dar uma atenção ao superior e ao inferior, tão cheios e macios. Perdi o ar

Aline Sant'Ana

no instante em que Shane exigiu passagem, invadindo a minha boca, anuviando a minha cabeça. Seu piercing trabalhou toda a volta da minha língua, me tomando como se me prometesse que faria coisas ainda melhores com o meu corpo. O piercing no lábio inferior tocava, dançando, enquanto o da língua me massageava por dentro, do mesmo jeito que fez...

Gemi na sua boca, rendida só no beijo, hipersensível ainda pelo orgasmo. Quando Shane soltou o peso do corpo sobre mim, minhas pernas imediatamente envolveram sua cintura. Pude senti-lo duro bem na minha vagina. Era tão longo e quente sob a bermuda que o clitóris pulsou em resposta. Comecei a me remexer, como fazíamos quando dançávamos, atiçando-o em um ir e vir. Sua língua ficou parada dois segundos dentro da minha boca quando foi a vez de Shane ficar congelado. Resignado, gemeu e voltou a um ritmo ainda mais duro, a língua indo do céu ao inferno dentro da minha boca, seu quadril começando a estocar como faria se estivesse dentro de mim.

As mãos calejadas e cansadas do show dançaram por minha pele já suada, a aspereza causando arrepios. Meus mamilos formigaram pelo atrito em seu peito quente, e seu perfume, que eu não precisava mais sentir do travesseiro, era vivo e caloroso. Afundei a língua o máximo que pude em sua boca e comecei a trilhar as mãos por sua pele, a ponta das unhas raspando em suas costas suadas, que parecia mármore vivo, sentindo o arrepio e a entrega de um homem que era tão arredio quanto complicado, mas, naquele momento, ele estava ali, vulnerável...

Por mim.

Mordi seu lábio inferior, e Shane desceu a mão para a minha bunda, apertando uma das nádegas, me trazendo para o seu sexo muito pronto. *Estávamos nos amassando e era tão bom.* Sua língua saiu da minha boca e desenhou a linha do meu maxilar, chupando o pescoço em seguida, fazendo minha pele cantar, apenas para abocanhar o lóbulo como fez com o clitóris.

Era uma questão de necessidade tê-lo dentro de mim.

Sua boca escorregou e o seu corpo também, assim como suas mãos. Shane sugou o mamilo de uma só vez, chupando ao mesmo tempo em que sua língua girava ao redor. Arqueei as costas e choramindueir o seu nome, agarrando seus cabelos, me sentindo tão dele. E Shane não me decepcionou, desceu seus beijos até que alcançasse minha barriga, brincou com o piercing e desceu a língua pelo centro do meu corpo, quase chegando...

— Sempre quis descer a língua assim — confessou, apenas para subir com ela de novo, chupando meus seios, meu pescoço, parando apenas na minha boca.

A dança erótica de sua boca, inchada de tanto me beijar, desintegrou a minha timidez.

— Faça comigo tudo o que tiver vontade.

Shane rouquejou um palavrão e eu, tão leve em seus braços, fui erguida. Ele ficou de joelhos no colchão, depois sentou-se em seus pés, as pernas fechadas. Minha boceta foi parar bem em cima da sua grande ereção, e o calor que Shane emanava havia transformado sua bermuda em brasa, como se o tecido criasse vida, como se não pudesse contê-lo. Comecei a rebolar, provocando. Vai. Vem. Vai. Vem. Envolvi sua nuca com as mãos, puxando-o para cima, querendo acesso à sua boca, mas o que vi em seus olhos me fez parar um segundo.

Era tesão, tanta vontade.

Um homem completamente perdido.

— Você é gostosa pra caralho, né? Rebola pra cacete... imagina isso no meu pau. — Sua voz foi nada além de rouquidão.

— Foi você quem me ensinou a rebolar, agora usa isso a seu favor — provoquei.

— *Porra...* — gemeu, agarrando a minha bunda, me movendo para frente e para trás. Sua língua me encontrou na borda dos lábios, apenas para depois estocá-la dentro de mim.

Minhas mãos saíram dos seus ombros, e apertei mais as coxas ao seu redor quando fui descendo pelo peito, barriga, sentindo a trilha de pelos abaixo do umbigo. Shane trincou o maxilar e deixou a cabeça pender no meu pescoço, amassando cada nádega em suas mãos, separando e juntando-as enquanto me levava um pouco mais para trás em suas coxas, como se dissesse...

Me toca.

Desabotoei a bermuda, e invadi o espaço entre o tecido e sua pele. A expectativa fez meu coração acelerar quando fui mais adiante, o zíper descendo conforme minha mão se movia mais para baixo. Os olhos do Shane estavam fixos nos meus e, por mais que quisesse *vê-lo* excitado, eu não podia. Estava presa naquelas íris destoantes, no quanto me pedia para senti-lo, no quanto ele precisava disso.

As pontas dos meus dedos resvalaram em alguma parte da sua ereção, e o zíper terminou de abrir. Segurei com delicadeza a base do sexo largo e febril, tirando-o do tecido, sem conseguir fechá-lo na mão. Estava úmido pela vontade, latejando em meus dedos, as veias saltadas naquela mistura de rigidez com

Aline Sant'Ana

200

veludo. Minha respiração ficou suspensa no ar no momento em que desci até a base e voltei para a ponta, o imenso sexo entre nós dois, alcançando seu umbigo e me atingindo em alguma parte da barriga.

Gemi quando ele gemeu, olho no olho, sem parar de me encarar.

Era como se me dissesse que tudo aquilo era meu.

Beijei-o para que essa fantasia calasse a boca, subindo e descendo os dedos em um comprimento que parecia sem fim, num movimento rítmico, girando o punho, apertando-o quando alcançava a glande. Cada vez que meus dedos esbarravam no piercing, Shane grunhia. Rouco, um arranhar da garganta, uma rendição deliciosa.

Eu não ia aguentar mais isso.

E como se tomasse a mesma decisão que eu, Shane me beijou com tanta vontade que nossos dentes quase bateram, apenas para nos encontrarmos num reposicionar de bocas, de uma maneira que eu sabia que nos levaria lá.

Por Deus, se Shane transasse comigo olho no olho, eu não saberia...

A droga do meu coração...

Agarrei-o, na esperança de que isso voasse para longe da mente, segurei os ombros de Shane e me impulsionei para cima, sentando no seu membro, mas apenas ali, não guiando-o para dentro de mim. Meus lábios o abraçaram com calma, e segurei em sua nuca, jogando a cabeça para trás, fazendo um arco com a coluna, quando comecei aquele vai e vem que batia direto no clitóris.

— Roxanne, caralho. — Suas mãos saíram do meu corpo e foram para a cama, abrindo ainda mais as pernas. Shane me assistiu rebolando nele, incontida. Minhas sobrancelhas franziram quando o prazer começou a se construir. Eu não conseguia parar aquilo. — Preciso olhar pra você, porra... — Ele fez exatamente isso. Dançou o olhar pelos meus seios, a barriga, o piercing que parecia um pêndulo no meu umbigo, a minha boceta tão vermelha quanto minhas bochechas certamente estavam. Ele agarrou com apenas uma mão a minha bunda, alternando e me incentivando a ir e vir. — Gostosa pra cacete... toda molhadinha. Eu consigo ouvir e sentir você encharcada, tem noção do quão gostoso...? *Caralho!* — Shane gemeu e mordeu o lábio inferior. Os olhos de lince, com tesão, eram a minha morte. E eu acelerei. — Isso, rebola e me usa. Bem assim.

Ele precisava mesmo se sentir usado ou fugiria.

— Posso te usar? — perguntei, minha voz quebrando ao meio quando o pau do Shane começou a latejar nos meus lábios, tão quente, tão grosso... suas veias

Sempre foi você

eram deliciosas, e toda vez que eu ia para trás, sentia a cabeça do pau e o piercing bem no final da minha vagina. — Quero tanto...

— O que você quer? — Sua mão subiu para a base das minhas costas. Meus cabelos tocaram a minha pele e a sua. Ele começou a fazer aquelas voltas que me enlouqueceram no beijo, agarrando-me até que seus dedos afundassem na minha nuca. Shane me puxou para a sua boca, seus lábios raspando e trocando o mesmo ar que eu quando disse: — Quer o meu pau? É isso?

— Quero que me faça gozar pela primeira vez. De novo.

— É? Então fala que me quer dentro de você.

Perdi o ritmo quando sua voz pareceu tão lasciva, tão obscena. E tremi quando percebi que só aquele vai e vem, só aquela brincadeira, facilmente me faria chegar lá. Eu era ridícula. Na verdade, minha vagina era ridícula por gostar tanto do Shane.

— Diz que quer ser fodida com força.

— Preciso de você dentro de mim — sussurrei.

Ele soltou uma risada rouca, estalando um beijo na minha boca para depois se afastar e me encarar, o perigo em seus olhos.

— *Quem?*

— Você, Shane.

Assisti ao seu controle se estilhaçar. Foi um segundo, mas todo o medo, relutância ou o que quer que contivesse Shane de montar em cima de mim a noite inteira... simplesmente deixou de existir. E foi visível a mudança em seus olhos destoantes, assim como em sua pele, até suas tatuagens pareceram mais lascivas. Foi a postura, a decisão de que chegaria até o fim que o fez simplesmente me agarrar e me jogar na cama com uma força misturada a cuidado, com seu jeito de menino-homem, que me fez perceber que tudo o que eu sempre quis...

Eu sempre te quis. Consegue ver isso?

Sua boca cobriu meus pensamentos quando a língua dançou. Eu senti a movimentação da sua mão ao lado da cama, puxando a gaveta, procurando a carteira.

— Querubim... — ele murmurou, afastando-me da sua boca. Então, meu corpo congelou quando teve de se afastar de mim. Estremeci, pelo frio de sua ausência, por vê-lo excitado e pronto... em pé. — Vou pegar a camisinha.

Aline Sant'Ana

Ele precisou procurar dentro da carteira. Quando achou, me observou e levou o pacote prateado aos lábios, rasgando a pontinha.

Relaxada, tive uma excelente visão de Shane completamente nu. Não que eu já não tivesse visto um pouco de cada, um pouco de tudo, mas precisei absorver, sob a meia-luz do quarto e da lua que invadia-nos pela varanda.

A bunda era grande, musculosa e bem redondinha. Havia um beijo sexy, tatuado em vermelho, bem no início da nádega esquerda, que Shane fizera junto com seu irmão.

Então vinham as coxas imensas, os músculos tão delineados que eu poderia vê-los, assim como as veias e as tatuagens nelas, marcando sua pele, deixando-o tão lindo quanto uma obra-prima que caminhava. Os pelos das pernas eram mais claros que o tom dos cabelos, rasos, mas tão masculinos, que me fizeram sonhar em passar a ponta dos dedos por ali. Subi para os ossos do quadril e pélvis, o V mais profundo que já vi na vida, que descia acentuadamente para o membro todo depilado, em uma viagem só. Tinha todo sentido carregar o peso do seu ego. Ereto, levemente curvado para a direita e completamente duro, circuncidado. Era tão grosso, com veias aqui e ali, escolhidas a dedo. O membro rosado ia para uma cabeça larga e vermelha. O piercing *apadravya* atravessava a glande. A joia prateada, delicada até, com duas bolinhas nas extremidades, me fez imaginar como seria a sensibilidade de Shane, assim como a sensação de levá-lo devagarzinho para dentro da boca.

Ele cobriu o membro com a camisinha, desenrolando devagar, o que me fez piscar. Seus olhos ficaram em uma linha fina quando me ergui na cama. Me aproximei do seu corpo. Segurei em seu quadril, me ajoelhando e espaçando bem as pernas para ficar na altura.

O pomo de Adão subiu e desceu quando levei as mãos para a sua bunda e brinquei com a ponta da língua no osso da sua pélvis.

— Eu quero... pra caralho... — Sua respiração ficou entrecortada quando desviei para o lado, chegando na base do membro, lambendo-o de cima a baixo, apenas para sugá-lo bem devagar. Minha boca se esticou para comportá-lo.

— Hum — gemi.

— Só que... — Shane sibilou quando eu fui um pouco mais fundo, a cabeça completamente dentro da minha boca. Ele segurou o meu queixo, brecando o movimento, recuando o quadril, e me fez olhá-lo fixamente. — Eu não vou aguentar se me chupar assim.

Sempre foi você

— Mas...

— Esta noite, não. Esta noite é sobre você gozar como nunca fez em toda a sua vida. Esta noite é sobre o que precisa. Eu? Porra, eu só preciso de você.

Cala a boca, coração estúpido.

— É?

Ele se curvou em minha direção, beijando a minha boca com uma delicadeza que eu não esperava, a língua desbravando, suave, causando borboletas no meu estômago.

— É — sussurrou, me deitando sobre o colchão.

Shane

Ela tinha me enlouquecido quando começou a rebolar em cima do meu pau. Mas me quebrou quando disse que me queria. Eu não ia me esquecer da sua voz, do seu olhar e de como Roxy murmurou aquilo cheia de tesão... Nunca, porra.

Nem em um milhão de anos. Nem em todas as reencarnações D'Auvray.

Caralho, era a Roxanne me pedindo.

E queria um sexo de almas, olho no olho. Apesar de ser adepto de todas as posições, Roxanne ia receber de mim exatamente o que havia pedido.

Ela queria um pau amigo, certo?

Um pau amigo que a *fizesse* gozar.

Prazer, Shane D'Auvray.

Deitei-a na cama, beijando sua boca, atiçando até que voltasse a gemer o meu nome. Chupando sua boceta, seus mamilos, lambendo sua clavícula, seu pescoço, mordendo sua orelha e prometendo com os lábios o que viveríamos. Roxy se contorceu no instante em que agarrei sua bunda, guiando-a em direção à cabeça do meu pau.

Pensei que ela fosse conter o movimento quando abriu as pálpebras e os lábios, respirando fundo. Pensei que fugiria quando resvalei a cabecinha na sua entrada escorregadia e febril. Achei que me diria para freármos isso e, mesmo que já tivéssemos ido longe demais, eu daria vinte passos para trás se Roxanne me pedisse.

204

Mas, ao invés...

Escorregou sua mão pelo meu peito liso, brincando com os mamilos, descendo pela barriga, encontrando a ereção bem no meio das suas pernas. Olhei entre nossos corpos, a cabeça do meu pau lubrificado de tesão na camisinha, o piercing justo pela glande tão inchada. Os dedos da Roxanne dançaram em sua boceta, pegando toda a sua umidade, para lambuzar o meu caralho como se...

Não tivesse volta.

Ela segurou minha ereção e apontou-a bem para seus lábios rosados, que envolveram dois centímetros da glande, me desmontando.

— Shane — me chamou num sussurro, atraindo meus olhos para suas íris claras. Ela umedeceu os lábios e desviou a atenção para a minha boca. Meu quadril estava paradinho, embora meu cacete estivesse queimando por tudo o que eu via e sentia, porque, se eu somasse a visão de tê-la embaixo de mim, os seios molhados dos meus beijos, a temperatura abrasiva entre nós dois, o pulsar na cabeça do meu pau e o latejar da sua boceta...

Minha melhor amiga. E todos os sonhos que eu jamais ousei ter com ela.

Parei de pensar quando sua boca cobriu a minha com um beijo, Roxy desistindo do que ia dizer. Não havia mais nada. Só rendição. Seus seios suaves deslizaram contra os músculos do meu tórax quando se remexeu embaixo de mim, guiando sua boceta, me buscando. Meu quadril desceu de encontro ao seu enquanto ela gemia com a minha língua brincando na boca gostosa, a glande sendo sugada naquele espaço apertado e tão quente, tão molhado, que precisava que eu fosse lá no fundo.

O cheiro do sexo se misturou ao jasmim e ao suor dos nossos corpos.

Meu pau pulsando, puto comigo do tanto que eu adiei aquilo.

Mas não era uma foda como todas as outras.

E meu corpo sabia dessa merda.

Segurando sua bunda com mais força quando a glande entrou, gememos juntos quando sentimos o latejar um do outro. Um centímetro e mais outro. Sua boceta era um paraíso. Com a mão livre, segurei a lateral do seu rosto, afundando o polegar em seu queixo, puxando-o para baixo. Sua língua veio para fora e a suguei entre meus lábios quando arrematei mais para dentro. Cheguei na metade. Meu pau queimou quando as paredes internas da sua vagina se contraíram ritmicamente em volta de mim. A camisinha ultrafina me fazia sentir tudo, inclusive o quão encharcada estava. Fui tão devagar, embora quisesse tudo tão rápido, que era uma contradição filha da puta, mas eu precisava que o tempo parasse.

Grunhi quando um tiro de prazer viajou da base da minha nuca até as bolas, retesando-as até que a cabeça do meu pau instintivamente descesse contra Roxy. Me afastei de sua boca para ver seus olhos, e experimentei sua vagina se alargando para me receber, lutando para me acomodar, o piercing viajando por cada centímetro dela, raspando onde nos encontrávamos. Colei a testa na sua e minha bunda se contraiu pra caralho conforme eu viajava em direção ao fundo. Ela fincou as unhas nas minhas costas, para depois descê-las até a minha bunda, me pedindo todo dentro. Fiquei paradinho por um segundo, assistindo a suas pupilas dilatarem, tomando quase toda a parte clara das suas íris, a boca entreaberta, respirando contra a minha. Uma risada saiu da minha garganta, misturada a um gemido, quando meus dedos se afundaram ainda mais em sua carne e a puxei para cima, arrematando o último centímetro que faltava.

Porra.

Porra.

Porra.

Engasgamos quando deslizei para dentro, como se cada nervo, cada músculo, cada mísero centímetro do meu corpo se iluminasse. Ela era deliciosa, molhadinha, pulsante e mais quente do que o meu caralho. Recuei o quadril apenas uma vez, saindo devagar dela, até que a cabeça escorregasse para fora. Roxy gemeu quando agarrou a minha ereção e me enfiou dentro de si, de novo. Com pressa. Com tesão. Arrematei de uma só vez porque precisava da sensação mais uma vez.

Ah, cara.

Sibilei entre os dentes, meu maxilar tenso pra caralho. Na terceira vez que recuei, percebi que ela recebia melhor o comprimento e a grossura. Na quarta vez que me afundei, Roxy apertou a minha bunda quando apertei a dela, sua outra mão na minha nuca me puxando para baixo enquanto eu afundava os dedos livres em seus cabelos. A gente respirou o mesmo ar quente, e sua língua dançou na bordinha dos meus lábios, me fazendo engoli-la ao mesmo tempo em que meu pau estocava.

Recuei o quadril, apenas para descer ainda mais intenso. Minhas coxas se espaçaram automaticamente, suas pernas se abrindo para me acompanhar. *Eu queria tanto rebolar dentro dela, cacete.* Meus olhos reviraram quando Roxanne mordeu o meu piercing no canto do lábio, chupando para dentro de sua boca,

Aline Sant'Ana

sugando a minha língua. Ela angulou o rosto para me receber e levou a sua boceta, engolindo meu caralho sem dó. Fiquei sem ar e comecei a moer o quadril contra o dela. Uma. Duas. Três. Quatro. Cinco. *Ela me recebia todinho.* Podia senti-la me engolindo da ponta à base, uma e outra vez, sem parar. Sugamos o gemido um do outro quando entramos em um ritmo delicioso, em um bate-bate mais alto do que o tesão que vazava da minha garganta, estalando no molhado.

Beijei-a de língua, vagando-a para fora da sua boca, até alcançar o lóbulo de sua orelha e chupá-lo. Suguei seu pescoço, e ela gemeu, fincando os calcanhares na parte de trás das minhas coxas, se abrindo toda. Sem parar de bombear, cada penetração e cada recuo me deixava mais maluco, avolumando o meu pau que estava mais duro e com mais tesão do que nunca esteve antes. O suor brotou da minha testa, queimando meus olhos, mas não parei.

Eu não poderia, porra.

A cama começou a ranger quando percebi que estava caindo com Roxanne em um precipício. Era um caminho sem volta, apertado e gostoso, meu pau sendo chupado por sua boceta, a sua vagina estremecendo a cada arrematada profunda, o piercing friccionando nós dois em algo que eu não poderia explicar com nada além dos rosnados que saíam da porra da minha garganta. Minhas bolas se retesaram, pinicando, e eu me curvei para chupar os mamilos pequenos, caindo de boca neles.

— Isso é tão... — ela gemeu, me marcando com suas unhas. — Ai, Shane.

Me rasga, porra. Eu não vou me importar.

Rebolei dentro. Girando os quadris, de raso a fundo, brincando naquele círculo de tirar o meu cacete da sua boceta, para que me recebesse completamente. Soltei uma risada safada quando Roxy choramingou, seus olhos fixos me encarando. Segurei a lateral do seu rosto com a mão firme, o polegar no seu queixo, erguendo sua cabeça do travesseiro quando nossas bocas molhadas se tocaram.

— Tá recebendo meu pau? — sussurrei, lambendo sua boca. Todo o meu corpo estava parado, a movimentação era nas coxas e joelhos, que se abriram e voltavam, o contrair da bunda e o quadril que estalava contra o dela. A cada recuo, eu rebolava. A cada estocada, girava. Rápido. Forte. — Gosta de ser fodida assim, Roxanne?

Eu precisava dizer o nome dela.

Eu precisava dos seus olhos nos meus.

Sua boceta pulsou como se gostasse de ouvir sacanagem.

E eu sorri contra seus lábios.

— É tão bom te sentir dentro de mim — gemeu. — Shane...

— É gostoso? Meu pau te fodendo assim? — Acelerei, meu antebraço me apoiando na cama, enquanto quicava em cima dela, rodando uma vez e outra, pegando cada gota de prazer que ela pudesse me dar. — Tá ouvindo o som molhado da sua boceta me recebendo? Você é tão gostosa, Querubim.

— Shane, eu... — Ela fechou os olhos, me roubando um beijo, fazendo o tesão sob a minha pele me tornar quente. — Eu tô tão... cada vez que se afunda em mim, eu sinto mais perto...

— É? — Mordi seu lábio inferior e passei a língua ali, sentindo-o inchado dos meus beijos. — Meu pau desliza em você tão gostoso. Te sinto pulsar em volta de mim, encharcada. — Guiei a boca até a sua orelha, rosnando. — Queria tanto te sentir apertada no meu caralho, me puxando lá pra dentro, me deixando louco. É isso que você faz, Roxanne. Me deixa louco.

Ela arfou quando o som do meu quadril estalando ficou ainda mais alto.

Soltei seu rosto, desci os dedos pela sua garganta. Entre seus seios, o estômago, umbigo, piercing, chegando na sua boceta. O prazer dela umedeceu minha mão assim que toquei seu clitóris, deslizando e girando. Roxy vibrou da cabeça aos pés.

— Olhe para nós — murmurei, apontando com os olhos entre nós dois. — Olhe o que eu tô fazendo com você.

Sua boceta estava vermelha em volta do meu pau e o clitóris inchado, sumindo e aparecendo cada vez que me afundava e recuava nela. Eu a penetrava e saía brilhando do seu tesão, inchado pra cacete. Roxy acompanhou o vai e vem com os olhos, gemendo, mas sua coluna começou a arquear e suas pernas se fecharam ao meu redor.

Ela estava perto, tão perto.

Sem tirar o pau de dentro dela, me posicionei meio ajoelhado na cama, a coluna ereta e as pernas bem espaçadas, com Roxy ainda deitada, me recebendo. Peguei seus pés, um em cada mão, e os pairei o lado do rosto, observando-a sob mim. Meu quadril dançou no dela, meu pau indo e vindo. Roxy agarrou os lençóis duramente, e no instante em que fui bem fundo, eu senti... que ela quebraria.

— Quero te fazer gritar e chorar por mim, enquanto tô profundamente dentro de você — sussurrei e dei tudo o que ela precisaria para chegar lá. — Vai, Roxy. Dá essa boceta gostosa pra mim.

Aline Sant'Ana

Bati e recuei tão duro dentro dela que não restou nada além do suor escorrendo pelos nossos corpos, as respirações e os gemidos, o prazer chiando no meu ouvido e nas minhas bolas avisando, naquela doce ferroada, que eu não aguentaria muito mais.

Eu queria que fosse infinito.

Então surgiu um estalo entre nós dois, uma onda, quase um pressentimento se não fosse uma sensação física. Eu provei o doce sabor de levar Roxanne ao orgasmo. O sentimento masculino, de pura satisfação, dançou quando percebi que era o único responsável por causar isso nela. Cada nervo do seu corpo, cada músculo tensionou, e lágrimas despontaram de seus olhos. Ela apertou mais as pernas uma na outra, os dedos dos pés se dobrando, a boca se abrindo como se não conseguisse respirar.

Ela gozou em volta do meu pau.

Tremeu embaixo de mim.

Gritou meu nome em alto e bom som.

Gravei na memória a expressão dela, de surpresa misturada a tesão, conforme provava pela primeira vez como era delicioso gozar assim, entregue, rendida a ponto de só precisar do movimento.

Não deixei que a onda acabasse até que realmente tivesse de chegar ao fim. Continuei estocando, mais devagar dessa vez, para ir mais rápido em seguida, apenas para prender meu pau lá no fundo. Fui me deitando sobre ela, suas pernas escorregando ao meu redor conforme ela relaxava. Segurei em sua bunda e, com um movimento, nos tirei da cama.

Peguei-a contra o vidro da varanda, tomando sua boca num beijo que transformava toda a intimidade em algo ainda mais lascivo. Ela estava mole, mas entendeu o que eu queria quando envolveu meu pescoço, me deixando sustentá-la. Tão leve, eu nem precisaria me esforçar. Afundei as mãos com mais força em sua bunda, a parte de trás das suas coxas nos meus antebraços... quando comecei a descê-la e subi-la no meu caralho.

Foi a minha vez de gemer, porque Roxy sugou meu pescoço, chupando e me tomando em sua boca, o peso do seu corpo descendo e subindo delicioso demais para eu me conter. Vi, pela visão periférica, a delícia erótica que nós éramos refletida no imenso espelho do guarda-roupa. Minha pele tatuada e bronzeada, os músculos saltados de tesão, Roxy pequena e rosada, agarrada em mim como fazia sempre que pulava em meu colo. A diferença, dessa vez, era o pau deslizando dentro da sua boceta, que brilhava.

Sempre foi você

Por minha causa.

Ela rebolou, me ajudando no vai e vem enquanto meus antebraços a empurravam para cima e para baixo. *Aquela ondulação da Querubim, porra, ... era tão boa.* Perdi a noção das horas, imerso na sensação da sua pele deslizando com facilidade na minha, de tão molhados que estávamos. Quando os vidros ficaram embaçados das nossas respirações, quando Roxy já estava deslizando contra a transparência e deixando uma marca nítida da sua silhueta no vidro, eu a senti agarrar e soltar o meu pau na sua boceta, tremendo uma quarta vez naquela noite, clamando o meu nome, numa onda mais curta, mas que quase me fez saltar junto com ela. Beijei-a alucinado quando o orgasmo dela passou e a senti mole em minhas mãos, agarrando sua boca como se precisasse disso para respirar, chupando sua língua. Me concentrei nos sons, no estalar da pele e na sensação das nossas bocas que se desconectavam a cada subida e descida, nos seus olhos que pareciam ler a minha alma enquanto eu ficava exposto, vulnerável, rendido.

Ela gosta de beijar enquanto é fodida.

Roxanne é perfeita.

Não me toma assim, implorei, em silêncio. *Não faz isso ser mais do que é.*

Roxy apontou para a cama. Carreguei-a até lá, sentando na beirada. Assim que ela se ergueu a primeira vez e sentou, eu morri, cara. *Porra!* Então ela deslizou de cima a baixo, de novo e de novo, me engolindo e me consumindo, tantas vezes, que a gente se tornou só instinto. Fodendo a sua boceta, provei o meu pau estremecendo, rendido por uma só mulher, querendo-a como se só ela...

Que porra eu tava pensando?

— Me deixa te sentir... — Sua voz soou no meu ouvido. — Por favor, me fode até gozar.

Bem onde ficava o *apadravya*, só com sua voz, latejei, o jato quente se formando bem abaixo do membro, a hipersensibilidade me deixando fraco sob seu toque, sob seu beijo, sob seu calor. O fogo incendiava abaixo da pele, antecipando o que viria, um prazer fodido que ia me varrer de cima a baixo como um desastre.

— Vou gozar bem gostoso em você. Rebola — pedi, rendido. — Ah, assim. *Bem* assim.

Roxanne quicou em minhas pernas, mexendo só a bunda pequena, que me acomodava como se nascesse para ser minha. Meu corpo inteiro aceitou que eu precisava daquilo mais do que o ar, e a construção do orgasmo transformou meus ossos em água.

Aline Sant'Ana

O nirvana bateu com força em cada parte do meu corpo, tão mais forte do que quando me masturbei pensando nela, que a porra da minha mente ficou em branco. Só me senti... ter um orgasmo desgraçado e cruel, como se me cobrasse um preço caro pela demora. Reverberou em cada músculo, até pairar na ponta do meu pau, gozando e gozando até a última gota de prazer, entregue para uma mulher que eu desejava há anos. Grunhi e gemi, precisando afundar o rosto em seu pescoço, estocando uma, duas, três vezes até que me sentisse satisfeito.

— Shane? — murmurou, minutos, horas mais tarde, eu não saberia dizer.

— Roxy... — Então a consciência me bateu.

Não porque eu convulsionei de prazer.

Não porque saiu o meu nome de sua boca de forma tão suave.

Não porque percebi o que tínhamos acabado de fazer.

Mas sim porque, quando Roxanne me puxou e me fez observar seus olhos, os cabelos suados, a ternura naquele rosto lindo...

Eu soube.

Eu simplesmente me lembrei de tudo o que ela jamais quis me contar.

CAPÍTULO 19

There ain't any words that
I could say to remedy this love so high
Don't you let me fall into this sleep
I need you to pull me off the edge

— *Corbyn, "Odsee".*

Dezoito anos de idade

SHANE

É muito fodido quando alguém quebra a sua confiança. E é mais fodido ainda quando a suposição se torna certeza. Nunca fui ciumento, tive vários casos bem desapegados. Realmente, não me importava. A única pessoa por quem eu nutria esse sentimento era Roxanne. Mas éramos amigos, a coisa funcionava diferente, mas agora... Eu estava observando a garota que jurei que ia amar pelo resto da vida. Romanticamente falando. E, porra, eu ia mesmo amá-la para sempre, tinha certeza disso tanto quanto o ar que entrava nos meus pulmões.

Mas ela tinha quebrado a minha confiança e feito a minha suposição se tornar certeza quando nem se dignou a negar a merda toda.

Nós íamos nos casar, porra. Dali a três meses ou cinco anos. Era Melinda que eu queria até ficar velho e enrugado, era Melinda que surgia nos meus sonhos e coração. Era a porra do meu primeiro amor. E desde o nosso primeiro beijo, a nossa primeira foda, o primeiro eu te amo... por mais que tudo tivesse acontecido muito rápido, eu tinha certeza de que era ela.

Enquanto Melinda dizia algumas merdas que, se eu escutasse, só me deixariam mais puto, meu cérebro começou a me driblar, garantindo que uma traição não mudaria o que eu sinto e nem alteraria a certeza de que era Melinda a mulher da minha vida. Nós tivemos uma história tão intensa, apaixonada, e eu... na real, ela foi a primeira que me fez não querer olhar para os lados, a não desejar outra. Era aquele corpo delicioso, aquela boca suja e os problemas que a acompanhavam.

Eu sabia que poderia salvá-la.

Salvar a nós dois.

Eu não ia recuar só porque ela tinha fodido com um desconhecido.

Ainda assim, parecia que meu corpo tinha se liquefeito em uma poça d'água nojenta e suja.

Aline Sant'Ana

212

— Dormir com um cara qualquer não vai mudar o que sinto nem o que você sente por mim! O que você tá querendo agora, Shane?

Ela estava drogada. Mas eu estava sóbrio. Eu tinha parado com as merdas há uma semana, e estava tentando me manter são. Mas hoje...

Ah, cara. Hoje eu ia ficar louco.

O mais insano era que eu e Melinda já não éramos como fomos um dia. Ela estava me magoando. Mas o foda é que isso não me impedia de amá-la, cara. Eu ainda a amava, mesmo sentindo tanta dor. Eu ainda queria me casar com ela. Porra!

— Quando te pedi em casamento, no dia do seu aniversário, esperava que a gente fosse... — tentei, e ela começou a rir, doidona. — Quer saber? Foda-se, Melinda.

— Não. É que acho engraçado o seu ideal romântico de que a monogamia funciona. Não é porque deu certo com os seus pais que vai dar certo pra gente. Qual é, Shane. Eu tô estranhando você. Cadê aquela veia safada e promíscua que sempre ostentou pra lá e pra cá? Casamento só existe se for aberto. Larga a inocência e vem pra realidade!

— Eu achei que a gente... — Desisti de falar quando Melinda se aproximou, os olhos cor de mel estreitos. Ela tocou meu rosto, me desmontando. Um toque, e eu derretia. Sua voz me destruía. Éramos péssimos um para o outro, mas eu não conseguia me afastar. E estava sendo um idiota, né? Ela trepou com um Sem Nome, que diferença fazia? Ainda me olhava como se gostasse do que via, ainda pensava em viver o resto da vida ao meu lado. — Eu te amo pra caralho, Linda. Preciso que entenda isso.

— Eu sei. — Seus lábios tocaram os meus. — Eu te amo tanto, Shane. Vamos passar o resto da vida juntos. Nada mais importa...

Eu tinha experimentado drogas com ela. Meio que... por ela. Tinha entrado no seu submundo com a esperança de fazer parte dele. E ser amado por Melinda, cara. Na verdade, ela me amava intensamente, mas o jeito dela de viver isso era fora dos padrões.

Me corrigi quanto aos meus pensamentos. Melinda estava certa. Éramos muito mais do que uma noite. Eu estava apaixonado. Foi à primeira vista, tão avassalador. E, ao mesmo tempo, tudo aquilo parecia tão ferrado que eu não tinha contado para os meus pais nem apresentado Melinda para o Zane.

Ele nunca aceitaria. Meus pais também não.

Mas eu fugiria com ela. Eu faria o que fosse, viveria embaixo de uma ponte, se eu pudesse ter Melinda na minha vida.

Sempre foi você

Meus pensamentos voaram para Roxanne e no quanto tínhamos mudado um com o outro depois da Melinda.

Ela a odiava.

Meu celular vibrou no bolso, e nem precisei olhar para saber que era uma mensagem do Thomas me cobrando presença na festa.

— Vá para a festa na casa do Thomas. — Melinda se afastou. — Sei que quer ir.

— Vem comigo, Linda — pedi.

— Não, são seus amigos. — Ela bufou, como se debochasse. — Eles me odeiam.

— Foda-se, vai comigo.

— Não, eu preciso voltar pra casa alguma hora. Apesar de eu achar que a minha mãe nem sente a minha falta.

Eu queria me casar com ela logo. E queria que a gente parasse de usar drogas.

Só que era um assunto delicado e ele só surgia quando eu estava na fase da depressão. Agora, eu sentia que ia morrer se não usasse, que ia morrer se não cheirasse qualquer porra a caminho da festa do Thomas, porque, cacete, eu queria ficar bem. Mas estava mal pra caralho.

Naquela noite, dei um beijo suave de despedida em Linda, e usei todo o dinheiro que tinha. Estava a três minutos da casa do Thomas, mas não sei como cheguei lá. Só sei que, em algum momento daquela noite, mandei uma mensagem para Roxy.

Mas nada mais importava, porque eu estava louco o suficiente para não me importar mesmo.

Roxy

O mundo estava girando, mas quem ligava?

A música alta calava qualquer pensamento coerente. A batida era boa. Balancei a cabeça, vendo um vulto de pessoas na minha frente, sem conseguir identificar os rostos.

Eu odiava aquela festa, odiava a noite. Os drinks tinham o gosto da morte, mas isso não me incomodava nem um pouco.

O que realmente me deixava fora de sério era que Shane estava com aquela garota.

Melinda Watson, sua noiva. Patético, eu sei.

Shane me prometeu que tinha parado de se drogar e que estava limpo há uma semana. Depois de eu ter cuidado dele bêbado em mais de dez festas seguidas, me prometeu que ia sossegar. Também porque ele estava variando de eufórico a depressivo e eu sentia que aquilo estava ferrando a sua cabeça.

Mas eu sabia... no fundo da minha alma, quase com um pressentimento que não teria fim tão cedo. Eu conhecia Shane o suficiente para saber que ele faria tudo o que Melinda pedisse. Estava tão apaixonado quanto cego para as besteiras que aquela garota inventava. Estava tão fora de si, irreconhecível, que eu havia prometido para mim mesma que, se o Shane não conseguisse sair disso, eu ligaria para os seus pais e contaria tudo.

Mesmo que isso estragasse a nossa amizade.

Mesmo que isso o fizesse nunca mais olhar na minha cara.

Bebi mais dois drinks que tinha nome de champagne com alguma coisa. Hem. Way. Enfim. Eu estava bêbada. Pode rir! A Garota Limpa estava completamente doida. A menina das notas boas, da criatividade aguçada, a melhor amiga...

Shane encontrou o extremo oposto.

A louca, a barraqueira, a drogada, a que andava com péssimas companhias.

Nossa, eu a odiava.

Ainda mais depois de ler, na mensagem de Shane, que tinha brigado com Melinda.

— Quem te deu tanta bebida? — Thomas perguntou, me segurando. Tive um vislumbre da sua pele negra, os olhos arregalados me encarando enquanto...

Eu estava caindo?

Antes de me decepcionar pela milésima vez naquele ano estúpido, que estava só começando, virei o drink todo. Estilo Melinda.

— Ah, não sei. Eu quero dançar.

— Roxy... — Sua voz soou como uma advertência. — O que te deram?

— Hem. Way. Champagne.

— Hemingway Champagne? Merda! — ele gemeu e, em um movimento, me pegou no colo. Eu comecei a flutuar. — Vou te levar pro meu quarto. Você precisa descansar. Tá muito doida.

Sempre foi você

— Me solta, Thom.

Tutz. Tutz. A música não tinha fim ou era outra?

— Não vai ficar perambulando assim. — Ele continuou me carregando. Meu estômago começou a embrulhar e me forcei a ficar com tudo o que havia bebido lá dentro. Eu precisava, para não pensar... — Se o Shane chegar e te ver assim...

— Ah, cala essa boca, Thomas. Quem é ele pra dizer qualquer coisa? — Eu estava certa de que minha voz estava saindo bem, embora uma parte do meu cérebro dissesse que estava tudo enrolado. Fechei as pálpebras e me deixei ser carregada. Meus olhos se abriram quando vi seu rosto acima do meu, me posicionando na cama.

Thomas era lindo.

A pele negra reluzia à meia-luz. Seus olhos eram do tom mais profundo de caramelo e o cabelo, curto e baixinho em corte militar, deixava-o mais maduro. Tinha mais de um e oitenta e era musculoso.

E eu... o adorava.

Apenas como amigo, por mais que Thomas me admirasse como se eu fosse especial.

Eu era uma idiota por não conseguir gostar dele de volta.

— Descansa, tá? — Ele tirou os cabelos do meu rosto. E eu estremeci quando meu estômago quis fazer gracinha de novo. — Venho te ver daqui a uns vinte minutos. Eu só preciso comprar mais bebida para o pessoal, e já volto.

— Hum.

— Entendeu o que eu disse?

Balancei a cabeça em um sim e fechei os olhos, ouvindo-o se afastar e fechar a porta em seguida.

Odiei Shane naquele segundo. Odiei gostar dele naquela altura da vida. Éramos amigos desde recém-nascidos. Dividimos o berço, por Deus. E ele ia se casar... se conseguisse ficar vivo até o final do ano. Ou quem sabe nos próximos cinco anos.

Com a Melinda.

Eu a odiava tanto que nem tinha conseguido inventar um apelido para ela, como fiz com todas os ex-casos dele.

Nossa, eu realmente a odiava.

Acho que precisava dormir.

Aline Sant'Ana

SHANE

Nada mais me abalava.

Se eu já era o foda sem a droga, com a cocaína, eu era a porra do rei do mundo.

Entrei na festa do Thomas e nem o vi. Bebi logo meio litro de vodca. Eu tinha fumado vários baseados, cheirado pra caralho, rolou até alguns comprimidos e... agora, eu só precisava de mais bebida. O mix era bom.

Bebi rum e acho que alguma coisa com cerveja.

Minha cabeça estava zoada. Eu não estava conseguindo me lembrar do que tinha feito cinco segundos atrás.

Eu precisava curtir o efeito das minhas loucuras sozinho.

Subi as escadas, embora uma menina no caminho tenha tentado me beijar. Não. Eu não queria. Lá no topo, procurei Roxanne entre as cabeças, meus olhos correndo mais rápido pelo lugar. Não a achei.

Usei tanta merda que minha alma me abandonou.

Melinda quem, porra?

Era quem tinha partido meu coração.

Foda-se, eu ia me casar com ela.

Entrei no quarto do Thomas e comecei a arrancar a porra da camiseta. Nossa, eu estava muito fodido, mas o quarto azul ia me dar uma brisa legal. Acendi a luz da cor do mar, preso naquele quarto, as cores tão mais fortes do que eu lembrava, e tranquei a porta. Geralmente, a cocaína me deixava ligado e eu sentia que poderia dançar a noite inteira, mas dessa vez foi diferente. A mistura e o álcool, sei lá, eu só queria...

Havia uma garota bêbada na cama.

Eu a empurrei para o lado, me sentando, as costas contra a cabeceira.

E ouvi meu nome.

Meus olhos tentaram se concentrar nela.

— Eu tô sonhando — ela disse, ficando em cima de mim, segurando meu rosto. Foquei em seus olhos, o álcool, as porras todas dançando no meu sangue.

Roxanne?

Sempre foi você

— Não tá — respondi, tentando piscar para ficar sóbrio. Mas não. Não. A droga era tão boa, meu sangue era veneno puro. E o que ela disse?

Era a Roxanne? Aquele cheiro de jasmim era dela.

— Eu te odeio — ela falou.

Parecia louca.

As pupilas estavam ditadas.

Mas a sua boca. Seu corpo. Estava em cima de mim.

— O quê?

— Eu te odeio — ela repetiu.

Meus músculos, de repente, pareceram tão letárgicos. E acesos.

Tudo o que eu tinha enfiado em mim batalhando entre me manter acordado e me nocautear.

Eu queria ficar acordado.

Olhei ao redor. O pôster do Slipknot à esquerda. A fumaça entrando por baixo da porta, da galera que estava fumando narguilé no corredor. Hemingway Champanhe saindo de sua boca. Absinto? Suas mãos começaram a dançar por mim, e meu pau respondeu, ficando duro.

— Por que você me odeia? — sussurrei.

Aquilo não era real, Roxanne tinha razão. Era um sonho bizarro. E eu apertei sua bunda quando ela raspou a boca na minha.

— Porque me machuca toda vez que penso em você.

— Não pensa.

— Você demorou até no meu sonho. — Ela gemeu? A língua dançou na borda dos meus lábios.

Nossa, aquilo era tão errado.

Tão familiar.

Que sonho bom. Sonhar com a única pessoa que me tirava da borda.

Com a única que podia me tocar sem que doesse.

Com a única mulher que eu jamais poderia ter.

— Tô aqui agora.

— Não, você não tá. — Ela puxou a blusa pela cabeça, ficando de sutiã preto.

Aline Sant'Ana

Tentei focar no seu rosto, e era a minha Querubim. Que sonho bom. Que bom tê-la aqui, mesmo que pareça tão proibido. Trouxe sua bunda ainda mais perto. Nossa, que pequena e durinha. Ela estava de saia? Levantei, apertando as nádegas. — Mas, pelo menos, na minha fantasia, eu posso... a gente pode...

Sua língua invadiu minha boca, e não consegui raciocinar mais. Rasguei sua calcinha pela lateral quando Roxy começou a rebolar em cima de mim. Ela abriu o botão da minha calça, e meu batimento acelerou. Meu pau saltou para fora. Suas mãos dançaram no meu peito. Eu estava magro, havia perdido muito peso, mas, porra... no sonho, ela me beijou.

Quarto azul.

Seus cabelos raspando na minha cara.

Ah, aquela língua.

Que beijo gostoso, porra.

Seu sutiã saiu quando...

— Não vai doer — disse, segurando o meu caralho, colocando no meio das suas pernas. — Não vai doer porque não é real.

— Do que você tá falando?

— Da minha virgindade.

Mas ela não me deu tempo de pensar, de entender. A língua alcançou meu queixo, maxilar e pescoço. Nossa, que errado. Era apertada demais. Na cabeça do meu pau, parecia que não ia entrar. Ela tremeu e eu a virei na cama, colocando-a embaixo de mim.

Sonhar acordado.

Os comprimidos estão fazendo efeito.

Eu estava louco pra cacete mesmo.

— Roxanne... — murmurei.

Sua boca tinha gosto de champanhe com algo mais forte. Seus lábios deslizavam nos meus numa pressa quase alucinógena. Era tudo tão lento quanto o ponteiro dos minutos, mas parecia correr tão rápido quanto os segundos. Roxanne foi ficando ainda mais nítida, com ainda mais cor, sua forma dançando nos meus olhos quando me ajeitei entre suas pernas, deslizando devagar... tentando controlar o que parecia tão fora de controle.

Tão errado, porra.

Sua língua buscou a minha, a respiração alterada. Roxy abriu mais as pernas quando cheguei numa linha que não conseguia passar. Mas eu fui, e fui mais além, rompendo algo que eu não queria pensar.

Era um sonho.

Seu beijo.

Seu toque.

Suas mãos em mim.

Os seios deslizaram no meu tórax quando peguei um ritmo. Meu pau se avolumando, esquentando, as bolas me dizendo que eu ia ter um orgasmo foda por tudo o que havia no meu sangue. Precisei olhar para seu rosto enquanto me recebia e, no instante em que uma parte instintiva dentro de mim dizia que eu poderia acelerar, ela estremeceu.

— Ah, Shane. Queria que fosse real — sussurrou.

Segurei seu rosto, sem conseguir senti-la de verdade ali. Claro, era um sonho, uma alucinação. Mas meu pau a sentia, sua boceta me recebia e...

Nossa, que molhada.

— Vamos fingir que é — murmurei.

— Se fosse, você ficaria comigo? — ela perguntou.

Eu a beijei em resposta.

Nunca poderia ter Roxanne Taylor, cérebro estúpido. Para de pensar que sim, para de tentar me convencer de que seríamos bons juntos. Éramos amigos.

Mas, naquele sonho...

Nossa, como era bom ser mais do que isso.

Roxy

Não era o meu primeiro sonho transando com Shane.

E não seria o último.

Mas parecia tão real.

Cheguei a senti-lo. Eu o queria há tanto tempo. Seu beijo, sua língua, naquele sonho, pareciam tão melhores do que em todos os outros. Mas a ideia era a mesma.

Aline Sant'Ana

Ele me invadindo, rompendo minha virgindade, sem nunca doer...

Por que agora foi tão verdadeiro?

Sonhos nos fazem despertar quando percebemos que estamos sonhando.

Por que eu não despertava?

Eu o queria tanto.

E não foi uma dor catastrófica, só uma pontada aguda, e então...

Cinco minutos daquilo, e estava começando a ficar bom.

Shane perdeu o ritmo, sem chegar ao prazer.

E eu pisquei, letárgica, sob ele.

Seus olhos foram perdendo o foco.

Seu coração, acelerando contra o meu peito.

Acelerando anormalmente.

Aquilo era real demais.

Os olhos destoantes se arregalaram, seu membro ainda duro dentro de mim, sua pele tão febril enquanto a minha parecia congelada. Meu estômago deu um nó.

De repente, foi como se todo o álcool se esvaecesse do meu organismo e me senti muito alerta. Muito viva.

— Isso é um sonho mesmo? — perguntou.

Seu tórax ficou mais pesado sobre mim.

Minhas mãos sustentaram seus ombros.

E foi como se a vida me enjaulasse em uma caixa de gelo, petrificando cada músculo, no instante em que Shane começou a tremer.

— Shane? — murmurei.

— É um sonho, né?

— É — menti.

Não era. Deus, não era mesmo.

Ele abriu um sorriso para mim, de puro alívio, o tremor em seu corpo ficando mais suave, seu olhar, menos desesperado, seu corpo, menos pesado.

— Preciso dormir.

— Tudo bem.

Sempre foi você

Ele gemeu quando saiu de dentro de mim, puxando a cueca e a calça de qualquer jeito.

Assim que deitou ao meu lado, respirando pesado, fechei os olhos, achando que o meu mundo havia virado do avesso. Eu tinha dormido com meu melhor amigo, bêbada, e ele, possivelmente, drogado. Cinco minutos. Ainda assim, que tipo de... besteira imensa, da pior espécie, nós fizemos? Como eu conseguiria conversar com Shane no dia seguinte? Como, por Deus, eu poderia...

Como eu poderia...?

Não sei quanto tempo fiquei ali, deitada, me corroendo em culpa, tão tonta. Mas isso não era o pior. Eu lidaria com a minha consciência mais tarde. Shane era o problema. Assim que percebesse, se odiaria. Se afastaria de mim como se fosse sujo, imundo, como se tivesse forçado uma situação que, por Deus, eu quis. E todos os anos de amizade, tudo o que era bom em nós dois, se desfaria como fumaça no ar.

— Tô passando mal. — Ouvi sua voz. — Preciso de ajuda. Eu...

Quando o olhei, ele estava branco e verde.

Em um quarto de luz azul.

Não sei que tipo de força surgiu em mim para medir a sua pulsação. Seu coração estava tão fraco que mal consegui pegar os batimentos. Ainda tonta para conseguir me manter em pé, vivi um horror, misturado à mais profunda angústia, quando constatei que Shane estava tendo uma overdose.

Ele convulsionou na cama.

Eu, sozinha, precisei virá-lo de lado.

Meus joelhos estavam trêmulos e meus dedos bambearam no telefone quando liguei para a ambulância.

Abri a porta e gritei a plenos pulmões por ajuda, começando a chorar assim vi Thomas no meio das escadas.

— O que aconteceu? — perguntou, afoito.

— Shane... ele...

Eu não tive coragem de virar para saber se ele ainda estava vivo.

Ele tinha de estar.

Vomitei.

E assim que as sirenes da ambulância soaram, liguei para a única pessoa que

Aline Sant'Ana

eu sabia que me ajudaria. Não havia ninguém, além dele, que pudesse ser um apoio naquele momento.

— Tio Fred — implorei ao pai de Shane. Eu não poderia envolver o Zane ou a mãe dos meninos. — Aconteceu algo terrível e preciso que me perdoe por... não ter dito nada antes, mas... o Shane...

CAPÍTULO 20

Tell me all your secrets
Tell me what you're scared of
I won't tell a soul
No, I won't tell no one
I'll be your home when your homeless
Will you be your hope when I'm hopeless?
And if we're out in the open
Baby would you trust me?

— Josh Levi, "If The World".

Roxy

Sob minhas mãos, Shane ficou congelado. Com sua respiração se misturando à minha, eu vi seus olhos dançarem à meia-luz.

— Shane? — murmurei, uma ansiedade surgindo na minha garganta.

Ele me pegou no colo e me deitou na cama, dando um beijo suave entre minhas sobrancelhas. Se levantou, sem dizer uma palavra, tirando cuidadosamente a camisinha, desenrolando-a do membro relaxado. Foi, ainda calado, para o banheiro, jogar o preservativo no lixo. Nu, de costas, vi seus músculos tensos e a mão agarrar o mármore da pia, com força. A respiração subindo e descendo, sua cabeça baixa, o tigre imenso em seu torso me observando como se me culpasse.

— O que aconteceu? — murmurei.

Disse ou fiz alguma coisa errada, em algum momento do sexo?

Não. A insegurança não ia me engolir depois de ter transado com Shane. Ah, não ia mesmo. Me levantei da cama, pelada, as pernas bambas, o cheiro de sexo no ar. Engoli em seco quando me aproximei, tocando lentamente suas costas.

Eu não conseguia ver seus olhos nem seu rosto.

Meu coração se tornou microscópico.

— Shane, o que... ?

Não me deixou completar a frase, se virou e me abraçou com tanta força que meus pés saíram do chão. Resfoleguei quando o ar saiu dos meus pulmões, seus braços ao meu redor me amassando, mas com carinho, seu rosto mergulhado

Aline Sant'Ana

em meus cabelos. Perdida, sem entender o que ele estava pensando, envolvi seus ombros com os braços, o cheiro do meu perfume misturado ao seu.

Nosso cheiro.

Ele me pegou pela bunda, mas sem intenção sexual alguma, me fazendo automaticamente envolver as pernas ao seu redor. Abracei-o de volta, com tudo que havia em mim, e então...

Shane soluçou.

Foi um rompante de lágrimas tão forte que invadiu a minha alma, pesando lá dentro, como se, de repente, eu tivesse toneladas de dor no coração. Minha garganta se apertou quando ouvi seu choramingo, suas lágrimas escorrendo por minha pele, a boca trêmula. Ele perdeu o ar, afundando os dedos na minha pele como se quisesse ter certeza de que eu estava ali, e ouvi meu nome sair de seus lábios parte como uma bênção, parte como maldição.

Oh, Shane, o que aconteceu?

Minhas mãos foram para os seus cabelos, acariciando, deixando-o chorar, embora meus olhos tivessem lacrimejado com a reação dele. Beijei sua bochecha, sua pele, o que encontrasse pela frente, o que o fez chorar com ainda mais força, sem ar. Seus soluços, tanta lamúria, o choro era um veredito de condenação.

— O que eu fiz com você, Querubim? — sussurrou, a voz tremendo, as lágrimas descendo com força. *Ele havia se arrependido? Era isso?* Nos levou para a poltrona, me sentando em seu colo. E, quando me afastei, observando seus olhos e a expressão de mágoa, um par de lágrimas escorreu em minhas bochechas sem que eu pudesse controlá-las. — O que eu fiz?

Segurei cada lado do seu rosto, mordendo o lábio inferior para me conter.

— Do que estamos falando?

— Do dia... do dia em que briguei com a Melinda. A festa do Thomas. — As lágrimas desceram em uma torrente de culpa. — O que eu fiz, porra? — sussurrou para si mesmo.

Melinda. *O assunto no qual Shane jamais queria tocar.* Festa do Thomas. *A noite que silenciei por tempo demais.*

Nossos segredos, colidindo de frente, de uma só vez.

Talvez o fato de ter transado comigo o fez lembrar.

Há anos eu sabia que Shane havia esquecido.

Sempre foi você

Mas, agora...

— Você se recorda? — continuou Shane, a mão subiu para o meu rosto, o polegar dançando em minha bochecha e na lágrima que havia escorrido por ela. Shane balançou a cabeça. — Você tá chorando por minha causa, merda. Isso me fode todo.

— É por te ver assim...

Cada centímetro do seu rosto e cada lágrima em seus olhos pareciam marcados pelo profundo medo da minha resposta. Ainda assim, a pergunta veio de novo:

— Querubim, você se lembra?

Eu não ia conseguir mentir para ele. Estava nua, em seu colo, mas o peso era por sermos amigos a vida inteira.

— Era outono em Miami, mas aquele dia estava quente. Você tinha me enviado uma mensagem dizendo que havia brigado com a Melinda e que ia para a festa do Thomas. Eu estava tão chateada com você. Por nunca me ouvir, por nunca me entender, por acreditar... — *Que Melinda não era a pessoa ideal para você se relacionar*, pensei, mas não disse. — Eu bebi antes de você chegar, e você tinha se drogado sabe Deus com o quê. Chegou no quarto e eu pensei que era um sonho. Nós dois pensamos que era. E foi tão alucinógeno. O toque, o beijo. Eu, na verdade, nem consigo me lembrar da sensação do seu corpo, mas, se foi como hoje, eu...

— Eu te forcei? — A voz de Shane falhou.

Pisquei, sentindo as minhas veias transformarem sangue em ácido.

— *O quê?*

— Eu te forcei? Eu... e-u te obriguei? Preciso saber, preciso saber pra caralho se fiz uma merda dessas. — Ele se levantou, me erguendo junto. Então, me colocou no chão e começou a andar de um lado para o outro do quarto. Pelado, furioso consigo mesmo, os músculos tensos do seu corpo deixando suas tatuagens em movimento. — Roxanne...

— Espera, eu *quis*. — Dei alguns passos em sua direção, parando-o quando toquei sua barriga. — Eu quis da mesma maneira que quis agora. Foi bom, Shane. Quer dizer, não maravilhoso, mas foi ok. Eu só te senti em mim, por poucos minutos, mas foi...

— Não.

— Sim — garanti, tranquila.

Aline Sant'Ana

— Como eu pude ser tão escroto com você? Com *você*, Querubim.

— Era a minha virgindade. Entendi como um sonho no início, é verdade, mas se eu fosse menos tímida e tivesse coragem... — Respirei fundo. — Shane, a única coisa que a bebida fez por mim naquela noite foi a desinibição. Eu montei em você, pelo amor de Deus. Sabendo que você não avançava, que nunca ia avançar, eu... te queria tanto. Se tem alguém que precisa se sentir mal com tudo isso, sou eu, não você. Mesmo que eu desconsidere a cena toda, porque foi mesmo como um sonho, sempre desejei que fosse meu primeiro.

— O que disse? — ele sussurrou, tonto.

— Que sempre te quis como meu primeiro.

— Roxy... — Sua expressão cintilou em surpresa. Culpa. Carinho. Uma mistura de sentimentos que me fez estremecer.

— Eu prefiro mil vezes que tenha durado cinco minutos sem dor. Prefiro mil vezes que tenha sido com você, do que com qualquer outro que não pudesse ser gentil.

— Por quê? — Sua voz saiu tão baixa que mal a ouvi. — Esse fodido aqui... esse homem completamente fodido. Drogado... *por que* você me quis?

— Porque você é a metade de mim, Shane D'Auvray. É tudo o que conheço sobre carinho e cuidado. Você ia na farmácia às duas da manhã buscar remédio quando eu estava com cólica. Você já viajou quatro horas, de ônibus, para comprar um ingresso do show do Nick Jonas para mim. Você passou madrugadas inteiras ao meu lado, me ensinando as matérias que eram um pesadelo. Você sempre esteve ali. Mesmo que se pinte como uma pessoa horrível, para mim, você é tudo o que qualquer homem já foi. Você é o meu melhor amigo. — Fiz uma pausa. — Era a minha virgindade, era o meu momento e, por mais que eu estivesse tão bêbada que nem consigo me lembrar se senti dor, eu sou feliz... por ter sido você.

— Era o mínimo, porra. — Seus olhos ficaram tão cálidos que perdi o ar. — Tudo o que eu fiz, tudo o que dei, era o mínimo que você merecia. E sabe disso. Mas, naquela noite... eu fui um *merda*.

Melinda tinha traído Shane naquela noite, o que só descobri porque ela mesma me contou, alguns dias depois, como se não se importasse. Shane não fazia ideia de que eu sabia quão tóxica aquela garota era para ele. Quando tudo acabou, ele se afundou ainda mais. Eu sabia que o motivo de ele nunca mais querer se relacionar era o que houve com a Melinda.

Depois que fomos para o hospital, Shane recebeu o tratamento e só voltou à consciência quase quarenta horas depois, enquanto tio Fredrick estava segurando sua mão como se temesse perdê-lo. Ele ficou saudável, sem sequelas, mas precisou ser monitorado, após terem nos dito que as primeiras horas seriam decisivas.

Vi a desesperança nos olhos do pai de Shane e a consciência de que não conseguiria manter isso escondido do filho mais velho, e muito menos da mãe dos meninos. Tio Fred ligou para a minha mãe, pedindo que me buscasse, mas não fui embora até ver que Shane estava bem o suficiente para prometer ao pai que se cuidaria.

Pena que aquela foi uma das muitas vezes que ele mentiu para si mesmo.

— Você sofreu uma overdose. Essa é a parte mais angustiante, na verdade.

— Caralho, Querubim... *caralho*... — Shane me interrompeu e se sentou na beirada da cama, as mãos no rosto, cobrindo-o. Vi seus ombros subindo e descendo, pelo choro. Me aproximei, ficando de joelhos no chão, acariciando sua coxa, na esperança de que ele me olhasse. Mas Shane estava envergonhado. — Eu já te dei tanto trabalho. E, como se não bastasse, você simplesmente entregou o momento mais importante da sua vida para mim, quando eu menos te merecia. Ainda teve que lidar com um cara quase moribundo do lado. Que porra de trauma eu causei em você? — Seus olhos vieram para mim. Estreitos. Quebrados.

Eu não aguentava isso.

— Sei o que você está pensando. E nunca tive um orgasmo porque os homens com quem dormi se preocupavam mais consigo mesmos do que comigo. Nunca me fizeram sexo oral até hoje. Acho que nunca fiquei tão pronta como agora. E isso acontece em noventa e nove vírgula nove por cento dos casos. Você nunca... — Segurei em seus ombros. — Na verdade, sim, você já me fez te odiar, já me fez chorar por sua causa e até mesmo querer socar a sua cara, mas *nunca* por esse motivo. Tá tudo bem.

Ele umedeceu os lábios, ainda chorando.

— Cinco minutos com um drogado? — Seus olhos brilharam. — E... doeu? Porra...

— Cinco minutos com o meu melhor amigo — corrigi. — Não, eu nem lembro direito, Shane.

— Eu poderia ter te engravidado com meu sangue cheio de veneno. Pior ainda, poderia ter te contaminado com uma doença. Caralho, até hoje, sempre me orgulhei de nunca ter transado sem camisinha. Agora, não sei mais de porra nenhuma. Nada além de ser um sortudo filho da puta que nunca contraiu nada

Aline Sant'Ana

mesmo se drogando pelos cantos. Já imaginou como seria isso? Você diz que não te traumatizei, mas perder a virgindade com um cara nojento, que estava puto...

— Acha que é um trauma pra mim?

— Acho, na real.

— Como explica que te pedi para transar comigo de novo, se foi tão horrível assim? Como explica que estou ao seu lado todos esses anos? Me falta amor-próprio, é isso? — Engoli em seco. — Confia em mim?

— Confio — ele gemeu, resignado. Shane nunca conseguia contra-argumentar comigo. — Mas a nossa amizade...

— Continua firme e forte, pelo jeito, já que a gente está discutindo.

Isso quase o fez sorrir, embora as lágrimas ainda estivessem lá.

— Estou dizendo sobre ter acreditado a vida inteira que nunca tinha tocado em você, porra. Eu sempre pensei... sempre me orgulhei que nunca tinha... ah, Querubim. É foda. O jeito que foi...

— Não foi fácil. Chamar aquela ambulância, bêbada. Ter de te virar de lado, com medo que você engasgasse no próprio vômito. Chegar no hospital, com os médicos perguntando que tipo de droga você tinha ingerido, sem ter uma resposta. Mas o mais difícil disso tudo é que eu tinha pesquisado, uma semana antes, como acontecia quando um paciente sofria uma superdosagem de narcóticos. Porque... era como se eu te sentisse andando na beirada. — Fiz uma pausa. — Nós conversamos sobre a overdose na época, assim que saiu do hospital. Mas você nunca falou comigo sobre a verdade do que vivia.

— É, eu tinha vergonha de mim mesmo. Te escondi todas as merdas. Inclusive as drogas mais pesadas. Mas o que eu vivi não importa. Caí mais vezes do que levantei e agora estou de pé. O assunto, neste momento, não sou eu. — Sua mão apertou a minha. — Isso nunca te corroeu?

— Nunca. E nunca mudou o que sinto por você, o quanto somos amigos e o quanto sempre vamos nos apoiar.

Seus olhos começaram a acender de novo.

— Não sei como você consegue ser tão boa para mim, Querubim.

Me ergui e Shane me acompanhou. Fiquei na ponta dos pés, trazendo seu rosto para perto. Os lábios salgados pelas lágrimas tocaram os meus, de leve, mas então Shane deixou a ponta da língua invadir a minha boca, daquela forma que começava a se tornar luxuriosa, as mãos dele desceram para a minha cintura, e eu

Sempre foi você

gemi quando seu sexo, quase pronto só com um beijo, resvalou na minha barriga.

— Vamos continuar até a viagem acabar — sussurrei. — Vamos nos tocar e você vai me dar todos os orgasmos que homem nenhum jamais me deu. Essa vai ser a pausa no tempo mais longa da nossa história. Mas entenda, Shane. — Respirei fundo. — Eu queria viver isso com você há tempo demais. A minha virgindade se foi naquele dia, mas *hoje* você me deu muito mais do que isso. Me deu a certeza de que o "problema" não era comigo, que eu não tinha defeito. Hoje você me ensinou a amar o meu próprio corpo e me trouxe alívio quando entendi que não estava quebrada para sexo. Faz ideia de que você compensou todas as minhas frustrações sexuais em algumas horas? Hoje sim foi a nossa primeira vez.

Ele segurou meu rosto, afastando nossas bocas, os olhos brilhando. Estava magoado comigo por eu nunca ter dito, e se sentindo culpado justamente por ter feito o que fez, mas, ainda assim... eu conseguia sentir o tesão serpenteando entre nós dois.

— A nossa pausa no tempo vai ser longa. E eu sei que fiz gostoso com você agora há pouco, mas queria tanto que tivesse me dito. — Seus olhos se estreitaram. — Me segurei tantas vezes achando que a gente nunca tinha feito, porra. Me culpei tantas vezes por te olhar com vontade. Me mutilei em pensamento cada vez que queria beijar sua boca.

— Você se segurou? — Dancei o olhar por Shane, sentindo um prazer feminino em vê-lo tão rendido. Minhas mãos passearam por seu peito e barriga, até que eu segurasse seu sexo com as duas mãos, subindo e descendo. — Por quê?

— Porra — silvou. — Porque você é a minha Querubim. É a minha melhor amiga. E você é coisa mais preciosa que já me aconteceu. — Sua boca desceu até tocar meus lábios, a língua dançando pelas bordas. — Preciso compensar por aquela noite. Por todas as outras. Eu sou um bosta, Roxanne, mas se você me olha assim... como se me quisesse... — A glande dançou, molhada, na palma da minha mão. — Caralho. — A testa se colou na minha. — Você jura por tudo o que mais ama na vida que não fiz nada que você não queria naquela noite? Jura que a razão dos orgasmos eram os babacas que você arrumou? Jura que não sou uma cicatriz na sua alma? Porra, jura pra mim que não te decepcionei como homem e como amigo? Porque eu não vou aguentar.

— Eu juro.

Shane me beijou até que eu derretesse. Me segurou com carinho e nos levou para o chuveiro. Percebi, num rompante, que aquele era o meu primeiro banho com ele, o que parecia tão maluco e lindo ao mesmo tempo.

Aline Sant'Ana

Eu o conhecia há vinte e dois anos, mas ainda havia primeiras vezes para nós.

Assim como aquela era a primeira vez que meu coração parecia leve com a ideia de querê-lo. Sem a culpa daquela noite sussurrando no meu ouvido, sem desejá-lo achando que nunca poderia tê-lo.

Sua boca se colou na minha quando a água caiu sobre nós. Seus beijos dançaram pelo meu corpo, embaixo d'água, como se estivesse me adorando. Ele ficou de joelhos aos meus pés, querendo me recompensar. Shane não entendia que eu não queria nada de extraordinário. Ele, por si só, já bastava.

Shane D'Auvray bastou.

Cinco vezes, não que eu estivesse contando...

Mas ele era mesmo extraordinário.

Shane

O quarto azul não era um sonho. Era uma realidade fodida em que eu tinha tirado a virgindade da minha melhor amiga por cinco minutos, como um tremendo babaca.

Só para depois eu dar um trabalho desgraçado ao passar mal.

Isso estava rodando na minha cabeça e, por mais que tenhamos conversado, a culpa queria me corroer. Roxy afirmou que, se tivesse coragem, teria pedido para eu ser o seu primeiro. E eu estava tentando me agarrar a isso. Só que, porra, ainda assim, meu cérebro não conseguia entender como tirei a virgindade da minha melhor amiga daquele jeito.

Como eu *pude*?

Roxy pegou no sono. Seus cabelos loiros estavam molhados e bagunçados, a pele, cálida e suave à meia-luz do abajur. Ela estava abraçada a dois travesseiros. A perna direita mais alta, o braço relaxado, a bunda virada para mim, a boceta rosada à vista, como se agora ela não se importasse. A única coisa que a fazia parecer a minha melhor amiga ainda eram seus pés... que estavam com as pantufas que dei de presente ano passado. O Dino e o Sauro. Eram pantufas de dinossauro, claro. Eram a cara dela, e tive que comprar quando vi, porque Roxy sempre ficava com os pés gelados, por mais que sentisse calor.

Éramos isso...

Éramos tanto.

Porra.

Isso bateu lá dentro, cara.

A intimidade.

Uma palavra com um significado imenso. Já dormi com mais mulheres do que poderia contar e, mesmo as tendo visto nuas, mesmo tendo feito todas as posições da porra do kama sutra, nenhuma delas era a minha melhor amiga. Nenhuma delas era fofa o suficiente para ficar pelada usando pantufas do Dino e do Sauro, entende?

Descobri, naquele segundo, que passar do limite com Roxanne não era só se entregar ao tesão.

Nossa conexão era forte, mais do que tive com qualquer outra pessoa, mas agora não era só emocional e mental, era física também. Uma vontade absurda de fodê-la até que gemesse o meu nome, assim como ouvi-la desabafar por horas sobre seus problemas. Era querer sexo no chuveiro e conchinha na hora de dormir. Era querer pegá-la de quatro, mas dividir uma noite de filmes.

Era uma bagunça para um coração tão fodido.

O sentimento veio junto a uma sensação, que calou a culpa e a minha ansiedade.

"Confia em mim?", ela disse. Se eu tivesse parado para observá-la, para olhar bem dentro dos seus olhos, entenderia a frase como algo tão maior. *Confia em mim que eu te queria de verdade? Confia que eu nunca teria continuado a nossa amizade se você tivesse feito algo para me ferir? Confia que era o meu corpo e a minha vontade naquela noite? Confia que me amo o suficiente hoje, mais do que ontem, para saber qual é o meu limite?*

Aquela menina linda, porra, ela me queria. Aquela menina maravilhosa queria meus segredos, o meu corpo, a minha boca, a minha alma. Eu, que achava que Roxanne já tinha me visto no meu pior enquanto eu me desintoxicava, não fazia ideia de que ela tinha me visto *mesmo* no meu pior, e ainda assim...

Ela se tocou pensando em mim. E tremeu nos meus braços sob a água, tremeu naquela cama. Ela gozou em volta do meu pau mais vezes do que eu poderia contar.

Não era só uma foda.

Aline Sant'Ana

Ah, cara. Que merda a gente tá fazendo?

Mas eu não ia conseguir parar.

Roxanne Taylor era entrega. Ela era tudo o que eu buscava em uma mulher. E o jeito que me beijava era como se fôssemos feitos de história e eternidade.

Eu não ia me apaixonar, né?

Não. Claro que não. Que pensamento idiota, porra.

Peguei o remédio da ansiedade e saí dali antes que meu coração parasse.

Estava batendo rápido pra cacete.

Mas eu ia ignorar até que essa viagem chegasse ao fim.

Meia hora mais tarde, eu estava com Mark na cozinha. A verdade é que nem precisei chamar ninguém, o segurança gostava de acordar cedo. Ele estava me lançando uns olhares estranhos, mas ignorei. Quando ouvi seu suspiro, soube que ele não estava aguentando.

— Fala, Mark.

— Shane, eu...

— Bom dia. — Ouvi a voz do meu irmão. Ele desceu sozinho, sem Kizzie. E usava só uma boxer vermelha. Abriu a geladeira, como se buscasse algo. — Pra quem dormiu. Ou seja, ninguém.

— Zane. — Mark suspirou, como se o alertasse.

Franzi os olhos.

— O quê? — perguntei.

— Porra... — Meu irmão se aproximou com uma garrafa de leite. Se sentou ao meu lado e, pela cara dele, eu soube. Meus músculos ficaram duros, e Zane me lançou um olhar. — "Ai, Shane" chegou a decibéis altíssimos. A casa tem paredes finas, apesar de ser uma mansão. E então... nhec-nhec. E tac-tac.

— A cama — Mark resolveu explicar. — Rangendo e depois batendo na parede.

Eu não tinha vergonha nenhuma, então só dei de ombros e ri.

— Desculpa.

— Desculpa o caralho. Eu queria te receber com fogos de artifício, mas não trouxe na mala. — Seu braço passou pelo meu ombro. — Roxanne Taylor, sua fantasia sexual... não tô acreditando que aconteceu, pirralho.

Sempre foi você

— Minha fantasia sexual? — indaguei, surpreso. — Caralho, Zane. Claro que não.

— Ah, ainda negando? É um D'Auvray mesmo — Mark alfinetou.

— Porra, me conta... como foi? — Zane continuou. — Você não gozou rápido não, né? Não me fez passar vergonha, cacete. Confesso que fiquei curioso. Vários "ai, Shane" e demorou uma vida pro nhec-nhec.

— Claro que não gozei rápido, porra. E... sexo oral — expliquei.

— Ah! — Mark e Zane disseram juntos.

— Bom dia. — Yan surgiu com uma calça de moletom, sem camisa. — Finalmente, hein, Shane? Como tá se sentindo?

— Todo mundo sabe? — perguntei.

— Todo mundo sabe — Carter garantiu, chegando logo em seguida. — Deixei a Erin dormindo. A gente aproveitou a noite também.

— Certo, todo mundo trepou gostoso. Vamos deixar nossas mulheres dormindo. — Zane riu. — Mas, sério, quero ouvir a fofoca. Shane transou com a Roxy, caras. Vocês estão acreditando nisso? Eu vou mandar uma mensagem pra Lua, confirmando. Eram três da manhã e ela confabulando se tinha alguém vendo pornô ou se era real a coisa.

— A sua fofoca com a Lua de madrugada me impediu de praticar o shibari. Mas depois rolou uma algema. — Yan sorriu, o que era uma contradição do caralho. O cara parecia um anjo, mas era um diabo na cama. Sentou-se do outro lado do banquinho, perto de mim. — Fala, Shane. A gente tá meio aéreo. Ninguém sabia se era uma alucinação auditiva coletiva ou se todo mundo estava ouvindo mesmo.

— Rolou, caras — murmurei. — O que vocês querem saber?

— Vai pedir ela em namoro? — Carter perguntou, ajudando Mark a cozinhar. O som do ovo fritando fez meu estômago roncar. — Ou vai ser sem compromisso mesmo?

— Que namoro, Carter? Em que século você vive? — neguei, com uma risada rouca. — Só sexo mesmo. Até a viagem acabar.

Carter olhou para Zane, que olhou para Yan, que olhou para Mark.

— Sei — disseram todos juntos.

— Não vou cair no mesmo que vocês. É a Roxanne. Além do mais... não foi só... não foi só o sexo. A gente teve uma conversa e tal.

Aline Sant'Ana

Eles ficaram em silêncio por um tempo, me analisando. Eu sabia que os caras tinham muito mais experiência de vida que eu, apesar de levarem quase tudo na brincadeira. Mas parece que, quando a coisa ficava séria, uma chave alterava em cada um deles e simplesmente se tornavam o meu maior suporte.

— Não foi só isso? — Meu irmão parou de tomar o leite e me encarou. — O que houve, Shane?

— Nada, eu só... descobri que o quarto azul que eu estava imaginando não era um sonho, e sim uma memória.

— Se quiser contar... — Carter ofereceu. — Estamos aqui para te ouvir.

Respirei fundo e destrinchei a porra toda sem filtro, falando o que eu sentia, o que tinha acontecido. Com Roxy, comigo. A overdose. Falei até do que houve antes com Melinda, que me fez usar tudo quanto era merda.

Não tive coragem de olhar para Zane, porque sabia o quanto o assunto Melinda fodia a sua cabeça. Mas senti sua mão nas minhas costas.

— Caralho, não vou pedir para não se culpar, porque eu faria o mesmo. Me xingaria de tudo quanto era nome, mas entenderia que o passado não dá pra mudar. Faria o possível para compensar a Roxanne, se estivesse no seu lugar, e acho que não pensa diferente de mim quanto a isso. — Meu irmão fez uma pausa. Ouvi o som do prato na bancada à minha frente, mas tive que olhar para Zane porque, de repente, a fome se foi. Os olhos castanhos estavam em uma linha fina, cheios de lágrimas. — Porra, Shane. Você sabe o que penso em relação às drogas. Mas sobre Melinda...

— Quem é Melinda? — Mark perguntou.

— A ex do Shane — Yan respondeu por mim. — Ela é um assunto delicado demais, Zane. Talvez possamos...

— Não, eu vou dizer tudo o que nunca falei. Mas você é forte pra caralho hoje, certo? É forte e sei que não vai quebrar ao ouvir a sinceridade do teu irmão mais velho. — Assenti. — Você se culpa por não ter percebido que a Roxy estava em um relacionamento abusivo com o cretino do Gael. — Zane negou com a cabeça. — Mas você só não percebeu porque já se enfiou em um, sem ver.

— Não fala da Melinda assim, Zane. — Fechei a mão em punho. — Não era como...

— Não, eu vou falar. Ela não é esse anjo que você pintou durante toda a merda da sua vida. Quando nosso pai me ligou, dizendo que você estava internado por causa de drogas, eu não sabia... não sabia o que fazer. Parecia tão irreal para

Sempre foi você

mim quanto alguém dizer que o mundo ia acabar dali a um minuto. Fui para o hospital, sem dizer uma palavra pra mamãe, e te vi lá, desacordado e fodido. Roxanne contou para o nosso pai, que contou para mim. E imagina a surpresa quando descobri que havia uma garota que você nunca tinha nos apresentado? E o pior: você tava com uma aliança no dedo.

— Zane, cacete.

— Me escuta primeiro, depois você me xinga ou me soca. — Zane ergueu uma sobrancelha. — E aí... descobri que a menina em questão se chamava Melinda e que usava drogas. E você, tonto e imaturo, caiu na dela. Naquele mesmo dia, fui atrás da tal Melinda. Cacei ela na sua escola e a achei. Não me arrependo de todas as porras que disse pra ela, porque eu falaria muito mais se soubesse o que sei agora. Advinha o que descobri naquele dia? Que ela não se importava. Nem que você estava à beira da morte no hospital, nem que você tinha se drogado. Melinda deu de ombros e disse: acontece. Eu nunca te falei, porque você não se abre comigo, mas...

— Tô caindo fora. — Me levantei e virei as costas, mas Zane parou o movimento antes que eu pudesse sair da cozinha.

— Você vai ficar aqui e escutar. — Zane me virou para ele. — Ela te traiu mesmo naquela noite?

— Nosso relacionamento era aberto. — Minha ansiedade começou a pinicar embaixo da pele, porque era mentira. Não era aberto, não para mim. Eu estava puto. E não com Zane.

— Pra quem? Para ela só, né? — adicionou. — Te fodeu inteirinho, Shane.

— A escolha de usar a droga foi minha.

— Sim, foi. E você se corrói nessa porra até hoje. Mas só me responde uma coisa. Você teria se enfiado em mil narcóticos possíveis se ela não tivesse te traído? Ou teria fumado maconha pela primeira vez se ela não tivesse te forçado? Porque ela disse que não ficaria com ninguém que não entrasse na mesma *vibe* que a dela.

Foi a minha vez de confrontar Zane. Yan se enfiou no meio, como se soubesse que eu ia perder a cabeça. Respirei mil vezes e encarei o meu irmão.

— Sim ou não? — Zane perguntou.

— Não teria usado. Isso muda alguma porra?

— Não muda, mas enquanto não parar de endeusar a Melinda, nunca vai se perdoar por ter usado drogas e todo o resto. Enquanto não admitir que ela

Aline Sant'Ana

tem uma parcela de culpa, o monstro da história vai ser você. E vai continuar se martirizando cada vez que tocar na Roxanne, por mais que goste de tocá-la e sonhe com isso há tempos. — Ele ficou vermelho e mexeu no cabelo, amarrando-o de qualquer jeito com o elástico que tinha no pulso. — Eu sempre vou amar você, seja nas merdas ou nos dias bons, mas não aguento essa bolha tóxica em que você se enfiou, que só te machuca, que só te faz parecer um homem escroto. "Eu sou um bosta, não mereço a Querubim." Já parou para pensar que era a Melinda que não te merecia?

— Caralho... — As lágrimas encheram meus olhos, e travei o maxilar. — Eu prometi para mim mesmo que não ia me enfiar em nenhum relacionamento! Saí da Melinda machucado o suficiente por duas vidas. Eu não mereço e, na real, nem quero amar ninguém. Se você não consegue entender isso, sinto muito.

— Eu não entendo. — Zane se aproximou, as lágrimas nos olhos dele descendo duramente. Ele segurou as laterais da minha cabeça, e, embora fosse mais baixo que eu alguns centímetros, me senti muito pequeno. — Não entendo porque tudo o que vejo é um moleque forte pra caralho, que se corrói em culpas que não são cem por cento suas. Vejo um menino que, depois de dar um baile fodido entre internações e terapia, finalmente se internou porque queria, porque disse que ia lutar pela banda e por esse sonho. E você luta. Cada minuto. Pensa que não vejo as ligações para a Anabelle? Pensa que não sei que você liga pra ela toda vez que pensa em se drogar? Acha que não sei que essa pinta de bad boy que não quer amar de novo é por causa da Melinda? Eu sei da porra toda, então olhe para si mesmo e enxergue o homem foda que eu vejo.

— As drogas e todo o resto me impedem de ser um cara foda para qualquer pessoa, Zane. Você é o meu irmão — desabafei todo o sentimento que me sufocava. — Você sempre vai me ver como uma pessoa digna do seu orgulho, e vou continuar sendo assim profissionalmente. Mas na vida? Não, na vida pessoal, eu não consigo. E nem posso. Caralho, não tenho esse direito.

— Eu matei centenas de pessoas em missões confidenciais e fora dos registros para o governo dos Estados Unidos. — A voz de Mark me surpreendeu, e me virei para ele, que parecia tranquilo com uma xícara de café e o short preto de pijama. Recostado na bancada, ele ergueu suavemente as sobrancelhas. — Posso ser caçado e assassinado por compartilhar essa informação confidencial, caso vaze. Mas, me diga, Shane. Isso me torna indigno do amor da Cahya? Ela sabe de tudo e ainda me toca e me ama como se eu fosse a pessoa mais preciosa do mundo. Eu deveria ser infeliz? Deveria tê-la negado?

— Não — respondi baixinho.

Sempre foi você

Mark deu alguns passos na minha direção.

— Pareço o cara foda e legal porque você só consegue enxergar o meu lado da história. Eu sou o herói da nação, segundo o nosso país, mas sou o vilão que matou um pai de família, ainda que fosse um terrorista. É uma questão de perspectiva. Com qual olhar você quer se ver? Da maneira que a Roxanne te olha, com tanto carinho e admiração, assim como todos nós? Ou com seus olhos distorcidos que acreditam que você é a pior espécie de ser humano?

Zane abaixou as mãos do meu rosto.

A cozinha ficou em silêncio.

Mark deu a volta na bancada e tocou meu ombro, os olhos negros fixos nos meus.

— Não quero que se vitimize e nem se veja como um coitado. Apenas reconheça o que é seu e o que é do outro. E viva, Shane. Viva o que tiver que viver. — Ele entregou a sua xícara de café para mim. — Agora, vamos comer. Temos trabalho e uma agenda lotada. Será nosso último dia em Porto Alegre, façamos valer a pena.

Voltei a sentar, com as palavras do meu irmão e de Mark na minha cabeça.

Ainda ligaria para Anabelle hoje.

Mas a questão que não queria me deixar ir...

Eu era o herói ou o vilão da minha própria história?

Aline Sant'Ana

Sempre foi você

CAPÍTULO 21

I've been twisted on you for so long
For so long, girl
Got me twisted, I could only wait for so long

— *Bryson Tiller fear Drake, "Outta Time".*

Roxy

— "Agradeço o bom gosto, mas estou indisponível" — li o que estava escrito na camiseta do Shane assim que ele abriu a jaqueta jeans e precisei segurar a risada. — Que tipo de estampa é essa?

— Tem uma assim também: "Tô fantasiado de amor da sua vida". — Os olhos do meu melhor amigo se estreitaram, e ele deu um passo à frente, embora não pudesse fazer o que desejava em público. Sua mão ficou mais firme na minha e, quando Shane umedeceu o lábio inferior com a ponta da língua, tocando no piercing, eu tremi.

Meu amigo passou uma hora e meia no quarto, falando com Anabelle. Além disso, percebi que havia algo diferente depois da nossa conversa e do sexo, como se uma das cordas que o prendia tivesse se soltado. Como se estivesse mais livre e mais intenso do que nunca. Era a maneira que me olhava, sempre desafiando a não pular em cima dele. O modo como encarava minha boca, como se quisesse me beijar contra a parede. Como se eu lesse cada pensamento obsceno, sem filtro, sem pudor.

— Coloquei essa camiseta por você. — Se aproximou, colando os lábios febris na minha orelha. Fechei os olhos. *Deus*, depois de prová-lo de verdade, não conseguia esquecer a sensação. Os orgasmos, o olho no olho, a sua boca dançando na minha ao mesmo tempo em que seu quadril descia de encontro ao meu. — Tô ocupado demais te fodendo gostoso.

— E as suas fãs? — Minha voz mal saiu.

— Elas me conhecem já. Sabem que sou engraçado. Por isso, o mais amado. E *também* porque sou o mais gostoso. — Ele riu rouco e se afastou, me dando um beijo demorado na bochecha. — Combo melhor que esse? Não tem, porra. — Quando me encarou com os olhos coloridos, chamas dançavam neles. — Agora, infelizmente, preciso ir.

Aline Sant'Ana

240

Faltava pouco tempo para os meninos participarem de uma entrevista em um canal do YouTube muito famoso no Brasil, que faria perguntas sobre música e planos para o futuro. Mal dormimos. Na verdade, Shane tinha cochilado apenas algumas horas.

— Boa sorte, Tigrão.

— Só me dá um beijo pra gente testar um negócio. — Sua voz soou daquele jeito que mulher nenhuma resistiria.

O rosto desceu e seu nariz chegou a tocar a pontinha do meu, enquanto o coração estúpido acelerava e nossas respirações se misturavam. Minhas pálpebras se fecharam e, por mais difícil que fosse, parei-o com o indicador sobre seus lábios. Estávamos em público, não poderíamos. Não com tantos olhos em nós.

— Desse jeito, vai se apaixonar por mim. — Ergui uma sobrancelha em desafio.

As íris do meu melhor amigo cintilaram. Uma emoção passou por elas, por um segundo apenas.

— É melhor eu tomar cuidado. — Me deu um beijo na testa antes de se afastar. — Ainda mais depois de mergulhar na água da paixão lá em Manaus.

Eu ri enquanto ele saía de perto de mim. Vi Yan se aproximar dele, com Carter. O Príncipe Encantado me lançou um sorriso doce à distância.

— Ele tá tranquilo? — Zane subitamente apareceu ao meu lado. Olhei para o irmão do meu melhor amigo. — Não te disse nenhuma merda, né?

— Não — garanti, e Zane suspirou fundo.

— Ele me falou da noite e tal. Espero que não esteja se culpando por não ter contado pra ele, Roxy. Foi uma bagunça, né?

— Foi sim. — Observei Shane se aproximando de Yan e Carter. — Eu estava completamente bêbada. Ele, drogado. Me culpei por muito tempo, como sabia que ele se culparia se soubesse. Mas não me arrependo de Shane ter sido o meu primeiro.

— Shane achava que eu não sabia que ele já tinha sofrido uma overdose antes do que a Suzanne fez. Mas eu sei de tudo. — Zane passou a mão pelos meus ombros e me trouxe para perto. — Claro que só não sabia da noite... torço para que vocês possam recomeçar, Roxanne. Sem culpas, sem peso. Eu sei que meu irmão é fodido em relação ao passado dele, mas você é a única que o arranca do

Sempre foi você

precipício. Tô ligado que nenhum dos dois quer um relacionamento, e respeito a decisão de vocês, mas não deixo de torcer. Sei lá, eu torço pra caralho.

— Há coisas em Shane que ele nunca vai deixar ir, Casanova — falei, minha garganta se apertando. Sua mão ficou mais firme e observei seu rosto. Os cabelos longos, o olhar emocionado, o maxilar travado. — Shane pega toda a culpa do mundo e coloca em suas costas porque se sente responsável. Não sei por que, mas é uma coisa *dele*. Nesse momento, por exemplo, ele tá sendo leve comigo, mas está confuso que já dormimos juntos e que nunca me abri antes. Está confuso porque, na época, estava com a Melinda. Confuso porque quase morreu nos meus braços. Deve estar se perguntando o que mais não lembra. Isso somado a todas as ressalvas que tem sobre se envolver.

— Acha que ele nunca mais vai achar o amor? — Seus olhos cintilaram.

— Acredito que ele vai precisar lutar muito para se apaixonar de novo. Com ele mesmo, internamente. — Sorri, embora meu coração estivesse dolorido. — A mãe de vocês sempre me disse que os D'Auvray estão destinados ao amor, cedo ou tarde. Mas acho que, quando Shane se apaixonar, não vai ser por mim.

— Aí é que está, Roxy. Eu não consigo vê-lo se apaixonando por outra pessoa que não seja você. Mas essa é a minha visão. Porra, eu já errei tanto com Shane que não sei em que ponto o conheço de verdade.

Senti borboletas dançarem na minha barriga.

*Não, ser*íamos *"nós"* só por algumas noites. Não havia espaço para eu colocar todo o peso das minhas expectativas em Shane.

— Talvez ele só desbloqueie seus sentimentos quando se libertar do passado. — Dei de ombros. — Tudo o que sei é que a Melinda o abandonou. O que você sabe?

— Achei que você soubesse mais do que eu, Roxy. Achei que ele tivesse se aberto. — Zane franziu o cenho.

— Falar na Melinda é muito delicado. Shane nunca mais disse o nome dela desde que foi embora de Miami. Ela e toda a família, né?

— Sim, ela é enteada de um cara importante. Mas tudo o que tenho é o nome dela — Zane pensou alto. — Tentei pesquisar na época e não encontrei nada. Mas estava tão puto com a situação toda que só dei graças a Deus que a Melinda caiu fora.

— Ele prometeu que a amaria para sempre. Eu vi com meus próprios olhos.

Aline Sant'Ana

Mesmo que Melinda o tenha machucado muito. Traiu ele, depois traiu de novo, acho que umas cinco vezes. E Shane começou a usar as drogas ainda mais fortes depois disso. Em algum momento, me garantiu que ia parar. Várias vezes, na verdade. Piorou depois que ela se foi. — Fiz uma pausa. — Às vezes, penso que Shane não quer se relacionar de novo porque espera que a Melinda volte. Ele diz que não pode prometer um para sempre para ninguém, mas com ela...

— Caralho, Roxy. Não me fala isso.

— Eu não sei, Zane. — Minha garganta ficou tão apertada que mal pude respirar.

— Depois que Melinda foi embora, nós tivemos de interná-lo — o D'Auvray mais velho disse, lançando um olhar para o irmão. — Mas nunca foi vontade do Shane, né? Porra, ele só melhorou agora. Se a Melinda voltasse, eu não sei o que seria.

— Amor, você vai ficar nos bastidores ou vai ser o integrante da The M's? — Kizzie soou à distância, mandando o noivo se mexer.

— Eu vou. — Zane me deu um beijo na têmpora. — Se cuida, pequena. Qualquer coisa que precisar, estou por perto.

— Eu sei — falei, na certeza de que Zane nunca soltaria a minha mão.

Shane

Gravamos a entrevista em um estúdio e também fora. Demos uma volta pelo Parque Farroupilha e provamos o famoso chimarrão, bebida típica do Rio Grande do Sul, amarga pra caralho, mas boa demais para o meu paladar. Também fomos em uma van até a Orla do Guaíba e comemos churrasco em um restaurante que foi fechado para nos receber. Cara, o churrasco brasileiro era diferente do nosso. Fenomenal. A carne macia, suculenta, tão gostosa. Acho que tive um orgasmo no paladar. Eu e os caras comemos até não aguentar mais, e o que achei legal é que, depois do churrasco, falaram que tínhamos que tomar mais chimarrão, para fazer a digestão. Não é que deu certo?

Horas mais tarde, decidimos que íamos para casa. Nossas malas já tinham sido arrumadas e só faltava pegarmos o avião rumo a São Paulo às oito da noite. No intervalo, fim de tarde até o embarque, poderíamos relaxar um pouco. Me sentia cansado, eu nem tinha dormido direito.

Exausto, mas não o suficiente para esquecer o beijo que Roxy me negou e o quanto eu queria tudo aquilo de novo.

Apesar do susto e da descoberta, principalmente por trazer à tona tantos pensamentos sobre o passado, eu não conseguia parar de pensar na madrugada de tivemos. Meio que... depois de racionalizar o assunto com a psicóloga, entendendo e aceitando o que era responsabilidade minha, as peças se encaixaram no lugar.

Nos entregamos ao proibido naquela noite, mas agora...

Cara, eu deveria imaginar que seríamos daquele jeito, mas, por mais que eu pudesse sonhar, a realidade nem chegava aos pés. Roxanne se jogava do alto esperando que eu a pegasse. E quando ela me recebia bem gostoso dentro dela, tudo ficava em câmera lenta. Era como se tivesse me jogado um feitiço. Cada coisa que ela fez com o meu corpo ainda saracoteava dentro de mim. Eu ficava duro só de umedecer os lábios, lembrando.

Porra, eu nunca tinha me encantado por uma foda. E olha que já rodei legal, mas nunca tinha sido assim. E parecia uma coisa tão estúpida de se pensar porque nunca racionalizei sexo e o significado. Era mecânico, era o que era, mas com Roxy... eu odiava como a minha cabeça estava pensando nisso. Pensando em como poderia fodê-la na banheira, de quatro, em cima de uma mesa, em público. E no quanto eu queria isso olho no olho, ouvindo meu nome. Passei o dia todo imaginando como poderia dar mais orgasmos para ela. Isso tudo somado a uma luta interna de que era da minha melhor amiga que estávamos falando.

Combinação perigosa.

— Nossa, eu adoro essa parte — Roxy disse, empolgada, nos meus braços.

Fechei os olhos, inspirando o cheiro de maçã verde dos seus cabelos. Ficar jogado no sofá, com ela, assistindo a um filme com a galera, parecia ainda melhor depois de transarmos. Eu podia acariciar a lateral da sua barriga, subindo e descendo da cintura às costelas, arrepiando sua pele quando erguia a blusa. A mão da Roxy tinha a liberdade de dançar na minha coxa, as pontas dos dedos levantando o short até ela tocar a barra da boxer.

Merda, fazia muitas horas desde que eu tinha curtido seu corpo. E não parecia o suficiente. Meus lábios dançaram em sua têmpora, e o fogo começou a acender. Respirei fundo, umedecendo a boca, e quando Roxy instintivamente ergueu o rosto para me olhar, como se entendesse o que eu estava sentindo, meu coração acelerou, me deixando tão rendido. Cacete, eu tinha que segurar. Mas aí vinham suas íris que, naquele fim de tarde, pareciam quase verdes. Isso me dava vontade de compor músicas sobre ela e transar gostoso até a gente suar, tudo ao

Aline Sant'Ana

mesmo tempo. Eu tinha vontade de explodir em mil cores.

E ser um cara melhor.

Que porra eu estava pensando?

Segurei a lateral do seu rosto, meu polegar passeando por sua bochecha, dançando na pele macia contra a digital calejada. Querubim suspirou quando o deslizei para o seu lábio inferior, puxando-o para baixo. Vi a ponta da língua rosada e, mesmo que estivéssemos com todos os nossos amigos ao redor, o mundo se resumiu àquele momento. Meu coração trotou com força, os músculos tensionaram e a mente começou a dançar numa traição filha da puta de que eu queria tão mais.

— Vai me negar de novo? — sussurrei só para ela ouvir. — Tá querendo brincar de esconde-esconde ou você quer me pegar mesmo?

— Não estamos mais em público — murmurou de volta, sorrindo.

— Então, ainda me quer? — Girei a ponta do nariz no seu, fechando as pálpebras.

— Você tem dúvida?

Senti o pomo de adão escorregar ao ouvir a resposta. Desci devagarzinho em sua direção, a vida desacelerando conforme nossos lábios se tocavam. Veludo. Calor. Ela. Roxy tinha uma mania deliciosa de encaixar o lábio inferior entre os meus, apenas para depois inverter a coisa toda.

Que porra. Nosso beijo era tão complementar. Tão foda.

Gemi, a língua invadindo sua boca, encontrando um caminho que me deixaria louco. O piercing da língua brincou, conforme eu girava o contato, tocando do céu ao inferno, fazendo meus nervos virarem pó. Sempre achei que o beijo era o prólogo do sexo, mas Roxanne levava a outro patamar. Ela tinha o melhor beijo de todos os beijos que existem. Como se até nisso ela soubesse como me quebrar. Meu pau latejou, imaginando aquela língua na glande, que pareceu dançar na borda dos meus lábios, apenas para ir lá no fundo.

Tão dela, caralho.

As mãos vieram no meu peito nu, sem que o beijo nunca terminasse, uma parando na altura do coração, a outra descendo pela minha barriga. Roxy ainda tremulou a língua naquele círculo, me apertando com suas unhas conforme eu angulava mais o rosto de boneca para tê-la profundamente.

Assim que senti seu toque, perdi o ritmo.

Sempre foi você

Suas unhas arranharam minha pele, descendo até a bermuda. *Caralho!* Meu quadril automaticamente deu um impulso para frente, ondulando, querendo entrar nela. Roxy respirou o ar que eu perdi em sua boca e sorriu contra meus lábios, percebendo o efeito que me causava, me deixando sem ar. Terminando de me foder, mordeu meu lábio, sugando o piercing, para em seguida sua língua voltar a me tomar, a mão descendo pela lateral, bem no osso do quadril, onde a ponta do meu pau estava. Grunhi quando ela escorregou mais os dedos, até tocar minha coxa, apertando tudo que encontrava. Resignado, afundei o polegar em sua bochecha, abrindo mais sua boca.

— Procurem um quarto. — Zane riu, e eu não parei de beijá-la. — Mas se quiserem fazer aqui, a gente assiste sem problema algum.

— Quero ser *voyeur*. Imagina só. Eles dariam um ótimo filme pornô. — Lua fez uma pausa. — É um elogio, Roxanne.

Roxy se afastou da minha boca, minhas pálpebras ainda fechadas, completamente preso naquela armadilha. Eu não consegui encontrar fôlego e talvez fosse ficar assim por minutos, mas a Querubim se recuperou rápido demais. *Porra, não a afetava da mesma maneira?*

— Desculpem. — Ouvi sua voz.

— Não há nada para desculpar, meu amor. Você teve orgasmos com esse homem. Finalmente orgasmos! É a coisa mais linda que pode acontecer. — Lua riu baixinho.

— Deus — Roxy murmurou, rindo, e escondeu o rosto no meu peito. Acariciei sua nuca, dando um beijo no topo da sua cabeça, e abri os olhos quando percebi que o filme estava chegando na melhor parte.

Eu ia fugir do que quer que estivesse se bagunçando dentro de mim.

— Você sabe as regras — falei no seu cabelo. — Toda vez que vemos *Dirty Dancing*, dançamos. É uma coisa nossa, Querubim, que a gente nunca deixou de fazer.

— Shane, mas agora?

— Agora.

Em um dos eventos de jovens talentos da escola, a diretora nos obrigou a participar. Formei dupla com a minha melhor amiga, garantindo que a ensinaria a dançar, mesmo que Roxanne tivesse odiado com todas as forças a imposição. Tínhamos... o quê? Treze anos? Ela nunca tinha dançado na vida, enquanto eu

Aline Sant'Ana

246

sempre gostei por causa dos meus pais. Para que a experiência fosse a melhor para a Querubim, montei a apresentação com a música de um dos seus filmes favoritos. Claro, era algo que estava já na cabeça dela de certa forma e nós nos saímos tão bem que acabamos ganhando a porra de um troféu. Estava no meu apartamento, até.

Dirty Dancing era coisa nossa.

— Vocês querem assistir a uma coisa? — perguntei para todo mundo, abrindo um sorriso, e me levantei, segurando a mão da Roxy. Apesar de estar vermelha de vergonha, seus olhos estavam brilhando. — Acho que só os caras viram. Zane, Yan e Carter.

— Porra, há séculos. Vocês ainda lembram? — meu irmão indagou, curioso. Ele sabia do que eu estava falando.

— Nós sempre fazemos toda vez que assistimos *Dirty Dancing* — expliquei.

— Não vai me dizer que vocês vão dançar! — Erin quase gritou. — Pausa o filme, Carter!

— Ai, meu Deus! — Kizzie murmurou.

— Eu preciso gravar isso — Cahya se animou.

Lancei um olhar para a sala imensa. O espaço que havia era o suficiente para dançarmos ao menos o começo.

Podia sentir os olhos de Zane em mim quando fui para a área livre de móveis. E não só ele, na verdade. Parecia que todo mundo sentia o quanto aquele beijo tinha me afetado. Não só sexualmente. E não *só* aquele beijo. Eu estava exposto, confuso, e embora Anabelle tivesse me indicado deixar as emoções virem, na nossa última ligação, especialmente em relação a Roxanne, eu não queria... porra, não *queria* pensar.

— Pronta? — perguntei, quando Carter tirou o filme do *pause*. Assim que a voz de Bill Medley ecoou na sala de estar, coloquei uma das mãos na base das suas costas, a outra agarrada na sua, na altura de sua cabeça. Roxy estava linda, de short jeans e regata branca. Nada excepcional. Mas era ela, sabe? Descalça, pequena, os cabelos ainda úmidos do banho, o olhar preso ao meu.

Eu não podia pensar.

— Já dançamos para mais de duzentos convidados no colégio. Então, sim. Lá vamos nós. — Ela abriu aquele sorriso que me devastava sem nenhum esforço.

Meu coração ainda batia com força.

Sempre foi você

Eu ainda sentia sua boca na minha como se o beijo não tivesse fim.

E assim que colei meu corpo no seu e a mergulhei de costas da esquerda para a direita, pensei...

Eu estava fodido.

Roxy

Quando Shane me subiu e nossos olhares se encontraram, vi a tormenta no seu — o dilúvio no azul e o terremoto no castanho. O choque da água e da terra, da força daquele encarar de um lince, como se me entregasse tão mais do que estava disposto.

O que tá acontecendo, Shane?

O músculo do seu maxilar saltou e nós trocamos respirações, por segundos, que congelaram e se tornaram horas, em que minha mente tentava entender o que havia de diferente nele, em mim, em nós. Pude ouvir os gritos das pessoas que amávamos, mas aquela era a primeira vez que eu dançava com Shane após aquela noite.

Seu beijo ainda zanzava sob a minha pele.

Shane se posicionou às minhas costas, e pude sentir a sua pele na minha, o calor. Ele ergueu o meu braço até que a ponta dos meus dedos resvalasse em seu cabelo. Sua mão dançou na parte interna do meu bíceps, arrepiando a pele, causando cócegas na axila, me fazendo rir. Seu olhar veio de encontro ao meu, seus lábios tocaram a ponta do meu nariz, como no filme, e eu fechei as pálpebras até que...

Toda a nossa história, todos os momentos em que dancei com Shane essa música, todas as vezes que treinamos, a minha vida inteira passou na frente dos meus olhos, chegando a hoje. Eu ri, mais pela emoção do que qualquer outra coisa, quando Shane me afastou, me girando, depois mais duas vezes, até que fizéssemos os passos complexos de Johnny e Baby. E ele me rodou naquela cena, infinitas vezes, a minha memória me fazendo flutuar como se estivéssemos em um palco. Ao fundo, ouvia a emoção e a música, mas, no segundo em que ergui os braços e Shane me balançou de um lado para o outro, fazendo meus cabelos dançarem, ele sorriu para mim.

A vida se tornou infinita.

Aline Sant'Ana

— *This could be love because...* — Ele me afastou, cantando, e me trouxe para si no instante em que chegamos ao refrão.

Batemos no corpo um do outro suavemente. Me esqueci da plateia, me esqueci da música. Em seus olhos, ainda havia aquela catástrofe, aquela intensidade. Shane nunca me olhou assim. Então o momento se foi, me fazendo rir, assim que se afastou e me puxou uma segunda vez.

Baby, ok... eu entendo.

— Porra, sempre quis fazer isso nessa parte da música — sussurrou. Não sei se foi ele quem avançou ou se simplesmente nos encontramos no meio do caminho. Os lábios cheios tocaram a minha boca, meus olhos se fecharam e, ao som de *(I've Had) The Time Of My Life,* me perdi na mistura de sentimentos. Agarrei seu bíceps, me desmanchando naquela língua e no seu piercing, que me atiçava sem pedir permissão alguma. Na frente de todos, sem me importar...

Era Shane D'Auvray, dizendo que sempre quis me beijar na coreografia de *Dirty Dancing.*

A amizade se chocou com uma vontade antiga, tão proibida, enraizada. Como um segredo que nunca pôde ser dito em voz alta. Minhas pálpebras se fecharam com ainda mais intensidade, até que o beijo se acalmasse e sobrasse apenas a sensação das pequenas borboletas voando no estômago.

— Gostaram? — Ouvi a voz de Shane e abri os olhos. Sua testa estava colada na minha, a respiração, ofegante, a atenção, em mim.

— Vocês foram tão lindos... — Lua fungou.

— Nossa, estou completamente apaixonada por vocês — Erin murmurou.

— Eu e Cahya gravamos tudo. Mark mudou as luzes, vocês nem perceberam... — Kizzie suspirou.

Em seguida, vieram centenas de elogios dos meninos, mas o que a Cahya disse ao final me arrematou:

— Eu queria que vocês pudessem ver o mesmo que o meu coração.

— É, garota da aliança? — Zane falou, soando surpreso. — É coisa da Indonésia?

— Não. — Ela estalou a língua e, quando a procurei, encontrei aqueles olhos amendoados e redondos, tão lindos, sorrindo para mim. — É coisa de *alma*, querido.

CAPÍTULO 22

Ai, amor
Eu tenho tanto pra falar
Você conhece o meu navegar
Uma parte de mim tem medo
E outra parte quer ficar

— Jão, "Coringa".

São Paulo, Brasil

Roxy

Chegamos a um hotel bem luxuoso no dia anterior, mas nem tivemos tempo de aproveitar. Shane simplesmente deitou na cama e desmaiou, o cansaço cobrando seu preço. Eu trabalhei em uma das salas de reunião do próprio hotel, com a equipe dos meninos, até meia-noite, selecionando as roupas que usariam nas aparições públicas.

São Paulo seria uma loucura; a passagem mais breve da The M's. Até a agenda parecia impossível de cumprir. Kizzie garantiu que daria tempo, porque a equipe era sensacional e muito completa, mas confesso que levei um susto quando percebi que a The M's tinha um compromisso a cada hora, nos dois dias na cidade, como entrevistas em todos os meios de comunicação e o *Meet & Greet*.

E ainda havia os fãs do lado de fora do hotel. Sério, eu podia ouvi-los gritando, ainda que estivéssemos no décimo quinto andar.

Foi isso que me acordou...

Finalmente levantei e fui ao banheiro, e enviei mensagens para a minha mãe, papai, tia Charlie e tio Fred. Aproveitei que Shane estava dormindo e peguei o meu notebook para digitar alguns tópicos importantes que teria que abordar no relatório do estágio supervisionado. Fiz tudo, e ainda eram sete e vinte da manhã. Franzi a testa quando fui checar meus e-mails e percebi que tinha um do Shane.

De: shanedauvray@gmail.com
Para: 2roxannetaylor@gmail.com
Assunto: A música que veio na minha cabeça.
Oi, linda.

Aline Sant'Ana

Tô te mandando no e-mail para que a ideia não fique perdida, saca? Lembra da música que fiz quando estávamos assistindo ao pôr do sol? Pois é, realmente podemos usar para a trilha sonora do filme. Aquele filme... que a produção nos convidou e pediu especificamente para que eu e você façamos a letra. Na real, acabei de ler o resumo da história, tô te mandando em anexo junto com a música. Me diz se não é a cara do que eu criei? Mas preciso de você, com a melodia e todo o resto. Pensei em R&B com uma pegada de rock. Misturar tudo. Mas quero tua opinião.

Beeeijo.

Terminei de ler a cena do script e meu coração ficou completamente acelerado porque o filme falava de dois amigos que se apaixonam. Quais as chances? A música que teríamos que compor deveria ser sensual. Era uma cena de sexo, ao pôr do sol.

Pisquei.

Sem conseguir acreditar, fui atrás do e-mail que Kizzie tinha nos enviado e, quando reli, vi que não era uma pegadinha do Shane.

Realmente...

Por quê?

Comecei a lutar com minhas emoções, mas, como se a inspiração não me desse trégua, comecei a digitar a sequência, a melodia surgindo na minha cabeça:

— Quando o sol está desacelerando, o meu coração está perseguindo você. Me diga para onde vamos daqui. Tentando resistir, mas isso não parece justo para nós. O que vamos fazer? Porque, quando estou com você, meu coração bate tão rápido — li a junção da minha letra com a do Shane em voz alta. — Eu mal consigo tomar fôlego. Eu quero o seu corpo no meu. Estou lutando comigo mesma. Mas e se... sempre foi você? Você. Você. Você. Sempre foi você.

Me arrepiei. Meus olhos marejaram quando a música trouxe tudo o que empurrei para longe. Ter Shane era tão mais do que algumas noites. E por mais que eu quisesse ser a desapegada, era difícil quando somava tudo. A amizade, o sexo, seus beijos, *aquela* dança. Eu já sabia, quando praticamente me ofereci numa bandeja, que eu teria que ser consciente do que fazia. Shane não era o tipo de homem que se relacionava, e ele não faria isso comigo, sabendo o quanto poderia me machucar. *Especialmente* por saber que poderia me machucar após ter prometido para si mesmo que nunca mais ia se apaixonar.

E eu não estava apaixonada.

Sempre foi você

É só sexo. Não é nada além de sexo com o meu melhor amigo.

Fui repetindo esse mantra até que eu conseguisse me levantar da cadeira. Meu coração foi ficando leve. É só sexo. É só sexo. Somente sexo. E quando meus olhos encontraram Shane nu, sem o lençol cobrindo seu corpo, deitado na cama, o arrepio que subiu não foi emocional, mas sim instintivo.

Dancei a atenção por sua pele bronzeada, as tatuagens que transformavam seus pensamentos em realidade, a barriga malhada subindo e descendo pela respiração. Shane estava com o antebraço sobre os olhos, protegendo-os da luz que vinha da janela. Os lábios entreabertos eram a única coisa que eu poderia ver do seu rosto, além da barba por fazer. Desci a admiração por aqueles músculos, o peito completamente depilado, o caminho de pelos em linha reta abaixo do umbigo, e o membro relaxado, jogado para a direita. As coxas estavam espaçadas, aproveitando a cama king, que parecia ser perfeita para o seu tamanho.

É só sexo.

A vontade de repetir aquela noite veio com tanta força que perdi o ar. A música e o significado se tornaram distantes. Minhas preocupações também. Eu precisava aproveitar cada segundo dessa viagem, o pouco que poderíamos ter, já que estávamos na penúltima cidade.

Eu o queria tanto que doía.

Se fôssemos parar, por que não sermos tudo o que poderíamos ser nesse tempo limitado?

Peguei a camisinha e me ajoelhei na cama, bem entre as pernas abertas dele, prendendo o cabelo em um coque. Me livrei da camiseta imensa do Shane que vesti assim que saí do banho, ficando só com a calcinha fio-dental branca. Passei as mãos por suas coxas, deslizando meu corpo até me apoiar nele, a bunda empinada em direção ao imenso espelho assim que comecei a beijar sua pele.

Meus mamilos se acenderam e o clitóris pulsou assim que senti sua virilha na minha língua, percorrendo o caminho livre de pelos de cima a baixo, por seus músculos tesos e as veias saltadas. Lambi tudo, sugando, até que o levasse para a minha boca.

Ele ainda estava dormindo quando o piercing da glande bateu lá no fundo da minha garganta. De olhos abertos, observei Shane alheio ao que eu fazia, o vai e vem, a sucção, uma das minhas mãos me ajudando a chupá-lo tão devagar, tão lento, com carinho. *Eu queria senti-lo na minha boca há tanto tempo.* O oral começou a ficar mais molhado, mais denso, e senti um pulsar bem onde ficava o

Aline Sant'Ana

piercing e em todas aquelas veias. *Está acordando, Shane?* Observei seu rosto, o antebraço ainda sobre os olhos, mas a ponta da língua umedecendo a boca seca, como se estivesse despertando.

Sem conseguir me conter, levei a mão livre para o meio das minhas pernas, encontrando a minha vagina molhada, a ponto de encharcar a calcinha e ir além do tecido. Gemi por mim e por ele, quando comecei a sentir seu pau engrossar à medida que minha garganta se expandia para recebê-lo. Nossa, seu sabor era bom, a grossura era perfeita e as veias latejavam loucamente contra a minha boca.

Sem tirar os olhos de Shane, assisti-o soltar o grunhido mais delicioso que já ouvi na vida, do fundo da garganta, rouco pelo sono interrompido, a ereção completa na minha boca, sem que eu conseguisse colocar tudo dentro. Suguei a glande com mais vontade quando o braço saiu dos seus olhos, tremi a língua no piercing e rodei o punho na base, acompanhando o ritmo com os lábios.

Shane sorriu ainda de olhos fechados, daquele jeito safado, ao mesmo tempo em que suas coxas tensionavam e ele meio que se espreguiçava.

Meu coração acelerou no momento em que suas pálpebras abriram, semicerradas, as pupilas em mim. Tão sonolento. Sua mão tocou gentilmente a lateral do meu rosto, o polegar no meu queixo, subindo para o meu lábio inferior. Ele sentiu seu pau entrando e saindo da minha boca, gemendo, erguendo o quadril, invadindo minha garganta. Mordeu o lábio inferior, lançando um olhar para a minha mão entre as pernas, a bunda empinada... e o espelho. Eu sabia que era uma visão e tanto.

— Bom dia — sua voz soou como nada além de um gemido.

E eu acelerei.

Shane

Puta que pariu, pensei, conforme Roxy me sugava, seus dedos indo e vindo na base do meu caralho, a língua brincando com a glande em um momento ou outro, apenas para depois me engolir com vontade. Ela sugava e depois tirava meu pau de dentro da boca, deixando só a cabecinha entrar... e sair. Cada vez que me tirava dos seus lábios, via o piercing brilhando da sua saliva, a cabeça vermelha.

O que eu fiz para merecer tanto?

Sexo de manhã era uma delícia, mas essa era a minha primeira vez sendo acordado por uma mulher me chupando. Eu geralmente começava a coisa toda, mas a Querubim...

As mechas caindo do seu coque, a bunda empinada para o espelho, seus dedos arrastando a calcinha cada vez que se tocava. Eu podia vê-la brilhando, gemendo e tremendo ao se tocar, sem nunca perder o ritmo, porque ela *gostou de me chupar*.

Caralho, eu queria tanto fodê-la.

Seus olhos estavam cintilando para mim.

E ela me recebia como se dissesse que aquele pau era dela.

Encarei bem dentro dos seus olhos, gemendo quando as bolas começaram a se retesar, a hipersensibilidade me fazendo estremecer. Cara, meu corpo inteiro se arrepiou, as veias queimando e levando o sangue só para a ponta do meu cacete. Fiquei paradinho, recebendo aquela boca gostosa que me tomava no ritmo perfeito, sem que eu precisasse dizer uma palavra. Minha mão dançou na lateral do seu rosto e meus dedos subiram até que eu segurasse o seu cabelo. A visão toda, da bunda empinada, os lábios da boceta espremidos pela calcinha transparente de tão molhada, sua boca me engolindo, seu rosto com tesão, os peitos pequenos se amassando contra a minha pele...

Tirei sua boca do meu pau quando ele começou a pulsar, o formigamento me garantindo que eu não ia longe.

— Quero entrar em você. Quero te foder toda.

— Por favor — pediu, gemendo.

Puta merda, cara.

O ar que saiu do meu peito foi como um lamento. Saí da posição, joguei os travesseiros no chão e peguei Roxanne, colocando-a de costas para mim, com o tronco ereto, joelhos no colchão. Ela espalmou as duas mãos na parede — dois tapas estalados contra a superfície fria. Me posicionei atrás dela, também de joelhos, minhas pernas se encaixando entre as suas, que as abriu bem para mim. Ofegante, agarrei sua bunda deliciosa, sugando seu pescoço, e meu pau resvalou na entrada quando Roxy se empinou, oferecendo. *O apadravya roçando ali, tão molhada.* Gemeu quando comecei a ir e vir, sem entrar, só atiçando-a.

Meu maxilar trincou.

Porra, como uma mulher pode molhar tanto o meu caralho assim...

Aline Sant'Ana

— A camisinha... — sussurrou. — Eu a perdi na cama.

— Achei — avisei depois de uma rápida procura, desenrolando-a no meu pau o mais depressa que conseguia. Os cabelos de Roxy começaram a cair em uma cascata entre nós, tocando o meu peito. Pus os lábios em sua orelha, agarrando o membro até deslizá-lo de cima a baixo, da sua bunda até os lábios. — Acordou querendo dar essa boceta pra mim?

— Preciso de mais, Shane.

— Com força? — Ela ia me quebrar. — É isso?

— Quero que transe comigo com vontade. Me mostra como é.

— *Nunca* te comeram com força? — perguntei, a coisa mais primitiva do homem, de ser mais uma primeira vez na vida de uma mulher, dançando no meu peito.

— Não.

Afundei os dedos no seu quadril, empinando-a ainda mais, enquanto a outra mão agarrava seus cabelos, puxando sua cabeça para trás, até que pendesse ao lado da minha. Roxy ficou arqueada e gemeu quando deslizei, arrematando de uma vez.

Cacete, ela conseguia me receber todo dentro, mesmo sendo tão pequena.

Fiquei um tempo perdido no nirvana, pensando que aquela era a nossa segunda vez de verdade. Parado, senti-a pulsar em volta de mim, tão molhada e febril, querendo prolongar o que sabia que seria uma foda rápida. *Tão encharcada que senti a umidade descendo nas minhas bolas, merda.* A mão que estava no seu quadril foi para a frente, até que sentisse seu clitóris macio e pequeno na ponta dos dedos. Descendo a mão, toquei em seus lábios esticados e provei a delícia de sentir o meu caralho dentro dela. Afundei o rosto em seu pescoço, lambendo a pele, e girei seu clitóris nos dedos calejados no mesmo instante em que recuei o quadril.

— Shane...

— Eu sei, linda — sussurrei.

Bati o quadril na bunda dela com tanta brusquidão que as mãos de Roxy escaparam da parede, e eu a agarrei, para que não caísse para frente. Mole em meus braços, eu a fodi com vontade, indo e vindo, o formigamento do tesão saracoteando a minha pele, ferroando.

— Gostosa pra cacete, Roxanne. — Lambi seu pescoço, até a linha do maxilar, e mordi seu lóbulo. — Tá me sentindo todo dentro?

— Todo dentro. — Sua voz saiu tão rouca e sexy.

— Molhada pra porra. — Ofeguei, e ela tremeu, perdendo o resto da força. Agarrei-a por trás, meu cotovelo no osso do seu quadril, a mão segurando um dos seios, enquanto arranhava a pele do seu pescoço com os dentes. Senti seu arrepio e comecei a só mover o músculo da bunda, estocando gostoso, abrindo mais as nossas pernas para que eu só ondulasse dentro dela. O som foi tão alto que parecia que eu estava a espancando de mão aberta, meu quadril estalando.

Roxanne choramingou meu nome, apertando meu pau com a sua boceta, e eu acelerei até que meus gemidos se tornassem urros, até que suor escorresse por minha pele, a onda de prazer fazendo as bolas se encolherem de tesão. Eu podia sentir, bem no *apadravya*, aquele piscar, que dizia que Roxy gozaria em segundos.

— Fala pra mim quem tá te fodendo. Quem te come gostoso e com força.

— Shane! — implorou, uma das mãos indo direto para o clitóris, dando toda a atenção. — Bem assim...

— É? — Ri rouco contra sua orelha. — Bem assim? Quero te desmontar, amor — prometi baixinho.

Ela era receptiva, e tinha sido assim na primeira vez que transamos conscientemente, mas o que aconteceu em seguida... eu não estava preparado, cara. Suas mãos agarraram a cabeceira acolchoada da cama, Roxy se desmanchando contra o meu corpo, mas sua bunda começou a se mover para cima e para baixo, acompanhando o ritmo enquanto ela tremia. Eu subindo, ela descendo. *Tremendo inteira. Tão rápido.* Cada nervo apertando meu sexo, por todo o comprimento e grossura, como se me chamasse para gozar. Suas coxas fracas a fizeram sentar no meu caralho, enquanto vibrava com meu pau, e quando seu corpo começou a dar espasmos, eu soube.

Acelerei a brincadeira no seu clitóris, fazendo meu caralho dançar naquele calor quente e molhado com o quadril, frente e trás, mais rápido do que as batidas insanas do meu coração. Inspirei seu perfume, fechando os olhos, e suas mãos vieram para minhas coxas, as unhas afundando na carne, quando ela tremeu e parou, convulsionando e gozando. *Linda e gostosa.* Travei meu pau lá dentro, sentindo os impulsos do seu orgasmo bem na cabecinha, nele todo, e levei a mão para a sua boca quando ouvi passos do lado de fora da porta.

Só que, ao invés de ela aceitar aquilo, seus lábios sugaram meu dedo,

Aline Sant'Ana

chupando como fez com meu pau, me molhando com a sua boca, molhando minhas bolas e o caralho com a boceta. Um tiro percorreu da minha nuca à glande, queimando. Fiquei paradinho dentro dela, não querendo mover o quadril para que aquilo não acabasse, mas Roxy...

Porra.

Subiu e desceu de uma só vez, sentando nele, o que fez meus joelhos se espaçarem pelo prazer. Sentei com as pernas dobradas, provando o rebolado e os gemidos silenciosos de Roxy, enquanto uma segunda onda de orgasmo a tomava. Meus tímpanos ficaram surdos, e o calor subiu em um jato por todo o meu pau. *Ah, cacete.* O prazer não veio só ali, mas em todos os músculos do meu corpo, me dissolvendo como se eu não valesse nada. Pontos de luz piscaram nas minhas pálpebras fechadas, meus dedos se afundando em Roxy, onde a encontrava, meu corpo estremecendo enquanto eu sentia o orgasmo mais foda da minha vida, gozando com ela. Encostei a boca em sua pele para não rosnar seu nome. Lambi-a como se estivesse adulando-a, o prazer transformando aquilo tudo em uma coisa tão...

Uma batida soou quando a última gota de prazer que restava em mim saiu. No mesmo segundo, o despertador do celular começou a tocar na cabeceira, me lembrando da reunião às oito da manhã.

— Humm... oi, Shane. Não nos conhecemos ainda, eu sou a Manu, a chefe da equipe de vocês em São Paulo, e te enviei algumas mensagens, mas você não respondeu. Posso te esperar na sala de reunião do hotel daqui a dez minutos? — perguntou contra a porta. — Todos os integrantes já estão lá. E é importante.

— Eu já desço — arfei.

— Tudo bem — Manu disse do outro lado e se afastou.

Beijei o ombro da Roxy, meu coração espancando suas costas, minha respiração ofegante dançando por sua pele. Ela ergueu o braço, levando a mão para trás, até tocar a minha cabeça. Seus dedos afundaram nos meus cabelos, e sua boceta ainda piscava quando ela respirou fundo.

— Bom dia, Tigrão.

Ri enquanto soltava o ar dos pulmões, embora me sentisse tão estranho.

Quando transava, assim que terminava, experimentava um vazio fodido de que aquilo não tinha sentido.

Por que agora eu me sentia tão... completo?

Sempre foi você

Esses pensamentos tinham que parar, cara.

— Bom dia, Querubim. Dormiu bem?

Tomamos um banho juntos e nos vestimos. Rindo, com um roubando a toalha do outro, nada parecia ter mudado.

Estávamos bem, certo?

É, estávamos.

Roxy

A The M's se reuniu com a equipe de São Paulo e, em seguida, começou a agenda insana, da reunião das oito da manhã até às seis da tarde, numa correria sem fim. Quando eles finalmente conseguiram almoçar, completamente fora de horário, tiveram que correr de novo porque tinham uma gravação de matéria de TV. Mais três horas se passaram e, quando percebi que continuariam fora do hotel, imaginei que estivessem exaustos. Não fui junto porque precisava resolver o figurino do show, mas acompanhei tudo por mensagem com o Shane.

— Chegamos! — Erin se aproximou com Lua e Cahya. As três tinham saído para dar uma curta volta, o que foi bem caótico. Os fãs ainda estavam na porta do hotel e, a cada saída, era necessário avisar com antecedência à segurança. — Como você está?

— Cansada, mas bem. E vocês? — perguntei, erguendo os olhos do colete do Zane. Erin, com sua pose de fada, sentou-se ao meu lado.

— Pare um pouco. Eu termino de costurar esses dois botões que caíram.

— Não precisa, Erin. De verdade.

— Precisa sim — Lua rebateu, sentando-se do outro lado. Cahya ficou na minha frente. — Você trabalhou o dia todo e tá com uma carinha de que precisa de um cochilo.

— Eu tenho a coisa perfeita para você. — Cahya me estendeu uma xícara de café, que nem percebi que tinha trazido. O café no Brasil era bem mais concentrado e tão delicioso que, mesmo sendo noite, não neguei. Bebi dois longos goles e gemi de prazer. — Daqui a pouco, precisa se arrumar para a festa, Roxy. Não se esqueça.

— Só faltava mesmo o colete do Zane, mas sei que ele vai arrancar em cinco minutos de show e... — Parei de falar quando vi uma mensagem da minha mãe,

258

que dizia: "Podemos conversar?". — Meninas, só preciso atender uma ligação e juro que vou me arrumar.

— Tudo bem — Lua concordou.

Me afastei, liguei para mamãe e sua voz tranquila soou do outro lado da linha:

— Oi, meu amor. Como está?

— Oi, mãe. Tudo bem? Queria conversar comigo? — Podia ver toda a cidade lá de cima, um dos últimos andares do hotel, as luzes dos prédios, o céu escuro, reservado para a The M's.

— Desculpa te atrapalhar, filha, mas é que conversei com a Charlotte, que conversou com o Zane, e aí acabei sabendo... — Ouvi meu pai gritando ao fundo, como se estivesse comemorando. — Fica quieto, Ken.

— Sabendo do quê?

— Que você e o Shane....

Ai. Meu. Deus.

— Mãe, não é nada disso que você está pensando.

— Ah, eu sei. Vocês jovens transam sem compromisso. Nunca te critiquei por isso, filha. E não vai ser agora. — Meu pai soltou um: "eles vão ficar juntos?". E minha mãe adicionou uma segunda vez na ligação: — Shhh, Ken!

Fechei os olhos. Zane, o fofoqueiro da nação. Precisava mudar o apelido dele para Vizinho Futriqueiro.

— Sabe, filha, a Charlotte está tão, mas tão feliz. Convidei-a para vir jantar, mas não foi nada combinado... aliás, estamos *tão* felizes também. Sempre esperamos que vocês dois acabassem encontrando o caminho um para o outro.

— Mãe, eu amo você. De todo o meu coração. Mas eu e Shane só nos sentimos atraídos um pelo outro. Somos amigos a vida inteira, não queremos estragar isso. E Shane não quer saber de compromisso, você sabe...

— Eu também era assim — papai disse. — Fredrick inclusive e *principalmente*.

— Estou no viva-voz? — murmurei, resignada.

— Não, filha. É que a chamada está alta mesmo. Quieto, querido! — Mamãe suspirou, mas podia ouvir o sorriso em sua voz. — Não tem problema vocês não quererem namorar...

Sempre foi você

— Não quero que se magoem, porque temos um prazo de validade.

Blair e Kennedy Taylor ficaram em silêncio.

— Como assim? — disseram os dois ao mesmo tempo. É, eu estava no viva-voz.

— É só durante a viagem. Depois, continuaremos como melhores amigos.

— Mas por que isso? *Quem* disse? — mamãe choramingou.

— Foi uma decisão mútua, mãe.

— Nós não vamos pressionar. Eu jamais te imporia qualquer coisa, sabe disso — papai falou. — Só estamos felizes porque era algo que torcíamos. Mas, se não der certo, não tem problema. Estaremos aqui de qualquer maneira e apoiaremos vocês dois como amigos ou algo a mais. Era só isso que eu e sua mãe queríamos dizer.

— Desculpe a empolgação, meu amor, mas é que... quando vocês eram pequenos, brincávamos que seríamos uma só família, porque eu tive uma menina linda e carinhosa e a Charlotte teve um garoto tão bonito e amável. Vocês não se desgrudavam, eram tão fofos. — Mamãe respirou fundo. — Acompanhamos vocês dois crescendo, se apaixonando por outras pessoas, sentindo, em nossos corações, que não era isso. Então os ciúmes da parte dele e da sua parte... Sei que é difícil se entregar ao sentimento, mas talvez ambos tenham sempre pertencido um ao outro, sem saber. — Ela fez uma pausa. — Desculpe, filha. Eu vou deixar o meu coração de lado. Aliás, falei com a mãe da Lua... nos tornamos tão amigas. Eu te contei?

Ela desconversou. Disse que se encontrou com a mãe e o pai da Lua, assim como o pai de Carter e, claro, os D'Auvray, para um café. E embora eu continuasse falando com a minha mãe, meu cérebro não estava mais ali.

Não poderia magoá-los.

Não mais do que já estava magoando a mim mesma.

Aline Sant'Ana

Sempre foi você

CAPÍTULO 23

Only you know me the way you know me
Only you forgive me when I'm sorry
Even when I messed it up
There you are

— Zayn, "There You Are".

SHANE

— Surpresa! — disseram todos, batendo palmas, no instante em que Mark abriu as portas do salão.

Olhei para os caras, que olharam para mim, sem fazerem ideia do que era aquilo. Mark tinha nos levado ao hotel, pedindo que o acompanhássemos antes de descansarmos. *Era uma festa surpresa, porra.* Sim, em comemoração ao... lancei um olhar para a imensa faixa, que dizia:

Parabéns, The M's! Vocês acabaram de bater o recorde de visualizações no YouTube com o clipe de Angel, se tornando os artistas mais vistos da plataforma em toda a história!

— O quê? É sério? — Carter ficou surpreso, lendo o mesmo que eu.

Li de novo. E mais uma vez.

— Porra, não! É? — Zane gritou.

— Meu Deus... — Yan murmurou.

Cara, depois de um dia inteiro de trabalho, ver algo assim não tem preço. Quebrar o YouTube é uma das conquistas mais fodas para um artista. Significava que nosso público estava aumentando e, consequentemente, talvez conquistássemos mais. O primeiro lugar da Billboard, por exemplo. Ser indicado ao Grammy, caralho, que objetivo foda! Engoli em seco quando a emoção ameaçou apertar minha garganta. Estourar no YouTube era o primeiro passo.

Vale a pena viver pelos nossos sonhos, cara.

Meus olhos automaticamente procuraram Roxanne entre as pessoas. Havia

Aline Sant'Ana

tantas que não conhecia, apesar de saber que eram da equipe da The M's em São Paulo. Meu coração sussurrou que eu tinha de buscá-la, porque a música que arrebentou a porra toda foi composta por nós dois.

Esse sucesso era dela também.

Assim que meus olhos a acharam entre as luzes chiques e a decoração impecável, meu batimento ficou descompassado. Ela estava emocionada, as mãos cobrindo a boca em um grito silencioso, os dedos trêmulos. Usava um vestido preto com um decote profundo, quase no meio da barriga, os cabelos longos e soltos ao lado do rosto, com um colar no centro do decote... porra, estava linda. Tão segura de si mesma, tão perfeita.

Eu ia até ela por impulso, pouco me fodendo para o que iam imaginar, mas travei no lugar. Em questão de segundos, Oliver apareceu na minha frente.

— Todos aqui assinaram contrato de confidencialidade. Faça o que tiver que fazer, sem pensar — sussurrou, como se lesse a minha mente.

— Sério? — Ergui uma sobrancelha para ele.

— Só a beije e a faça se sentir especial, Shane. Agradeça a Roxy por estar ao seu lado. E, por favor, faça-a feliz.

— Nós... não, cara. É só até a viagem acabar.

— Tem de fazer valer cada segundo, então. — Estreitou os olhos e se afastou.

Escutei os champanhes sendo abertos e sabia que, como integrante da The M's, a primeira coisa que eu deveria fazer era ficar ao lado dos caras, mesmo que fosse para tomar aquele negócio bizarro sem álcool, mas não pude. Não quando *aqueles* olhos lindos estavam em mim, não quando suas lágrimas vertiam de orgulho, não quando meu coração estava tão fodido e acelerado.

Roxanne Taylor já moveu o mundo por mim. E eu não sabia se seria capaz de recompensá-la um dia.

Atravessei o salão, tentando ser gentil a cada parabéns que recebia, mas minha atenção não conseguia se desviar da minha Querubim. Meu coração foi batendo mais forte cada vez que eu chegava mais perto, meus olhos dançando por seu corpo, sua pele. Eu queria tanto beijá-la que parecia necessidade ao invés de escolha.

O que tá acontecendo comigo?

Perto o bastante, meu coração sambou assim que segurei as laterais do seu rosto e mergulhei em sua boca. Foi tão rápido que engoli o suspiro de surpresa de

Sempre foi você

Roxy no mesmo segundo em que fechava as pálpebras. Dancei com meus lábios, curtindo aquele movimento que Roxy fazia com meu inferior e, em seguida, superior. Em um entreabrir de lábios, minha língua pediu passagem, que ela cedeu com um gemido.

Como eu vou ficar sem esse beijo?

Quando começamos a nos perder, Roxy desviou os lábios dos meus, a respiração alterada. Ela levou sua boca até a minha orelha e sussurrou:

— Porque, quando estou com você, meu coração bate tão rápido. Eu mal posso respirar. Eu quero o seu corpo no meu. Estou lutando comigo mesma. Mas e se... sempre foi você? — cantou e arrepios cobriram a minha nuca. Meus olhos ficaram úmidos quando entendi que ela estava completando a canção que comecei a criar e já tinha até melodia. — O próximo sucesso da The M's será esse. Parabéns, amor.

Amor. Eu sei que saiu sem maldade. *Mas, porra.*

Meu coração agora tinha o Carnaval do Rio de Janeiro no peito.

Afastei-me, ofegante, com as mãos ainda em seu rosto, não querendo pensar no quanto aquela música tinha terminado de foder a minha cabeça. O nariz delicado, as íris claras e molhadas, a boca vermelha por eu ter judiado dela no beijo... me concentrei em seus traços, para conseguir dizer:

— Estive à beira da morte duas vezes. Nos instantes antes de apagar, eu só pensava que tinha de voltar para você, porque a minha melhor amiga me mataria se eu morresse. — Roxy riu, chorando, e murmurou que seria isso mesmo. — Você é o motivo de eu estar respirando agora. O motivo de eu ter aguentado naquele resort, porque não sou forte o bastante sozinho. Nesses momentos tão fodidos, você está lá. Mas... — Uma música começou a tocar ao fundo, luzes da festa dançando em nós dois, e só então percebi que estávamos na pista. — Sobre todas as partes boas? Elas não só vêm com a sua companhia, Querubim. Todas as partes boas *são* você.

E se sempre foi você? Ela tocou na minha mão que estava em seu rosto, alternando a atenção entre minhas pupilas e boca, e o carinho que eu vi ali... porra, mulher nenhuma havia me olhado dessa forma.

— Dança comigo — pedi, antes de ouvir a sua resposta. Ela abriu a boca e fechou de novo. — Preciso comemorar.

— Os meninos...

Tudo o que eu tinha era o presente.

Aline Sant'Ana

— Depois. Só você me importa agora.

Roxy

— Mas ele te chamou de *amor* na cama, e você disse *amor* agora? — Lua perguntou, no meio da conversa. Estávamos só as meninas, enquanto os meninos tiravam fotos com a equipe. A festa particular foi organizada pela própria equipe de São Paulo, e até Kizzie ficou surpresa.

— Foi, mas... saiu naturalmente.

— Da parte dele e da sua? — Erin ergueu a sobrancelha para mim.

— Eu acho que ele nem se deu conta do que disse. Eu, pelo contrário... mas saiu. Não estou acostumada a chamar homens de *amor*. — Franzi a testa. — Não sei o que deu em mim.

Já estávamos há duas horas na festa. Eu e Shane dançamos por uma hora inteira. E ele me beijou na pista de dança mais vezes do que deveríamos. Parecíamos um casal.

As coisas que ele *disse*. Por Deus.

— Como você está se sentindo em relação ao Shane? — Kizzie perguntou.

— É muito bom estar com ele. Beijá-lo, tê-lo. É mais do que eu imaginava, do que poderia sonhar. — Fiz uma pausa. — A atração que sentia por ele sempre vinha com um questionamento de como seríamos. O sexo parece coisa de outro mundo, de tão bom. Eu até tive orgasmos. Reais! — As meninas suspiraram de uma só vez. — O problema, além de saber que é possível não existir outro homem que tenha tanta conexão na cama comigo, é... — Parei de falar quando os olhos de Shane atravessaram o salão e me encontraram.

— Qual é o problema? — Cahya indagou.

Pisquei.

— São as coisas que o Shane diz, o carinho, a maneira que ele me beija, como se não quisesse me deixar ir. O que fica depois me deixa *tão* confusa.

— Roxy, vocês já têm um envolvimento, muito antes de serem... parceiros de sexo. — Erin sorriu. — O que fica depois é a amizade. Você queria que ele te tratasse diferente?

Erin tinha razão. Havia tão mais em nós dois; o sexo era um complemento. E todo o resto já era arrebatador o suficiente.

— Em parte, eu queria — sussurrei. — Droga, estou começando a ficar confusa.

— E é normal — Lua disse. — Mas você se apaixonou no meio do caminho?

Elas ficaram em silêncio, aguardando uma resposta.

Virei uma taça de champanhe, desejando, por um segundo, que tivesse ao menos uma gota de álcool ali. Encarei os olhos das minhas amigas e senti a emoção cobrir a minha garganta de forma amarga.

— E se eu dissesse que sempre estive apaixonada? — perguntei retoricamente, rindo, porque nunca tinha confessado nem para mim, muito menos em voz alta. — Mesmo que eu tenha empurrado para longe todos os instantes em que Shane pareceu ser mais do que um amigo... a sensação voltava. Eu achava que estava bem quando me envolvia com as outras pessoas, mas era só ficar solteira que meu olhar sobre ele... eu o queria, entendem? Por um longo tempo, mascarei com um "deve ser carência" ou "é só atração", mas não é nada disso. O que mais me afeta em nós dois é o carinho que ele tem comigo, muito além do sexo. Se nos resumíssemos à atração, então a transa teria um peso bem menor. — Fiz uma pausa. — Não, eu não me apaixonei por Shane agora. Eu me apaixonei quando éramos só amigos. O que é um absurdo. Porque eu *vou* me machucar.

— Ah, Roxy — Erin foi a primeira a dizer.

— Por que você vai se machucar? — Cahya pensou alto. — Não há como conversar com ele sobre o que está sentindo?

— Não — Kizzie negou por mim. — Shane vai fugir no instante em que perceber o que ela sente, por mais que sinta o mesmo. Ele é um D'Auvray, precisa ceder primeiro.

Sim, Keziah os entendia perfeitamente.

— Certo, então o que vamos fazer? — Lua perguntou, se inserindo no plano, o que me arrancou uma risada. Mas eu queria chorar. Queria tanto chorar que a minha garganta ficou apertada.

— Roxy — Kizzie me chamou, os olhos naquele tom dourado tão exótico, fixos e determinados nos meus. — No momento em que Shane escorregar, porque ele vai, quero que diga para ele, e deixe bem claro, que, no dia em que a viagem chegar ao fim, vocês vão voltar a ser melhores amigos. Mas não faça isso como já deve ter feito. Seja bem-humorada, sarcástica e até debochada, se quiser. Como se não se importasse, como se fosse irreal vocês continuarem.

Aline Sant'Ana

— Eu gosto desse plano — Erin opinou.

— Parece perfeito — Lua elogiou.

— Mas *quando* ele escorregar? Parece vago — Cahya pontuou.

— Os D'Auvray gostam de contar vantagem, o ego deles é imenso. — Kizzie abriu um sorriso. — Quando Shane estiver se achando demais em relação a como faz você se sentir, quebre-o em dois. Diga algo que ele mesmo diria, se fosse para alguém que não se importa. Algo pessoal, que ele entenda e sinta que, assim que os dias acabarem, vai te perder.

— Aliás, quero adicionar uma coisa também. — Lua deu um passo à frente. — Shane é orgulhoso e *teimoso*. Talvez, quando perceber que está gostando de você, tente se afastar. Prossiga sendo amiga, indiferente a tudo, como se transar com ele ou não... bem, o que importa? Envie sinais confusos, da mesma maneira que ele faz. Seja carinhosa, seja fria. Não deixe que Shane compreenda o que há em você.

— E eu consigo? — perguntei, surpresa por elas esperarem tanto de mim.

— Claro que consegue! — Lua garantiu. — Shane disse que você é a única capaz de lhe falar um não. Você o esnobou a vida inteira. Fugiu e foi blindada em todas as gracinhas e seduções. Mulher nenhuma resistiria a tanto, Roxy. Só continue o que sempre fez.

— A indiferença é a arma mais poderosa. — Kizzie piscou para mim. — Você pode sentir tudo, mas em nenhum momento deixe transparecer. Não até que Shane avance. Quando ele avançar, você joga a realidade, e aí sim... prense-o contra a parede. Se precisar de colo, estaremos por perto.

— Não é apenas isso, meninas. Shane... o coração dele ainda está ocupado.

— Isso é uma suposição e *precisa* ser conversado — Erin pontuou. — No momento certo, coloque-o contra a parede, quando estiver rendido por você.

— Bem, sempre tem a alternativa de capá-lo... — Cahya brincou, fazendo todas rirem.

— Capar quem? — A voz de Mark soou ao nosso redor e Cahya sorriu para o seu homem assim que ele chegou ao meu lado, envolvendo-me em um abraço de lado.

Mark era observador demais para deixar passar o que havia no meu coração.

— Shane, mas pode ser você também, se não se comportar — Cahya brincou.

O segurança riu.

Sempre foi você

— Tudo bem, Roxanne? — perguntou baixinho.

— Sim.

Ele assentiu e foi para o lado da esposa, fazendo uma piada sobre ela não conseguir ficar sem essa parte da sua anatomia.

É, pensei, observando Shane do outro lado do salão. *Sempre foi ele.*

Shane

— A festa está linda, realmente — Manu elogiou. — Aliás, queria aproveitar para pedir desculpas pela interrupção hoje mais cedo. O cronograma, você sabe...

— Aham.

— O show amanhã tem uma estimativa de quase cinquenta mil pessoas no Allianz Park — ela desconversou. — Ainda bem que tiveram os compromissos mais importantes hoje. Amanhã teremos passagem de som e...

Ela continuou falando, mas a ignorei. Roxy estava rindo com meu irmão, que tinha se aproximado da roda das meninas. E Mark. Zane a abraçou e, embora eu soubesse que o cara a via como uma criança, o músculo do meu maxilar saltou. Eu era um idiota, porra.

— O que me faz perguntar se você aceitaria passar a noite comigo — Manu arrematou.

Espera, o que eu perdi?

Virei meus olhos para ela.

— O que você disse?

— Sou direta, Shane — sussurrou, o sotaque brasileiro ao fundo. Sua pele avelã era tão linda e os olhos, intensos. *Mas, que porra?* Eu perdi totalmente o rumo da conversa. — Sei que gosta de curtir algo mais descompromissado, eu te ouvi de manhã, sabe? Então, como já assinei um contrato de confidencialidade e te acho... bem delicioso... pensei em unirmos o útil ao agradável e passarmos esta noite juntos.

Cara, eu nunca, em toda a minha vida, fiquei gelado ao ouvir uma proposta de uma noite e nada mais. Foi a primeira vez que senti um desespero pela ideia de transar com uma mulher gostosa. Foi como se meu cérebro apagasse. Meu sangue se transformou em gelo e minha mão estremeceu no drink sem álcool.

— E então? — perguntou de novo, sorrindo, confiante demais em si mesma.

Engoli em seco.

Por que eu estava reagindo assim, cara?

Como se uma corda invisível me puxasse para ela, meus olhos foram para Roxanne, que estava gargalhando com Zane, alheia a mim e ao meu inferno particular. Ele apertou o pequeno nariz dela, e Roxy deu um tapa em sua mão, brigando e brincando. Aquela cena pausou na minha cabeça por um instante, enquanto eu retrocedia no tempo.

Roxanne, aos cinco anos, brigando pelo sofá. Aos dez, quando a ensinei a nadar. Aos doze, quando subimos num skate pela primeira vez e caímos juntos. Aos treze, ensaiando *Dirty Dancing*. Aos quinze, quando tivemos o primeiro baile da escola. Aos dezesseis anos, no Ano-Novo que passamos com nossas famílias em Nova York. Aos dezoito, quando minha vida virou do avesso. Aos dezenove, aos vinte, vinte e um e...

Seu corpo no meu, os beijos, a entrega. O quanto eu busquei uma mulher que me sentisse e me quisesse tanto quanto Roxanne na cama. Porra, porque eu me perdi em tantos corpos e nunca encontrei aquela conexão. A intimidade e a nossa história somadas à vontade que eu tinha de Roxy por tantos anos, oprimindo, escondendo...

Nenhuma seria como a Querubim.

E eu não queria foder com ninguém mais, não depois de prová-la.

Meu coração acelerou, gritando contra a razão, rasgando todos os medos que se conectavam como nós. A obscuridade lutou para se manter, se agarrando à promessa que eu fiz aos dezoito anos, para aquela menina que jurei que amaria para sempre.

Então, a constatação desgraçada que me desmontava como se eu não fosse nada, um castelo de cartas ou areia: *Eu estou me apaixonando por Roxanne Taylor.*

— Há uma mulher, não é? — Manu indagou, surpresa.

Pisquei, umedecendo os lábios, sem nem conseguir disfarçar.

— A única.

— Uau, Shane.

É, uau.

Achei que nunca me apaixonaria novamente, mas isso estava embaixo do meu nariz esse tempo todo. Porra, a vida inteira bem ali, me sondando, me instigando e me mostrando que éramos nós dois.

Desde quando estou apaixonado por Roxanne? A vida inteira?

Não, não poderia ser. Ou era? Meus ossos se transformaram em vapor, se espalhando dentro de mim a sensação sufocante de constatar algo que todo mundo enxergava, exceto eu.

Desconhecer o que você sente não significa que o sentimento não esteja lá, como disse minha psicóloga.

Porra, o que eu ia fazer? Roxanne era o meu oposto e complemento. Ela queria uma vida, e eu só poderia oferecer instantes. Ela era tão boa, e eu era um merda. Não, tê-la seria mais do que ganhar na loteria. E a sorte não encontra caras como eu.

Comecei a me sentir angustiado ao ouvir a razão. A paixão vai passar, certo? Eu ficaria com Roxy até o fim da viagem, e depois voltaríamos ao normal.

Meu coração *voltaria* ao normal.

Teria que voltar, porque eu não ia suportar a ideia de machucá-la. E se eu a machucasse, como fiz com todas as pessoas que me amaram, porra...

— Zane me desafiou e, apesar de eu odiar aparecer em público assim, estou em casa aqui, certo? Por favor, não gravem. — Isso arrancou risadas de todos. *Era a voz da Querubim.* Não a vi entre a multidão. Quando a encontrei em cima do palco, onde eu e os caras fizemos um discurso de agradecimento, perdi o ar. Seus dedos finos estavam trêmulos no microfone, os olhos, emocionados, as bochechas, coradas. — Para quem não me conhece, eu sou Roxanne Taylor, amiga da The M's há tantos anos que vocês ficariam surpresos. Quando era pequena, me espelhava muito nesses meninos, que tocavam na garagem e eram tão apaixonados por música...

Eu queria prestar atenção no seu discurso, porque Roxy estava se expondo em público, e para ela isso era fodido de tão difícil. Mas meu coração estava batendo nos tímpanos e senti a pressão sanguínea subir, porque eu não estava preparado para lidar com uma paixão... não, cara. *Mas ela tá tão bonita.*

— Eles dizem que a minha voz soa como a de um anjo. E todas as vezes que me pediram para cantar, neguei. Mas hoje não farei isso. Aceito o desafio, Zane. — Ela sorriu, emocionada, os olhos no meu irmão. — Cantarei a primeira música que aprendi porque, para mim... vocês representam o início da minha vida. E o agora. Obrigada por acreditarem nos seus sonhos. — Roxy me buscou e,

Aline Sant'Ana

quando me encontrou, os lábios se ergueram por trás do microfone. — Obrigada por nunca desistirem mesmo quando tudo parecia tão difícil.

Assim que o instrumental de *I Have Nothing*, da Whitney Houston, soou por todo o salão, me apoiei na mesa. Roxanne tinha uma voz angelical, mas, quando cantava Whitney, era como se fosse uma divindade. Meus joelhos tremeram quando ela iniciou.

Porra.

— *Compartilhe a minha vida. Me aceite pelo que sou. Porque eu nunca irei mudar. Todas as minhas cores por você. Pegue o meu amor.* — Seus olhos se voltaram para mim, sorrindo. Os lábios dançando, a voz sem esforço algum de chegar no tom. Senti os pelos subirem em cada centímetro do meu corpo. — *Eu nunca pedirei muita coisa. Apenas aquilo que você é. E tudo aquilo que você faz.*

Roxanne fechou os olhos quando cantou a segunda parte. Larguei o copo, a companhia da Manu, e fui em direção ao palco. Senti Yan, Carter, Mark e Zane ao meu lado, mas não olhei para eles, porque todo o meu foco era na Roxy.

Eu sabia que a letra da música não era para mim, mas era foda demais ouvi-la sem pensar... sem imaginar...

— Sua Querubim é um anjo mesmo — Carter sussurrou.

— É. — E nem me dignei a negar o pronome.

— *Não me faça fechar mais uma porta.* — Abriu as pálpebras e, quando me encontrou, seus olhos estavam marejados. — *Eu não quero mais esse sofrimento. Fique em meus braços se você tiver coragem. Ou devo imaginar você ali? Não fuja para longe de mim. Eu não tenho nada. Nada. Nada, se eu não tenho você.*

O impulso de fugir surgiu de forma arrebatadora. Fugir do que eu sentia. Fugir daquela música. E da intensidade com que Roxanne estava me olhando. Era como se ela tivesse a chave do meu coração e, enquanto ele queimava no peito, Roxy apenas balançava-a para lá e para cá.

Eu não posso te machucar, Roxanne. De todas as pessoas, não você.

— Não fuja, Shane. Não dela — meu irmão disse baixinho ao meu lado, me lendo tanto que estremeci, e colocou a mão no meu ombro.

— Eu tô me apaixonando, Zane.

Ele fez uma curta pausa. Na fala, na respiração, na postura. Paralisado por segundos inteiros, até murmurar ao meu lado:

Sempre foi você

— Eu sei.

— Vai passar. Talvez eu tenha que dar um passo para trás, só. Nada de mais.

— Você pode tentar se afastar, mas não vai durar — garantiu.

— O sentimento *vai* passar, tô falando — rebati, como se não me importasse. Mas estava morrendo por dentro.

— Não, não vai. Só vai aumentar, na verdade. — Ele suspirou fundo. *Não se atreva a ir para longe de mim*, Roxanne cantou. *Não tenho nada, nada, nada. Se eu não tiver você...* — Diga a ela como se sente, jogue tudo na mesa.

— Hã? Jamais. Vou foder com tudo. E falar sobre um sentimento passageiro? Pra quê?

— Ela vai descobrir mesmo que fique em silêncio.

— Um dia de cada vez. — Mordi o lábio inferior. — Eu não vou pirar porque tô me apaixonando. Tudo vai se resolver com o tempo. Foi o sexo... a junção de tudo... — Virei-me para Zane, que estava me observando como se tivesse uma sabedoria fodida e milenar. — Eu não posso oferecer a Roxy o que ela precisa.

— Amor? Carinho? Sexo? Você já tá fazendo tudo, porra.

Ninguém sabia das minhas merdas, das lutas internas...

— O sentimento vai ter que passar assim que o avião decolar rumo a Miami, cara — prometi. — Ser o melhor amigo da Roxanne é tudo o que vou me permitir ser.

Ela terminou a performance e, como se lesse em mim cada pensamento, suspirou fundo, os olhos molhados e a angústia nas íris claras. *Eu já a estava machucando sem ter de dizer uma palavra.* Roxy umedeceu a boca e foi aplaudida de pé. Quando sua atenção se voltou para mim uma segunda vez, a emoção foi coberta por determinação, quase como se ela entendesse tudo o que eu não queria que soubesse.

Fiquei sem ar.

E fechei os olhos, implorando para que Zane estivesse errado.

Vai passar, prometi. *Vai passar.*

Aline Sant'Ana

Sempre foi você

CAPÍTULO 24

I would've walked through hell
To find another way
I would've laid me down
If I knew that you would stay

— *Anson Seabra, "Walked Through Hell".*

Dezoito anos de idade

SHANE

Melinda estava me maltratando, em mais uma das vezes em que ela distorcia a situação e me colocava como culpado. O assunto da vez? Roxanne. Era a única coisa que eu não aceitava que Melinda fodesse.

— Então por que não fica com ela? — despejou. — Vai pra casa dela nesse final de semana, como combinou em mil e oitocentos. Foda-se, Shane, até os seus pais a amam.

Estava me encontrando escondido com Melinda. Meu pai queria me internar em uma clínica de reabilitação, e eu estava fugindo disso porque, se eu fosse, a perderia.

— Não a vejo assim — expliquei pela milésima vez. — E o encontro é uma coisa dos nossos pais. Eu tenho que ir.

— Vejo o jeito que a olha. É tudo sobre ela, Shane. Eu não posso nem te visitar. — Ela cheirou uma fileira de cocaína. E eu engoli em seco, desejando cheirar também. — Eu vou ficar louca pra esquecer o quanto você me machuca.

E os caras que você fode enquanto tá comigo?, quis perguntar, mas segurei.

— Ela me salvou de uma overdose. — Encarei Melinda, me sentindo agitado. — Enquanto você estava pouco se fodendo pra mim. Quer conversar sobre isso?

— Ah, é. A festa em que eu não estava. Lá vai você me culpar por eu não ter salvado a sua vida. Desculpa aí. Quando for a minha vez, me deixa morrer num canto, pra compensar o que não fiz por você.

— Retire o que disse agora, porra!

— Não, Shane. Vai lá ficar com a sua amiga. Eu tô cansada. — Ela acendeu um baseado e fechou os olhos. — Nossa, misturar é tão bom.

Aline Sant'Ana

— Será que tem um momento em que a gente tá junto que não envolve essas porras? — Tirei o baseado da mão dela e a encarei. — Eu tô cansado também. Tô cogitando me internar.

— Então vai.

— Você acha que é fácil simplesmente ir, sabendo que vou te deixar aqui, injetando sei lá o quê? Vamos juntos, Linda.

— Não vem com esses papos de pai e mãe, Shane. Aliás, meu padrasto tá tentando me pegar e me levar para uma clínica de reabilitação chique, que nem o seu amado papai. Eu tô dormindo nessa casa abandonada há uma semana, se não percebeu.

Olhei ao redor. Era tão nojento aquele lugar, mas era o único em que podíamos nos encontrar sem que a polícia visse ou que nossos pais nos achassem. Era em um dos bairros mais ferrados de Miami. A casa ao lado era de um traficante que Melinda pegava drogas.

Eu nunca perguntei se ela transava com ele em troca, já que não tinha dinheiro. Acho que, em parte, eu sabia a resposta.

— Você tá dormindo aqui?

— Eu tô. Gosta de ter uma sem-teto como namorada? Porque eu odeio o meu padrasto por tentar ver o bom em mim, quando sei que sou péssima, tóxica. Você deveria ir embora. Vá ficar com a sua amiga, tenha dois bebês e um cachorro.

— Melinda, olhe pra mim. — Ela começou a chorar. E rir. Tudo ao mesmo tempo. — Vamos parar com essas merdas. Seu padrasto conversou comigo há uma semana, ele foi tão legal. É uma pessoa boa.

— Foda-se! Foda-se que ele é uma pessoa boa, Shane. Eu não sou. Meu pai morreu de overdose, sabia? Minha genética não é a mesma que a do sr. Goodman. O que é bizarro, até o sobrenome dele significa "bom homem." Toda vez que olho para ele, para aquela quantidade imensa de dinheiro, me lembro de tudo o que eu nunca vou ser.

— Sexta-feira — implorei. — Quando seus pais não estiverem em casa, já que vão viajar, eu vou pra lá. Cancelo o encontro com a Roxy. E a gente vai usar pela última vez. Segunda-feira, quando o sr. Goodman retornar, a gente vai se internar.

— Eu não quero.

— Faça isso por mim.

— O seu amor não é o bastante para eu parar. É tão ferrado da sua parte

Sempre foi você

me pedir isso. Você me conheceu assim, por que quer me mudar? Isso não existe! — Os olhos escuros se tornaram sombrios. — Para de tentar me salvar, Shane. Eu não vou ser salva. Nem por você, nem pelo meu padrasto e nem pela minha mãe esquizofrênica.

— Sua mãe não é esquizofrênica.

— Não importa. Ela é louca por querer um homem bom quando sabe que tem uma filha perturbada. E você é ainda mais insano por ter se envolvido comigo, achando que seria o Clark Kent. Você é bom demais pra mim, Shane. Fique com a sua... Querubim. E eu vou continuar sendo do mundo. — Melinda tirou a aliança e a jogou no meu colo. — Vou dar uma volta.

— Você não vai virar as costas para mim. — Levantei e peguei-a pelo pulso, virando-a até que nossos corpos se chocassem, a droga somada ao desespero de perdê-la. Meu Deus, eu a amava. Meu rosto desceu em sua direção, e inspirei fundo, quebrado ao meio por ter me apaixonado por uma menina que só sabia me ferir. — Eu te amo, Melinda. — Coloquei a aliança de volta no seu dedo. Eu era patético e cego, e tinha plena consciência disso, mesmo chapado. Patético por querer tirar Melinda de um buraco. Cego porque eu sabia, no fundo, que não conseguiria. Talvez pudesse falar com o sr. Goodman. Talvez, eu pudesse... — Me deixa cuidar de você. Me deixa... porra... — Beijei-a. Não tinha mais palavras que expressassem a agonia.

Amar alguém que brinca com a vida, que dança todos os dias na borda do precipício, é a coisa mais dolorosa que já fiz. Talvez meu coração quisesse amar pela primeira vez e, consequentemente, se autodestruir, como se me garantisse que aquela experiência seria a única.

Não haveria vida, amor e carinho depois de já ter sido tão machucado.

Aline Sant'Ana

Sempre foi você

CAPÍTULO 25

Eu gosto tanto de você
Que até prefiro esconder
Deixo assim ficar subentendido

— Lulu Santos, "Apenas Mais Uma De Amor".

Rio de Janeiro, Brasil

SHANE

As trinta e seis horas seguintes à festa foram esquisitas, porque o que eu descobri sobre o meu sentimento por Roxanne me desesperou, me fez pensar em tudo que eu não queria. Inclusive o fato de que eu não deveria me apaixonar, porque... porque, porra, o amor era bonito para todo mundo, exceto para esse D'Auvray aqui. Então, tentei lidar com as minhas merdas sem deixar transparecer; era bom pra caralho em esconder o que me agonizava. Eu estava dando um passo para trás, por mais que, aos olhos dos outros, tudo estivesse a mesma coisa. Nem atendi às chamadas da Anabelle, escapando também da sessão daquele dia e do que ela arrancaria de mim.

Péssimo, eu sei, não me orgulhava de fazer essa merda.

Mas, naquela bagunça toda, eu precisava de um pouco de silêncio. Precisava colocar a cabeça no lugar, me entender sozinho. Precisava acreditar que a paixão seria passageira, porque eu não poderia perder a única pessoa que me importava.

Eu e Roxy assistimos a um filme depois da festa, abraçados na cama, sem avançar. Parecia que, se eu a tocasse, iria quebrá-la. Por isso, não fiz nada. Foi uma luta interna filha da puta, e a minha sorte foi que Roxy dormiu nos meus braços depois de trinta minutos de filme. Caso não, eu teria transado com ela. E não era o momento.

O dia seguinte foi uma loucura. Tivemos o *Meet & Greet* e o show, que, na real, vivi como se estivesse no piloto automático, embora a energia dos fãs fosse a única coisa que me mantivesse em pé. Era gente pra caralho. Gente pra caralho *nos amando*. O show foi um dos mais bonitos da minha vida.

Por fora, o Shane de sempre. Por dentro, preso em muralhas de terra, gelo e fogo.

Aline Sant'Ana

Merda, cara.

Depois do show de São Paulo, dormimos e logo enfrentamos uma curta viagem de quarenta e cinco minutos até a cidade maravilhosa. O primeiro dia seria agitado logo de cara. Teríamos um encontro com os fãs e algumas entrevistas. A empolgação em relação à última cidade, a expectativa, porra, me arrancou daquele jeito meio mecânico.

E isso se consolidou assim que meus olhos avistaram terra e água da janela do avião; o sol tinha acabado de nascer. *Era lindo pra caralho.* Claro que os fãs nos esperaram no aeroporto com a mesma loucura de São Paulo, gritando e empurrando, uma felicidade tão imensa que fiquei emocionado. Infelizmente, pelo tumulto nas duas cidades, São Paulo e Rio, parecerem ser cinco vezes maior do que em outros lugares, não pudemos parar. Entramos em um micro-ônibus, que nos tirou do RIOgaleão e nos levou direto para uma das entrevistas que tínhamos agendado, e então mais outra, em uma rádio popular, e outra... até o horário do *Meet & Greet*, precisamente a uma da tarde.

Não paramos para almoçar e, na real, estávamos tão agitados que nem sentimos falta. O encontro oficial com os fãs cariocas foi em um hotel foda na Barra da Tijuca. Os fãs nos esperaram com ansiedade e amor. Isso recarregou as minhas energias, e eu estava me sentindo mais leve quando recebi o último abraço, o último eu te amo, de uma menina que tinha os olhos negros e o sorriso emocionado.

No fim do *Meet*, fomos até o heliporto do hotel. Lá, um helicóptero nos esperava. Kizzie nos avisou de que outro viria em seguida, para nos levar em grupos até o último destino do dia: nossa casa temporária.

Cara, a Kizzie sabia mesmo nos tratar como rockstars.

Eu, Roxy, Carter, Erin e Cahya em um helicóptero. No outro, Lua, Yan, Zane e Mark. Oliver e Kizzie só iam mais tarde com a equipe, porque precisavam verificar algumas coisas do show, que seria dali a míseros três dias.

Rock In Rio, pensei, assim que o helicóptero levantou voo.

É coisa demais, meu Deus.

Parei de focar na ansiedade e me concentrei na vista. Gravando com o celular, para mandar para minha mãe e meu pai, fui ouvindo o piloto nos instruir que estávamos na Barra da Tijuca, e me vi sem fôlego.

Era minha primeira visão oficial do Rio de Janeiro. E, caralho, não poderia ser melhor.

Vi as ondas brancas do mar e a sua cor exótica, numa mistura de verde e azul, assim como os olhos da Roxanne. Então, a extensa faixa de areia, os prédios altos. E, atrás deles, montes cobertos por árvores, transformando o cenário numa mistura de árvores e oceano, tudo ao mesmo tempo. Engoli em seco, surpreso com a beleza do Rio. Acho que vídeo nenhum chegaria aos pés do "ao vivo", mas segui gravando.

Instintivamente, meus dedos buscaram os da Roxy, porque eu precisava senti-la ali. Cerrei as pálpebras por um segundo quando ela entrelaçou nossos dedos, fazendo um carinho na minha pele com seu polegar, indo e vindo. Respirei fundo.

Voamos baixo pela Praia da Joatinga, São Conrado, Leblon e Ipanema. Sorri quando me lembrei da canção, e fiquei curioso sobre quem era a famosa garota. Avistamos o Arpoador, Copacabana, Pão de Açúcar e Praia Vermelha, assim como o Morro Dois Irmãos. Era tudo tão bonito, a ponto de você perder o raciocínio. Acho que nada poderia se comparar àquela cidade.

Meu queixo despencou assim que vi o Cristo Redentor.

Cara... qualquer ser humano se arrepiaria. Mesmo à distância, já pude vê-lo majestosamente sobre o Morro do Corcovado. Nos aproximando, enxerguei seus braços abertos, abençoando a cidade.

— O Cristo Redentor é uma das sete maravilhas do mundo moderno e se tornou um patrimônio da humanidade... — o piloto nos disse nos imensos fones.

Minha mãe ficaria louca num lugar desses.

— Agora, vamos iniciar a viagem rumo a Angra dos Reis — avisou o piloto.

— Acho que a Kizzie deixou o melhor para o final — Roxy disse no microfone.

Umedeci os lábios.

Roxanne Taylor e Rio de Janeiro.

Que homem não iria quebrar?

Roxy

— Não acredito! — gritei, assim que avistei a praia.

Kizzie tinha alugado uma mansão em Angra dos Reis com direito a uma praia particular, que desembocava na imensa Costa Verde. Além da mansão ser gigante

Aline Sant'Ana

e toda tropical por dentro, a parte externa, sério, era um pedaço do Caribe. *Não, esqueça o Caribe. Era mil vezes melhor!* E ainda tinha uma extensa área de piscina com vista para o mar. A água era tão verde e havia pequenos quiosques de palha, com espreguiçadeiras. *Coqueiros.* Deus, é mesmo o paraíso?

— Cara, dá pra fazer uma praia de nudismo. — Shane fez todo mundo rir.

— Não é? Vamos combinar de cada casal vir pra cá em algum momento do dia — Carter brincou. — Aliás, Fada... lembra da bioluminescência, né?

— Não precisa jogar na cara que você foi o único que trepou no meio de uns neonzinhos. A gente sabe — Zane disse, arrancando risadas de todos.

Ouvi cada um tecer comentários sobre a beleza do lugar, mas, assim que desci o pequeno lance de escadas em pedra, me apaixonei.

— Me perdoem, mas não vou conseguir agir naturalmente no meio dessa vista. — Era incrível. O mar se juntava ao céu, que tinha pouquíssimas nuvens, a paleta azul-esverdeada me inspirando a criar uma peça de roupa. Talvez eu fizesse mesmo isso. A primeira coleção da Rosé seria inspirada no Brasil e em sua beleza.

O sol era forte, mesmo sendo fim de tarde, e dei graças a Deus por passar protetor solar assim que chegamos. Tínhamos nos trocado quando percebemos que havia piscina, mas nos surpreendemos quando vimos que tinha muito mais.

Eu já estava pronta para sentir as águas de Angra, mas, ao invés de olhar para Shane, seguindo os conselhos que recebi, olhei para Carter.

— Vamos?

— Claro. — O vocalista sorriu, já indo em direção ao mar.

Cada um dos integrantes da The M's se aproximou, Mark inclusive. Não me dignei a admirar Shane, mas, pela visão periférica, o vi caminhando pela areia, um pouco mais afastado. As garotas também desceram as escadas e eu corri ao lado de Erin.

A água era quente e tão acolhedora que cada centímetro da minha pele foi abraçado. Fechei os olhos, deixando que meus problemas esvaecessem e que Shane sumisse do meu coração por um segundo.

Eu sabia que havia algo diferente acontecendo.

Voltei à superfície quando fiquei sem fôlego, não sei se devido aos pensamentos ou pela água. Naquela praia privativa, as ondas eram suaves, e batiam lentamente na altura dos meus seios. Ajeitei os cabelos, jogando-os para

Sempre foi você

trás, e dei um suspiro de surpresa quando senti mãos masculinas tocando a minha cintura.

— Tudo bem? — murmurou.

— Me diz você. — Abri os olhos. E que erro. Shane estava molhado, os cabelos jogados na frente da testa, só os olhos coloridos espreitando sob a franja. Parecia ainda mais bonito. O sol como um halo atrás da sua cabeça, o céu azul de pano de fundo, o mar tocando a sua pele bronzeada, as gotas escorregando como se quisessem aproveitá-lo... Umedeci a boca, o sal do mar nos meus lábios.

— Quis dar um passo atrás — confessou, descendo a atenção para a minha boca.

— E funcionou? — Meu coração retumbou no ouvido, como se a água tivesse me deixado surda, mas era Shane.

— Não. — Fiquei arrepiada quando seus dedos se afundaram na minha carne.

— Temos só três dias — garanti. — Apenas isso.

Eu quis perguntar o motivo do passo atrás, mas ele fugiria com algo sarcástico, como sempre. Um brilho passou por seu rosto, como se só naquele instante entendesse quão pouco era.

— É. — Shane estava tão perto que eu podia sentir o ar mentolado da sua bala. — Só três dias. É isso?

— Por quê? *Você* quer mais? — Ergui uma sobrancelha, tudo em mim estremecendo. Conversas sinceras eram uma coisa minha e do Shane, mas sobre qualquer outro assunto, não *nós*. E, quando ele abriu a boca e fechou em seguida, eu soube que era o momento de jogar o que Kizzie e Lua me pediram, por mais que me doesse como a morte. — Se emocionou, Shane? — Arregalei os olhos.

— Não. — Mirou a atenção em um dos meus olhos, depois no outro, estreitando as pálpebras para mim. — Não, eu tô só... a gente tá bem?

— O que acha, Tigrão?

— Porra, acho que sim. — Ele mordeu o canto da boca. Seu corpo estava mais quente que o sol, as ondas dançando em mim, como se trabalhassem a favor de Shane.

Mas eu peguei aquela expressão em seu rosto, conhecendo-o a vida inteira.

— É como se você menosprezasse o nosso passado quando me olha assim, achando que não vou perceber. O jeito que sorri de lado, estreita os olhos e franze

Aline Sant'Ana

282

a testa, tudo ao mesmo tempo, para depois dar de ombros. O que tá escondendo?

— Caralho, Querubim.

— Fala, Shane. — Coloquei as mãos ao seu redor, leve, grudando-me no último espaço que faltava. Coloquei os pés sobre os seus, ficando mais alta embaixo d'água, meus lábios raspando em sua boca. Tão desapegada por fora, tão apaixonada por dentro. — O que tá acontecendo?

— Não vamos parar agora se falta tão pouco. — Seu pomo de Adão subiu e desceu. — Eu recuaria e fugiria, você sabe, mas vamos continuar.

Gelei da cabeça aos pés.

— Se você quiser, a gente volta a ser amigo agora.

— Roxy, porra. — Seus olhos se arregalaram. — Acho que me expressei errado. Sim, eu *quero* continuar. Disse que, se fosse por mais tempo, eu...

— Você fugiria, eu sei. Só te quero até a viagem acabar, não foi o acordado? — Ele ficou em silêncio, e eu respirei fundo. — Quer pular a conversa séria?

Shane assentiu uma única vez.

E eu o puxei para um beijo porque, caso contrário, eu continuaria falando e...

Seus lábios me derreteram.

Saudade é uma coisa estranha, porque ela não vê tempo. Você pode sentir falta de uma amiga que viu há cinco segundos. Ou sentir saudades do seu primeiro amor após cinquenta anos.

No momento em que senti seus lábios, foi como se centenas de milhares de anos tivessem passado enquanto ficamos separados, porque o gosto era de carência e novidade, algo que eu não tinha provado antes, e de forma tão carinhosa, tão além daquela fuga.

Me perdoa, seu beijo dizia. *Eu vou ficar pelo tempo que nos resta.*

Shane segurou minha bunda sob a água, mas não com a intenção sexual de transar ali mesmo. A outra mão subiu, percorrendo da minha cintura ao braço, ombro, até que o polegar dançasse na minha bochecha e sua língua pedisse passagem entre meus lábios.

A maneira que meu melhor amigo angulou o rosto e aprofundou onde nos conectávamos fez meu coração acelerar.

Era aquela língua na minha, o cheiro do protetor solar misturado ao seu perfume tempestuoso, o piercing rígido contra a maciez da sua boca e o jeito que

Sempre foi você

ele me beijava, como se dissesse que havia tão mais. O amor que aquele beijo representou, tão suave quanto as ondas do mar, e a presença de Shane trouxeram as borboletas do meu estômago à vida, aquecendo-me em um sentimento que ia muito além da vontade.

Rendição?

Shane mudou a posição da cabeça, gemendo baixinho quando pareceu desvendar cada segredo da minha boca, alcançando a minha alma, prometendo em silêncio o que não poderia dizer em voz alta. Sua língua veio com calidez e afeto, e me deixou sem ar, todas as ações boas que Shane já fez para e por mim se tornando gesto.

Eu sou apaixonada por você a vida inteira, Shane. Consegue me ouvir?

Ele se afastou de repente, como se quisesse encontrar ar para respirar, como se tivesse me escutado, sentido. Sua mão se afundou mais forte na minha bunda e seu polegar percorreu meu lábio inferior como se me marcasse.

Assim que fixou as íris formadas de mel e mar, senti a tempestade se aproximando.

— Só mais algumas horas. — O ar de sua boca causou cócegas nos meus lábios.

— Temos hoje, sexta, sábado e o show é no domingo. — Fui leve. Indiferente. Fui tudo o que eu precisava ser. Por mim, não por ele. — Depois, volto à posição maravilhosa de melhor amiga.

— O que somos, Roxy? — Shane atravessou meu coração com suas palavras. — Hoje, o que somos hoje?

— Amigos e amantes. A melhor combinação de todas.

— É. — Um sorriso foi se abrindo em sua boca, como se ele quisesse acreditar. Podia sentir os batimentos tão fortes quanto os meus, bem na palma das mãos, quando desci o toque dos ombros para o tórax. — Eu gosto disso.

— A programação do Rio é: cada um por si. Última cidade, *Rock In Rio* e a porra toda. Eu quero me pegar com a minha noiva em cada canto desse Rio de Janeiro. — Ouvi Zane ao fundo, conversando com alguém, o que me fez rir.

Shane me beijou uma última vez nos lábios e me olhou como se me implorasse para que esse envolvimento não nos quebrasse.

Aline Sant'Ana

284

SHANE

Eu não aguentei ficar sem ela.

Por mais que eu soubesse que o sentimento ia passar, *teria* que passar, cada vez que tocava em Roxy sentia que estava mergulhando mais fundo. E cada instante em que ia mais fundo, me sentia mais envolvido e mais obscuro. Era como se... me apaixonar por Roxy começasse a despertar o bom e o mau dentro de mim.

Não, eu não podia criar ilusão, ainda mais sendo tão bagunçado da cabeça. Num impulso, saí do mar, mentindo que precisava ver algumas coisas com minha mãe. Peguei o telefone quando entrei na casa, sozinho, e liguei.

— Shane, tentei conversar com você... — Sua voz soou angustiada do outro lado.

— Precisamos falar sobre a Melinda — soltei de uma só vez, entrando em um dos quartos. — Tá na hora de você remexer no meu passado, Anabelle.

A psicóloga fez uma pausa, e então a ouvi encostar a porta.

— Estou aqui para ouvir tudo o que quiser me dizer.

Respirei fundo e narrei o passado. Todas as coisas das quais me envergonhava. Tudo o que eu escondia dos meus pais, irmão e Roxanne. Tudo que me destruía. Narrei sem chorar sequer uma vez, tentando parecer forte para Anabelle, e depois de quase uma hora de ligação, ouvi seu suspiro.

— Posso saber o que te fez me contar tudo, querido?

Pela janela do quarto, consegui ver os fundos da mansão. No mar, Roxanne. Ela estava brincando com Carter, Yan, Mark e Zane, rindo com Erin, Cahya e Lua.

— Roxy.

— Certo. — Ouvi o seu sorriso do outro lado. — Agora, sobre o que me disse, Shane. Você narrou os acontecimentos sob uma perspectiva não-emocional, o olhar de quem conhece a história, mas não a viveu. O que preciso saber é como você se sente.

Merda. Apoiei a testa na parede, sentindo as emoções ruins que queria afogar subindo à superfície. Minha garganta ficou ácida, enquanto a chuva de sentimentos me dava medo. Não queria sentir nada daquilo de novo, mas se Anabelle precisava ouvir...

— Culpa. Muita culpa. Tanta culpa que acho que não mereço ser feliz. Raiva, talvez. Mágoa. Dor. Abandono. E parece que isso tudo se mistura ao que tô

Sempre foi você

sentindo por Roxanne. Como se gostar dela me engatilhasse o bem e o mal. Não sei o que tá acontecendo comigo, Anabelle, mas preciso de ajuda. O amor é a coisa mais terrível que pode acontecer a alguém, e eu... porra, eu tô me apaixonando.

— Sabendo como você se sente e sentiu, podemos trabalhar. — Ouvi-a digitando no computador. — Esse é o primeiro passo, Shane, e preciso agradecê-lo por confiar em mim o suficiente para contar. Sei o quão difícil isso é para você, sei o quão complicado é reviver emoções tão sombrias. Assim como viver as novas. — Anabelle fez uma pausa. — Aliás, explicando um pouco mais sobre suas ações, que acredito que será uma maneira de se olhar com mais carinho: a esquiva, sua estratégia inicial, é um modo de lidar com isso, de abafar e não enfrentar, mas agora você está aprendendo que há outras formas de se relacionar com os sentimentos, que são mais funcionais e saudáveis. Como, por exemplo, me ligar dizendo que precisa de ajuda. Mudar a nossa ótica exige muita coragem. Quero que saiba disso. Quero que saiba que, mesmo com pequenos passos, cada sim que você diz para a terapia é sinônimo de coragem.

— Porra, Anabelle... — Sempre que alguém encontrava uma forma de me elogiar, meu coração amolecia. — E qual é a lição de casa? — Abri os olhos, engolindo em seco.

— Passear.

— Como? — Pisquei, surpreso.

— Se divirta, viva a vida. Na próxima sessão, daremos outro passo, tudo bem?

— E se eu ficar com medo do que eu tô sentindo?

Ela ficou alguns segundos em silêncio.

— Quero que se lembre de que as experiências que você viveu foram com outra pessoa. Roxanne é... — Anabelle fez uma pausa, como se procurasse algo. — "Meu porto seguro, minha melhor amiga, a única que me acolhe como se eu merecesse ser amado. Ela é meu ponto de paz, dona da minha risada, Roxy é a vida da minha vida." Agarre-se ao que me disse antes. Ela é especial, certo?

— Sim, é. Sempre foi.

— É isso, Shane.

Desligamos a chamada e, assim que guardei o celular na cômoda, pude sentir as emoções descendo novamente, lá para o fundo do meu peito. Respirei pela primeira vez em anos. Mesmo que falar sobre Melinda despertasse o pior em

Aline Sant'Ana

mim, especialmente o desespero, incluindo o uso das drogas, eu consegui ficar de pé.

Sem cair.

Sem me ajoelhar.

Sem despencar.

Cara, como eu sentia medo de tudo isso se tornar ainda maior.

Porque, quando Melinda partiu sem nem olhar para trás, eu caí.

Me ajoelhei.

E despenquei.

Apoiei a mão na parede, perdido dentro de mim mesmo, naqueles pensamentos e emoções labirínticas. Pensei em Roxanne, na emoção amedrontadora que ela também me causava e, embora fosse estranho descobrir que estava apaixonado por ela...

Só por um momento, pensei em mim.

Quão bom seria aliviar a carga que carregava desde os dezoito anos. *Era possível me perdoar?* Era realmente possível eu cuidar da merda da minha cabeça sem pirar? Porra, eu confiava em Anabelle, ela já cicatrizou feridas e culpas que eu nem sabia que existiam.

Como seria me autoconhecer e me amar?

Talvez o maior desafio da minha vida.

Era admirável quem conseguia olhar para dentro de si sem quebrar.

Mas eu precisava porque...

Roxanne Taylor.

Três dias.

Quando eu não sabia se meu coração ia conseguir parar de bater por ela.

Roxy

Nós só saímos da água quando estávamos morrendo de fome. A equipe do Rio de Janeiro havia deixado tudo pronto para nós, só precisamos aquecer. E havia tantas coisas gostosas que, sem brincadeira, eu já tinha engordado uns cinco quilos nos últimos dias, sem que isso pesasse na consciência.

Com Kizzie e Oliver já em casa, observei a mesa cheia, as gargalhadas, a união.

Como o Rio de Janeiro era o último destino, o clima parecia de despedida e férias. Kizzie e Oliver eram tão espertos. Não lotaram a agenda dos meninos porque sabiam que estariam agitados com a ideia do último evento.

— Eu quero dar uma volta amanhã. — Carter abriu um sorriso de Príncipe Encantado. — Hoje podemos descansar e tal, mas amanhã...

— Eu topo, amor. — Erin beijou o namorado no rosto.

— Porra, se vocês vão sair, eu também vou. — Zane olhou para Kizzie. — Marrentinha, vamos dar um passeio de barco, só nós dois?

— A ideia é não causarmos tumulto — Kizzie explicou. — Aqui vocês são muito conhecidos, assim como em São Paulo, tanto que não saímos do hotel. Estamos em Angra dos Reis justamente para não causar problema. Temos poucos dias até o *Rock In Rio*. No sábado à noite, um dia antes do show, ficaremos em um hotel cinco estrelas ao lado do evento. Não quero atrasos, nem complicações, apesar de ser uma estrutura imensa e...

— Tô liberado para sair com a Roxy amanhã também? — Shane perguntou, de repente. — Tipo, sair por Angra e tal. — Silêncio na mesa. — Se quiser, Querubim, claro.

Kizzie olhou para Oliver, e então Zane olhou para Carter, que olhou para Lua, que olhou para Erin, que olhou para Yan e...

Todos continuaram em silêncio.

— Bom, por mim... tudo bem — respondi.

— Hum... então, tem problema eu dar umas voltas com ela? Só nós dois? — Shane perguntou de novo.

— Desde que se cuidem — Oliver avisou.

— Não, acho que... — Kizzie completou. — Soa bem.

E todos começaram a falar ao mesmo tempo.

— Porra, eu tô perguntando porque quero ver se a gente consegue passear. Em São Paulo, não comi a famosa pizza, nem a macarronada que a Lua falou. Não visitei o bairro da Liberdade, nem pude passear de bicicleta no Ibirapuera. Mas eu sabia que seria pauleira. De toda forma, eu só... — Shane ergueu os braços em

Aline Sant'Ana

rendição. — Já que teremos mais tempo, só quero...

— Te entendemos — Zane disse.

— Sim, faz sentido — Kizzie concordou.

— Só domingo será puxado — Yan lembrou. — Amanhã é sexta.

E novamente todos disseram mil coisas ao mesmo tempo.

— Só quero aproveitar os últimos dias que restam. — A mão masculina me encontrou sob a mesa com um carinho no meu joelho, como se garantisse que estava ali. Fechei os olhos por um mísero milésimo de segundo. — Aliás, é a Roxy que quer me aproveitar, na real. Sou um baita de um gostoso.

— Palhaço. — Belisquei sua mão, e ele gargalhou.

Shane estava de volta, fingindo que nada estava acontecendo. Mas como as nuvens escuras precedem uma tempestade, eu já podia sentir o cheiro da chuva.

CAPÍTULO 26

We start falling apart
I'm not ready, that's all
No, we don't need to talk
Let me stay in your arms
Before you break my heart

— *Patrik Jean, "Tears Run Dry".*

SHANE

Na noite passada, ficamos na praia privativa até meia-noite. Curtimos, conversamos, falamos com nossas famílias e ficamos juntos. Mas passei a quinta-feira pensando na sexta e em todos os planos que elaborei.

Agora, estávamos aqui. E, porra, éramos só nós dois.

— Não, Shane. — Roxy riu para a curta escada que nos levaria a uma gruta a cinco metros de profundidade.

— Quer que eu desça primeiro? — ofereci, sorrindo.

— Sim.

— Porra, nem sei se vou caber lá dentro. É estreito pra caralho e parece que a gente tem que rastejar.

— Tenha um pouco de fé, Shane. Não disseram no vídeo que valia a pena?

O vento batia forte e estávamos numa propriedade particular que nos levava à Gruta do Acaiá. Não sei como o dono da propriedade entendeu o que eu queria fazer, mas ele me entregou lanterna de cabeça, snorkel e me indicou por onde deveríamos ir, passando por uma pequena trilha, sem dizer uma palavra em inglês.

É que depois de assistir a um pequeno vídeo no YouTube que indicava os melhores passeios nos arredores de Angra dos Reis, eu tive que arriscar, cara.

Fomos direto de Angra até a Ilha Grande pelo mar. Contratamos uma lancha para irmos de um lugar a outro, a Gruta do Acaiá sendo a nossa primeira parada.

Suspirei fundo e desci as escadas. Roxy me acompanhou em seguida. Nós tivemos *mesmo* que rastejar e acho que ralei alguma — ou várias — parte do meu corpo. Me arrependi por apenas um segundo devido ao cansaço e por estar

Aline Sant'Ana

290

coberto de areia, mas, assim que vi a linha fluorescente...

Porra, que espetáculo!

— Shane. — Ouvi a voz de Roxy atrás de mim.

— Tudo bem, Querubim? — perguntei.

— Sim, é absurdamente lindo.

A gruta era baixa, mas larga o suficiente para que a gente conseguisse sentar e até mergulhar. Desligamos as lanternas porque, cara, era como se a água estivesse pintada de neon. Um azul tão forte e claro, que ficava no limite de machucar os olhos. Roxy começou a fotografar aquela única parte d'água que iluminava a escuridão. Ela se sentou ao meu lado e me mostrou a foto, e vi além do que pudemos enxergar. Além do mar brilhante, na fotografia, aparecia o teto da gruta. Era como se fosse formado de mil partículas de luz, como as estrelas no universo.

— Disseram que é uma falha geológica, né? — perguntei para Roxy, comentando sobre o vídeo que vimos. Não, nada se comparava a ver ao vivo. Era do caralho mesmo.

— É a falha mais linda que já vi.

Tirei um tempo, observando a gruta, mas senti os olhos da Roxy em mim. A única coisa que nos iluminava era o fluorescente do mar. Estávamos submersos apenas até a cintura, e eu podia sentir os pequenos peixes e a correnteza movimentando a água.

— Lembra de quando éramos pequenos e sonhávamos com o futuro? — ela falou de repente, e virei-me para olhá-la.

— Qual dos sonhos?

— Que seríamos viajantes. — O rosto de Roxy estava pintado de azul pela luz em neon. Assim como seus olhos, quase místicos. — Queríamos uma van.

A memória me trouxe a cena em específico. Éramos eu e Roxy no jardim da casa dos Taylor, acampando no gramado. O céu sobre nossas cabeças, uma cabana cor-de-rosa da Roxanne à direita. Se eu fechasse os olhos, conseguia ir para lá.

— Queríamos uma van para passear pelo mundo. — Sorri. — Na verdade, você queria a van, e eu, o barco.

— É. Você queria ir pelo mar e eu, por terra. Quantos anos nós tínhamos?

— Porra, doze? — Fechei os olhos por um segundo, lembrando-me de uma

Sempre foi você

das tantas coisas que prometemos um para o outro. — Naquele dia, eu te ensinei a andar de skate.

— Foi, e me ralei inteira. — Roxy riu, e desviou o olhar. — Naquela noite, eu pensei mesmo que seríamos eu e você contra o mundo.

— Não somos? Nós contra o mundo?

— Essa gruta me lembra desse sonho — continuou, ignorando a minha pergunta —, porque imaginei nós dois viajando, vivendo exatamente o que estamos vivendo aqui, agora. Eu olho para essa água e me vem a certeza de que *este* é um momento que jamais vou esquecer. Ele é feliz. E a Roxanne de doze anos que habita em mim está pulando e comemorando com uma saia de *chiffon*. — Sua mão tocou a minha, e Roxy continuou olhando para a frente, a água sobrenatural, a escuridão e a luz. — Seremos para sempre a junção de todos os anos que vivemos juntos, Shane. E isso o futuro jamais apagará. Eu respiro, vivo, com essa certeza no coração de que sempre terei você ao meu lado. — Seus olhos finalmente focaram em mim. Estavam intensos, emocionados, vivos. — Se sente assim em relação à nossa amizade, também?

Pisquei, umedecendo os lábios, sentindo os batimentos arrebentarem meu peito.

Já não somos só amigos, Roxy. Eu tô me apaixonando pra cacete por você. E tô morrendo de medo de machucar nós dois. Tá sentindo o quanto cruzar uma linha se tornou perigoso?

— Como eu me sinto? — Tirei um segundo para pensar. — Você é o que chamo de lar, Roxanne. A porta é o seu abraço. As paredes, suas palavras. O chão, nossos vinte e dois anos. O teto, seu amor e carinho. As janelas, a nossa conexão, que parece dançar a favor do vento. E mesmo que a porta se feche, porra, mesmo que as paredes rachem, mesmo que o chão se abra sob nós dois, o teto desabe e as janelas emperrem, eu ainda vou te chamar de casa. Vou repintar e reconstruir todas as vezes que forem necessárias. — Fiz uma pausa. — Você é a única pessoa para quem eu arrancaria o meu próprio pulmão se isso te ajudasse a respirar. Fora que... você é a parte mais gostosa de mim, e olha que sou todo gostosão, um baita homem... — Segurei seu queixo entre o indicador e o polegar, aproximando nossos rostos, enquanto escutava sua risada de anjo. O cheiro do mar e do seu perfume se misturaram. — Sempre serei seu amigo. Por você, faço qualquer coisa.

— Sempre melhores amigos, certo? — Seus olhos passaram vulnerabilidade. Ela também tinha medo.

Aline Sant'Ana

— Vamos mostrar pra vida o que é infinito, Querubim. — Fechei as pálpebras e a beijei.

Coração, cala a porra da boca, vai?

Roxy

Depois da gruta, visitamos a Lagoa Azul e almoçamos lá um peixe maravilhoso com arroz, batata frita e salada. E agora estávamos na Lagoa Verde. Eu e Shane demos sorte, porque a chance de nos perdermos foi tão grande, e ele teimou que Mark não precisaria ir conosco, que nos virávamos sozinhos. Bem, a gente não se perdeu. Shane só se esqueceu de que as pessoas podiam não saber falar inglês. E eu dei risada quando ele precisou do aplicativo de tradução para negociar com o rapaz da lancha.

Eu ainda estava pensando nas suas palavras.

Respirei fundo, admirando a imensidão. A Lagoa Verde era mais clara que o tom de esmeraldas, completamente transparente. De onde estávamos, eu via a areia, algumas pedras aqui e ali, a imensidão de árvores e os morros por toda a volta. Havia algumas pessoas, e os peixinhos listrados de amarelo, preto e prata. Mergulhei na água quente, sentindo-a dançar por minha pele. Assim que voltei à superfície, vi Shane na minha frente.

— Querubim! — me chamou, abrindo um sorriso enorme. — Olha!

Em suas mãos, sob a água, havia uma estrela do mar... imensa.

Meu Deus.

Era num tom de laranja tão vivo. Fiquei perplexa por um minuto inteiro, porque ela cabia exatamente na junção das mãos do Tigrão. Me aproximei, analisando, e senti os olhos destoantes dele em mim.

— Não podemos tirá-la da água. Assim que entra em contato com o oxigênio, não resiste. Mas tive que te mostrar. — Ele fez uma pausa. — Quer segurar? Eu logo vou colocá-la bem onde a encontrei.

— Segurá-la? — Observei-a se movendo e toquei-a. Tinha uma textura semelhante à camurça, o que me surpreendeu. — Deus, será que eu consigo?

— Sob a água — sussurrou para mim, entregando-me a estrela. Senti algumas coisinhas dela se movendo nas minhas palmas, causando cócegas. — *Isso*, Querubim. Devagar.

Naquele instante, olhei para Shane, porque senti-o se afastar de mim.

Ele pegou a câmera a prova d'água e mirou na minha direção.

— Shane...

— Quero gravar esse segundo. Porra, você tá linda — disse, me observando pelo display, e abriu um sorriso enquanto me analisava. Um pequeno gesto, mas tão forte, como se uma leve pluma fosse capaz de tirar a Terra do eixo. — Olhe pra mim.

Meu coração... droga.

Eu fiz o que ele pediu. Olhei-o, sorrindo, escondendo todos os medos que não ousava dizer em voz alta, todas as perguntas que Shane deveria me responder quando se sentisse pronto para isso.

Respirei fundo.

— Linda, porra... — Ele gemeu quando olhou para a câmera e me mostrou o display. Vi uma garota tão apaixonada que minhas bochechas coraram. Shane deu um passo para o lado e tirou a estrela do mar delicadamente da minha mão, guardando-a em seu lugar como prometido. Em seguida, se aproximou e seus olhos voltaram-se para mim. — Foi um erro ter vindo pra Lagoa Verde com você. Acho que preciso de Jesus. Vamos pegar uma lancha agora.

— O quê? Rumo a Jesus?

Shane gargalhou.

— Deixa Jesus tranquilo no Corcovado. Nós vamos para a Praia do Dentista. Mas depois...

— Depois o quê?

— Querubim, tenha um pouco de fé — brincou com o que eu disse antes, me arrancando um beijo estalado na boca. — É surpresa. — Ele me envolveu ali, naquele cenário verde, o boné preto sombreando seu rosto. — Para você e para todo mundo.

— Não quer nem me dar uma pista?

— Já me conhece o suficiente para saber que vou ficar quietinho. A única língua que coça é a do meu irmão. — Ele virou o boné para trás e umedeceu os lábios. — Por sinal, fiquei sabendo que ele contou para os seus pais e para os meus que a gente tá ficando.

— É... — Me perdi quando Shane mordeu seu lábio inferior. — Vai me

Aline Sant'Ana

beijar? — perguntei, meu coração dançando.

— Por quê? Não devo? — Desceu um pouco, o nariz expirando o mesmo ar que o meu. — Vou fazer uma contagem regressiva pra você se preparar psicologicamente. — Seus dedos afundaram na minha cintura. — Meu beijo é foda, você sabe.

— Tigrão. — Comecei a rir. — Como te beijar enquanto dou risada?

— Você vai perdê-la.

Mas eu ainda estava sorrindo.

— Cinco. — Ele ergueu só o canto esquerdo do lábio, bem sacana, me estremecendo quando girou o nariz em volta do meu. — Quatro. — Beijou a minha bochecha, lentamente, trilhando os lábios febris na minha pele. — Três. — Desceu para a linha do meu maxilar, a língua em uma linha reta para me estremecer. Me lembrei do quão bom Shane era e a parte inferior do biquíni começou a ficar mais pesada quando meu clitóris pulsou. — Dois. — Seu lábio alternou nos meus, chupando o inferior, para, em seguida, prender-me entre seus dentes. — U...

Ele não terminou de contar antes de a minha língua invadiu sua boca. Tremi sob suas mãos quando Shane me encontrou como se buscasse a si mesmo em mim. Seu sabor era único, lascivo, e a forma como me consumia parecia feita de dor e poesia. Segurei-o pelos ombros, dançando as mãos por sua pele, subindo para sua nuca até que o angulasse para a esquerda. Ele gemeu quando percebeu que aquele beijo estava sob meu controle, juntando nossos corpos. Meu coração foi das nuvens até a areia sob nossos pés quando nos senti a um passo do precipício.

Desaceleramos.

— Vamos embora — sussurrou. — Antes que eu faça merda aqui.

— É. — Eu sorri. — Vamos.

Shane

— Sério? Vocês estão de boa mesmo? — Zane perguntou, e pude ouvir a risada na sua voz. — Foi o clima do Rio de Janeiro, é?

— Que porra, Zane? — indaguei, botando a cara para fora da porta do banheiro.

— Você disse que queria um tempo pra pensar e *mimimi*.

— Não tenho tempo. Ela deixou bem claro que é só até a viagem acabar. Vou aproveitar cada milésimo de segundo. — Envolvi a toalha na cintura, e meu irmão ergueu as sobrancelhas enquanto parecia uma fofoqueira no meu quarto, sentado na cama, observando cada coisa que eu fazia. Fui em direção à mala, pingando e pensando no que vestir. Depois dos passeios, estávamos em casa e tínhamos planos. Eu organizei a coisa toda com Oliver, mas já tinha compartilhado com os caras. — E vou parar de racionalizar. Fiquei bagunçado pra cacete, mas tô tranquilo já.

— A nossa mãe...

— Por sinal, pra que você foi abrir a boca, cacete? — Estreitei os olhos para Zane.

— Ah, sei lá. — Ele sorriu e deu de ombros. — Era o sonho dourado dos Taylor e dos D'Auvray. É tipo um acontecimento mundial, como a paz.

Rolei os olhos, embora uma parte minha quisesse rir.

— Vamos ter um casal indo pra balada hoje. — Yan entrou no quarto e encarou a roupa esticada na cama. — Não vai com essa merda de calça não, cara.

Olhei para o baterista da The M's.

— Vamos todos pra balada, parem de colocar pilha nas coisas — expliquei.

— Como tá o tratamento com a Anabelle? — Yan sentou ao lado do Zane.

— Liguei pra ela — confessei. — Estamos começando a falar sobre o passado.

Silêncio.

— É? — Zane perguntou depois de longos minutos. Arranquei a toalha, ficando nu na frente deles, e comecei a me secar. — Sério?

— É... acho que preciso resolver esses problemas.

Carter e Mark entraram no quarto.

— Deixem a porta aberta, já que todo mundo quer me ver pelado, cacete — resmunguei.

— Eu ouvi isso, hein? Já vi de cueca e é significativo... — Lua gritou do outro lado da porta.

— Que safada, cara — falei para Yan.

Ele deu de ombros, rindo.

— Sobre o passado... — meu irmão insistiu. Deu um nó em seu cabelo,

Aline Sant'Ana

296

deixando-o preso com um coque no topo da cabeça. — Você quer resolvê-lo por causa da Roxanne?

— O impulso foi por ela. — Vesti a boxer vermelha. Pela visão periférica, pude ver todos congelados no lugar. — O que foi?

— Tem certeza de que é uma coisa passageira? — Carter indagou suavemente.

— É, caras. Mesmo que eu continue sendo amigo dela, preciso estar bem. Quero me cuidar, sabe? Ela só... me deu a vontade de querer ser alguém melhor. — As emoções começaram a fervilhar na minha garganta. — Podemos mudar de assunto?

— Certo, porra. — Zane respirou fundo. — Só de você se cuidar em relação ao seu passado... nossa, Shane. — Ele se levantou e, mesmo que eu estivesse de cueca e ainda molhado, meu irmão me abraçou. Sua mão foi para a minha nuca e fechei os olhos, enquanto a outra mão acariciava as minhas costas. — Pirralho, eu sempre pensei que a Roxanne fosse te tirar da borda. Sempre pensei que ela seria a única a te fazer enxergar a vida de outra forma. Cacete, tô tão feliz que não consigo nem expressar. Sério, obrigado por olhar pra si mesmo. Você já era um orgulho pra mim, mas agora...

— Para com isso, Zane.

— É sério, pirralho. — Zane segurou as laterais do meu rosto e me encarou, com os olhos marejados. — Porra, eu preciso abraçar aquela garota agora.

— Você tá sem camisa. — Estreitei os olhos.

— Foda-se. — Zane saiu do quarto.

— Shane — Yan me chamou. — Promete pra mim que vai tentar enxergar o que quer que você tenha vivido sob a ótica que a psicóloga te apresentar?

— Prometo.

— Nada como fazer as pazes com o passado, para que o presente seja ainda mais completo. — Carter abriu um sorriso.

— E promete pra mim que vai com outra roupa além dessa? — Yan estreitou os olhos.

— Tá. — Eu ri.

— Shane, me dá cinco minutos? — Mark me surpreendeu ao pedir.

— Claro. — Franzi a testa.

— Vamos ver nossas mulheres. — Assim que a porta se fechou com Carter e

Sempre foi você

Yan indo embora, o segurança enfiou as mãos nos bolsos. A postura amedrontadora não fazia mais sentido depois de você conhecer sua personalidade.

— Não sei o que viveu e, honestamente, prefiro não saber se o assunto te machuca. A minha única pergunta é: tem algo que eu possa fazer? Algo que queira que eu investigue? Algum nome ou...

— Não. Não há nada, Mark.

Ele assentiu uma única vez.

— Vou deixar você se trocar. Use a calça preta para esta noite. Yan indicaria isso. — Sorriu e me deixou sozinho.

Roxy

— Zane? — perguntei, surpresa, quando o guitarrista simplesmente atravessou a sala inteira para me abraçar. — O que aconteceu?

— Eu vou falar rápido antes que ele saia do quarto.

Arregalei os olhos. O carinho do Zane, seu abraço era capaz de curar o mais partido dos corações. Fechei os olhos e ouvi seu sotaque britânico, enquanto ele acariciava os meus cabelos, como se eu ainda tivesse doze anos.

— Shane é um labirinto. Ele é fodido e, mesmo sendo o cara mais persistente da porra do mundo, muitas vezes eu quis desistir dele. Imagino tudo o que você passou e não quero vir com um papo egoísta e filha da puta do tipo: se ele pisar na bola, esteja lá por ele. Blá blá blá. Não, não é isso. Quero só falar que o Shane caminha a passos de tartaruga, mas ele, ainda assim, tá tentando. Cada coisa que ele já fez até aqui, te beijar, transar com você, eu sinto que ele teve que enfrentar um inferno após o outro. Sabe o que estou dizendo?

— Sim, sei.

Zane se afastou e me encarou com aquele olhar penetrante de um D'Auvray.

— Mas a questão é que acabei de saber que ele tá começando a tratar o passado com a Anabelle...

— Sobre a Melinda?

— É, ele sabe que não está bem-resolvido com isso. E ele quer... porra, ele quer se sentir bem consigo mesmo. Mas o motivo de ele pensar em mudar, em se tratar, é você. — Zane abriu um sorriso e levou uma mão ao meu rosto. Seus olhos estavam agitados e úmidos. — Eu sei que, pra ele, o amor é a pior coisa do mundo e significa abandono. Da mesma forma que sei que qualquer pessoa que não o conhece, ao se apaixonar por ele, talvez acabe abandonando a si mesma.

— Zane...

— Eu só quero te dizer que você é a única mulher corajosa o suficiente para amá-lo. E nem preciso jurar que existe um cara maravilhoso e a porra toda por trás daquilo, porque você o conhece. — Zane umedeceu os lábios, alternando a atenção entre os meus olhos. — Shane não é capaz de ferir uma mosca, Roxanne, embora ele não acredite nisso.

— Eu... eu sei.

— Se ficar difícil, recue. Se perceber que ele não tá nessa com você, saiba dar um passo atrás. Porra, não vou te pedir para ser a namorada dele nem nada assim, mas...

— Eu sempre serei sua melhor amiga e a prova disso é que o amo a vida inteira.

Foi como se eu o tivesse atingido fisicamente.

Ele deu dois passos para trás.

Os olhos molhados.

— Cacete. — Abriu e fechou a boca várias vezes. — Eu imaginava, mas não...

— Antes da turnê, Shane estava vivendo seu inferninho particular no apartamento de Miami porque tem medo de se envolver. Ele já disse na minha cara que não quer um para sempre. Entrei nessa sabendo bem quem ele é, quem se tornou, na verdade, e as ressalvas que tem. Sei até onde podemos ir. E não espero nada além dos dias que temos aqui.

— Roxy...

— É sério. Ele ia fugir se passássemos dessa linha. — As lágrimas começaram a escorrer dos meus olhos. — Somos só isso, Zane. Amantes e melhores amigos, porque, enquanto ele estiver esperando a Melinda voltar, não teremos nada a oferecer um ao outro. O para sempre dele foi prometido a outra pessoa, sempre foi.

— Tudo bem aqui? — Lua se aproximou. Ela já tinha se vestido, assim como eu, e quando viu meu rosto... — Droga, Zane. O que disse para ela?

— Nada — garanti a Lua. — Eu estou só falando...

Sempre foi você

— Não, porra. — Zane baixou o tom de voz. — Você realmente o ama a vida inteira?

— Eu só descobri nessa viagem, mas é... simplesmente é.

Zane se virou e foi até o meu quarto com Shane, mas fiquei na frente antes que ele fizesse uma besteira.

— Preciso falar com ele, Roxy.

— Não. — Toquei em seu peito, parando-o. — Passos de tartaruga, lembra?

Zane fechou os olhos, o que foi assustador. Ele sabia ser impulsivo quando queria. Os cabelos selvagens caíam do coque, o peito subindo e descendo com as tatuagens, as narinas se expandindo...

Parecia tanto com Shane nesses momentos.

— Passos de tartaruga — sussurrou de volta, o sotaque britânico dançando na língua.

— Lembre-se de que vocês são irmãos, mas agem de formas diferentes.

Quando Zane finalmente abriu os olhos, vi chamas em suas íris castanhas.

— Prometa que você vai cair fora se ele não te corresponder — pediu.

— Eu coloquei um prazo, não coloquei?

— Prometa que não vai esperá-lo por mais vinte e dois anos. Porra, mesmo que me doa pedir isso, porque amo vocês de todo o coração, prometa que vai viver sua vida se ele fizer uma merda, Roxanne.

Zane estendeu o mindinho para mim, e eu envolvi o meu no dele.

— Eu prometo.

Ele assentiu. E, quando virou as costas, gritou pelos corredores:

— Porra!

Respirei fundo.

— Ele pirou quando percebeu que você gosta do Shane a vida toda? — Lua indagou, se aproximando.

— É.

— Bem... — Lua observou Zane entrando no quarto. — Ele não está errado. Mas também acho certo vocês viverem a experiência na viagem.

— Sim — concordei.

Aline Sant'Ana

Oliver, que estava com Kizzie em outro quarto, abriu a porta quando escutou a movimentação toda. Me lançou um olhar, como se perguntasse se tudo estava bem. Assenti e ele fechou a porta para terminar a reunião.

— Entrei nessa totalmente consciente. E Shane... eu sei que ele precisa cuidar de si mesmo. Não o espero, sabe, Lua? Eu vivi todos esses anos, mesmo que uma parte minha sempre o quisesse. Fizemos sexo e talvez meus sentimentos tenham se complicado um pouco mais, mas é normal. Não criei expectativas de um futuro porque...

Foi a vez de Shane sair. Estava com uma camisa branca aberta, exibindo seu corpo perfeito, uma calça jeans preta com rasgos aqui e ali, os coturnos e o boné de marca, igualmente pretos.

Seus olhos encontraram os meus e Shane sorriu.

— É difícil — Lua sussurrou de volta.

Assenti uma única vez.

— Vamos dançar funk! — Shane se aproximou e me deu um beijo na boca. — Cadê os seres humanos?

— Estão terminando de se vestir — Lua explicou. Então, mediu Shane de cima a baixo. — Você é mesmo um menino-problema.

— É? — Ele olhou para ela, arqueando uma sobrancelha. Lua tirou o boné dele e o jogou no sofá. — Porra, Lua.

— Vá como um rapazinho. Assim tá muito menino. — Ela enfiou os dedos nos cabelos dele, bagunçando-os. Ficou surpreendentemente bom. — Isso.

— Valeu.

— Antes de sairmos... — Lua continuou encarando Shane. — Me responda uma coisa.

— O quê?

— Você parou de compartilhar a senha do seu pinto wi-fi ou tá pensando em só deixar para uma *pessoa* em especial?

— Capaz de eu nem ficar duro se não for com ela. — Shane umedeceu os lábios.

O que ele disse?

— Sério? — Lua abriu um sorriso malicioso. — Viu? Você criou um santo D'Auvray.

Sempre foi você

— É sério. Me ofereceram uma noite e não consegui nem pensar na ideia, porra.

— Você sabe o que é isso, né? — Lua se aproximou do Shane.

O músculo do seu maxilar travou.

— Não — negou.

— Bom, a vida vai ensinar. Ou deixo o titio Carter te falar. — Ela saiu rindo e me lançou uma piscadinha. — Vejo vocês daqui a meia hora.

— Recebeu uma proposta de uma noite e nada mais e disse *não*? — Espremi os lábios, porque quis rir. Ao invés de surgir o ciúme, veio outra coisa, uma pontinha de esperança que eu queria empurrar muito fundo. — Shane, pelo amor de Deus...

— Tá feliz que me deu essa boceta tão gostoso que não quero outra mulher?

— Você é tão sujo.

— Mas *você* gosta. — Ele mordeu meu lábio inferior, puxando-o. — E não, eu não quero outra. Não... nem consigo pensar na ideia. Me enfeitiçou foi, Roxanne?

— Sim, vou te passar a receita. Em um caldeirão, usei um fio do seu cabelo, uma calcinha vermelha, uma foto nossa, três gotas de essência de rosa, o sangue de uma virgem... — brinquei, e Shane gargalhou tanto que, quando se aproximou, a risada vibrou contra os meus lábios. — Se eu aprender a dançar funk, a receita se completa e eu te conquisto de vez.

— Bruxinha. — Apertou a minha bunda com as duas mãos. — E eu te chamando de Querubim a vida toda.

— Tenho armas de sedução, Shane.

— É, percebi. — Sua boca foi para minha orelha. — Não paro de pensar em você. — Cerrei os olhos com força. — Esta noite você é toda minha. Tô com saudade.

A dualidade de Shane D'Auvray era capaz de envolver qualquer mulher. E esse é o perigo. Você o quer tanto, mesmo que saiba que para pegá-lo precisa cair de um precipício.

Aline Sant'Ana

Sempre foi você

CAPÍTULO 27

**Meio que me hipnotiza
Dançando essa menina
Deixa qualquer um admirado**

— Dennis DJ feat MC Marvin, "Mostra Que Sabe".

SHANE

— Finalmente vamos curtir as baladas do Rio! — Lua gritou sobre a música. — E tá tocando *house*, né? Cadê os funks? — Ela ponderou por um segundo. — Shane! — Me olhou como se eu fosse o culpado.

— O quê, cacete? — Sorri. — Escolhi o melhor lugar.

— Quero rebolar a bunda. — Então, Lua abriu um sorriso. — Não que eu *saiba* fazer isso, mas enfim.

— Relaxa, Gatinha. Eu dei uma pesquisada e aqui toca todos os ritmos... — Yan a puxou para uma conversa.

Fomos para uma festa à beira-mar com vários ambientes. Fazia tanto tempo que eu não curtia uma balada assim.

Porra, era um gatilho, e eu sabia. Ainda mais com pessoas bebendo ao meu redor, mas, cara... não senti vontade alguma de usar, apenas o desejo de dançar até que meus músculos doessem. Nada de drogas, nada de álcool, eu estava tão tranquilo quanto ao vício que pensei se essa viagem não avançou ainda mais o tratamento.

Voltei meus pensamentos para a dança. É, tinha espaço para Lua dançar como ela queria. Entramos discretamente. Havia poucas pessoas ali, que não pareciam ligar ou saber quem éramos.

— Então, é essa a surpresa que organizou com o Oliver para nós, né? — Kizzie se aproximou, abrindo um sorriso, com Oliver ao seu lado. — Confesso que, quando você disse que íamos sair, pensei em um restaurante.

— Como você me superestima, Keziah. Eu sou um canalha. Para onde ia levá-los?

— Canalha? — Oliver ergueu as sobrancelhas, apoiando os cotovelos no bar atrás de nós. — Não te vi ficando com ninguém além da Roxanne nessa viagem.

Aline Sant'Ana

— É, mas eu não quero mesmo. — Umedeci os lábios. — Não consigo nem me imaginar beijando outra mulher nesse momento.

Apaixonado pra caralho. Que merda. Vai passar, como uma rinite alérgica. Em mais vinte e quatro horas, eu tô novo, vocês vão ver.

O motivo da minha bagunça interna estava dançando com Carter. Ela estava de frente para ele, movendo-se para lá e para cá, enquanto os dois pareciam curtir a música. Deslizei os olhos pela Querubim de cima a baixo. Ela usava um salto alto preto e brilhoso e um macaquinho que beirava o meio das coxas, e era vazado em lugares estratégicos, decotado e com a barriga de fora, para foder a cabeça de um homem. *Merda, né?* Molhei os lábios, subindo o olhar. Seus cabelos longos estavam soltos, com ondas nas pontas. Seus olhos foram realçados pela maquiagem forte e sua boca, por um batom suave. *Tão linda.* Cara, não sei como conseguia me arrancar da órbita desse jeito.

Alheia à minha observação, continuou dançando com Carter. Como se, naquele instante, ela quisesse ignorar a existência do mundo e se concentrar na dança. Carter permaneceu dançando perto dela, sem tocá-la, o suficiente para dançarem juntos. Porra, nem tinha como sentir ciúme. Zane se aproximou deles, Yan e Lua também, assim como Erin e Kizzie. Ficamos eu, Oliver, Mark e Cahya.

— Por que não pega uma mulher esta noite, Oliver? — perguntei, lançando um olhar para ele.

— Estou bem tranquilo quanto a isso. — O segundo empresário da The M's sorriu. — Quem eu desejava não me quis.

— É. — Movi o maxilar de um lado a outro, o monstro dentro de mim pedindo para sair, o ciúme formigando meu estômago. — Desculpa aí.

— Não, tranquilo. Vocês têm história.

— É, uma história como *amigos*. Essa é a primeira vez que a gente se permite outras coisas — expliquei, franzindo a testa.

— Não é necessário o contato físico para se envolver, Shane. — Oliver ergueu as sobrancelhas. — Há outras formas, como conversa, vivência, companheirismo. Enfim, mas quem sou eu para perceber o que há entre vocês?

— Ah, não é necessário a presença física, o toque, o beijo e muito menos o sexo. Isso é complemento. — Cahya deu um gole no seu suco. — Eu já estava envolvida com Mark antes mesmo de dormirmos juntos. O sexo foi a entrega.

— Não vou discordar — o segurança garantiu.

Sempre foi você

— Não, mas vocês agiram de forma diferente. — Ri, nervoso, alternando o peso de um pé para o outro, observando Roxy. — Sexo não é... não é... — Fiz uma pausa. — Sexo como entrega emocional? Porra, vocês são de outra geração mesmo.

— Sexo pode ser a primeira letra de uma história ou o ponto final. — Cahya piscou para mim. — Você pode se apaixonar por alguém antes de transar e o momento concretizar o que sente. Ou você pode transar e *isso* iniciar o movimento de se apaixonar. Tem pessoas que separam as coisas, como você, mas... — Cahya apontou com o queixo para Roxy. — Achou mesmo que com ela seria igual a todas as outras?

— Não, por isso relutei pra caralho.

— Então. — Cahya semicerrou os olhos para a pista de dança. — Amar é se entregar ao desconhecido.

— Eu tô apaixonado só. Amar? Não, isso... eu... — Como se Roxy sentisse meus olhos sobre ela, virou-se para mim e abriu aquele sorriso capaz de desestruturar um império. — O que estávamos falando?

— Vai dançar, Shane — Mark me incentivou.

E como se o DJ soubesse exatamente do que eu precisava, o famoso funk brasileiro começou a tocar. Lua estava ansiosa por esse momento, já tinha nos apresentado algumas músicas e mostrado, pelo celular, alguns passos de dança no YouTube, antes da turnê. Eu sabia que ela estava aguardando com ansiedade. Então, não estranhei quando a noiva do baterista soltou um grito, apontando para mim, e disse:

— Hora de rebolar a bunda, Shane D'Auvray!

Gargalhando, fui para a pista de dança.

Peguei Roxy em meus braços e inspirei seu ar.

— Oi.

Roxy

— Eu gosto quando ela vem, não comparo com ninguém! — Lua cantou em português.

Shane sorriu contra meus lábios assim que eu murmurei um oi de volta.

Aline Sant'Ana

Ele começou a dançar devagarzinho colado em mim. *Deus, eu nunca ia conseguir dançar funk se ele ficasse me olhando daquele jeito. Já era difícil, e aí com o Shane...* Assim que a batida ficou mais forte, ele rebolou, fazendo um círculo no quadril, mordendo o canto da minha boca.

— Você quer me matar? — sussurrei.

— Eu também tenho os meus feitiços — garantiu.

Me surpreendeu quando virou de costas para mim, empinou a bunda e começou a rebolar.

Eu gargalhei tanto que perdi o ar, apertei sua bunda e ouvi a Lua rir da loucura de ver Shane dançando melhor do que muita mulher. Perdi o ar enquanto ria, mal tendo tempo de processá-lo na versão funkeira do Rio de Janeiro, quando ele se virou de frente para mim, sorrindo da própria palhaçada.

— Homem sem masculinidade frágil é sexy, né? — Me pegou pela nuca.

— Tô arrepiada.

— Eu sei. — Senti seus dedos na minha pele, seu nariz tocando a ponta do meu, me levando do inferno ao céu em segundos. — Vem cá.

Então ele me beijou. Os lábios quentes. A língua devagar espaçando a minha boca, para depois girar e girar, como se temesse ir mais fundo, como se temesse se entregar. O grunhido que ele deu foi resignado, lutando consigo mesmo. Eu sabia que misturar bom humor com romance era uma receita complicada. Especialmente para mim, que caía de quatro por homens assim.

Por Shane.

Minhas mãos foram para cada lateral do seu rosto, a barba pinicando a palma, quando me afastei.

Ainda de olhos fechados.

Constatando algo sobre nós dois que...

Por mais intenso, por mais maravilhoso que fosse, nunca entraríamos de cabeça, sempre estaríamos na ponta dos pés, por mais que cada célula me implorasse para que eu desse tudo de mim.

Não, não quando eu sabia que Shane não estava pronto. Kizzie estava certa — os D'Auvray precisam se entregar primeiro.

Embora eu não fosse esperá-lo a vida toda, eu o queria tanto...

Observei-o assim que abri as pálpebras.

Ele ainda estava com os olhos fechados.

A verdade é que Shane D'Auvray queria amar, só não sabia como fazer isso sem se machucar. Como se já tivesse embarcado no sentimento e a experiência fosse como velejar num barco de madeira velha, em que você tenta tampar os buracos com as mãos, os pés e cada parte sua. A experiência de Shane foi com o náufrago. Ele não tinha apreciado a vista.

— Ah, essa música é maravilhosa! — Lua gritou.

— Deus, Lua. Eu vou te tirar daqui. — Zane começou a rir.

— Deixa a mulher ser livre, guitarrista. — Yan sorriu, apreciando a vista da sua mulher dançando como se não houvesse amanhã.

— Oi, soca, soca, toma, toma — Lua cantou. — Bate, bate com vontade!

— Deus, eu não entendo porra nenhuma. — Shane riu e abriu as pálpebras quando olhou ao redor. Havia algumas garotas rebolando tranquilamente à nossa esquerda, como se soubessem todos os passos, o que eu não duvidava. Achava o máximo o funk brasileiro, era tão contagiante e tão único que... — Vamos, Lua?

— Pra onde?

— Rebolar a bunda, porra.

Meus olhos não acreditaram quando Shane pareceu estudar os passos que as meninas estavam fazendo e, no segundo refrão, lá estava ele dançando ao lado de Lua, para que ela o imitasse. No fim da música, eles estavam tão sincronizados que comecei a rir. Acho que o DJ percebeu que não éramos dali e repetiu a música só para que Lua e Shane pudessem fazer tudo certo do começo. Eu me enfiei no meio, porque aprendi os passos só de assistir e a música era bem repetitiva.

— Vai se juntar, Querubim?

— Eu sei rebolar a bunda também, tive um ótimo professor.

Sorrindo, Shane me observou quando o refrão começou. Claro, eu não conseguia chegar nem perto do rebolado das brasileiras, mas me diverti. E a música foi nos guiando pelo resto da noite, até que todo mundo não resistisse e tentasse dançar. Até Zane, que era duro como mármore, rebolou naquela noite.

Shane me roubou vários beijos.

E eu percebi que nada mais importava.

Aline Sant'Ana

SHANE

Noite adentro, sem preocupações, nos divertimos como se... porra, como se o mundo fosse acabar no dia seguinte. No meio da balada, Oliver recebeu a notícia de que estávamos em primeiro lugar na lista da Billboard.

Não era só aqui.

O nosso sucesso era mundial.

Porra, aquele sonho que eu queria realizar? Simplesmente, pá! Jogado na porra da minha cara. Tem noção? De felicidade e pura euforia mesmo, dancei até que o suor escorresse na minha pele, até que eu jogasse a camisa de lado. Comemoramos juntos ao som de *house* e funk carioca, sem precisar de uma gota de álcool, sem precisar de nada além daquelas pessoas, daquela companhia, da minha Querubim.

Que, naquele momento, percebeu que era possível rebolar bem em cima do meu pau. Do jeitinho que fazia quando estávamos sem roupa.

Agarrei sua bunda, descendo-a e subindo. Quando ela se ergueu e colou as costas no meu peito, inspirei fundo. Seu cheiro, o suor limpo que vinha dela misturado ao perfume, estava me enlouquecendo. Já fazia tempo demais que eu não a sentia gemer meu nome, e eu queria, porra, como eu queria. Por maior que fosse o medo, o tesão era tão mais forte. Segurei sua cintura, deixando minha boca cair no seu pescoço, chupando-o. Eu soube que não íamos durar muito mais tempo.

Eu ia transar com Roxy até meu coração implorar que eu parasse.

— Quer sair daqui? — perguntei contra sua orelha, torcendo pelo sim.

— Quero — respondeu, levando a mão para trás e agarrando a minha coxa.

Umedeci a boca, odiando me afastar, mas pedi um segundo para Roxy porque eu tinha de avisar ao meu irmão. Cheguei perto, me sentindo esquisito pra caralho ao ter que interromper o beijo dele e da Kizzie. Cutuquei-o e ele desviou da boca de sua noiva para me encarar com fogo nos olhos.

— Tô caindo fora com a Querubim — disse a ele, e seu olhar suavizou. — Vou passar a madrugada fora e, no sábado, vamos dar uma volta. Volto a tempo de irmos para o hotel.

— Vai viajar com ela? — Assenti em resposta. Zane ponderou por alguns segundos. — Tá com a chave do carro e os documentos? E vai sem uma muda de roupas?

Sempre foi você

— Eu preparei uma pequena mala para nós.

Os olhos do meu irmão brilharam. E, pela visão periférica, vi Kizzie sorrir.

— Já planejou, então — Kizzie percebeu.

— É. — Cocei um ponto na nuca. — Tem problema?

— Não, pirralho — Zane prometeu. — Só se cuida. Não conhecemos as estradas daqui, então tenha cuidado. E se preocupe em dormir. Temos ensaio e o show.

— Sim, eu sei.

— Vai cuidar dela? — Zane apontou com o queixo para a Querubim, longe o suficiente de nós. — Não vai machucá-la, né?

— Não vou.

Zane me estudou, daquele jeito que fazia quando precisava ler a minha alma.

— Ela tem um carinho imenso por você, Shane, e já passou por um inferno com o Gael. Só... — Zane parou de falar. — Eu não quero te impor nada.

— Eu sei, cara. Tô tentando melhorar. De verdade. Eu tô, porra... tô tentando me soltar das cordas. Mas é foda. Eu não quero perdê-la. E não quero me perder nesse processo também. Entrei nisso consciente, mas uma parte minha... não esperava tanto.

— Se relacionar não é apenas sobre o quanto você está disposto a dar. O quão carinhoso você é, o quão divertido e sexy pode ser. — Kizzie atraiu a minha atenção. — É sobre o quanto você está disposto a se abrir, também. Precisa ceder, Shane.

Isso me atingiu direto no estômago.

— E se, ao me abrir, eu machuque a nós dois? E se ela vir algo que não gosta?

Kizzie pensou por alguns segundos.

— Conhecendo-a como a conhece, acha mesmo que a Roxanne tem medo de escuro? — Kizzie rebateu. Virei-me para olhá-la sobre o ombro. Estava rindo com Mark e Cahya, tão linda. Porra, tão leve. — Se abra um pouco mais — Kizzie disse. — Só mais um pouquinho. Vai ser bom para a amizade de vocês continuar depois da loucura que viveram aqui.

Mas era tão mais que isso.

Não havia rótulo, havia só... eu e ela. E mais ninguém.

Aline Sant'Ana

— Me liga quando chegar onde quer que você for — Zane pediu.

— Te darei acesso à localização em tempo real, assim como para o Mark e tal. — Fiz uma pausa. — Vai ser tranquilo.

— Beleza. — Ele se afastou de Kizzie e me deu um abraço. — Sei o que se passa no seu coração antes que você mesmo saiba. Não tenho medo, Shane. Pular é bom pra caralho. — Então, exalou profundamente. — Bom passeio para vocês.

Roxy

Quando saímos da balada e Shane começou a dirigir pelas ruas de Angra dos Reis com um destino certo, não imaginei que ele nos hospedaria em um hotel, com direito a uma ducha deliciosa e uma mala que ele mesmo preparou para nós. Fiquei mais surpresa ainda quando, depois do banho, tivemos um jantar leve, com salada e frutos do mar. Foi servido no quarto, mesmo tendo passado do horário.

O quarto era lindo, com acesso ao mar e uma parede toda de vidro. Nós comemos lá fora, apreciando a natureza, mas, quando senti os olhos de Shane em mim no meio da conversa, engoli em seco.

— Você tá dolorida da dança? — sondou, viajando os olhos pelo meu corpo. O sol nasceria dali a quatro horas, talvez. Me sentia cansada por ter rebolado tanto, mas... — Não preciso perguntar se já sei a resposta. — Ele sorriu.

— Na verdade, meu corpo dói, sim. — Olhei ao redor. A areia obscurecida pela noite, o mar em completa escuridão, e víamos somente as ondas que quebravam em um branco translúcido. À minha esquerda, a meia-luz e o conforto do quarto. À direita, a costa com acesso ao mar cristalino. — Nós nunca tivemos isso, né?

— O quê? — A mudança brusca de assunto o fez se remexer na cadeira.

— Um momento tão nosso, tão íntimo, quase roman... doce. — Tomei o último gole do suco de laranja e virei-me para Shane. Estávamos no terceiro andar da hotel, mais precisamente no terraço. Era um apartamento por andar e tão imenso que fazia eu me sentir pequena.

— Bem, não. Na real, eu nunca tive isso. — Ele apoiou os cotovelos em cima da mesa, as pálpebras se estreitando para mim. — Não é apenas uma primeira vez com você, é a primeira vez em toda a minha vida. — Pisquei, sentindo a garganta se fechar. Shane continuou: — Meu dinheiro era controlado. — Ele olhou para a extensa faixa de areia, o céu e o oceano. — Depois que comecei a usar drogas, eu tinha tão pouca grana que foi foda. Era só... o suficiente para te comprar um sorvete quando eu estava me sentindo um merda e o pior amigo do mundo. Lembra?

— Sim. — Shane sempre comprava sorvete para mim enquanto estava naquela fase mais obscura da sua vida. Notei aquele homem que, depois do banho, tinha vestido uma calça de moletom cinza, sem cueca, e uma camiseta branca básica, os cabelos ainda molhados. Parecia mais lindo do que nunca. — Não sabia que o seu pai...

— É. Mas ele estava certo. Eu faria o mesmo se fosse meu filho. Ou pior. — Shane passou as mãos pelo cabelo. — Isso tudo... é a minha primeira vez com uma garota. É a primeira vez que consigo pagar um hotel, com meu dinheiro. Um jantar foda a ponto de ser o que você merece. Tá sendo o melhor investimento da minha vida.

— Shane...

— Não, te ver feliz é tudo o que eu quero. — Ele fez uma pausa quando eu sorri. — Porra, esse sorriso, eu mato e morro por ele, Querubim. Faria mil momentos doces e tudo o que você quiser, desde que se sinta bem ao meu lado. — Então, como se algo passasse em sua mente, ele congelou. — Você se sente bem ao meu lado?

— Eu deveria *não* me sentir bem? — Meu coração acelerou por razão alguma. Na verdade, eram aqueles olhos coloridos, o azul e o mel dançando em mim como se fossem capazes de acariciar a minha alma. — Justo ao lado do meu melhor amigo?

— Eu tirei a sua virgindade da forma mais bizarra do mundo. — Shane umedeceu a boca, a ponta da língua dançando nos lábios entreabertos, bem no inferior. — E também dar esse passo comigo agora deve ter sido difícil pra caralho pra você.

— O passado... eu quis. Agora, eu também quis. Quero — corrigi. Senti os batimentos se enfurecerem pela paixão. — Te querer é uma consequência de anos te admirando à distância, sem nunca poder te tocar.

— Porra, sim. Eu também. Te quis tantas vezes, Roxanne. Mas não podia te oferecer nem um por cento do que tô oferecendo agora. Olhe onde estamos, seu sorriso, a sensação de que é tão certo que me deixa sem ar. — Ele sorriu, daquele jeito bobo, meio moleque, que me remetia ao Shane de quinze anos que me levou ao baile. *Ah, Deus.* Ele se levantou e se ajoelhou ao meu lado. Eu senti a emoção

Aline Sant'Ana

querer emergir, mas não poderia externá-la. Segurei a lateral do seu lindo rosto.

— Porra, você me olha como se gostasse da minha companhia. De verdade.

— E eu gosto. Eu amo estar com você. — Ergui as sobrancelhas. — Pode ser um picolé de dois dólares ou uma estadia em um hotel cinco estrelas. Você não entendeu ainda?

— Não — confessou. — Caralho, não. Não consigo entender. Eu amo tanto você, Roxanne. Amo a ponto de doer e me confundir, amo a ponto... sei lá, nem sei mais o que tô falando. — Sua mão tocou o meu rosto, o polegar passeando na bochecha. Tudo em mim parecia correr a mil quilômetros por hora. — Diz de novo.

— O quê? — sussurrei.

— Que ama estar comigo — pediu, se quebrando em dois.

— Eu amo estar com você. E não vou a lugar algum — prometi, sentindo que era isso que ele precisava ouvir.

Shane não me beijou. Ele admirou bem no fundo dos olhos, tirando um tempo, me desconcertando. Era como encarar de frente o feitiço mais forte de todos, porque você sente o poder, mesmo que não precise tocá-lo.

Energia. Conexão. Eternidade.

Vinte e dois anos se passaram naqueles olhos. E quando Shane se emocionou e tive que secar uma lágrima que escorreu por sua bochecha, percebi que aquele homem de quase dois metros de altura era tão pequeno, tão frágil, tão doce quanto mel.

— É a minha primeira vez em um encontro decente também. — Sorri, timidamente, e Shane riu baixinho. Pegou a palma da minha mão e beijou bem no centro. — Não pensei que terminaria com um homem chorando aos meus pés, mas acho que deu certo...

Rindo, Shane se levantou e estendeu a mão para mim.

— Temos outro lugar pra ir, Querubim.

— Onde?

— Você vai descobrir.

Sempre foi você

CAPÍTULO 28

Like the world makes sense
From your window seat
You are beautiful
Like I've never seen

— Sleeping At Least, "Heart".

SHANE

— Porra, isso é definitivamente um encontro, né? — Lancei um olhar para nossas mãos, as costas dos dedos sempre resvalando. Entrelacei-os e nos uni de uma vez, caminhando ao seu lado, indo até um destino certo. Roxy observou nossas mãos juntas, meus dedos largos e cheios de calos, muito bronzeados, em contraste com os seus, tão delicados e pequenos. — Jantar, um quarto foda, só nós dois...

— Será que é? — Roxy apertou mais a minha mão e fechou os olhos quando a brisa tocou seu rosto. Estávamos na área de uma das imensas piscinas, tarde da noite, sem que Roxy soubesse o que eu tinha preparado. — Precisamos nomear?

Tinha uma emoção estranha preenchendo meu peito. Era como um formigamento, somado a um frio fodido na barriga. Uma sensação que já conhecia, mas parecia tão diferente. Como se eu tivesse entrado em um jogo com sorte. Do tipo jogar os dados no tabuleiro e avançar todas as casas possíveis para a vitória. Porra, era como se eu estivesse *ganhando*.

Não sei o motivo de me sentir assim. Paixão significava abandono, desistência e dor. A paixão sempre machucava. Não vinha com... sorte.

— Eu... — Pisquei, sem entender o que estava acontecendo dentro de mim e, quando umedeci a boca, soltei: — Acho que eu preciso.

— Nomear? — Ela virou para mim. — Quer que seja um encontro?

— Quero.

— Hum... tudo bem. — Roxy abriu um pouco mais os olhos claros e um sorriso começou a despontar em sua boca. — Estamos em um encontro, então.

— Ufa.

— O quê? — Ela riu com os olhos. — Por quê?

Aline Sant'Ana

— Se fosse qualquer outra porra, seria um exagero.

— O que quer dizer, Shane?

Eu tinha reservado o hotel antes de irmos para a balada, mas a verdade é que com dinheiro se faz tudo, cara. Recebi ajuda do Oliver e da equipe do Rio de Janeiro, e, em algumas horas, nós tínhamos uma coisa só nossa.

Roxy começou a andar mais devagar quando viu que, depois da piscina, havia um bangalô gigante. Sua testa se franziu por um segundo e depois seus olhos se arregalaram quando, através dos vidros, viu inúmeras velas. O caminho que nos levava até lá estava com pétalas multicoloridas. Como Roxy não gostava mais exclusivamente de lilás, como era na infância, eu soube que construir um arco-íris no chão a faria feliz. Mordi o lábio inferior, enquanto observava a pessoa mais especial da minha vida soltar minha mão e cobrir a boca, em um grito silencioso.

— Shane... — Sua voz falhou. — O que...

Peguei-a no colo, como uma noiva, porque sabia que ficaria parada ali por longos minutos. Ela riu pelo susto, e dei um suave chute na porta de madeira, fechando-a em seguida com a bunda.

Meus olhos e os dela percorreram o espaço, enquanto Roxy permanecia em meus braços.

Era o bangalô mais especial, exclusivo como se fosse presidencial e tal. Fiquei sabendo que as pessoas que casavam, alugavam o local para a primeira noite juntos. E era perfeito como eu vi nas fotos. Na área que seria para o casal relaxar, havia duas mesas de massagem, uma hidromassagem e, em mais alguns passos, um banheiro privado. Isso tudo bem separado à direita. Já à esquerda, havia uma cama king. Ao centro, uma sala de estar. Era tudo em vidro, mas eu poderia nos dar privacidade com um comando.

Senti os olhos de Roxy nas pétalas coloridas no chão, que formavam um caminho até a hidro, que também estava cheia delas. Seus olhos marejaram, e ela envolveu meu pescoço com as mãos, como se temesse cair, embora estivesse segura em meus braços.

— Deus... — sussurrou e olhou mais em volta, parando na pequena mesa no fundo do bangalô, repleta de chocolates e frutas, suas comidas favoritas.

— Isso é o que eu queria fazer com você. Sabe, se fosse a nossa primeira vez. — Movi o maxilar de um lado para o outro, ansioso pra cacete. — Sei que te beijei e te adorei naquele chuveiro depois de saber, mas não foi o suficiente. Eu não consegui te mostrar o quanto queria fazê-la se sentir especial, Querubim. Caralho, se eu soubesse... se eu fosse um cara melhor naquela época...

— Você está oficialmente recriando a minha primeira vez? — Ela virou o rosto na minha direção, e foi como se tudo o que eu entendesse sobre o universo se desfizesse. Roxanne... era a gravidade, as estrelas e o infinito. Era a coisa mais linda que já vira, e tive de prender a respiração porque... *merda*. Como ela era intensa. Como ela dedilhava a minha alma, sem esforço, como se eu fosse o instrumento mais fácil de tocar. E como Roxy me tocava. Lá dentro, no fundo, remexendo sentimentos que nunca tive antes. — Está mesmo fazendo isso?

— É, eu tô. Cacete, tô sim.

Roxy piscou, as lágrimas descendo por suas bochechas. Ela levou sua mão até o meu rosto e continuou a me encarar.

— Me coloque no chão — pediu.

Eu obedeci, sentindo o batimento arrebentar meus tímpanos.

Roxy deu um passo para trás, de costas para o sofá, de frente para mim. Depois, outro passo. Ela tirou um dos sapatos. E então o outro. Continuou indo para trás com os olhos fixos em mim. Então, sorriu.

— Vai pular? — perguntei, erguendo uma sobrancelha.

— Você sabe que sim.

Correu da mesma forma que sempre fez, se jogando nos meus braços, envolvendo suas pernas em mim, me fazendo agarrá-la pela bunda. Mas, ao invés de afundar o rosto no meu pescoço, sua boca cobriu a minha. Gemi quando sua língua encontrou um caminho dentro dos meus lábios, quando suas mãos afundaram nos meus cabelos. Foi um misto de desespero com gratidão, como se ela sentisse, como se ela...

Você tá se apaixonando por mim, Querubim?

Eu, que deveria lê-la mais do que ninguém, naquele momento, fiquei cego.

Afastei a racionalidade.

E me soltei.

Roxy

Eu estou me apaixonando ainda mais por você. Como se freia isso? Como posso parar o tempo, eu posso te colocar numa redoma de vidro onde você não lembre que foi abandonado pela pessoa que mais amou em toda a vida? Como digo que serei forte contigo, que sempre irei à guerra por você? Como posso garantir que o seu passado nunca vai me manchar? Como juro que o que eu vejo é bondade, amor e carinho no seu coração?

Como conto para a minha alma, que te quer tanto, que você ainda não está pronto para ser meu?

As velas eram aromáticas e o quarto cheirava a rosas e amor. Eu não sei o que seria da Roxanne de dezoito anos se visse algo assim, mas a Roxanne de vinte e dois estava chorando e beijando o Shane com gratidão, carinho e desespero. E eu sabia que ele sentia isso, porque me beijava de volta com a mesma urgência.

Shane me surpreendeu quando interrompeu o beijo e gemeu na minha boca.

— Não vai ser rápido, Roxanne. Vai ser calmo, com carinho e olho no olho. Porra, não me provoca assim. — Ele desceu e subiu a minha bunda, me esfregando na longa ereção que instiguei. — O que eu faço com você? Caralho...

— Shane... — Colei a testa na sua.

— Você entrega tanto quando me beija, como se garantisse que eu sou o único na porra do mundo inteiro. — Fez uma pausa. — Você sabe o que faz comigo?

— O que eu faço? — *Uau, Shane.*

— Me faz sentir como se eu merecesse ser amado. — Nós dois fomos machucados de infinitas formas, mas como se nossas cicatrizes formassem peças distintas do mesmo quebra-cabeça, eu o entendia. Entendia tanto que doía. — E está na hora de fazer você sentir o mesmo.

— Ah, Tigrão. Você já faz. — Acariciei-o, dando um beijo na ponta do seu nariz. Ele cerrou as pálpebras, como se travasse uma batalha interna. — Mas vou deixá-lo fazer o que quiser comigo esta noite.

— É? — Seus olhos estavam brilhantes quando os abriu, o mel quase em um tom dourado sob as velas e o azul misturando fogo e água. — Vai me deixar tratá-la como sempre a vi? Como sempre quis?

— Sim. — Engoli em seco.

Shane me colocou no chão e se afastou um segundo, pegou o controle remoto e pude sentir a temperatura do ambiente mudar conforme a regulava, pouca coisa mais amena. As cortinas desceram ao mesmo tempo em que *Heart*, da banda Sleeping At Least, soava baixa, quase como se o cantor temesse nos atrapalhar.

Sempre foi você

Senti seu toque apenas através do olhar, e Shane desceu a atenção por cada centímetro do meu corpo enquanto voltava a se aproximar. Um passo de cada vez. Pude ouvir o som da banheira de hidromassagem se misturando à voz do cantor, minha ansiedade crescendo a cada segundo.

No momento em que sua altura pairou sobre a minha e sua respiração tocou alguma parte da minha pele, eu inclinei o rosto para cima. Em seus olhos, vi toda a importância daquele instante.

Éramos o universo um do outro.

Shane enganchou o indicador na alça do meu macaquinho, puxando-a para baixo. Nossos olhares se desconectaram para que Shane beijasse onde o tecido havia estado. Fechei as mãos em sua cintura, agarrando sua camiseta para que eu não caísse. Sua respiração bateu quente na minha pele, me arrepiando, mas foram os seus lábios quentes que me desmontaram.

Deus, Shane...

A segunda alça caiu, me deixando trêmula da cabeça aos pés, e Shane beijou o outro ombro, como se tivéssemos mesmo todo o tempo do mundo. Suas mãos foram para o zíper das minhas costas, e ele foi vagarosamente descendo-o enquanto trilhava seus beijos pelo meu pescoço.

Eu mal pude me mover.

O coração acelerado, a respiração suspensa, os nervos batalhando pelo controle.

O macaquinho caiu no chão.

Ele se afastou pouca coisa de mim, os lábios vagarosamente no meu pescoço, para alcançarem o lóbulo. Ele mal tinha me beijado, mal tinha me tocado, mas eu estava completamente acesa. Meu corpo já respondia a Shane sem ele precisar pedir.

Uma de suas mãos abriu o sutiã, que caiu entre nós, e Shane só cedeu alguns centímetros entre nossos corpos para que a lingerie se juntasse ao macaquinho. Umedeci os lábios secos, a respiração dele tocando em mim. E como uma dança previamente ensaiada, seus polegares se engancharam nas laterais da minha calcinha de renda, e ele brincou, puxando-as para cima e para baixo, fazendo-a tocar bem no clitóris, que já estava molhado e latejando.

Shane ia mesmo fazer durar.

Ia me provocar.

Aline Sant'Ana

318

E ia me deixar *tão* molhada.

Ele escorregou por mim, até que seus joelhos batessem no chão, arrastando consigo a calcinha. Seu olhar faminto subiu e Shane sorriu de lado.

Sem dizer uma palavra, tocou em uma panturrilha, pedindo que eu ficasse apoiada em apenas um dos pés. Mordi o lábio inferior quando escorreguei a atenção por ele, vendo a ereção nada modesta na calça, inclusive o piercing marcado na glande, pela ausência da cueca.

— Nos meus olhos, Roxanne — exigiu, rouco.

Passei a ponta da língua no lábio inferior e o obedeci, erguendo o pé e observando apenas seus olhos.

Pela visão periférica, vi suas mãos arrastarem as minhas roupas para um canto, enquanto me observava nua, cada curva, cada pinta, cada linha do meu corpo. Suas mãos traçaram os meus tornozelos, subindo, me deixando ainda mais trêmula. Dançou com seus dedos pela lateral da panturrilha, joelhos, coxas, circulando a cada subida.

— Nos meus olhos, Shane — demandei, enquanto o via me medir de cima a baixo como se fosse me devorar em seguida.

Ele riu apenas com os olhos quando aproximou a ponta da língua da minha virilha. Tremi como nunca antes, em meio à expectativa, só de sentir sua respiração, então a ponta da língua áspera e molhada, e eu...

Senhor.

De joelhos aos meus pés, ele chupou um lado e depois o outro, mas nunca os lábios, nunca o clitóris. Era tudo o que havia em volta, exceto *onde* o queria. Segurei seus cabelos com as duas mãos, gentilmente guiando-o para lá. Mas perdi o controle e a força dos joelhos quando meu melhor amigo afundou as mãos na minha bunda e, com um movimento tão lento quanto poderia ser possível, lambeu-me, com aqueles dois malditos piercings, do clitóris ao umbigo, subindo com seu corpo e língua lasciva até chegar ao centro dos meus seios, pescoço, enfiando-a de uma vez na minha boca.

Nossos corpos se chocaram, assim como o beijo que trouxe o desespero de senti-lo. Meu corpo ondulou quando se colou ao seu, sua ereção prensando contra alguma parte da minha barriga, sua altura me engolindo inteira, sua língua desbravando a minha boca. Aquela língua que havia me lambido dos pés à cabeça... Shane agarrou minha bunda com ainda mais força, afastando-a e unindo-a, como se soubesse o que me deixava pronta. Sua pegada era forte, mas a maneira que me

Sempre foi você

beijava parecia carregar toda a paciência do mundo, girando a língua devagar em toda a volta, do início ao fim.

Até nisso ele trazia a dualidade.

Até no sexo ele sabia como adorar e enlouquecer uma mulher.

— Shane... — gemi, assim que ele mordeu o lábio inferior. Meu sabor em seus lábios me fez vibrar em expectativa, não que eu já não soubesse como era. Senti o líquido de prazer escorregar entre as minhas pernas, umedecendo o meio das coxas.

— Porra, eu sei. Quando a gente se beija, o mundo inteiro para. Caralho, vem cá. — Pegou-me no colo e foi me beijando até que me deitasse sobre a mesa de massagem. Surpreendentemente, era confortável e larga. — Pode virar de bruços para mim?

— De bruços?

— Sim — confirmou. — Só vira pra mim, amor.

Não me chama assim, Tigrão.

Eu deitei de bruços, a bunda empinada para cima, *tão* pronta...

No entanto, ao invés de sentir seu sexo lentamente me invadindo ou até as suas mãos em mim, Shane segurou o meu cabelo, como se fosse fazer um rabo de cavalo. Abri um sorriso, tentando imaginar o motivo daquilo, até ele envolvê-lo em uma volta, duas, três e prendê-lo com um nó suave.

— O que estamos fazendo exatamente? — perguntei.

— Achei que gostasse de ser surpreendida. — *A expectativa estava me matando,* pensei. — Quer uma dica? — O tom divertido em sua voz me fez morder o lábio inferior.

— Quero.

Assim que caiu na minha pele, eu soube: óleo quente e denso de amêndoas...

Cerrei as pálpebras, prendendo a respiração.

Shane D'Auvray me massagearia?

— Desde que descobri sobre a nossa primeira vez, me peguei pensando em como eu faria se tivesse sido planejado. Sabe, eu era um moleque na época, e talvez não fosse fazer nada tão grandioso quanto agora. Ainda assim, pensei em algo que fosse só nosso e que você nunca se esquecesse. Massagem... você derretendo na minha mão, porra. *Com certeza* faria isso. — Pude senti-lo mesmo

Aline Sant'Ana

sem vê-lo, à minha esquerda, espalhando com calma o óleo da base da minha nuca, em um ziguezague pelo centro das minhas escápulas, descendo em linha reta pela coluna, até chegar no limite, quase na bunda. Eu a empinei, porque o óleo era tão pesado... que o sentia me tocar e escorrer por todos os lados. Ele soltou uma risada rouca e continuou: — Sabe quais são os pontos positivos de reproduzir isso hoje, Roxanne?

— Quais? — Sempre que Shane me chamava pelo nome, eu ficava arrepiada.

— Primeiro: não vai rolar dor, só prazer. Só você gozando bem gostoso pra mim.

— Hum... — gemi quando suas mãos imensas começaram a espalhar delicadamente o óleo pela minha pele. Ele dançou os dedos por minhas costas, pelos braços e coxas, só espalhando. Mas como se eu fosse uma serpente ouvindo seu canto, meu corpo respondia em um elevar e retrair de cada centímetro de pele que Shane percorreria.

— Dois: sou mais experiente agora do que com dezoito anos.

— É? — sussurrei.

— Com certeza. — Fez uma pausa. — Três: meu pau já cresceu tudo o que tinha que crescer.

Gargalhei. Foi inevitável. Ouvi o riso em sua voz quando Shane continuou contando:

— Quatro: de qualquer maneira, fui o seu primeiro. Então, tenho o direito de te recompensar por aquela noite todas as vezes que eu quiser.

— Faz sentido — murmurei. Era tão sexy o quanto ele se garantia.

— O último ponto positivo, mas não menos importante. — Sua voz se aproximou da minha orelha. E meus olhos doeram de tanto que os apertei, fechados. — Esse óleo é bem especial, Querubim. É para massagem, mas eu posso cair de boca em você. E você, em mim.

Droga, sim, por favor.

— É comestível? — murmurei.

— Porra, é.

A mesma sensação de frio na barriga que se tem quando você está enfrentando o perigo e a adrenalina surgiu assim que Shane iniciou a massagem. Fechei as mãos ao lado do corpo e tremi quando seus dedos trabalharam nos trapézios.

Sempre foi você

Naquele segundo, eu soube que a massagem seria diferente. Não por eu estar nua, não por ser Shane ali, não porque eu já estava excitada. Mas sim pela habilidade de suas mãos.

Havia uma intenção diferente e certa técnica naqueles polegares que afundavam nos pontos certos, assim como os dedos ásperos, que abraçavam meus ombros como se pudessem me consumir. Ele tocou algum nó de tensão no meu pescoço, que relaxou imediatamente, e eu gemi quando começou a descer pelos meus braços, como se soubesse cada botão que me soltava.

O clitóris voltou a pulsar, sendo que Shane só estava tocando os meus braços.

Ele foi para o centro das costas, os polegares fortes trabalhando juntos, os dedos passeando e se movendo conforme me relaxava. E excitava. A sensação era de estar sob seu domínio, porque, quanto mais tranquila me sentia, mais pronta ficava. Meus mamilos estavam duros na imensa maca, e eu quis esfregar uma perna na outra para ter um pouco mais de fricção quando Shane... pressionou os dedos bem na altura da bunda, apenas para voltar até meus braços, passeando pela lateral dos seios, com as pontas dos dedos.

Droga, Shane.

Ele desceu as mãos de novo bem no centro das costas até parar nas covinhas da bunda, e voltei a erguê-la, em expectativa, querendo-o tanto dentro de mim que comecei a gemer. Aquela onda lasciva começou a se formar no meu ventre, molhando a vagina inteira. Como se ele soubesse exatamente o que estava acontecendo, ouvi sua risada rouca, mas Shane não parou.

Ele não pararia.

Suas mãos agarraram cada nádega e, como se meu corpo idealizasse que dali estaríamos a um passo para o sexo, me guiei até a sua mão, erguendo a bunda.

— Porra, sua boceta tá brilhando pra mim, amor.

— Eu quero seus dedos dentro de mim.

— É?

— Quero seu pau indo e vindo, Shane.

Ele grunhiu. Eu sabia que falar sacanagem o deixava louco.

E apesar de eu estar adorando a massagem, sentia que aquilo era uma tortura. Nunca fui tão preparada, nunca havia recebido tanta preliminar na vida. Só seu beijo me deixava molhada, mas suas mãos eram... *Deus, seus dedos eram mágicos.*

Aline Sant'Ana

— Nada do meu pau indo e vindo, Querubim. Não me pede essas coisas, sabe que eu quebro. Quero construir o seu orgasmo direitinho e bem gostoso. Porra, não vai ser rápido, eu avisei. — Ele moeu meus músculos, toda a tensão e todos os pontos erógenos que eu nem sabia que existiam. Passou os dedos e, quando segurou meus pés, estremeci. Shane beijou em cada um deles, tão carinhoso e sexy, tudo ao mesmo tempo. — Deixe-me te mostrar como pode ser ainda melhor. Você confiou em mim com cada minuto da sua vida, então confie em mim com o seu corpo também.

— De olhos fechados.

— É, farei jus ao homem que você escolheu para ser o seu primeiro.

E último, eu quase quis acrescentar, porque Shane tinha me quebrado para qualquer sexo sem graça que os homens normais sabiam fazer. E se eu transasse com outro homem, ia começar a chorar de frustração.

Suas mãos subiram para as panturrilhas de novo e, quando apertaram a minha coxa, espaçaram-nas, deixando-me mais aberta. Achei que ia voar da maca para um orgasmo sem que aquele homem tivesse me tocado onde mais precisava dele. Meus lábios estavam inchados, os seios, pesados, e comecei a rebolar instintivamente, a ir e vir com o quadril, enquanto Shane não parava de trabalhar em mim, como se não se importasse com o meu desespero.

Ele tinha razão. Era experiente.

O que eu sabia sobre sexo além de ter tido transas ruins?

Seus dedos deslizaram entre as minhas coxas, movendo meu fluxo sanguíneo e meus nervos, o tesão indo justamente para o clitóris inchado e pronto.

A razão foi embora.

Ouvi sua respiração alterada por mim, o cheiro de amêndoas por toda parte, o perfume do Shane em algum lugar daquele quarto e a sensação... indescritível de estar sob seu toque. Eu me agarrei à maca quando o clitóris começou a pulsar, implorando por fricção, lembrando da sensação de tê-lo dentro de mim.

Os orgasmos que Shane me deu...

Como nenhum homem...

Mas sim, droga, ele tinha tão mais para me mostrar.

Shane desconstruiu tudo o que eu pensava sobre prazer quando seus dedos quase tocaram a minha vagina ao mesmo tempo em que sua língua dançava na minha bunda, circulando, apenas para sugar e dar um chupão em uma das nádegas. O prazer ficou tão grande que meus pulmões quase não conseguiram se encher de ar. *Nossa, aquela língua, com aqueles dedos dançando por mim...* ele ia tão longe, tão perto, mas recuava, descendo pelas coxas, subindo, circulando e apertando... me lambendo toda. Senti o prazer ou o óleo, não importava, escorrer na maca, e rebolei em seu rosto quando Shane tremeu a língua na minha bunda, apenas para depois vibrá-la no caminho até a vagina. Quando me senti a um passo de enfrentar a onda, sem nunca chegar no clitóris, ele agarrou meu cabelo, curvando a minha coluna, a língua subindo em linha reta por minhas costas, até que sua voz pairasse no meu ouvido:

— De barriga pra cima agora — exigiu, tão rouco que...

Eu me virei. *Inferno, Shane.* Como é bom te ter, ainda que seja por poucos instantes.

Fiquei de barriga para cima, e Shane se posicionou atrás da minha cabeça. Suas mãos agarraram os meus seios, e eu...

Estava condenada.

Havia um coração bem no meu clitóris, pulsando tanto que doía. Eu estava à beira do orgasmo. Shane, parecendo me conhecer mais do que eu mesma, deixou isso passar, construindo o que havia prometido, como nunca antes.

Abri os olhos no mesmo instante em que sua boca desceu de encontro à minha. O beijo foi de ponta-cabeça, com seus dedos amassando meus mamilos como se me tivessem. E ele tinha tudo o que quisesse pegar de mim. *Caramba*, sua língua entrou na minha boca, desbravando, os lábios macios nos meus. Comecei a me contorcer quando Shane soltou um dos seios e escorregou a mão toda pelo meu estômago, agarrando a minha cintura. Sua boca se afastou da minha.

E ele me olhou.

Como se o infinito durasse apenas um segundo.

Sorriu de ponta-cabeça para mim apenas para iniciar a massagem mais uma vez.

Eu morreria naquela noite. Mas feliz, pensei. *Bem nos braços daquele D'Auvray.*

Aline Sant'Ana

324

Sempre foi você

CAPÍTULO 29

It's just you and I
Just a phase in our little lie, yeah
We can sex all night
I see the want to in your eyes

— The Weeknd, "As You Are".

SHANE

Vi os dedos dos seus pés se contorcendo e soube que Roxy não ia durar muito mais. Beijei cada centímetro do seu corpo, inclusive sua linda boceta, que estava vermelhinha de tanto que a chupei, deixando-a no limite de gozar. Sempre beirando, nunca a deixando cair na onda do prazer. Suas pernas tensionaram ao redor dos meus ombros, e ela arqueou as costas no instante em que toquei a lateral do seu quadril, afundando meus dedos ali, fazendo um oito em seu clitóris. Sua boceta começou a pulsar, quase como se me avisasse que estava muito perto.

— Porra, você é tão linda, Roxanne.

— Shane... — Sua voz pareceu perdida em uma névoa de prazer. Já estávamos há mais de uma hora nas preliminares, e eu sabia do que precisávamos. — Eu...

— Quer gozar no meu pau?

— Em você inteiro.

— Caralho, amor... — gemi baixinho, peguei a camisinha no bolso e tirei a calça.

Mas Roxanne não me deu tempo de tirar a camiseta.

Seus olhos curiosos vieram direto para o meu caralho, que estava me punindo, duro pela espera. Ela se sentou na maca, passou uma das mãos em seu corpo, no óleo, na sua boceta encharcada e agarrou minha ereção, umedecendo-a com as duas mãos. Revirei os olhos, molhando a boca com a língua no segundo em que meu pau deu um choque de tesão por senti-la. Ela pulsou as mãos em volta dele, cara. Indo e vindo. Pegando todo o comprimento, apenas para chegar à base e segurar as bolas. Ergui a porra da camiseta com uma mão até o tórax, lançando um olhar para o seu toque, a punheta deliciosa que fazia.

— Achei que queria gozar na minha boca — murmurei.

Aline Sant'Ana

— Não, eu quero te sentir dentro de mim. — Seus olhos dançaram nos oito gomos da minha barriga, direto para o meu pau, que estava sob seu comando.

— Roxanne... — Soou como um aviso, eu mal conseguia respirar.

— Vamos fazer sem camisinha? Eu quero de novo e dessa vez, com os nossos exames em dia. Tomo pílula para regular o ciclo e me sinto segura com você. Quero o pacote completo de uma primeira vez especial. O que acha disso?

Merda, é sério pra cacete isso. Essa mulher ia me matar.

Mas sim, droga. Querubim estava certa.

— Somos eu e você — respondi, jogando o pacote da camisinha no chão.

Ela queria me sentir. E eu daria qualquer coisa que ela me pedisse.

Joguei a cabeça para trás quando suas mãos dançaram da base à glande, girando o punho de uma das mãos cada vez que chegava no piercing. Porra, era tão melhor do que qualquer outra punheta que já recebi na vida.

O grunhido que vinha na minha garganta clamava por um só nome.

Senti o pré-gozo se misturar a todos aqueles fluidos, o som estalado do vai e vem de suas mãos... precisei abrir os olhos e encarar a cena uma segunda vez. Apertei a camiseta com mais força e entreabri a boca, sentindo necessidade de gemer pela visão. Os dedos finos trabalhavam duro para me pegar por inteiro, um gemido saindo de Roxy cada vez que ela me sentia latejar. As veias todas ali, meu pau grosso e duro, a cabecinha vermelha de tesão embaixo dos seus dedos pálidos, querendo-a tanto que...

Meus quadris começaram a acompanhar o vai e vem...

Eu precisava foder aquela boceta.

Peguei a parte de trás das suas coxas, puxando-a de uma vez até mim, sentindo uma gota de suor descer pela lateral do meu rosto. Puxei a camiseta de qualquer jeito pela cabeça e acho que a rasguei. Sem querer perder um segundo, Roxy me segurou pela nuca, abaixando-me até que nossas bocas quase se tocassem. Engoli sua respiração quando ela freou o inevitável.

— Quero que faça comigo como se fosse a primeira vez.

— Cacete, sim. — Umedeci os lábios, encarando sua boca inchada de tanto que a beijei. — Quero pra caralho também. — Agarrei uma de suas coxas, olhando entre nós dois. Roxy com a bunda na ponta da mesa de massagem, a boceta brilhando e pulsando bem na altura do meu caralho, seu clitóris tão pequeno e durinho, os lábios delicados. Ela era toda linda, cara. Só a visão me fez estremecer.

— Eu ia te tratar tão bem.

— Eu sei, amor.

— É... — O pomo de Adão subiu e desceu quando ela disse a última palavra. — Eu ia cuidar tão bem dessa boceta. Eu ia fazer tão devagarzinho e gostoso. Eu ia te foder com tanto amor. — Colei a testa na dela e guiei meu pau até a sua abertura com um mover de quadris. Roxy, com a mão livre, pegou a base e começou a passeá-lo por seus lábios, até que me encaixasse bem no lugar certo.

Senti a mão que estava na minha nuca se afundar, as unhas deixando marca.

— E eu te guiaria para dentro de mim, porque você congelaria com medo de me machucar — disse, com diversão na voz.

— É, você sabe bem. — Sorri, sem conseguir fechar os olhos, porque precisava vê-la. Precisava nos ver. *A glande sendo engolida devagarzinho por seus lábios, milímetro por milímetro.* Senti o músculo do meu maxilar saltar pelo tesão indescritível. *Era Roxanne. Me dando a segunda chance da nossa primeira vez.* Olhei-a bem nos olhos quando levei o quadril um pouco mais para frente. Cara, ela estava pulsando tanto, tão quente e molhadinha, que via seu prazer escorrer da minha glande direto para a maca. — Eu vou te fazer minha várias e várias vezes. — Alcancei seu clitóris, e suas pupilas quase cobriram as íris quando Roxy entreabriu a boca. Comecei a tocá-la enquanto a deixava se acostumar com meu pau. — Feche os olhos — pedi.

Ela obedeceu.

E eu tirei aquele segundo para me apaixonar um pouco mais, consciente da merda que era ter o coração tão acelerado pelo tesão e pela paixão. Mas não pude evitar, porque o meu conceito da palavra perfeição trazia seu nome, porra. E não havia nada a fazer a esse respeito, além de me render.

Os traços do seu rosto denunciavam o prazer enquanto eu a tinha sob meus dedos, no meu pau. A testa franzida, a boca em um círculo perfeito, a língua passeando no lábio inferior ora ou outra, e a mordida que ela dava bem no ponto carnudo. Então o pescoço, a pulsação acelerada visível na lateral da garganta. Desci, os pequenos seios apontados para mim, tão duros que eu queria chupá-los. O brilho do óleo em sua pele... a barriga plana, o piercing no umbigo, descendo e descendo, a suave e quase imperceptível marca do biquíni em sua pele branca, a boceta lisa, sem pelo algum, o clitóris sumindo a cada centímetro que eu entrava. O piercing desapareceu quando a glande entrou inteira. E bem onde o *apadravya* estava, sua boceta me apertou com força.

Aline Sant'Ana

Nós gememos juntos.

Como era delicioso sem a camisinha, cara. Eu podia sentir exatamente o quão molhada ela estava, me lambuzando todo, e cada vibração, cada pulsação.

Quando Roxy abriu os olhos, encontrei tormenta. Encontrei tanta vontade em ser minha que apenas inclinei o rosto para a direita e invadi a sua boca com a língua. *Sou seu... porra, sou todo seu.* Assim que Roxanne sentiu o giro da minha língua e o piercing dela, sua entrada piscou de prazer. Mentalmente, sorri, tendo a plena noção agora do que beijá-la causava.

— O que foi? — ela sussurrou.

— Só me beija — implorei, a voz rouca como se eu tivesse gritado a plenos pulmões por uma hora inteira. — Só me toma, Querubim.

Ela levou suas mãos para a minha bunda, me puxando mais para frente, como se quisesse se completar de mim. Eu continuei a beijá-la, quase perdendo o ritmo quando meu pau entrou até a metade. O coração começou a acelerar, minha consciência vivendo de verdade a nossa primeira vez.

Uma sensação dolorosa, quase punitiva, do tanto que eu queria aquela garota.

De quem estava sob meus braços, me recebendo, se doando.

Roxy guiou o ritmo do beijo e eu deixei que ela fizesse o que bem quisesse. Suas mãos me apertaram, me instigando em um ir e vir bem devagar. A língua rodando, dançando em volta do piercing, a maciez do seu beijo e o jeito que ela começou a ondular o quadril na direção do meu caralho, querendo engoli-lo todinho...

— Shane... — gemeu.

Os sentimentos estavam se misturando ao sexo, e eu não estava conseguindo afogar o que o coração queria gritar. Então a beijei de volta com o desespero de um homem que está no deserto sem água há dias. Beijei-a com o pavor de um cara que está prestes a ir a uma missão suicida. Beijei-a como se o mundo fosse explodir em mil partículas, e eu tivesse de aproveitar segundos antes do fim.

Ela gemeu quando minha língua foi tão fundo em sua boca que não havia volta. Era como se eu tivesse ido além de todos os limites. Segurei sua bunda e fui mais longe, um pouco mais, sentindo-a se abrir para me receber. *Que boceta úmida e gostosa.* Sua boca me beijou com a mesma intensidade, a língua transando com meus lábios com a mesma paixão que meu pau era engolido. Estremecemos juntos quando fomos completando o espaço um do outro, até que eu estivesse

Sempre foi você

totalmente dentro. Era um encaixe tão bom que arfamos o nome um do outro.

Gostosa pra cacete.

Roxy levou suas mãos aos meus ombros e subiu apenas uma delas, até que parasse na lateral do meu rosto. Suas íris estavam, naquela noite, do tom mais profundo de verde, e quando recuei o quadril apenas uma vez, senti que estava na hora de fazer daquela a melhor noite que Roxy já teve na vida.

Era isso ou eu soltaria palavras que não caberiam a nós dois agora.

Porra.

— Vou te foder como merece, Querubim.

Roxy

Shane quase montou em mim, sua altura me cobrindo como uma sombra enquanto seu pau mergulhava o mais fundo que era fisicamente possível. E mesmo que ele derramasse intensidade em cada respiração e cada movimento, foi lento, como se estivesse apenas me testando, me provando. Como se eu fosse seu aperitivo favorito e ele não quisesse que acabasse.

Senti o seu sexo entrando em mim, tão grosso e quente. Ainda lento, mas entregando tanto. Minha bunda estava apoiada na borda da mesa de massagem, mas ele me mantinha em seu corpo, em seu sexo longo, fazendo-me sentir que jamais cairia.

— Olha como você pulsa em mim — ele silvou, recuando a terceira vez.

Mas, Deus, na quarta.

Ele arrematou dentro de uma só vez.

E foi olho no olho.

Porque o beijo tinha acabado.

Era como se ele quisesse ver o que fazia comigo, o quanto me deixava louca.

Precisei passar as mãos por sua pele, arranhando, apertando e sentindo seu tórax, a barriga, o vão profundo e seu pau entrando em mim. Era como tocar em veludo sobre mármore, Shane era tão... As tatuagens, as marcas profundas dos seus músculos, cada curva daquele homem. Ele inclinou a cabeça no meu pescoço, sua boca encontrando o batimento acelerado, lambendo-me como se me desmontasse, até que eu sentisse uma mordida no lóbulo da minha orelha.

Aline Sant'Ana

— Seu gosto é bom. — A voz saiu densa como se ele tivesse ido ao inferno e voltado.

— É o óleo com sabor.

— Não, é você toda. Tão deliciosa. — Grunhiu e se afastou para me admirar, os olhos correndo por mim. — Sua boceta, seu cheiro, seu calor... Adoro chupar essa boceta, me lambuzar nela, na sua pele, na sua boca. — As mãos de Shane me apertaram ao mesmo tempo em que eu pulsava com ainda mais força por suas palavras.

Ele subiu uma das mãos para o meu cabelo, soltando-o. Estremeci quando Shane envolveu-o em sua mão, puxando para baixo, meu rosto apontado para cima, para ele. Doeu, mas o puxão foi direto para o meu clitóris, fazendo-o queimar de vontade.

— Se eu acelerar, você vai gozar?

— Não — menti.

— É? — Ele testou, acelerando, me arrancando um gemido tão alto que senti a mesa tremer. — Porra, você vai.

— Quero...

— Quer, né? Quer molhar meu pau todinho? — Shane mordeu minha boca, como se me punisse, bem no lábio inferior. — Quer gozar quantas vezes esta noite?

— Não faz isso comigo.

— Ah, faço. Caralho, faço com muito gosto.

Senti a mudança quando os quadris de Shane começaram a estalar contra a minha vagina, com força, depressa, fazendo a maca ranger. Minha vagina se contraiu e alargou, rápido demais, como se estivesse prestes a... *nossa, que pau delicioso.* O piercing ia direto lá dentro, atiçando cada nervo, me deixando pingar de prazer, sem que eu tivesse o mínimo de vergonha por isso. Eu estava tão molhada que Shane deslizava em mim fácil e, a cada recuada e investida, eu parecia prestes a cair.

— Shane, a maca... — gemi quando ele acelerou com ainda mais força. Entrando. Saindo. Entrando. Saindo. *Rápido.* — Não vai quebrar?

— É de madeira. — Ele grunhiu quando o arranhei. — Relaxa. Se ceder, você estará nos meus braços.

— Shane...

Sempre foi você

— É sério. — Ele riu contra a minha boca. — Não vai discutir comigo quando tá prestes a gozar, né?

— Merda — gemi, quando ele avolumou ainda mais o meu prazer em um ir e vir.

Ele me beijou tão deliciosamente, que sua língua dançou fora da minha boca. Ouvi o tac-tac da sua pele estalando contra a minha, o ofegar de Shane que eu engolia em meus lábios, as suas coxas se abrindo para que seu sexo pudesse ir mais fundo, se movendo direitinho bem no lugar em que...

Inferno, Shane D'Auvray.

Gritei seu nome no meio do beijo, tremendo cada nervo, cada músculo, cada célula do meu corpo. Eu me agarrei nele como se fosse um bote salva-vidas, literalmente vibrando em seu sexo enquanto a onda me engolia, me deixando cega, surda, apenas aquele ponto entre nós dois sendo a razão de toda a minha existência. Senti-o me pegando no colo enquanto eu convulsionava de prazer, sem sair de dentro de mim. Foi tão mais forte do que eu tinha vivido, cada milímetro da minha vagina em um piscar infinito que poderia ter durado minutos ou horas. Eu mal consegui encher meus pulmões de ar. Cerrei os olhos, e Shane acelerou ainda mais, fora da maca, me guiando para cima e para baixo em seu pau, como se soubesse exatamente o que me quebrava. Então, ele travou com seu sexo dentro de mim, naquele abraço, apenas para recuar e bater lá no fundo uma segunda vez...

A onda veio de novo, e não tive tempo de processar, porque sua boca me cobriu no momento em que ele me deixava ter um orgasmo múltiplo, coisa que eu nunca... meus nervos trabalhando bem onde eu sentia que havia nascido um coração, no meio das minhas pernas, o orgasmo me molhando tanto que pensei que estava alucinando. Apertei com toda a força minhas coxas em volta dele, e Shane recuou, prolongando, invadindo em seguida, apenas para que eu gemesse o seu nome uma última vez.

Então me deitou na mesa e veio sobre mim, os joelhos apontados para fora da imensa maca, me fazendo envolver seus cabelos com as mãos, me abrindo para ele enquanto me olhava nos olhos.

Com a mesma calma que iniciamos, ele voltou àquele ritmo.

Completamente desacelerado, em câmera lenta.

A língua na minha, seu pau entrando e saindo, nossas respirações... Tudo aquilo parecia íntimo demais.

Aline Sant'Ana

332

Seus olhos buscaram os meus assim que nossas bocas se afastaram.

— Você é tão minha — ele sussurrou, a boca raspando, quente e úmida, nos meus lábios. — Bem assim, quando me abraça e envolve as pernas em mim. — Ele gemeu quando me sentiu pulsar de novo. — Você é tão minha, Roxanne.

— Sua — concordei, passando as mãos por seus fios macios, nossos corpos cobertos de óleo e prazer àquela altura, escorregando um no outro. — Amor, eu...

— É, eu sei. — Ele sorriu contra a minha boca. — Só tô desacelerando para que eu não chegue lá antes da hora. Quase fui no seu segundo orgasmo.

— É? — murmurei, erguendo uma sobrancelha.

— Não faz ideia de como me desmonta, né?

— Não — menti. Sentia suas veias agitadas, seu olhar intenso, o sexo duro latejando dentro de mim. Mas eu menti, porque queria tanto que ele me mostrasse. — Fala pra mim.

Ele se ergueu nos cotovelos e indicou com os olhos para onde nos conectávamos. Seu pau parecia prestes a gozar, as veias completamente saltadas e o membro vermelho. Quando Shane desceu com tudo na minha boceta, apenas para se afastar, vi seu membro pulsar.

— Você tá acabando comigo. — Sorriu de lado. — Porra, mas quero que dure mais. Quero que goze várias vezes no meu pau. Quero ver o dia nascer dentro dessa boceta.

— Faz tudo isso — implorei. Eu queria todos os orgasmos que ele me oferecesse. E se isso levasse a noite inteira, eu aceitaria de bom grado.

— Sério? — Os olhos de lince ficaram estreitos. — Vai me querer até cansar? — Ele lambeu meu lábio inferior. — Porque exige entrega ir a noite inteira, Roxanne.

— Precisa mesmo ouvir um sim quando estou pulsando em você?

Quando Shane gemeu e depois sorriu contra a minha boca, acelerando o quadril, eu soube que o que eu entendia sobre intimidade não era nada comparado a isso. Transar com o melhor amigo é como viver um amor multiplicado por... centenas de milhares. E indo além do sentimento, era como se Shane traduzisse meus gemidos, os beijos e cada arranhar em suas costas.

Ele sabia exatamente o que me levava à beira e o que me fazia cair de verdade.

Acelerou os quadris, batendo contra a minha pélvis sem piedade, entendendo exatamente o que ninguém entendia. Me virou de lado quando a coisa ficou mais

Sempre foi você

calma, sua perna dobrada atrás de mim, meu pé apoiado em seu joelho. Seus dedos trabalharam no meu clitóris, enquanto Shane me beijava no pescoço.

Pude sentir seu coração acelerado nas minhas costas e fechei os olhos quando outro orgasmo me arrebatou.

Eu não soube dizer quanto tempo passou.

Me perdi nas sensações e em todas as posições que arriscamos. Shane transou na maca comigo por horas, me provando que ela não cederia, da mesma forma que me provou que eu era muito capaz de gozar a noite inteira. Então me levou para a parede, para a cômoda, para o braço de um sofá...

Beijei sua boca quando estávamos na borda de pedra da hidromassagem. Ele sentado, e eu em cima do seu pau, rebolando rápido, querendo chegar ao enésimo orgasmo com tanta força, por mais que meus músculos e pulmões queimassem.

— Relaxa — ele pediu, enquanto beijava o meu queixo lentamente com os lábios e a língua. Suas mãos agarraram os meus quadris. Shane não me deixou fazer o esforço. Me escorregou para frente e para trás, enquanto eu só ondulava a cada vez que ele ia mais fundo e recuava. Nós dois gememos com força quando minha vagina pulsou.

Tão perto, tão perto...

Choramirguei quando o prazer veio, tão latente em minhas veias quanto a necessidade de respirar. Vibrei inteira, curtindo cada segundo daquilo que...

Deus...

Assim que meus olhos conseguiram enxergar um palmo à frente, vi as íris de Shane fixamente em mim. Os raios de sol, como se estivessem nos esperando, surgiram lentamente no rosto dele através de uma fresta esquecida aberta.

Sem parar o movimento, Shane moeu meus quadris em suas mãos, o pomo de Adão escorregando em sua garganta. E eu soube. Naquela boca entreaberta, naquele olhar faminto, nos batimentos insanos do seu coração e na maneira que ele me pegava e me puxava até que estivesse todo dentro...

Segurei as laterais do seu rosto, precisando ver o prazer em seus olhos da mesma maneira que o sentiria em mim.

— Porra, Roxanne... — murmurou, tão quebrado quanto eu me sentia, tão necessitado quanto eu. — Vou gozar na sua boceta tão gostoso, amor. Tão gostoso...

Era *mesmo* se entregar demais.

Aline Sant'Ana

O baixista da The M's afundou as mãos com tanta força nos meus quadris que estava certa de que deixaria marca, a respiração alterada, minha vagina molhada recebendo-o inteiramente. Éramos nós dois, o sol da manhã, o cheiro do óleo misturado aos nossos perfumes e sexo.

E ali pude sentir seu prazer vindo, o movimento bem dentro de mim, o orgasmo se transformando em líquido enquanto os tímidos raios de sol faziam suas íris dançarem, tão coloridas. Os jatos vieram com força, Shane gemeu meu nome diversas vezes, olhando fixamente como se soubesse que eu não queria perder sequer um segundo.

As pálpebras semicerraram, e eu continuei rebolando para frente e para trás, ajudando-o, até que ele tremesse uma última vez nos meus braços.

Levou alguns segundos para que me visse de verdade. Ele piscou diversas vezes como se tivesse ficado momentaneamente cego e quando me viu... sorriu.

— Caralho — ofegou, apenas um canto de seus lábios erguido.

Eu estava sentada em seu colo.

Seu sexo ainda dentro de mim.

Compartilhamos tanto. *Tanto*. Que meu coração não teve tempo de ficar pesado. Eu estava feliz, talvez como nunca tivesse me sentido em toda a vida, quase como se, mesmo exausta, eu pudesse simplesmente levantar do colo de Shane e... dançar.

Me sentia tão viva. Que nem o prazo que tínhamos me amedrontava.

Ninguém poderia tirar essa noite da minha memória. Percebi que Lua tinha razão. Nós tínhamos passado a vida inteira complicando o que era descomplicado. O sexo era maravilhoso, os beijos e Shane sendo passional eram um lado seu que eu nunca tinha provado, não de verdade.

Valeu a pena.

Sim, Deus, como valeu a pena saber como poderíamos ter sido se... simplesmente fôssemos.

Seu polegar traçou meu rosto e Shane me abaixou para que eu pudesse beijá-lo na boca. Quando se afastou, ainda sorria.

— Ducha, hidro e cama? — ele perguntou, enquanto meu coração pulava.

Assenti. Era exatamente o que eu queria fazer.

Shane

Depois de tirarmos o óleo do corpo na ducha, observei Roxanne. Nua, na hidromassagem comigo, comendo chocolate. Estávamos um de frente para o outro, e eu tinha um dos seus pés no meu peito, enquanto fazia uma massagem bem onde estava tensa. Seus cabelos molhados estavam presos no topo da cabeça, alguns fios caindo ao lado do rosto de boneca.

— Contando com o fato de que *agora* a sua *beyoncetta* tá felizinha... — continuei a nossa conversa. — Não sei por que seu pé tá tenso, porra.

Roxy gargalhou.

— Minha *beyoncetta* e o *cleytoris* estão emocionados com a sua performance. Mas a gente fez uma maratona de sexo. Tá doendo tudo.

— Vou cuidar de você, mas... — Fiz uma pausa. — Não, espera, você tinha dúvidas de que eu era bom de cama? — Ergui a sobrancelha. — Sou tão gostoso que até a vida sente um prazer... calma, qual é a palavra difícil que eu tô procurando na cabeça?

— Inenarrável — respondeu sem hesitar.

— Sou tão gostoso que até a vida sente um prazer *inenarrável* em foder comigo.

Ela ficou subitamente séria.

— Eu tinha dúvidas, sim, na verdade.

— O quê? — Arregalei os olhos. — Porra, não. Como assim? Eu sou um D'Auvray!

— Não durou nem cinco minutos a nossa primeira vez. — Querubim espremeu os lábios para não rir.

— *Você* quis de novo. — Ergui uma sobrancelha. — Me pediu para passarmos uma noite... quis tirar a prova, né?

— É — ela assumiu, sem corar, assentindo enquanto um bico se formava em seu lábio inferior. — Você não foi nada mal. Embora minhas expectativas estivessem baixas...

— Ah, não. Cacete, Roxanne. Como? — Ela mordeu o chocolate e mastigou vagarosamente. — Assume que você *sabia* que a gente ia ser do caralho transado.

Aline Sant'Ana

Somos melhores amigos e a química sempre existiu.

— Eu não me sentia atraída por você, mas na viagem...

— Mentirosa. — Sorri. — Mentirosa pra cacete.

— Tá, eu me sentia atraída.

— Eu também.

— *Mas* eu quis te provar pela libido, não por esperar que você fosse me dar orgasmos.

— Oito — pontuei.

— Foram sete.

— Oito com o oral contra a parede.

— Ah... — Ela abriu um pouco mais os olhos. — Droga, foi tudo isso?

— Agora me elogia direito. Diz que eu fui o único...

— Mas disso você já sabe. — Franziu a testa.

E minha mente continuou a rodar no que Roxy tinha me dito.

— Tô puto que você tinha dúvidas, cara. *Como* você tinha dúvidas?

Ela dançou os olhos por mim. E meu pau, como se quisesse acordar para a vida, deu um impulso na banheira. A sorte é que havia tanta espuma que Roxanne não podia ver.

Mas então seu pé começou a descer das minhas mãos.

E foi descendo pelo meu peito.

Barriga. Umbigo...

Até que ela encontrou meu pau inchado, como se não tivesse sido esfolado de tanto fodê-la gostoso, completamente duro.

Roxy sorriu e começou a passear na minha ereção, de cima a baixo, de baixo a cima.

Gemi.

— Não sei por que eu tinha dúvidas — sussurrou.

— Claro. Sou tão... gostoso e... — grunhi quando ela desceu a ponta dos dedos até as minhas bolas. Tão leve que seu toque parecia uma pluma. — Roxanne...

Ela tirou o pé dali e colocou-o de volta no meu peito, querendo a massagem.

Sempre foi você

— Agora eu sei que só de falar besteira já te deixo duro.

— Fácil assim, né? — sussurrei, rouco, a ereção latejando enquanto voltava a massageá-la. Umedeci a boca com a ponta da língua. — Você me deixa ligado sem precisar se esforçar, Querubim.

Os olhos que se tornavam azuis em alguns momentos sorriram.

— Não espero menos do que isso.

— Você também fode bem gostoso — admiti. Ia além, na verdade. Roxanne sugava as minhas energias e, mesmo assim, conseguia me deixar completamente louco por ela, como se nunca fosse ter fim.

— E você esperava? — perguntou.

— Esperava. — Admirei seu rosto. — Essa timidez aí não me engana.

Ela jogou água no meu rosto. E eu estreitei o olhar.

— Eu sou tímida com quem *não* conheço!

— Então por isso que comigo se soltou tanto e gozou gostoso.

— Shane D'Auvray!

— Roxanne Taylor.

Ela riu como se soubesse que me tinha em suas mãos.

Aline Sant'Ana

Sempre foi você

CAPÍTULO 30

Wherever we go
What glitters is gold
You'll be my best friend
Until we grow old

— *Jeremy Zucker feat Chelsea Cutler, "This Is How You Fall In Love".*

Roxy

Acordamos tarde, mas isso não impediu Shane de me surpreender. Ele quis manter o plano de passearmos no nosso sábado livre. E isso me fez pensar que nunca, em toda a minha vida, fui tratada dessa maneira. Não pelo dinheiro, muito menos pela extravagância, mas sim porque... o *jeito* que Shane estava me olhando, o sorriso imenso, a forma como pegava na minha mão como se quisesse me apresentar ao mundo...

Saber que depois disso iríamos para o hotel e estávamos a um passo do fim estava deixando meu coração apertado.

Eu tinha me preparado, porque, depois daquela viagem, nós dois nunca poderíamos ser mais do que amigos. E eu estava tentando me manter inteira, aproveitar cada segundo, com a mesma felicidade que senti na madrugada que passei em seus braços, porque não havia alternativa.

Ele sempre seria o meu melhor amigo. Mesmo que eu o amasse sabendo que seu coração era ocupado por outra.

— Faz um pedido. — Shane apareceu na minha frente, as mãos atrás das costas, do mesmo jeito que fazia quando éramos crianças.

Estávamos em uma feirinha de artesanato, na rua mesmo. Não sabia bem em que parte da cidade, e isso não importava. A verdade é que tínhamos nos perdido e desistido do GPS quando não conseguimos achar os pontos turísticos. E foi a melhor coisa que nos aconteceu. Tínhamos entregado o passeio ao destino. Em um país em que não falávamos a língua, cercados por uma paisagem paradisíaca e um cenário tão acolhedor, aquela era definitivamente a nossa maior pausa no tempo já criada.

— Qualquer pedido?

— É. — Seu sorriso ficou mais largo. — Mas você tem que fechar os olhos e,

Aline Sant'Ana

340

quando eu colocar essa coisa na sua mão, você pede. Beleza?

— Tudo bem. — Fechei os olhos e meus ouvidos se aguçaram. Pude ouvir a língua portuguesa ao meu redor e, por mais que não entendesse nada, soou muito linda. Os pássaros nos céus, talvez gaivotas? O som do mar próximo o suficiente. Então, os passos de Shane. Sua mão virando a minha palma para cima, enquanto ele depositava... parecia uma garrafinha de vidro. Com uma rolha na tampa. Agitei, querendo saber o que havia dentro, mas parecia vazia.

— Faça o pedido. — Escutei seu comando.

Umedeci os lábios e nem pensei duas vezes no que eu queria: *Que a felicidade sempre encontre o caminho até Shane D'Auvray.*

Abri os olhos. E encontrei suas íris destoantes sorrindo para mim.

— Olhe o que é. — Ele estava perto o bastante, suas mãos na minha cintura, a respiração batendo no meu rosto.

Até me esqueci de que estava segurando a pequena garrafinha. Baixei o rosto para olhá-la. Era mesmo pequena e de vidro. Havia um rótulo nela, escrito em português, junto a uma *tag* com alguns dizeres. Dentro, uma pequena pena branca. Franzi a testa e ia pegar o celular para traduzir, mas Shane...

— Aí diz: Um desejo para um anjo — sussurrou. — E na *tag* explica que você tem que segurar a garrafinha e fazer o pedido. Depois, tem que abrir e guardar a pena com você, mas fora da garrafa, para que o anjo voe em liberdade e realize o seu desejo.

Meus olhos marejaram, e meu corpo inteiro ficou arrepiado.

Porque imediatamente me lembrei daquele Shane que me deu o querubim. O mesmo ursinho que estava eternamente na minha janela, evitando pesadelos.

— Como sabe?

— Tradutor. — Ele deu de ombros, um sorriso lindo em sua boca.

— Shane... — Olhei novamente para a garrafinha. Era tão delicada, tão bonita, e a pena...

— Ei, você tá chorando? — ele perguntou, erguendo meu queixo. — Ei, amor. O que houve?

— Nada, eu só... — Eu queria ter pedido que ele se esquecesse da Melinda, mas duvidava que um anjo fosse realizar um desejo tão cruel. Tirar o amor do coração de alguém... — Só me lembrei de quando éramos crianças e você quebrou seu cofrinho para me dar o querubim.

Sempre foi você

Ele delicadamente me deu um beijo no canto dos lábios.

— Eu sabia que era especial, sei lá, eu só senti. Comprei um para mim e um para você. — Suas íris coloridas miraram um dos meus olhos e depois o outro. — Tenho fé que os nossos desejos vão se realizar. Até porque, porra, eu sou o melhor amigo do meu anjo da guarda. — Eu ri enquanto as lágrimas desciam. *Droga, eu estava tão sensível.* — Quantos têm essa sorte?

— Só você. — Toquei seus lábios com a boca, beijando-o delicadamente. Apertei a garrafinha com mais força, enquanto sentia o mover daquele beijo, o carinho de alguém que me conhecia a vida inteira. — Vamos dar mais uma volta? — sugeri, angustiada.

— Aham. Você quer tomar um sorvete?

— Quero.

— Porra, sim. Agora vamos na saga de encontrar uma sorveteria. Eu tô mais perdido que tudo nesse lugar.

Comecei a rir. Shane entrelaçou seus dedos nos meus, e caminhamos lado a lado.

Como se tivéssemos uma vida inteira para viver em algumas horas.

SHANE

Eu pedi que a Roxanne fosse feliz.

Talvez essa fosse a certeza inabalável que o universo nos pedia.

Vi um cara sentado no chão. Ele tinha dreadlocks e estava mexendo com... bijuterias. Eu via suas ferramentas movendo-se enquanto ele parecia trançar linhas e formar uns negócios bem loucos. Me aproximei assim que me surgiu uma ideia. Ele não falava a minha língua, mas talvez pudesse me entender.

Tirei a garrafinha de anjo do meu bolso e pedi a da Roxanne. Arranquei as tampas de rolha. Sem dizer uma palavra, peguei um brinco das suas coisas e mostrei as penas.

O homem assentiu uma única vez e abriu um sorriso para a garota ao meu lado, como se entendesse tudo.

— Shane, o que está fazendo?

Coloquei uma nota de cem dólares na palma da mão do cara.

Aline Sant'Ana

342

— Transformando nossos sonhos em realidade — falei. — Sei que, se estiverem com você, vão se realizar.

Eu vi o cara pegar uma argola prateada bem pequena. Então, ele grudou um negócio na ponta da pena e encaixou a coisa toda. Em cima da pena, ele tentou encaixar várias peças diferentes e nenhuma parecia dar certo, então começou a procurar em seus itens o que faltava. Assim que encontrou duas asas de anjo de prata, subiu o olhar para o meu, buscando aprovação. Assenti.

O homem trabalhou tão rápido no brinco que ouvi o suspiro de Roxanne assim que ficou pronto. Porra, eu sabia que não valia muito, eu sabia que era simples perto de todas as coisas que já ganhou de outros namorados e tal, mas eu tinha certeza, de verdade, que nossos pedidos iam se realizar se estivessem com ela.

Agradeci ao cara em inglês, mas, antes de eu ir, ele esticou o dedo, como se me pedisse um momento. Caçou em suas coisas um pedaço de papel e uma caneta e começou a escrever algo para nós. Ele entregou o papel para mim, sabendo que eu o traduziria, e assentiu uma última vez antes de me virar para Roxanne.

Enfiei o papel no bolso para ler mais tarde.

Umedeci os lábios e encaixei um brinco em sua orelha. E depois na outra.

Porra, ficou tão linda.

— Como eu estou? Vestida a caráter? — brincou, envolvendo seus cabelos em um nó no topo da cabeça. O coque ficou tão frouxo que eu tinha certeza de que não ia durar, mas seus olhos ainda estavam emocionados, enquanto ela fugia como eu também sabia fazer, com bom humor.

— Porra, literalmente um anjo.

— Você comprou asas para mim, Shane.

— Não são apenas asas, são pedidos. São os nossos pedidos.

Eu queria poder pedir mil coisas, mas todas elas envolveriam a felicidade da Roxanne Taylor. E ela estava ali, no meio de centenas de pessoas que passavam por nós como se fôssemos só mais um casal comum, sem que ninguém soubesse a bagunça que estava a porra do meu coração, a minha cabeça, o meu corpo. Sem que ninguém pudesse entender que Roxanne poderia estar em meio a uma multidão, mas meus olhos sempre... *sempre* estariam nela.

Merda, eu estava apaixonado demais.

Talvez como nunca estive antes.

Sempre foi você

Era tão forte e inevitável quanto a gravidade. Era uma força física que me atraía para Roxy depois de senti-la, como se eu não conseguisse ficar sem tocá-la, como se não pudesse mais respirar sem tê-la.

E isso era tão fodido que eu não sabia como seria o amanhã.

E o depois.

Como se a promessa que fiz a Melinda voasse na minha mente, feito uma maldição, meu peito se apertou. E foi uma dor física, tão aguda, que a ansiedade dançou sob minha pele, nas veias, como se jogasse o veneno de suas suposições sem nem me pedir permissão.

— Tudo bem, Shane? — Suas mãos tocaram meu peito.

Os batimentos estavam acelerados. A respiração, curta.

Cinco coisas que eu podia ver. Quatro coisas que eu conseguia tocar...

Não consegui me concentrar, porque cada centímetro da minha pele se arrepiou em uma constatação fodida.

Aquilo era um relacionamento de verdade. Nós. Eu e a minha melhor amiga. Nós éramos o normal, o que deveria ser certo, o que não deveria machucar.

Milhões de coisas passaram pela minha cabeça ao mesmo tempo em que eu estremecia.

Não percebi a maldade em Gael primeiro porque achava que *eu* era o tóxico na vida da Roxanne. Zane tinha razão, porra. Fui condicionado a acreditar que toda a culpa dos meus relacionamentos fracassados foi minha. Eu sempre abracei o mundo porque era mais fácil do que admitir que o outro errava.

Eu tive um exemplo tão equivocado do que era um relacionamento. Eu amei a Melinda com todas as minhas forças, mas ela me machucou mais do que me fez bem.

E com a Querubim...

Roxanne estava me mostrando, sem querer, como era bom se relacionar com uma pessoa que te acolhe, que te recebe, que te beija de volta com a mesma vontade, que transa com você olhando nos seus olhos sem medo.

Roxanne... Porra...

— Toma — Roxy pediu, estendendo a mão com o ansiolítico que estava em sua bolsa, assim como uma pequena garrafa d'água. Assim que engoli, ela se aproximou, colando seu corpo no meu, ficando na ponta dos pés para me envolver

Aline Sant'Ana

com ainda mais cuidado. Suas mãos seguraram a minha nuca, e eu fechei os olhos.
— Um, dois, três, inspira. Três, dois, um...

A voz angelical foi, pouco a pouco, me trazendo ao presente. Não ao passado, não ao futuro, ao agora. Minhas constatações se acalmaram, uma verdade nua e crua ardendo as minhas vistas.

Melinda não era tão boa quanto eu me forçava a acreditar. Isso... *isso* aqui era bom. E pensar dessa forma rasgava meu peito, como se eu estivesse traindo aquela promessa, como se eu estivesse matando o que havia da Melinda dentro de mim. Eu não queria vê-la como uma vilã, não era isso, mas precisava admitir...

Cerrei os olhos com força.

Não foi um paraíso o que vivemos.

— Quer ir para Angra? — murmurou. — Já está quase na hora de voltarmos.

— Vamos tomar o sorvete, depois vamos assistir ao sol se pôr na praia. E então vamos, tudo bem? Eu quero muito fazer esse passeio valer a pena, Querubim.

— Tudo o que você fez até agora... — ela sussurrou. — Eu nunca vou me esquecer. Foi o melhor primeiro encontro oficial da minha vida.

Ri baixinho, envolvendo suas costas nas minhas mãos, puxando-a pouca coisa para cima. Seus pés penderam no ar e eu sorri, mais calmo.

Roxanne. Roxanne. Roxanne. A calmaria de ser *ela. Sempre foi você.*

— É, eu sou um baita de um Don Juan, cara. Como resistir a um D'Auvray? — perguntei, e ela riu, livrando-me dos pensamentos horríveis, contraditórios, fodidos.

— Essa sina de família é bem preocupante. E se for cármica?

— Não fala isso que eu tremo todo.

Ela me deu um suave beijo na bochecha.

Não, merda. Isso aqui, de verdade, era viver.

Roxy

— Você não vai me contar qual foi o seu pedido? — perguntei, tocando no brinco, que causava cócegas cada vez que o vento o movia em meu pescoço.

Nós decidimos comer alguma coisa decente antes de irmos atrás do sorvete.

E quando o sol começou a anunciar que ia se pôr, corremos até a praia para assistirmos à imensa bola de fogo ser engolida pelo mar. Estávamos rindo e conversando sobre nossos pedidos, mas os minutos estavam correndo como se não quisessem nos dar uma pausa para respirar. Teríamos que ir para casa, pegar o helicóptero e viajar para o Rio de Janeiro. Shane ainda teria de dormir bem à noite, porque amanhã aconteceria o show de suas vidas. Sabia que Shane estava nervoso com isso também, embora nunca fosse admitir.

— Eu sei! — ele gritou, se levantando da areia, absolutamente do nada.

— O que você sabe? — Ergui uma sobrancelha.

— Caralho, caralho, caralho! — Se jogou na areia de novo, ao meu lado, o sol laranja tocando seu rosto. Shane pegou o celular e começou a digitar freneticamente. Então, deu uma pausa no que estava digitando apenas para roubar um beijo da minha boca. E voltou a digitar como um louco.

Não era a ansiedade, já que estava medicado, e sim o seu impulso criativo.

— Você. Você. Sempre foi você... — ele cantarolou sozinho.

A nossa música? Quer dizer, a música do filme que tínhamos que entregar no máximo até a próxima semana?

— Porra, fechei a música, Querubim. Caralho. Obrigado! — Ele me beijou e eu comecei a rir quando caímos na areia. Envolvidos em nossos próprios corpos e bagunça, senti a sua língua invadir a minha boca, dar uma volta em toda ela, apenas para depois ele me dar uma sequência infinita de selinhos. — Nossa, você é tão perfeita, mulher.

— O que eu fiz?

— Você perguntou sobre o pedido e engatilhou mil ideias. Meu Deus, eu amo você. — Ele me beijou de novo nos lábios, meu coração acelerando com algo que ele me dizia sempre, mas... ah, *dessa* vez. *Não, Roxanne. Se situe, pelo amor de Deus*, meu cérebro exigiu. — Cacete, a música ficou perfeita. Eu a tenho toda na minha cabeça.

— E pode compartilhar?

Sua respiração estava ofegante. Parecíamos uma mistura de laranja e dourado, com o sol se pondo em nós, sujos de areia, envolvidos tanto que não nos importamos se havia pessoas ao nosso redor. Podia ouvir o som do mar, sentir o cheiro do perfume de Shane, que trazia aquele toque de chuva, precedendo uma tempestade. Seu nariz circulou em volta da pontinha do meu, numa calma tão mentirosa; seu coração trotava com força contra o meu peito.

Aline Sant'Ana

346

Shane D'Auvray fechou os olhos e cantou na melodia que eu criei, na letra que ele iniciou, no complemento da minha estrofe. Então o final.

A música que falava sobre nós dois se tornou mais pessoal quando, na letra, Shane adicionou "anjo", um pedido aos céus e que tudo o que ele mais queria era a felicidade daquele alguém.

Ele cantou raspando seus lábios nos meus.

Me dando a certeza de que tínhamos feito o mesmo pedido.

Meu coração pareceu prestes a explodir.

E todas as coisas às quais eu queria me agarrar, toda a racionalidade que me implorava para que não me machucasse, alcançou o céu naquele pequeno instante. Deixei que a emoção dançasse nas minhas veias, por baixo da minha pele, deixei que viesse tudo o que eu estava trancando quando segurei as laterais do seu rosto e garanti, com meus olhos, que estava grata por ele ser meu.

Temporariamente meu. Era bem melhor do que nunca.

— O que achou da música? — A vulnerabilidade em Shane sempre me quebrava.

— Eu amei cada parte.

— É, né? — Ele abriu um sorriso quase tímido. — É digna de um filme de Hollywood?

— É a coisa mais linda que criamos juntos, Shane.

Ele estalou a língua no céu da boca.

— Não, criamos Snow juntos. E ele é bonito pra caralho.

— Sinto falta dele — admiti.

Shane alternou o olhar até que caísse na minha boca. E como se ele entendesse a realidade que nos esperava, engoliu em seco.

— É, eu sei. — Fez uma pausa. — Vamos voltar? Os caras e as meninas devem estar preocupados.

— Sim, vamos. — Ele me beijou uma última vez e suspirou fundo quando me ajudou a levantar da areia.

Shane me observou por um minuto inteiro.

Talvez dois.

Antes de criar coragem e caminhar para longe dali.

Sempre foi você

Shane

— Caralho, depois de tanto tempo, não espero menos que um bebê na família — Zane zombou, me abraçando assim que me viu. Quando se afastou, seus olhos analisaram meu rosto como se quisessem ter certeza de que tudo estava bem. Meu irmão me segurou pela nuca. — Tudo bem, pirralho?

— Tá foda.

— É, eu sei. Já passei por isso. É uma luta interna do cacete.

Roxy estava dando atenção para todos os nossos amigos, que queriam saber o que fizemos. Ela contou sobre a viagem, mostrou os brincos...

— Não sei nem o que eu te falo, cara.

— Você se apaixonou pra caralho, né? — Meu irmão começou a me levar para longe, inclinando a cabeça para Yan, chamando o meu mentor.

Fomos para o lado de fora da mansão e sentamos na borda da piscina. Iríamos para o hotel mais tarde, então ainda tínhamos tempo. Estava com as pernas submersas na água até o joelho, molhando a borda do meu short. Respirei fundo e olhei para a imensa lua iluminando a praia privativa, tornando a água uma mistura de preto e prata.

Senti a presença de Yan ao meu lado quando se sentou.

Os caras queriam me ouvir.

— Vocês não sabem de toda a história. Preciso falar com a psicóloga antes de chamar vocês para uma conversa real. Sei que parece enrolação, mas é uma porra de gatilho na minha cabeça tudo o que vivi com a Melinda. Cada vez que me lembro dela, me sinto ansioso, à beira de colapsar. Hoje foi difícil pra cacete porque me veio uma consciência muito estranha de que... eu sempre a endeusei. Nesses dias com a Roxy tô sentindo como é se relacionar de verdade. E não é nada parecido com o que eu tive com aquela garota.

Eles ouviram tudo e, quando Yan respirou fundo, eu soube que ele diria algo que me tiraria do eixo.

— De tudo o que eu ouvi, a parte mais triste é você acreditar que a culpa é toda sua por não ter pulado fora da Melinda antes, Shane. Você sabe que manipulação é uma coisa foda, né? E que as pessoas que fazem isso dominam as vítimas? Não lembra como a Roxanne ficou? Você a culpa por ter se envolvido com o Gael?

— Nunca.

— Então não se culpe, o importante é ter a consciência *agora*.

Meu irmão ficou em silêncio por um longo tempo.

— Melinda foi uma merda — disse Zane.

— Eu tenho culpa também, porra. Eu... sei lá. Foi tudo tão fodido naquela época — confessei, passando as mãos no rosto. — Imagine amar alguém pela primeira vez, fazer tudo por ela, e só... cara, só receber dor. Dor e mágoa. Dor e tristeza. Abandono. É isso que a paixão significa para mim. Eu tô assustado pra caralho com o que a Roxy tem me feito sentir. Quer dizer, não pode ser bom o tempo todo, né? A vida não é assim.

— Tem medo de machucá-la? — meu irmão perguntou.

— Não tô pronto para ser quem Roxy precisa, mas eu quero. Caralho, eu a quero tanto.

— Você já parou para pensar que se relacionar com alguém também é amadurecer junto? — Yan sorriu. — Eu cometi tantos erros com a Lua, Shane. Erros que nunca vou ser capaz de me perdoar. Mas mudei tanto, mudei porque enxerguei o que fazia de errado e tive sorte da Lua me permitir amadurecer com ela. Idade... cara, eu sou bem mais velho que você e ainda cometo uns deslizes. O relacionamento não tem um molde perfeito. E olha que para eu falar isso...

Zane e eu rimos.

— É verdade, pirralho. A gente erra muito mais do que acerta. Eu e a Marrentinha estamos em um pé de guerra sobre onde vamos morar. Não pense que é certinho, só com amor e sexo a noite toda, porque não é.

— Eu não quero entrar de cabeça em um relacionamento, ainda mais com ela, sabendo que preciso resolver minhas merdas antes. Tem muita coisa, muito conceito distorcido, como Melinda. — Respirei fundo e fechei os olhos. — Eu não posso fazer isso com a Querubim.

— Olhe para ela, Shane — Yan me pediu.

Eu virei o rosto e a olhei sobre o ombro, rindo com as meninas, Mark, Oliver e Carter, os brincos brilhando em suas orelhas, a felicidade em seus olhos.

— Nunca a vi tão feliz — Zane disse. — Talvez você já esteja sendo bom para ela, mesmo tendo lá suas merdas para resolver. Talvez mesmo você sendo

Sempre foi você

imperfeito, seja o único que a faça se sentir bem. Porra, olha o sorriso da Roxanne.

— Ela está linda — Yan sussurrou.

Senti o coração se transformar em uma noz conforme repetia o que eles disseram na minha mente.

— Talvez eu deva conversar com ela.

— Espera o show passar, e a sua ansiedade extravasar ao ver mais de cem mil pessoas gritando nossos nomes. — Zane me entregou um copo d'água. — Vai ser bom conversar com Roxy quando isso chegar ao fim. Vocês precisam do fim, para verem o começo.

— Eu concordo — Yan disse.

Eles ficaram ao meu lado, em silêncio, como se soubessem que eu não precisava de nada além das suas companhias. Ficamos um tempo ali, olhando as estrelas e a lua, até que um pensamento surgisse na minha cabeça.

Puxei do bolso da calça o bilhete do rapaz que fez o brinco da Querubim.

Tirei uma foto e o aplicativo traduziu para mim.

O que eu li gelou a minha espinha.

"ELA RELUZ QUANDO ESTÁ AO SEU LADO.
ESPERO QUE A ESCURIDÃO QUE HABITA EM SEUS OLHOS
NÃO TE IMPEÇA DE ENXERGAR ISSO.
SORTE E AMOR PARA VOCÊS."

Aline Sant'Ana

350

Sempre foi você

CAPÍTULO 31

And you've seen all my darkest fears
Like you've known me for a thousand years
The boy who's really underneath
All the scars and insecurities, baby

— Shawn Mendes, "Always Been You".

Roxy

Deus, o lugar era enorme. Tão grande que perderia qualquer um de vista.

Em frente ao palco, o espaço para a multidão de mais de cem mil pessoas.

Senti o estômago formar um nó enquanto assistia aos meninos ensaiando. Estavam no imenso Palco Mundo, a passagem de som deveria ser cronometrada e sem atrasos, especialmente porque a organização do show tinha outros artistas para administrar. A The M's, por ser a atração principal, ficou com o último horário.

E estavam perfeitos, confiantes quanto ao show mais importante de suas vidas.

Eu estava tão nervosa por eles que mal consegui comer alguma coisa.

Rock In Rio, meu Deus. Hoje era o grande dia.

Meus olhos dançaram por Shane, que estava com o contrabaixo transparente na frente do corpo, tocando lindamente, todo suado e sem camisa, sorrindo como se estivesse em paz consigo mesmo. Tão lindo e intenso ali, como se estivesse preparado para se apresentar para cem mil pessoas com uma mão nas costas.

Na noite passada, fomos para o hotel de luxo na Barra da Tijuca. Shane dormiu todas as horas que pôde, e eu também, exaustos do passeio, da viagem e das nossas emoções. Mesmo que tenhamos acordado super cedo, antes até de o sol nascer, eu me senti recuperada, assim como Shane. Kizzie e Oliver correram como loucos para verificar os últimos detalhes, enquanto eu garanti que o figurino dos meninos estava perfeito, antes até da passagem de som.

O sol estava a toda às dez da manhã. O ensaio parecia ter saído perfeitamente, mas eu...

Droga, estava mesmo nervosa.

Aline Sant'Ana

352

— É bonito e assustador, né? — Erin disse ao meu lado, sem olhar para mim, sua atenção em Carter cantando o *bis* de *Angel*. Ela mordeu um amendoim e estendeu o pacotinho para que eu pegasse um punhado. Era a primeira comida que eu via em horas. Gemi assim que mastiguei. — Como eles conseguem subir em um palco assim, marcando o mundo, por mais que saibamos que esses homens são tão normais por trás de tudo isso.

— Estou aterrorizada.

— É. — Erin riu. — Eu sei. Mas eles estão tranquilos, fizeram esse show diversas vezes e sabem tudo o que precisam saber.

— Mas, desta vez, será diferente. O *setlist* tem músicas antigas e Shane e Zane vão fazer uma apresentação especial. Fora Carter. E Yan. Deus, eu estou realmente nervosa.

— Sim, mas eles ensaiaram. Vai dar tudo certo. — Erin suspirou fundo. — Quando os vi na Europa, achei que tinha vivido o melhor que a The M's poderia fazer, mas nada se compara ao Brasil, Roxy. Eles têm entregado suas almas nesses shows. Pode ter certeza de que vai ficar tudo bem. — Então, Erin fez uma pausa. Ela olhou para os brincos nas minhas orelhas e sorriu. — O passeio com Shane foi mágico, né? Tudo o que você contou...

— Ainda estou tentando assimilar o que vivemos. — Cruzei os braços na frente dos seios e suspirei fundo. A The M's no Brasil, eu e Shane, tudo o que aconteceu parecia demais àquela altura da viagem. — Eu sei que vamos terminar assim que entrarmos no avião, mas foi tudo tão incrível, Erin... às vezes, fico me perguntando o que seria se nós dois apenas nos entregássemos. Mas sei que há muitas ressalvas.

— Shane é complicado, não é? — Erin mudou o foco para Shane. — Mas há algo interessante que a mãe da Lua fala, que acho que também se aplica a vocês: "Às vezes, precisamos passar por certas provações para que o amor valha a pena". Vocês são jovens demais, temem o para sempre. E Shane só conheceu a obscuridade do sentimento. Pelo que Carter me contou e ouvi durante essa viagem, a ex do Shane era um problema imenso. Ele absorveu isso tudo e acredita que será assim com qualquer relacionamento que viver.

— Entendo e respeito tudo o que Shane viveu. Só que... de qualquer maneira, nunca seríamos, Erin. Eu quero... quero um relacionamento sério no futuro. Quero alguém que queira estar comigo de verdade. Quero casamento, bebês. Shane não se aplica a isso, por mais que ele me queira, sempre vai ser... — Suspirei fundo quando nossos olhares se encontraram. — O meu melhor amigo.

Sempre foi você

— Não duvido que ele será o seu melhor amigo até quando ficarem bem velhinhos. Agora, quanto a Shane não querer relacionamento sério? Por Deus, Roxy. Ele tem vinte e dois anos...

— Não quero que ele mude por mim. E também não irei esperá-lo. Até porque... ele já espera outra pessoa.

— Você está certa, mas também errada em apenas *um* pensamento sobre o amor. — Erin colocou o braço ao redor do meu ombro. — O amor é tão forte, Roxy. Quando você se apaixona pela pessoa certa, tudo o que acredita sobre a vida se transforma. Você pisca e entende que quer viver o resto dos dias ao lado daquele alguém, que está tudo bem compartilhar as tristezas e as alegrias, a parte boa e a ruim. É tão forte que seus conceitos caem por terra, assim como a razão. Não vê Zane e Kizzie? Ele a pediu em casamento depois de onze dias com ela. Zane D'Auvray! Entende o que estou dizendo? — Erin fez uma pausa. — Não quero que crie expectativas, porque elas sabem ser cruéis conosco quando não se concretizam, e sei que Shane é o ponto mais fora da curva que já conheci, ainda assim... esteja aberta.

— A quê?

Erin estreitou o olhar para Shane.

— Algo me diz que esse menino-problema, como Lua o chama, pode te surpreender.

Ela me deu um beijo na bochecha, me entregou os amendoins e partiu dali como se fosse mesmo uma fada.

Suspirei fundo.

Shane D'Auvray me surpreender...

Ele já estava fazendo isso.

Como se soubesse que estava pensando nele, o baixista abriu um sorriso por trás do microfone.

As palmas soaram assim que finalizaram a passagem de som.

Os olhos de Shane ainda estavam fixos nos meus, como se nunca quisessem me deixar ir.

Shane

Aline Sant'Ana

354

— Depois de toda aquela merda, eu desandei. Achei que seria melhor morrer do que ficar sem a Melinda. Usei todas as drogas mais fodidas. Foi aí que fui internado, voltei das internações, tive até um psicólogo e fui às reuniões... — continuei a conversa com Anabelle por videochamada. — Eu tinha desistido de mim mesmo, e foi tão difícil, que agora é meio estranho ver algo de bom acontecendo comigo. *Rock In Rio*, Anabelle. Tem noção? E Roxanne. A Querubim tem sido uma parte tão boa disso tudo, cara.

— Existe um ponto bem interessante na sua narrativa de pouco tempo atrás para agora. — Anabelle fez uma pausa. Ela colocou uma mecha do cabelo atrás da orelha e olhou para suas anotações. — Quando me ligou e me contou sobre o passado, disse que a Melinda era o anjo da sua história e você, o próprio diabo. Foi uma analogia que você fez e então... a comparou com a inocência do primeiro amor, mas sinto que agora a esteja vendo de outra forma. — Os olhos de Anabelle voltaram-se para mim. — Estou tendo a impressão certa?

Fiz uma pausa. Os caras e as garotas estavam almoçando em um restaurante chique pra caralho. Um dos seguranças tinha me acompanhado até o lado de fora, embora não precisasse, porque Kizzie tinha fechado o lugar para que tivéssemos privacidade. Hoje estava uma loucura e o fato de eu não conseguir ter um minuto a sós com a Querubim...

Porra, eu estava ficando louco.

— Eu e Roxy tivemos momentos tão bons que fiquei me perguntando se o que vivi com a Melinda era tão perfeito quanto a minha cabeça me garantia que era.

— Certo. Esse pensamento surgiu depois de estar com a Roxanne, não foi?

— Sim, tudo o que eu vivi com ela... sei lá, Anabelle. Eu tô assustado. Tô com medo de fazer uma merda. Quando as coisas começam a andar, eu fodo com tudo. E Roxanne... não posso perdê-la.

— Sinto que você está refletindo a experiência que já viveu. Vamos fazer um jogo de perguntas a respostas, ok? Consigo sentir a ansiedade em sua voz.

Fui conversando com a Anabelle até que ela me acalmasse e me mostrasse que o pânico que vinha era da ansiedade, que não tinha um fundamento racional. Mesmo assim, a viagem estava chegando ao fim, e eu estava ficando maluco com a possibilidade de perder a Querubim, como se fosse mesmo acontecer, a qualquer segundo.

Não parecia *só* ansiedade. Realmente, era como se a experiência com

Sempre foi você

Melinda voltasse à superfície. Como se eu fosse ser deixado para trás pela segunda vez na vida. Mesmo que Roxanne não tivesse absolutamente nada a ver com a personalidade da Melinda, mesmo que nossa amizade fosse a coisa mais incrível que me aconteceu, inclusive toda a parte física, parece que não éramos tão capazes assim de deixar os traumas fechados num armário.

Não quando eu havia chegado a uma bifurcação em que uma tomada de decisão era necessária.

Não quando o amor só me mostrou o seu lado mais feio.

Você não irá perdê-la, meu coração sussurrou.

Você não pode amar se isso te fode assim, meu cérebro avisou.

Eu teria que falar com a Querubim, certo? Como Zane e Yan me instruíram a fazer. Teria que conversar com ela e entender em que pé estávamos, se sentíamos a mesma coisa, por mais que isso fosse contra tudo o que eu acreditei durante toda a minha vida, contra a promessa que lutei tanto para manter.

Merda, eu não podia perder isso que eu e Roxy estávamos construindo, cara.

A ansiedade voltou com tanta força que precisei tomar o remédio a seco antes de voltar à mesa. Caminhei um pouco em volta do restaurante, vi o mar, olhei para o céu, mas nada parecia apagar a chama que tinha nascido dentro do meu peito. Assim que me sentei em frente a Roxy, minha mão direita, trêmula e suada, pegou o copo. Senti os olhos da Querubim em mim, nos meus dedos que vacilaram.

Eu teria que controlar as minhas merdas.

Tinha um show e uma conversa importante pra caralho.

Ao invés de perguntar se tudo estava bem, senti a ponta do seu pé delicadamente tocar o meu tornozelo sob a mesa, puxando a calça jeans para cima, chegando na minha pele. Virei meus olhos para Roxanne, por mais que soubesse que ela enxergaria a tormenta nas minhas pupilas.

Ainda em silêncio, inclinou a cabeça para o lado, como se quisesse me entender.

Minha mão trêmula e suada pegou a sua sobre a mesa, segurando-a.

— Tá tudo bem — prometi.

— E então, vocês têm uma sessão de fotos e a gravação final do documentário. É importante porque será uma divulgação para o show, que será televisionado mundialmente... — Ouvi a voz de Kizzie ao fundo.

Aline Sant'Ana

Ia ser corrido. E eu não teria um segundo sequer para estar com a Roxanne.

Merda, cara.

Como faz para parar uma situação que parece escorrer por seus dedos?

Meu celular vibrou no bolso e, quando vi o número da minha mãe, abri um sorriso. Porra, ela sempre sabia quando eu precisava ouvir a sua voz.

— Fala, mãe. — Encarei Zane. — Ligando para o seu filho favorito na frente do outro, hein? Que traição!

Charlotte D'Auvray começou a gargalhar, enquanto meu irmão estreitava os olhos para mim, como se quisesse pular no meu pescoço.

— Sabe que amo vocês dois igualmente. Saudades, meu querido... como você está?

Ah, mãe. Você não faz ideia.

Roxy

— Nos conte mais sobre você, Shane D'Auvray — a apresentadora pediu, finalmente chegando a ele depois de fazer uma centena de perguntas aos meninos. Ela cruzou as pernas, enquanto a câmera se posicionava.

Eles já tinham passado por quase todos os compromissos do dia, só faltava aquela entrevista, que sairia no documentário da The M's no Brasil, e então o tão aguardado show. O título do documentário me arrepiava só de pensar: A banda de rock que saiu de Miami para se tornar um fenômeno mundial.

— Nome: Shane D'Auvray. Sexo: sete vezes por semana — brincou, fazendo todo mundo rir. Então, ele passou a mão nos cabelos lisos, bagunçando tudo. A franja caiu em sua testa e Shane umedeceu os lábios. — Não, sério. Acho que sou um cara normal, como qualquer outro, a única diferença é que eu toco baixo para as pessoas.

Lua surgiu à minha esquerda. As meninas já estavam comigo, inclusive Cahya, que parecia estar se divertindo com aquela cena.

— Vocês são extremamente talentosos e bonitos. Mas a música de vocês tem feito sucesso porque as letras são quase poéticas, enquanto a melodia é forte e intensa. Vocês possuem um repertório interessante. Músicas mais ligadas ao pop rock, assim como ao rock clássico dos anos oitenta, mas sempre acompanham as tendências do rock alternativo também. Como é isso?

— Acho que nos preocupamos mais com o que podemos transmitir para as pessoas do que em manter um padrão de música. É rock, independente da classificação, e vamos de acordo com o que a criatividade pede — respondeu, tranquilo. Droga, até a sua dicção era perfeita.

— Como foi, para você, entrar para a The M's depois da banda já estar formada? — A apresentadora buscou em sua ficha e voltou-se para Shane. — Um choque muito grande?

— Cara, eu não posso mais comprar sorvete na esquina. — Shane sorriu, e a apresentadora riu. Era tão excessivamente bonita aquela mulher; a pele negra, os olhos cor de mel, e os cabelos crespos e curtos. Sua energia brilhava sob a luz. — Minha rotina mudou drasticamente, mas foi uma mudança boa. Antes, eu era um... — Shane procurou alguém com os olhos. Lua Anderson. Ele sorriu para ela. — Menino-problema. Hoje sou o baixista de uma banda de rock mundialmente conhecida. Tenho compromissos, uma agenda a cumprir, acordo cedo e a vida de rockstar não é tão fácil como parece.

— Você é tão novo, Shane. Como foi largar a sua vida antiga para viver a nova?

— Eu sempre digo que tenho sorte em ser parte da The M's. Na verdade, ser o irmão do guitarrista me ajudou nesse processo, mas fui tratado como um profissional desde o início. Eles não me colocariam na banda para ser esse cara que vocês veem agora se eu não pudesse cumprir esse papel. — Então, ele fez uma pausa. — Sim, sou novo. Já fiz muitas merdas no passado.

— Você divulgou uma carta aberta aos seus fãs, expondo algo muito pessoal sobre o seu envolvimento com as drogas. — A apresentadora mostrou um papel impresso com uma postagem do Shane no Facebook. — Isso teve uma repercussão internacional! Muito apoio, suporte e amor. Você até subiu para os assuntos mais comentados do Twitter. Por que decidiu compartilhar essa parte da sua vida?

— Eu precisava mostrar a verdade. Não tenho vergonha, mas se um fã descobrisse e me achasse desonesto por nunca ter dito... eu não ia me perdoar. — Shane buscou-me com o olhar. A ideia daquela carta foi minha, e Kizzie a aprovou rapidamente, quando pensou que isso poderia, de fato, se virar contra Shane. — Quis mostrar que estou longe de ser perfeito, que fiz escolhas péssimas no passado, mas luto todos os dias para ser alguém melhor. Acho que, perto desses caras que estão ao meu lado, eu sou o mais próximo daquele estereótipo de: mantenha vinte passos de distância. Estou evoluindo. Como músico, como homem, como amigo, filho e irmão.

Aline Sant'Ana

— Ficamos muito orgulhosos ao ver um artista se abrindo assim e sendo um exemplo de como a vida pode melhorar, desde que nos esforcemos para isso. Parabéns, Shane — ela elogiou, abrindo um sorriso cálido para ele. — E ninguém pode ser perfeito o tempo todo.

— Não é? — Ele piscou para mim, voltando-se para a apresentadora. — Agora, a minha pergunta para você: o que espera da The M's no *Rock In Rio*?

A apresentadora arregalou os olhos, porque isso fugia do *script*.

— O que *eu* espero?

— Sim, por que não? Estamos conversando aqui, não é? — Shane se recostou na cadeira, relaxado, e cruzou as pernas. — O que espera de nós, Sandra?

Deus, ele era terrível.

— Acho que não espero, mas *tenho certeza* de que será o show mais incrível das suas vidas.

— Pode contar com isso. — O baixista piscou.

Era incrível como Shane sempre fora carismático, e isso só melhorava com o tempo. Ele tinha algumas tiradas perfeitas, era sarcástico, divertido, envolvente. Qualquer mulher, qualquer homem, até uma tartaruga, por Deus, se encantariam por aquele garoto. Era como... se houvesse um feitiço que Shane lançava que faria qualquer um cair de joelhos por ele.

Mas talvez não fosse essa a tal magia dos D'Auvray?

Shane

— Porra! — Zane se jogou no sofá do hotel, assim que chegou com a galera toda no meu quarto. Vieram todos para cá, porque o meu era o maior e tínhamos combinado de descansar por uma hora, juntos, antes de partirmos. A minha vista também era a mais foda. Eu podia ver o que nos esperava pela janela; a imensa roda gigante colorida e as luzes. — Tô exausto pra caralho. Vou dormir por uma semana assim que voltarmos para Miami.

— Olha a idade chegando... — Lua zombou, sentando-se ao lado dele. — E a dor na coluna, Zane?

— Tá me matando. — Zane sorriu, de olhos fechados. — Mas eu tô pronto para cem mil pessoas, porra.

A real é que era puxado e, mesmo que eu tenha trabalhado pra cacete, ainda conseguia sentir a ansiedade nas minhas veias.

Eu e a minha Querubim estávamos em um divã. Eu sentado com as pernas esticadas, Roxy deitada em cima de mim depois de tomar uma ducha antes da galera chegar. As meninas já estavam vestidas para o show, mas eu e os caras só nos arrumaríamos perto da hora. Eu estava passando a ponta dos dedos na lateral do seu corpo. A coxa, então seu quadril, subindo por sua cintura até chegar no limite dos seios, e descer tudo de novo.

Umedeci a boca.

— A entrevista vai ao ar quando? — Erin perguntou, no meio da conversa deles.

— Esta noite, pouco antes do show. Mas eu pedi para gravarem para nós.

— Falando nisso, como estão se sentindo? — Oliver questionou.

Os caras começaram a responder, mas me perdi observando o corpo da Querubim sobre o meu. A saia preta de festa justa em seus quadris, a blusa de alcinha da mesma cor, sem sutiã, me fazendo ver o volume dos seus mamilos. Espiando por dentro da regata, podia ver bem entre seus seios, até sua barriga. *Merda*. Senti meu corpo começar a acender e, como se ela soubesse, se remexeu *bem* em cima mim. Fechei os olhos e apertei a lateral do seu quadril quando ergui o pau, me esfregando sutilmente.

Último dia. Últimas horas.

— Merda, Querubim — sussurrei na sua orelha.

— O quê? — murmurou de volta.

— Você tá me provocando?

— Não — mentiu.

— Você me mata de tesão, sabia? — falei bem baixinho, paralelo à conversa da galera. — Já estou com saudade de te foder gostoso.

Ela ficou dura sobre mim. E eu sorri.

— Shane, não faz...

— Faço. — Mordi o lóbulo da sua orelha, voltando a passar as pontas dos dedos em sua pele, sentindo-a se arrepiar. — Aposto que tá molhada.

Roxanne ficou em silêncio e eu sorri, vitorioso. Era o meu primeiro momento com ela em horas, cara. E os últimos também. Parei a provocação e envolvi os

Aline Sant'Ana

braços na sua cintura, apertando-a bem contra mim. Ela apoiou uma das mãos na minha pele, brincando com os pelos do antebraço.

— Quando chegarmos, Snow vai fazer uma festa — Roxy soltou, sorrindo.

— É, ele vai.

Merda. Merda. Merda. O que eu deveria dizer?

— Eu vou ter que me dedicar ao relatório do estágio supervisionado. Terei tanta coisa para fazer, além de dar início à criação da Rosé — continuou. — Eu já tenho uma ideia a respeito de tudo, mas estou com medo.

— Você me disse uma vez que a parte boa da vida vem justamente quando vamos além do medo de tentar.

— É, eu disse. Mas, de qualquer maneira, vou com medo mesmo. É o meu sonho, Shane. Eu tô ansiosa para ver tudo acontecer.

— Estarei ao seu lado.

— Não tenho dúvidas disso. — Ela fez uma pausa e me apertou mais em volta do seu corpo. — Quais são os seus planos para quando voltarmos?

Beijar você. Transar com você. Continuar toda essa bagunça em que a gente se enfiou.

Ao invés disso, falei:

— Eu e os caras vamos trabalhar em algumas composições. Ainda não sei como Kizzie e Oliver organizaram tudo, mas tô feliz que a música que compomos não atrasou o combinado.

— Fiquei sabendo que o filme já estava pronto, só faltava... bem, nós.

— Quer assistir quando lançar? — perguntei.

— Vamos precisar ir disfarçados ao shopping? — Roxy riu.

— Não, acho que vamos ter ingressos da premier.

— O quê? — Ela congelou. — É sério?

— Roxanne Taylor, somos famosos, porra.

— Não, *você* é famoso. — Ela estremeceu. — Eu sou a sócia secreta.

— Você não é a sócia secreta. — Ri. — Você é o *xy* do Shaxy. Se não tô fodido da cabeça, foi esse o nome do "compositor" que criamos juntos.

— Mesmo assim, *ninguém* sabe disso.

— Quer ir como, Querubim? Com uma máscara? Óculos escuros? De peruca? Discretona?

Ela bateu no meu braço.

— Não consigo lidar com os holofotes como você.

— Mas vai ter que ir lá por mim. Eu vou desacompanhado?

— Certo, eu sou a sua melhor amiga. — Roxy revirou os olhos, ainda sorrindo. — Faço esse favor para você. Mas sem fotos no tapete vermelho. Só... uma entradinha rápida pelos fundos.

— *Como* que eu vou fazer isso? — me fiz de ofendido. — Já viu o tamanho do meu ego? Preciso de limosine, flashes na minha cara, champanhe sem álcool, umas uvinhas na boca.

Roxy gargalhou tão alto que interrompeu a conversa dos caras e das meninas.

Todos os olhares caíram em nós.

Cada um sorriu como se estivesse apaixonado por nós dois.

Cacete, nunca tinha sentido que algo era tão certo na minha vida quanto aquele instante com Roxanne. A risada, o tesão, a amizade, o afeto. Tudo misturado em um momento tão divertido quanto nós no passado, nós no presente e a vontade de um futuro. Só que, naquele segundo, foi como se *todos* enxergassem isso, como se eu recebesse mil vezes "sim" em cada par de olhos. Me lembrei do bilhete do desconhecido que fez seu brinco. A sensação, quando li, foi a mesma de agora. Era uma admiração de puro carinho, orgulho, como se a vida nos garantisse que fomos feitos um para o outro.

Senti um arrepio na nuca, como se algo me segurasse para não pensar assim.

Beijei o ombro delicado da Querubim quando a vergonha tingiu sua pele de rosa.

— Vou tomar uma ducha antes.

— Tudo bem — Roxy garantiu, se levantando para que eu saísse do divã.

Fui para o banho, pensando sobre tudo aquilo, e quando voltei... os caras e as meninas tinham saído para se organizarem. Havia um bilhete em cima da mesinha, e Roxy estava cochilando no divã.

A letra do meu irmão, nada delicada, pareceu ter sido feita às pressas.

Aline Sant'Ana

Vocês são lindos pra caralho juntos.

Obs: Roxanne tá feliz demais.

Obs2: Se você magoar essa menina, eu chuto a sua bunda até quebrá-la e ainda contrato um stripper gostosão para foder Roxanne a noite inteira.

Obs3: Te amo, pirralho. Te vejo daqui a alguns minutos.

Rindo, guardei o bilhete. Zane era uma foda mal dada, cara.

Observei Roxanne relaxando no divã. A boca entreaberta, um braço servindo de travesseiro, as pernas jogadas de qualquer maneira, o cabelo solto ao lado do rosto. Eu teria que acordá-la dali a cinco minutos, mas...

Meu coração dançou, acelerado pra cacete.

Ela era tão pequena e, mesmo assim, carregava o meu mundo inteiro.

CAPÍTULO 32

I know you're scared
I can feel it
It's in the air, I know you feel that too
But take a chance on me
You won't regret it, no

— Maroon 5 feat Gwen Stefani, "My Heart Is Open".

SHANE

Porra, eu ia enlouquecer.

Faltava apenas uma hora para meia-noite e quarenta, uma hora para subirmos no palco, apenas uma hora para sermos o melhor que a The M's poderia ser. Meu corpo inteiro estava tremendo enquanto eu ouvia a multidão gritar por uma banda foda de tão famosa, que estava se apresentando antes de nós.

Tem noção? O chão estava vibrando, cara.

Mas nós éramos mais fodas que eles, mais fodas que a porra toda. Éramos o show *principal* do maior festival de rock do universo. Caralho, a The M's estourou tanto e talvez nenhum de nós tivesse noção do quanto.

Levantei da cadeira e me encarei no espelho. O cabelo estava bagunçado de um jeito sexy; eu estava vestido como um rockstar.

Roxanne sabia ser bem perversa quando queria, cara.

A calça jeans escura com rasgos nos lugares certos e os coturnos pareciam ter sido feitos sob medida. Sem cueca, acrescentei apenas a jaqueta de couro aberta, exibindo o peito nu, as tatuagens marcando a pele e os anos que me dediquei aos exercícios físicos.

Caralho, eu parecia um rockstar gostoso pra cacete. Mesmo que estivesse me sentindo nervoso e a confiança excessiva fosse um escape que usava para mascarar minhas próprias inseguranças, segundo a Anabelle, naquele momento, eu estava *mesmo* me sentindo como o homem mais foda que já existiu.

— Meu Deus, Shane. — Ouvi a voz de Kizzie atrás de mim, o que fez a minha ansiedade diminuir um pouco.

Virei-me para ela e abri os braços. Carter, Zane e Yan estavam vendo os

Aline Sant'Ana

instrumentos, e fui o último a ficar pronto.

— E aí, cunhada? — Abri um sorriso de canto de boca. — Tá repensando se escolheu o irmão certo, né?

— Jesus, os fãs vão gritar por trinta minutos inteiros. — Os olhos de Kizzie brilharam e, em seguida, entraram Lua, Cahya e Erin. — Tem certeza sobre essa roupa? Talvez... fosse melhor colocar uma camiseta sob... *isso* tudo. Falei a mesma coisa para o Zane há pouco.

— Deixe os meninos mostrarem a pele, Kizzie. Ah, Shane! Você não deveria ser permitido em público. — Lua abriu um sorriso malicioso, descendo os olhos por mim.

— O neném *não* é mais um neném. — Erin piscou os olhos azuis, perplexa.

— Realmente, de neném não tem nada. — Cahya abriu um sorriso de puro orgulho.

— Neném o quê, porra? — Eu ri.

— Porra, acho que a Roxy se inspirou legal nas nossas roupas. — Carter entrou com Oliver, Mark, Zane e Yan.

— Roxanne é foda, McDevitt. — Zane abriu um sorriso. — A garota é do caralho.

— Realmente, não podia ter feito nada melhor que isso — Yan elogiou.

Os caras estavam muito bem. Todos com uma variação do que eu usava, mas de uma forma diferente. Carter vestiu regata branca e calça jeans. Yan, uma camisa social preta, calça jeans justa, em uma mistura de rockstar com CEO que pareceu dar certo. E o Zane, porra louca como eu, estava com um colete de couro, sem camiseta, a calça igualzinha à minha, assim como os coturnos, os cabelos bagunçados e soltos.

— Me inspirei, não foi? — Roxanne entrou, dançando os olhos por nós como uma profissional. Quando pareceu enxergar o que faltava, ela se aproximou do baterista e abriu um botão da camisa social de Yan, então foi para o vocalista e colocou um pedaço da regata por dentro da calça, chegou em Zane e arrumou um detalhe do colete, mas quando parou na minha frente... — Deus, talvez eu *tenha* exagerado.

Os olhos claros de Roxanne se prenderam aos meus, ela analisou o azul e depois o mel para depois descer a atenção como se quisesse me ter de sobremesa, porra. Roxy umedeceu a boca e pairou a mão no peito, como se não tivesse certeza se era uma boa ou uma má ideia me tocar. Ouvi os caras e suas garotas conversando ao fundo, comentando sobre a ansiedade para o show, alheios a nós.

— Exagerou, né? — sussurrei. — Tô vestido da sua fantasia sexual favorita? Um rockstar mundialmente famoso?

— Meio que... sim? Talvez? — Ela subiu o olhar por mim. — Nossa, Shane, modéstia à parte, eu te deixei tão lindo.

Ah, foda-se.

Mesmo que estivéssemos na frente de toda a galera, inclusive da produção da The M's, puxei-a pela nuca. Nossas bocas se encontraram e foi apenas um segundo para que nossos lábios dançassem sem calma nenhuma. Eu estava sedento por Roxanne, cara. O desespero de que aquilo teria fim me fez entregar tudo de mim.

Merda.

Não me deixa, Querubim.

A língua invadiu o espaço que Roxy cedeu, e assim que sentiu o piercing, engoli o seu gemido. *Porra, deliciosa demais.* Meus dedos se afundaram em sua nuca enquanto Roxy me puxava pelos passadores da calça, conhecendo a peça tão bem que fez isso de olhos fechados. Quase sorri ao ver que até a nossa vontade era a mesma, mas, *caralho...* eu precisava de tão mais do que aquilo.

Abre essa boca pra mim.

Isso.

Roxy angulou o rosto, me recebendo todo, a língua tomando a parte interna e aveludada. *Tão boa.* Vibrei. Tremi a língua, sentindo a falta de ar me consumir, o tesão me incendiar, o desejo desmoronar o meu corpo e me transformar em líquido. A ereção se formou por completo e Roxanne desceu as unhas, arranhando meu peito, até o umbigo, como se soubesse exatamente o que era capaz de arrancar de mim.

Grunhi. Ficar com Roxy era como sentir tudo, sem pensar em nada. Ela brincava com as minhas emoções, como se tivesse controle sobre elas. Como se cada toque, cada palavra, cada beijo me levasse mais perto do precipício. Esse jogo era perigoso pra caralho porque eu sou muito passional e intenso quando me entrego.

Mas, cara. O jeito que a Roxanne era receptiva, como me consumia, como curtia a maneira que eu a beijava me deixava mesmo maluco, de joelhos. Era

Aline Sant'Ana

além de qualquer coisa que eu já tenha vivido. Meu quadril fez um movimento para frente, e a ereção que só a sua língua era capaz de provar latejou atrás da calça. Rosnei, girando a língua, mas Roxy subitamente se afastou de mim, interrompendo.

— Cinco minutos e estamos de volta — Roxy avisou a todos, sem esperar uma resposta.

Estava tão tonto por Roxanne que... porra, eu só entendi que estávamos andando quando olhei para as nossas mãos entrelaçadas e nossos pés em movimento.

Adentramos a escuridão.

Ela saiu do camarim, contornando tudo, caminhando comigo e descendo poucos lances de escadas até a parte de baixo do palco. O som estava a toda sobre nós. Passamos por um grupo de pessoas da equipe da outra banda, então um segundo grupo. Roxy caminhou por toda a extensão do Palco Mundo, indo para trás, o máximo que conseguimos, longe da movimentação, até que começássemos a entrar na área dos inutilizáveis, com um pouco menos de barulho. Era uma área de tralhas, coisas que deram problema, como caixas de som, microfones e, merda, o que...

Ela parou.

Arfando.

Os olhos em mim.

As bochechas coradas.

— Roxanne. — Umedeci os lábios, ainda duro, quando ela simplesmente ergueu a saia preta, enganchando os dedos na calcinha de renda da mesma cor, descendo-a pelas coxas. Querubim se impulsionou sobre uma caixa imensa de som e vi a lingerie ficar presa no *All Star* preto, em apenas um dos pés, quando espaçou as coxas para mim.

Escorreguei os olhos para a sua boceta completamente molhada, o desejo em seu olhar.

— Por favor, uma últi... — pediu, a voz tentando sobrepor a música.

Mas eu não deixei que completasse.

Voei para cima de Roxanne antes de ouvir o fim daquela maldita frase.

Roxy

Era tão impensado quanto era perigoso. Transar em público, sem uma porta, sem saber se seríamos pegos.

Mas aquilo teria fim naquela noite.

Nós teríamos fim naquela noite.

Sim, nem me importava mais com a timidez àquela altura. Eu queria gritar para Shane o quanto estava sendo difícil manter a sanidade quando tudo o que eu sentia era amor. Eu queria bater em seu rosto e implorar que esquecesse aquele inferno de menina. Eu queria...

Droga, eu ia chorar se pensasse assim.

Nossa última vez.

Eu *tinha* que aproveitar.

Sua língua veio na minha boca com tanta força que me inclinei para trás. Shane me envolveu com suas mãos imensas, sustentando minhas costas, enquanto eu, desesperada, abri o botão e abaixei o zíper da sua calça em meio milésimo de segundo. Toquei na ereção aveludada, que saltou para fora, o piercing gelado contra a pele fervente. Shane gemeu, a língua ainda dentro da minha boca, quando me sentiu envolvê-lo da base ao topo.

Ele pulsou na ponta dos meus dedos.

A verdade é que nós dois parecíamos aflitos, mas não conseguiríamos parar.

Ele mordeu meu lábio inferior, sugando-o, subindo uma das mãos para a minha nuca, como se quisesse me sustentar em seus braços. Abri ainda mais as pernas, arrastei a bunda mais para a ponta, e o seu membro, já muito pronto, raspou na entrada molhada, me fazendo curvar a coluna em expectativa. Sua boca desceu para o meu pescoço, queixo, maxilar, apenas para retornar a um beijo lânguido, rápido e intenso. Shane colou a testa na minha no instante em que precisou de ar para respirar.

— Porra, queria que fosse diferente. — Sua voz estava tão rouca, gritando por cima da música, que meu clitóris pulsou em resposta.

— Preciso de você — pedi.

— Eu também. Caralho, como preciso.

E foi como se entrássemos em um único pensamento, como se fôssemos apenas uma alma em dois corpos, porque seu quadril veio para a frente, de

Aline Sant'Ana

encontro ao meu, e o recebi todo de uma só vez. Pulsei por inteiro, do clitóris ao colo do útero, sentindo-o em cada centímetro da minha vagina. Ela latejou ali, com ele dentro, esperando movimento.

— Você tá tão molhada, e eu mal toquei em você, Querubim.

— Só com um beijo, eu...

— É. — Ele abriu um sorriso e recuou apenas uma vez o membro grosso. — E você me deixa duro fácil, fácil. Caralho, tão quente e apertada.

Segurei em seus ombros, enfiando meu quadril mais para frente, quase tirando a bunda da caixa de som, querendo aquela sensação do seu pau todo dentro mais uma vez. Shane gemeu quando o meu prazer escorreu entre nós dois e me puniu com a língua percorrendo meu lábio inferior.

— Por favor, Shane...

— Merda. — Ele grunhiu. Então segurou as laterais do meu rosto, olhando bem dentro dos meus olhos. Espaçou as pernas, se agachando pouca coisa, para ficar na minha altura. *Deus, meu coração batia na garganta a cada vez que me olhava assim.* Como se quisesse testar se daquela forma funcionaríamos, ele recuou o quadril para trás e afundou-o para frente, movendo apenas a bunda. Suas pálpebras se estreitaram. — Se segura em mim, Querubim.

— Com força — pedi, e tremi assim que seu pau investiu. Foi um baque duro que só não foi audível por causa da música.

Eu sentia a vibração das caixas de som em cada centímetro da minha pele. Por mais que a música estivesse longe de nós, tudo vibrava. Shane, eu, o sexo e... *nossa.* Ele acelerou em um bate-bate punitivo e desesperado. Os olhos de Shane estavam fixos nos meus, querendo vê-los enquanto me fodia.

Como eu pedi, com força.

Meu corpo inteiro ficou arrepiado, o prazer se desenrolando na minha barriga exatamente no ponto onde havia um segundo coração batendo. Eu gritei, porque ninguém poderia me ouvir mesmo, afundando as unhas nos seus ombros, acelerando com ele. Eu indo, ele vindo, nós dois nos encontrando no meio do caminho. Cada vez que Shane bombeava para o fundo, bem no fundo, eu chegava mais perto.

Ansiosa para sentir a onda, o conduzi para dentro e para fora ainda mais rápido. Shane nunca tirou seus olhos dos meus. Eu também não consegui desviar, porque era como se aquelas íris estivessem me acorrentando.

Sempre foi você

Como era bom ser tomada por Shane D'Auvray.

Desviei apenas um segundo para assistir ao seu pau entrando com tanta pressa que eu mal podia acompanhar o movimento. Quando voltei a olhá-lo, vi uma gota de suor brotando em sua testa, que eu sequei antes que estragasse a maquiagem. Shane sorriu e ligou o foda-se quando praticamente deitou sobre mim, me beijando e me consumindo, tudo ao mesmo tempo. O quadril recuando e penetrando, construindo um orgasmo alucinante que eu podia sentir nas veias.

Eu estava perto. *Tão perto.* Mas uma coisa o fez congelar.

Shane, ainda dentro de mim, olhou para a direita.

Não tive tempo nem de entender o que estava acontecendo.

Ele me pegou no colo e eu automaticamente envolvi as pernas em torno da sua cintura. Em alguns passos apressados, me levou para uma caixa de som tão imensa que nos cobria, e apoiou minhas costas ali. Me sustentando com apenas uma mão na bunda, a outra veio direto para a minha boca, calando-me.

Boom. Boom. Boom. Senti nas minhas costas, pela música do show à distância, o coração acelerado no mesmo ritmo da batida, vivendo a adrenalina daquilo tudo.

Fomos pegos?

Então ouvi vozes gritando sobre a música, em português.

Shane manteve a mão na minha boca, observando.

E como se visse que não era nada de mais, voltou a transar comigo bem ali. Em pé. Eu quis abrir a boca de surpresa, mas não pude porque seus dedos me mantiveram calada. A íris cor de mel e a azul fixaram-se em mim e Shane ergueu apenas uma sobrancelha, descendo a atenção para onde sua mão cobria, quando voltou a acelerar.

O medo de ser pega tornou tudo tão melhor. Eu nunca tinha vivido nada parecido, mas o tesão se multiplicou.

Shane gemeu na minha boca quando comecei a pulsar por ele.

Senhor.

Envolvi os braços em seus ombros, trazendo-o para mim, e Shane tirou sua mão da minha boca quando o beijei com toda a vontade que havia no meu corpo. Agoniada de prazer, acelerando meu quadril contra o dele, pedindo o máximo de força que podíamos e... foi tão depressa, aquela onda, aquele orgasmo, que não surgiu apenas no clitóris, e sim no meu corpo inteiro.

Aline Sant'Ana

Como se cada músculo congelasse, convulsionei no instante em que Shane bateu lá no fundo. *Nossa, como era bom.* Clamei por seu nome enquanto minha vagina formigava, latejando e se alongando em prazer. Como se soubesse que isso não era o máximo que meu corpo poderia viver, Shane continuou o ritmo veloz da estocada, tão deliciosamente dentro de mim que arfei em surpresa quando o clitóris pulsou em um segundo orgasmo.

Estremeci inteira, sentindo Shane me manter em seus braços como se nunca fosse me deixar cair, apenas para que seu corpo começasse a tremer junto ao meu, vibrando, vibrando tão forte. No pânico de perdê-lo, beijei-o. Com a sensação de que éramos feitos um para o outro, eu o recebi. Shane estocou uma, duas, três, quatro vezes, naquela força bruta do quadril contra o meu, os olhos fixos nas minhas pupilas, movendo os lábios como se gritasse meu nome.

— Cacete — disse contra a minha boca. Fechei os olhos, sentindo-o se derramar dentro de mim longamente. Talvez por minutos inteiros, enquanto nós dois pulsávamos.

Gemendo.

Entregues.

Desesperados.

Meu cérebro implorou para o meu coração frear tudo aquilo assim que nós acabamos um no outro. Mas era impossível, pensei, um segundo antes de Shane me beijar. Impossível porque, apesar de eu ter gozado e ele também, não era o suficiente. Sexo não preenchia a parte que faltava. E aquela era a nossa última vez.

Como se eu tivesse vivido o melhor espetáculo de todos e as cortinas do show se fechassem na melhor parte.

O beijo...

Aquele beijo, em Porto Alegre, foi o começo do nosso fim.

Shane vociferou um palavrão assim que quebrou o beijo e recuou o quadril, os olhos cerrados.

Toquei em seu coração, os batimentos fortes contra a minha palma.

Ele não teve coragem de abrir os olhos.

Ficou um tempo assim, recuperando o fôlego. E quando finalmente abriu as pálpebras, olhou para longe.

— Eles acharam a sua calcinha. — Shane se inclinou na direção do meu ouvido, e falou alto, mas baixo o suficiente para que somente eu o escutasse.

Sempre foi você

Era isso, certo? Não havia mais nada a viver. Não havia mais nada a oferecer. Foi isso que eu propus para Shane e foi exatamente o que ele me deu.

Ainda seríamos melhores amigos quando tudo acabasse. Mas definitivamente a minha vida não seria a mesma, não depois de ter descoberto como era viver uma vida em que Shane D'Auvray fazia parte. Por inteiro.

— Não preciso dela — respondi, minha garganta formigando, meu corpo ainda mole e latejando. *Eu já sinto a sua falta, Shane.* — Vamos voltar?

Quando ele finalmente me olhou, foi como se eu visse a sua alma partida ao meio.

Shane ponderou por um segundo sobre o que dizer. Olhou para os meus lábios e então meus olhos. Se aproximou e me deu um selinho suave no canto da boca.

— Vamos.

Shane

É horrível a sensação do início do fim. Você sabe que aquilo vai se romper, mas mantém as mãos na corda, por mais que suas palmas já estejam em carne viva. Você segura com todas as forças, mesmo assumindo que é melhor soltar e deixar ir a permanecer lutando contra o inevitável.

Mas, de todas as pessoas que passaram na minha vida, de todas as cicatrizes fodidas que colecionava, eu não me importaria se Roxanne me rasgasse ao meio.

Eu já era fodido. Mas precisava ouvir o não da sua boca antes de assumir que não me queria.

Cara, mesmo que soubesse que a Querubim merecia coisa melhor, eu não poderia perdê-la. Essa era a única certeza que tinha na vida, tanto quanto a morte. Roxanne era a vida da minha vida, e mesmo que Anabelle me dissesse que eu era emocionalmente dependente dela, foda-se, eu era mesmo.

Ninguém é perfeito.

Depois de me envolver e senti-la, porra, como eu conseguiria... simplesmente deixá-la ir?

Fui um idiota assumindo que ia passar. Não passou.

Estava loucamente apaixonado pela minha melhor amiga. Ela era linda,

Aline Sant'Ana

divitida, ela era perfeita. Talvez sempre tenha afogado meus sentimentos dizendo que era só cuidado, mas e se sempre foi amor?

Caralho, a paixão, a alegria de tê-la, a felicidade de ver em seus olhos aquele carinho. Direcionado a mim. Em todos os anos, sempre destinando seus olhares e beijos para outros caras. Agora, não mais. Era a minha nuca que ela puxava para um beijo, era o meu abraço que ela queria antes de dormir, era o meu corpo cobrindo o seu que a fazia gemer.

Finalmente nós.

O que Yan disse ainda estava ecoando na minha cabeça. Ninguém começa um relacionamento já sendo perfeito. As pessoas se ajustam uma à outra. E eu sabia que ia quebrar a cara novecentas vezes antes de agir certo.

Mas eu *tinha* que tentar.

— Roxanne, você acha que devemos... — treinei. Não. Estava uma merda. — Eu tô apaixonado por você — sussurrei.

Não. Caralho.

— Ansioso, Shane? — Oliver se aproximou, cruzando os braços na altura do peito.

— Eu vou dizer que tô apaixonado pela Querubim quando o show terminar — disse de uma só vez.

— É? — Ele piscou e abriu um sorriso.

— É, porra. Sei lá. Devo? — indaguei, rindo, inseguro. *Que bosta de vida.* — Acha que é uma ideia ruim?

— Não, se você está sentindo... diga tudo.

— Tudo bem, Shane? — Mark se aproximou, colocou a mão no meu ombro e franziu a testa. — Quer que eu...

— Se eu disser que a amo e ela disser não, vamos ficar bem? — perguntei para os dois. Oliver e Mark se entreolharam. — Tô falando... tipo, se eu disser que a amo, se eu abrir a porra do meu coração, vamos conseguir ser amigos se ela não me quiser?

— Você acha que ela jogaria vinte e dois anos de amizade fora? — Mark rebateu. — Shane, quando ela te olha, seu coração se ilumina. Você sofre de ansiedade e eu entendo, isso sempre vai te levar a pensar que o pior está para acontecer, mas de todas as pessoas que já passaram na sua vida, justo a Roxanne, você acha mesmo que ela daria um passo para trás?

Sempre foi você

— Talvez eu deva ser menos direto — pensei alto e mordi o lábio inferior. — Não falar tudo de uma vez.

— Isso vai te deixar mais confortável? — Oliver questionou.

— Merda, cara. Você fala como a Anabelle.

Oliver riu.

— Converse com ela sobre o que é possível você fazer sem pirar — Mark aconselhou.

— Eu não sei como dizer isso, caras. — Mordi o lábio inferior. — Roxy quer um para sempre, ela quer... namoro, noivado, casamento. Porra, eu só quero ela.

— E isso não basta? — Oliver arqueou uma sobrancelha.

Eu tinha medo, tanto medo de quebrar a única coisa que deu certo na minha vida. Tinha medo de me machucar de novo, medo de machucar a Roxanne. E se eu dissesse como me sinto e ela sentisse o mesmo, começássemos algo e... eu não atendesse suas expectativas? E se...

— Para de pensar no "e se" — Mark leu o desespero nos meus olhos. — E viva o agora. Você tem certeza do que sente?

— Sim. — Não hesitei. — O sentimento não passou, só tá crescendo. Eu tô a ponto de sufocar se não falar pra ela. Eu a quero, Mark. Porra, eu quero... nossa amizade e também a paixão. Eu quero ver Roxanne realizar seus sonhos, mas quero ser o homem que segura a mão dela quando algo der errado. Quero aplaudi-la de pé, quero me ajoelhar aos seus pés. Eu quero os beijos, o sexo, as confidências e a minha melhor amiga. Eu quero tudo o que pudermos ser, mesmo que eu não saiba como fazer isso.

— Você já está fazendo. — Oliver sorriu com os olhos puxados. — Não existe um manual de como se relacionar, Shane.

— Eu nunca tive um relacionamento saudável. Eu nunca fui um cara... que teve a chance de experimentar a parte boa.

— Você tem agora. — Mark segurou as laterais do meu rosto, do mesmo jeito que Zane fazia, e eu pisquei quando senti uma emoção cobrir meus olhos. — Se existe uma coisa que a Cahya me ensinou nesse tempo em que estamos juntos é que posso ter vivido um inferno, mas em seus braços eu encontro o paraíso. É assim com a Roxanne?

— É.

Aline Sant'Ana

374

— Então é ela, senhor D'Auvray. — Mark sorriu e abaixou as mãos, entrando em modo profissional. — Vou entregar o seu baixo, você vai fazer o melhor show da sua vida e, quando sair, conversará com a Roxy.

— Posso pegar o carro e dar uma volta com ela antes de embarcarmos? — pedi a Oliver.

— Desde que Mark te siga, ok.

— Sim — Mark garantiu. — Estarei atrás de vocês o tempo todo. Vai dar certo.

— Vai dar certo — repeti.

Quando Mark me entregou o baixo e os caras se aproximaram de mim, lancei um olhar para trás e encontrei Roxanne com as garotas.

— Cinco minutos para o show! — Kizzie gritou.

Por mais que ela estivesse dentro do meu coração machucado, obscuro, coberto de vergonha e medo, ainda havia partes boas em mim, partes que só direcionei a ela, lugares no meu coração que somente Roxy conhecia.

Eu bastava?, perguntei a ela com o olhar.

Deus, eu faria de tudo para ser o que aquela garota merecia se ela me desse uma chance.

Sempre foi você

CAPÍTULO 33

You were born to be my baby
And baby, I was made to be your man
We got something to believe in
Even if we don't know where we stand

— *Bon Jovi, "Born To Be My Baby".*

Roxy

Eu, Erin, Lua, Kizzie, Mark, Cahya e Oliver saímos dos bastidores e fomos para a frente do palco, o lugar destinado para os VIPs assistirem ao show. Como tudo estava certo e a equipe cuidaria dos meninos, nós pudemos relaxar. A credencial no meu pescoço parecia me deixar ainda mais ansiosa e o meu coração bateu nos tímpanos enquanto as luzes permaneciam apagadas.

Eles entrariam a qualquer momento.

Olhei para trás.

Havia uma infinidade de pessoas às nossas costas, as faixas destinadas a The M's, e os fãs se preparando para acolherem a atração principal do *Rock In Rio*.

Deus.

— Estou tão nervosa que acho que posso desmaiar a qualquer momento — Lua disse, agarrando-se à credencial como se fosse um bote salva-vidas. — São muitas pessoas, Kizzie. Muita gente mesmo!

— Eu mal posso esperar para ver os nossos meninos. — Erin suspirou.

— Vou gritar tanto! — Kizzie riu. — Vou ser fã deles hoje, dane-se o cargo de empresária.

— Vamos morrer — murmurei. — É sério. Vai ser...

Os gritos geraram um estrondo por toda a estrutura, me calando.

O Palco Mundo se iluminou por inteiro.

E quando a batida única da The M's ecoou nos alto-falantes e o telão surgiu com o logo da banda...

Meu Deus.

Aline Sant'Ana

376

Carter surgiu na imensa tela em toda a sua glória, em preto e branco, com o microfone na mão, os olhos brilhando enquanto os gritos em nossas costas vibravam cada centímetro da minha pele. Os fãs enlouqueceram e tinham total razão. A câmera dançou em torno dele, lentamente, na filmagem preparada especialmente para o show. Ao fundo, *Masquerade* soou num toque dançante, remixada por um DJ mundialmente famoso.

O cenário era lindo.

O vocalista apareceu no imenso telão em um plano de fundo preto, apenas ele. Na gravação, apesar de tudo estar sem cor, seus olhos eram o único ponto saturado, naquele verde profundo de uvas italianas.

— Carter McDevitt — a voz dele soou pelos alto-falantes.

Os fãs, meu Deus...

Eu comecei a chorar, levando as mãos ao rosto.

Era tão emocionante que...

Oh, senhor. Zane D'Auvray.

Ergueu a guitarra acima da cabeça, os olhos castanhos em destaque, o tórax completamente nu e a calça justa em seus quadris. Zane sorriu, brincando com a guitarra, em um fundo branco ao invés de preto. Até que a câmera se aproximou. Zane desceu os olhos de cima a baixo, sabendo muito bem seduzir, e quando suas íris encontraram o ponto de foco, Zane deu uma piscadinha.

— Zane D'Auvray. — A voz com o sotaque britânico fez nós todos gritarmos junto com a multidão de mais de cem mil de pessoas.

Acompanhado de suas baquetas, que giraram em seus dedos com a habilidade do baterista mais talentoso do mundo do rock, a câmera trouxe-nos Yan Sanders. Tão belo naquele fundo escuro que parecia ter sido feito para ser um deus. A camisa social branca completamente aberta, a calça escura, os olhos cinzentos tornando tudo aquilo ainda mais impactante. Yan levou as baquetas para a frente do rosto, na horizontal, e sorriu com os olhos quando seu nome surgiu.

— Yan Sanders.

Eu tinha gritado e chorado tanto e o show nem havia começado.

Patética, eu sei.

Mas não pude evitar.

Sempre foi você

— Sabe quem vem agora, né? — Lua gritou ao meu lado.

Meu coração não estava preparado.

Quando a câmera mostrou a tatuagem imensa do tigre nas costas do Shane em um fundo branco, pensei que fosse desmaiar. Eu e todas as cem mil pessoas, que gritavam com ainda mais força, como se esperassem por esse momento a vida inteira.

Lentamente, a câmera focou em suas tatuagens mais bonitas e todos os músculos. Shane ergueu a mão até que os dedos deslizassem por seus cabelos molhados, bagunçando tudo. Os olhos destoantes se estreitaram quando foram o foco. Preto. Branco. Mel. Azul. As tatuagens eram a única coisa que cobria sua pele, além da calça preta e rasgada. Ele levou o baixo para a frente do corpo, sorrindo enquanto fazia isso, jogando a cabeça para trás como se estivesse gargalhando.

Mas, quando admirou a câmera com uma intenção sensual demais para a nossa sanidade, umedecendo a boca para que os fãs tivessem um ataque cardíaco...

— Shane D'Auvray. — A voz rouca e deliciosa pareceu invadir a minha alma. Me remexi em pé, pensando que há pouco tempo ele estava dentro de mim.

Que loucura era ser apaixonada por um rockstar, Deus.

— Nós somos a The M's. Sejam bem-vindos ao melhor show de suas vidas! — eles gritaram juntos. — Oi, *Rock in Rio!*

As luzes finalmente focaram em onde os meninos estavam.

O que eu vi...

Tive certeza de que jamais iria me esquecer.

Carter deu alguns passos à frente, caminhando ao lado de Zane e Shane, que já estavam iniciando *Masquerade*. Os olhares emocionados dos meninos ao verem tantas pessoas foi nítido, o sorriso de Shane e seus olhos molhados me fizeram chorar mais ainda. As meninas estavam aos prantos ao meu lado, e Erin estava prestes a ter uma síncope porque eles abriram com a música que foi feita para ela.

Yan dançou suas baquetas nos pratos, e a voz do meu cantor favorito ressoou dentro e fora de nós.

Os olhos de Shane dançaram por todas as pessoas do imenso complexo, até que ele se voltasse para sua frente, me buscando enquanto seu baixo vibrava o grave nas caixas de som.

Shane umedeceu os lábios quando me encontrou.

Aline Sant'Ana

— Querubim — seus lábios se moveram, e apontou com o queixo para todas as pessoas que estavam atrás de nós.

O orgulho que senti por aquele homem não coube no meu peito.

A sensação de que o amava na mesma proporção em que torcia por sua felicidade não tinha preço.

Toquei nas penas de anjo que estavam nas minhas orelhas e reiterei meu pedindo aos céus, para que aquele sorriso se mantivesse para sempre em seu rosto.

Shane

O público foi ao delírio. As vozes dos fãs sobrepuseram a de Carter em *Masquerade*, a ponto de cantarem por ele. Em algum momento, o vocalista da The M's simplesmente deixou os fãs cantarem por nós, porque era lindo. Cara, era a sensação mais insana da vida. Cem mil pessoas, em coro, sabendo de cor e salteado uma música em outro idioma, simplesmente porque amavam a The M's com cada parte de seus corações.

Enquanto tocava, li algumas faixas feitas para nós. Mensagens fodas de como fizemos algumas pessoas superarem seus problemas, então faixas com **EU TE AMO**, faixas com nossos nomes separados e juntos. Fotos minhas e dos caras. Era o amor incondicional dos fãs que lotaram cada metro quadrado do Parque Olímpico e esperaram até quase uma da manhã para nos verem.

Cantamos mais duas músicas em sequência, sem que conseguíssemos assimilar o show mais grandioso da nossa carreira. Em algum momento, eu só olhei para os caras, e vi em seus olhos o mesmo deslumbre que certamente havia nos meus. Eles estavam emocionados pra caralho, tão orgulhosos de tudo o que conquistamos, tão gratos por sermos um quarteto, que a minha vida, que antes era sem significado algum, pareceu ser imensa.

— Rio de Janeiro! — Carter gritou no microfone assim que terminou a terceira música. Ele passou as mãos no cabelo loiro, jogando-o para trás, e começou a caminhar para a ponta do T, ficando mais perto do público. Lua tinha ensinado uma música para ele, que expressava o amor. Não era rock, mas todo brasileiro conhecia. Quando Carter sorriu contra o microfone, eu sabia que os fãs iriam à loucura. — Como é grande o meu amor por vocês — ele cantou em português, e os fãs gritaram a plenos pulmões. E como se quisessem destruir o nosso coração, eles continuaram a canção:

— E não há nada pra comparar. Para poder lhe explicar. Como é grande o meu amor por vocês! — o coro ressoou.

Fiquei arrepiado e meus olhos se encheram de lágrimas. Por mais que eu soubesse apenas o que significava a parte do Carter, senti o amor naquela música, senti a energia daquelas pessoas.

Merda, eu queria poder me jogar na multidão.

— Que lindo! — Yan, mais treinado por Lua, disse. Nós não tínhamos um tradutor, então nos esforçamos para aprender algumas palavras. O baterista saltou do seu banco e veio para o lado do Carter. Zane e eu esperamos o momento de ficarmos perto do público. Lancei um olhar para a Querubim, que estava com as mãos cobrindo a boca, as lágrimas escorrendo livremente por seu rosto. — Oi, Rio de Janeiro!

— Yan! — gritaram de volta.

— Estou emocionado por estar aqui — Yan se esforçou, o sotaque americano em um português imperfeito. — Quero que saibam que nós estamos vivendo a melhor experiência das nossas vidas hoje. Vocês são incríveis!

— Yan. Yan. Yan! — ecoou a multidão.

— Quero saber se estão prontos para se divertir esta noite! — meu irmão gritou em seu microfone, correndo até os caras. A multidão gritou em resposta. — Não ouvi direito! — disse em inglês.

Todos pareceram entender e gritaram de volta um sim.

Tirei o microfone do suporte e comecei a caminhar lentamente até onde os caras estavam, umedecendo os lábios. Assim que os fãs ecoaram o meu nome, um sorriso despontou automaticamente na minha boca.

— Somos sexy, talentosos e amados por vocês. O que mais queremos da vida? — falei, levando a mão até a frente dos olhos, cobrindo a luz. Vi uma menina em cima dos ombros de um cara, carregando uma faixa com meu nome e apontei para ela. — Sou o seu favorito, né? — brinquei em inglês. Ela começou a pular em cima dos ombros do cara, e eu ri, pela felicidade dela ao ser notada. Fãs são a melhor parte de um artista, porra. Então, desviei os olhos dela e observei a galera. — Prontos para fazer o Palco Mundo tremer? — finalizei em português.

Zane dedilhou a guitarra, nós corremos para nossas posições e iniciamos *Angel*.

Aline Sant'Ana

Carter fechou os olhos ao cantar, e eu apoiei o microfone no suporte enquanto fazia a segunda voz.

Meus olhos foram para a Querubim.

E ela gritou, como eu sabia que faria.

Meu coração acelerou mais do que meus dedos naquele baixo.

Tá fazendo rock com o meu coração, Roxanne Taylor?

Roxy

Uma hora de show e a energia parecia ainda maior do que no início. A The M's sabia cativar o público, de um modo que eu nunca vi na vida. Eles brincavam com os fãs entre uma música e outra, e quando chegou a primeira troca de roupa, e a pausa para beberem água, me arrependi apenas por um segundo de não estar nos bastidores. Queria ver o sorriso em seus rostos, o quanto estavam pilhados, por mais que pudesse sentir a energia no palco... nossa, eu queria abraçá-los.

— Agora eles vão homenagear Miami, não é? — Erin perguntou. — Estou ansiosa por isso.

— Sim, vão. — Kizzie abriu um sorriso. — Foi ideia do Shane, por sinal. É a conexão que a The M's tem com os países latinos.

— Sim, sem dúvida. Há muitos brasileiros em Miami, assim como muitos mexicanos, argentinos, bolivianos, etc... — Lua suspirou. — A família da minha mãe é um exemplo disso.

— Incrível a ideia que o Shane teve — Cahya elogiou. — Os meninos quererem mostrar suas raízes torna tudo ainda mais especial.

— Eu não faço ideia do que eles vão cantar — pontuei. — Vocês sabem?

— Eles esconderam até de mim. — Kizzie riu. — Não me deixaram descobrir as surpresas.

— Não faço ideia também. Eles não fizeram a passagem de som quando ensaiaram ontem. Apenas as músicas da banda. Guardaram a surpresa de toda a equipe, estão fazendo tudo por conta própria — Oliver contou.

Carter arrebentou o coração do público quando subiu ao palco sozinho e cantou *Natasha*, da banda Capital Inicial, inteiramente em português, para prestar uma homenagem ao rock brasileiro. O público foi à loucura e cantou o refrão todinho junto a ele, e foi tão inédito que ninguém esperava. Yan fez o *Rock In Rio* vibrar com *We Will Rock You*, do Queen. E como se não fosse somente um deus nas baquetas, cantou perfeitamente a música como se nascesse para ser o vocalista principal se quisesse.

Zane e Shane, no entanto, tinham preparado algo relacionado a Miami.

E se eu conhecia bem o Shane, ele faria algo que enalteceria a alma latina.

É, aqueles rockstars eram mesmo diferenciados. Carter tinha uma alma tão romântica que tornava seu coração imenso. Yan parecia um CEO que, nas horas vagas, sentava atrás de uma bateria. Zane, talvez, fosse o único rockstar típico, com sua pose de guitarrista e homem complicado. E aí vinha Shane, que pulava como um membro do Red Hot Chili Peppers, na imensa loucura e energia de ser um roqueiro mundialmente conhecido, mas sabia dançar como um amante latino.

As luzes do Palco Mundo ficaram vermelhas.

— Eles estão chegando! — Kizzie buscou a minha mão, apertando-a como se precisasse de apoio.

É, eu a entendo. É difícil demais gostar de um D'Auvray.

Sorri para ela, mas minha atenção foi desviada para o palco novamente quando a batida grave de uma música que eu conhecia muito bem soou. Zane dedilhou a guitarra, indo para o centro do palco, e cada pessoa gritou com toda a potência vocal que possuía.

— Eu sou britânico, mas fui criado em Miami — Zane falou em inglês. — E não poderíamos deixar de homenagear a cidade que nos acolheu, a cidade que nos possibilitou sermos rockstars, que se abriu ao nosso rock do mesmo jeito que se abriu à salsa, ao samba, ao blues... Nós amamos Miami e precisávamos trazer um pedaço dela para vocês. Estão prontos?

O público gritou em resposta.

A música foi um sucesso em Miami, e misturava a guitarra com a música latina da forma mais perfeita; não poderia haver outra música para representar a junção de Zane e Shane, os irmãos que eram tão semelhantes e tão diferentes ao mesmo tempo.

Zane fez a guitarra chorar, assim que terminou a introdução.

A multidão enlouqueceu.

O dedilhado era perfeito, exatamente como Carlos Santana fazia. Se alguém, um dia, duvidou do talento daquele guitarrista, calaria a boca naquele segundo.

Aline Sant'Ana

— Dança comigo, Brasil. Eu sei que vocês conhecem essa. — Fez uma pausa e ergueu as sobrancelhas, abrindo os braços. — *Oh, Maria, Maria. Ela me faz lembrar de "Amor, Sublime Amor"*— Shane cantou, e a luz se acendeu sobre ele, a voz melodiosa e rouca, perfeita para a música, fez o Parque Olímpico vibrar. O público cantou o resto e Shane abriu um sorriso imenso quando viu que tinha a atenção de todos. Segurou no suporte do microfone e começou a se remexer de um lado para o outro, fechando os olhos.

Dançando.

Em casa.

Tinha colocado apenas a calça jeans que escolhi para ele, branca, com rasgos aqui e ali. A bandana vermelha, no limite de sua testa, deixava o cabelo arrepiado para cima. Sem camiseta, suas tatuagens brilhavam pelo suor.

Sexy do jeito que o diabo gosta.

Zane dedilhou a guitarra e Shane tirou o microfone do suporte e foi para o lado do irmão, sua voz dançando nos alto-falantes, por baixo da minha pele. Ouvi-lo, somente ele, era a coisa mais sensual que já vi. Zane abriu um sorriso quando Shane passou o braço em seu ombro, sem parar de fazer a sua guitarra cantar com seu caçula. Meus olhos sorriram para os dois, assim como o meu coração.

— *Vejam a mim e Maria na esquina. Pensando em maneiras de subir na vida.* — Shane caminhou com Zane ao seu lado, sem parar de cantar, indo para a frente do palco, tão perto de mim que quase pude tocá-lo. Inspirei fundo quando Shane dançou de um lado para o outro, rebolando o quadril como se fosse feito de mola. As mulheres foram à loucura e Zane riu, cantando sua parte da música, o microfone ao lado do rosto para que pudesse ter as mãos livres.

— Deus, eu não tenho psicológico para esses dois! — Kizzie gritou.

— Quem tem, meu amor? — Lua gritou de volta.

Shane se sentou no palco, os pés pendendo do lado de fora. Seus olhos vieram para mim, enquanto Zane fazia a sua guitarra de segunda voz. Meu melhor amigo abriu um sorriso malicioso, provavelmente porque meus olhos ardiam em fogo, e cantou a parte da música que ele *sabia* que fazia meu coração dançar.

— *Maria, você sabe que é a meu amor. Quando o vento sopra. Consigo senti-la através do clima. E mesmo quando estamos separados. Parece que estamos juntos, Maria.* — Ele esticou a mão, tocando a ponta dos meus dedos, e umedeceu os lábios quando se levantou.

Tudo bem, o que o universo queria que eu fizesse?

Sempre foi você

É sério que existe a possibilidade de alguém não se apaixonar por isso?

Por Shane D'Auvray?

Shane finalizou a música, dançando daquele seu jeito latino, tão diferente do Zane, que era um roqueiro da cabeça aos pés. Os fãs, exaltados de felicidade, começaram a chamar os dois e dizer que os amavam. Assim que as luzes mudaram e o solo do Zane acabou, o guitarrista, emocionado, jogou sua Fender para trás do corpo e abraçou o irmão com tanta força que Shane deu dois passos para trás. Ele bateu nas costas do Shane, várias vezes, afundando o rosto no ombro do caçula. Vi que Zane disse algumas palavras, se afastou e segurou as laterais do rosto do irmão, colando sua testa na dele. O microfone capturou quando Zane disse que eles eram do caralho.

— Nós amamos vocês! — os fãs gritaram, assistindo à emoção dos irmãos, que pareciam em um momento de gratidão por aquele instante, por terem um ao outro.

Meu coração ficou tão pequeno, tão apertado.

— Não vou sair viva desse show. — Cahya respirou fundo.

— É, não vamos mesmo. — Pisquei, sentindo as lágrimas me domarem pela milésima vez naquela noite.

Shane me procurou quando lançou um olhar sobre o ombro, os olhos vermelhos de emoção. Sorriu e me deu uma piscadinha. Ele sabia bem o quanto eu gostava daquela música, e deveria imaginar como estava a emoção presa na minha garganta.

— Amo você — ele moveu os lábios, antes de as luzes se apagarem completamente.

Merda, Shane.

Merda.

Shane

Pulei com o baixo o mais alto que consegui, fechando *Angel* no bis com toda a minha alma. Os fãs fizeram o palco tremer com sua demonstração de carinho, às três da manhã, assim que Yan bateu no prato, encerrando oficialmente a apresentação.

384

A energia e a força que o público nos deu foram a maior loucura, a maior aventura, de toda a minha vida.

Era a certeza de estarmos no caminho certo, a ausência de dúvidas de que éramos os melhores roqueiros de todos os tempos. A confiança que aquilo nos trouxe, como se nada pudesse nos derrotar, como se ninguém mais pudesse nos tocar.

A The M's parecia imensa.

Nos abraçamos, chegando perto do público, agradecendo imensamente por terem nos visto, por terem curtido o show ao nosso lado.

Meus olhos marejaram.

E os fogos de artifício começaram a estourar no céu, pintando-o de inúmeros tons, de energia, de felicidade, de comemoração.

Caralho, saí do palco pulando, abraçando os caras, gritando sobre o quão foda éramos. Todas as músicas da The M's foram cantadas pelos fãs, não havia uma canção desconhecida. Eram milhares de pessoas na mesma *vibe* que a nossa; nada conseguiria se comparar a isso.

Músicas salvam vidas.

Mas a verdade é que os fãs *nos* salvaram.

— Porra! Porra! Porra! — Zane gritou, rouco, vibrando tanto que ninguém conseguiria contê-lo.

— Cara, não tô acreditando nisso! — Carter caiu de joelhos no chão, a produção nos dando toalhas, água, mas, cara... a gente nem conseguia se situar. Os fogos ainda explodiam no céu, e sentíamos isso na alma, na pele, em cada centímetro, caralho.

— Eu ainda estou tremendo. — Yan riu, mostrando as mãos para nós. Seus olhos percorrendo nossos rostos. — Vocês têm noção do que acabamos de viver?

— O melhor dia da minha vida, caras. É simplesmente isso. O dia mais incrível da porra da minha vi... — arfei, e então fui coberto por uma avalanche chamada Roxanne Taylor.

Ela pulou em mim de uma só vez, sem que eu fizesse ideia de que a minha Querubim estava nos bastidores, só esperando o show acabar. Sua boca cobriu a minha e levou apenas um segundo para que eu entendesse o que diabos tinha acontecido.

Mulher, você me quebra.

Sempre foi você

Gemi assim que senti sua língua rodando em volta do meu piercing, agarrei sua bunda, caminhando às cegas, seu beijo varrendo o último resquício de sanidade que eu tinha. Roxy arranhou o tigre nas minhas costas, se apoderando de mim, do meu suor, da energia, da loucura que eu sentia. Suas pernas se apertaram ainda mais na minha cintura, ondulando o quadril enquanto sua língua desbravava a minha boca. Porra, eu estava tão quente e molhado de suor, mas ela não pareceu se importar. Me recebeu com insaciedade, como se aquele fosse o nosso último beijo antes do mundo acabar. Apertei sua bunda com mais força, entregando tudo o que exigia de mim, e no momento em que mordeu meu lábio inferior, puxando o piercing levemente, ela sorriu.

— Parabéns, Tigrão — disse, se afastando, as lágrimas descendo. — Estou tão orgulhosa de você que precisei demonstrar o quanto.

A produção, as pessoas, a The M's, suas garotas, o segurança, sua esposa e o segundo empresário...

Eu não vi porra nenhuma.

Só aqueles olhos carregando mil estrelas, brilhando para mim, enquanto meu coração percebia que eu nunca poderia viver sem ela.

Eu dividi a minha vida inteira com aquela mulher e queria dividir todo o resto que se seguiria também.

Vinte e dois anos que me conhecia, conhecendo-a também. Descobrindo coisas sobre mim mesmo e sobre a garota que vivia ao meu lado. A garotinha que colava saias de crepom, brincava de Barbie, chorava por um ralado no joelho e depois por meninos.

Você sempre foi minha, não é?, perguntei mentalmente, estudando seus olhos, estudando o rosto que, ao fechar os olhos, eu sempre via.

— Obrigado. — Escorreguei o olhar para sua boca. — Vem dar uma volta comigo?

Ela franziu a testa.

— Temos um voo para pegar e...

Cobri sua boca, meus lábios dançando nos seus quando sussurrei:

— Uma pausa no tempo.

Eu precisava de um momento a sós com Roxanne.

— Tudo bem — respondeu, e roubei um selinho dos seus lábios.

— Tudo bem, então — sussurrei de volta.

Aline Sant'Ana

Follow your dreams

CAPÍTULO 34

Never thought we'd ever have to go without
Take you over anybody else, hands down
We're the type of melody that don't fade out
Don't fade out, can't fade out

— One Republic, "Didn't I".

Roxy

Shane pegou o carro alugado, e Mark, em outro veículo, nos seguiu pelas ruas sem um destino certo. Pelo GPS, vi que descemos em direção à Barra da Tijuca. A praia de um lado, o mato do outro. Nada daquilo importava.

Éramos nós dois.

E o fim.

Meu melhor amigo ainda estava suado, sem camiseta, com a calça jeans branca e a bandana vermelha. Mas nunca o vi tão lindo, tão feliz, tão satisfeito com a vida como naquele segundo.

Tudo o que ele precisava era se sentir amado. Parecia uma coisa tão básica do ser humano, ser aceito, ser reconhecido, ser acolhido. Ele tinha todo o amor do mundo da família, mas sempre se sentiu um ponto fora da curva. Seu pai era um sucesso, sua mãe, a pessoa mais amorosa do mundo, Zane, a cada mês, se tornava mais rico. Shane nunca precisou assumir para mim, mas constantemente se comparava. E quando tudo com a Melinda aconteceu, quando o deixou, todas as inseguranças somadas às drogas quebram-no ao meio.

Vê-lo recuperado, sentindo o que tanto lhe faltava, fazia meu coração dançar.

E, em parte, eu sabia que a carta aberta que criamos juntos no Facebook, na página oficial da The M's, contando a respeito do seu envolvimento com drogas e o tratamento, o ajudou a virar a última página em relação às drogas, à família, às comparações e a se sentir menos do que era.

Mas não sobre a Melinda.

Era como se todas as partes da vida de Shane finalmente estivessem alinhadas, exceto o seu passado. Eu via a sombra em seus olhos, o medo na tensão dos seus músculos, as cicatrizes da sua alma.

Sempre foi você

Por isso, meus pés estavam presos ao chão. Acabaríamos naquela noite, eu choraria tudo o que tinha para chorar no chuveiro e depois ficaríamos bem, certo? Quantas vezes me apaixonei e tive de me desapaixonar por Shane? Aquela era só uma das vezes, como todas as outras. Teria meus olhos voltados para ele apenas como uma amiga, me envolveria eventualmente com outro cara que despertasse o desejo, a paixão... Droga, eu era *tão* nova. Vinte e dois anos, perto de ter um diploma, tantos sonhos para construir e...

— Só que, ao invés de três lanches, ela só come um. Eu que sou faminto pra caralho mesmo. — Shane sorriu, falando com a moça do drive thru, em inglês, que o compreendeu perfeitamente. Estávamos parados, pedindo um lanche. Para ele, três, para mim, apenas um.

Como sempre fazíamos.

Àquela altura, estava certa de que tínhamos andado com o carro mais do que deveríamos. Estávamos longe do *Rock In Rio*, as luzes do farol de Mark atrás de nós. Shane não parou para comermos, ele continuou dirigindo e fomos indo assim, sem rumo. Enquanto eu colocava uma batata em sua boca e uma na minha, pensei que aquilo era tão nós, tão algo que faríamos em Miami antes do Shane ser famoso.

A batata ficou presa na garganta, quase como se fosse difícil descer.

Tomei um gole do refrigerante e levei o canudo para a boca do Shane, enquanto ele tranquilamente dirigia pelas ruas.

Era nisso que eu deveria focar. Em quem fomos, não em quem éramos *agora*. Continuávamos com a nossa sincronia, com nosso carinho um pelo outro.

O sexo e o amor...

Não era tudo.

— Porra, qual foi sua parte favorita? — Os olhos dele brilharam enquanto comia a batata. Assim que engoliu, abriu o lanche, daquele jeito meio foda-se dele e, em uma mordida, arrematou a metade. Sorri, porque às vezes ele parecia tão mais novo do que era. E sua ansiedade surgia também na forma veloz que comia.

— *Maria Maria*. Ainda pergunta? — Abri mais os olhos.

— Sim, você lembra quando dançamos... acho que foi naquele restaurante meio boate de Miami? — Shane deu uma segunda mordida e o primeiro lanche se foi. Ele abriu o segundo, e eu dei a ele mais algumas batatas e refrigerante, enquanto comia também. — Coloca o cinto, Querubim.

Aline Sant'Ana

— Estamos a cinquenta por hora.

— O cinto — exigiu. Me atrapalhei um pouco com os pacotes e os lanches, mas fiz o que Shane pediu. Olhei para ele, e vi que também estava seguro. — Então, seus pais foram conosco, os meus também, aquele dia foi tão foda...

Relembramos alguns momentos juntos enquanto comíamos, mas havia algo que não se encaixava, certa tensão em seus músculos, especialmente nos braços, que seguravam o volante com mais força do que deveria. O maxilar de Shane estava saltado, ele estava falando rápido demais, então me lembrei de que a nossa pausa no tempo deveria durar apenas cinco minutos, e não uma volta por todo o Rio de Janeiro.

— Tudo bem, o que está acontecendo? — perguntei, estreitando os olhos.

— O quê?

— Você disse que queria uma pausa no tempo, estamos na pausa no tempo.

— Porra, sempre usamos esse momento para ficarmos juntos.

— Mas agora tem algo diferente — chutei.

— Tem. — Uma veia saltou em seu pescoço.

— Tudo bem... — Minha voz desceu um tom, quase como se eu sentisse que estávamos pisando em um terreno perigoso. — Vamos ter a conversa que adiamos?

Parecia que uma vida havia se passado desde que começamos um diálogo sobre o que estávamos vivendo e fizemos uma pausa, mas essa viagem pelo Brasil durou apenas alguns dias. *Deus, uma vida cabe mesmo em alguns dias.* Subitamente entendi Erin e Carter, Zane e Kizzie, Yan e Lua, Mark e Cahya... você pode viver em algumas semanas a experiência que nunca teve durante toda a sua existência.

Engoli em seco.

— É. — Shane tirou a bandana da testa, como se o incomodasse, e jogou no banco de trás. Ele passou os dedos pelo volante, acariciando-o, como se isso o ajudasse a pensar. — Eu começo.

— Tudo bem.

— Certo.

Ele ficou em silêncio.

— Shane, nós já conversamos sobre as coisas mais loucas desse mundo — tranquilizei-o, automaticamente me tranquilizando também. Meu coração estava

Sempre foi você

batendo no ponta da língua, quase saindo, enquanto a comida parecia revirar no meu estômago. — Falar sobre nós dois não deveria ser tão difícil e...

Sua mão buscou a minha, ele entrelaçou nossos dedos e me lançou um olhar.

— Você sabe o quão importante é pra mim, Querubim? — soltou de uma vez, as íris afiadas no meu rosto.

Deus, por favor.

Ele desviou o olhar para as ruas, me permitindo respirar.

— Sei.

— Não — negou, estalando a língua no céu da boca. — Você não sabe. — A mão saiu da minha e apertou a minha coxa esquerda, como se quisesse ter certeza de que o entendia. — Você me passa segurança, mas também me faz andar numa corda bamba. Eu sei tudo o que você está pensando sobre qualquer coisa no mundo, exceto sobre nós dois. Quando olho pra você, sinto que vou te perder. Porra, é como se você estivesse na porta de um avião agarrada ao paraquedas, só esperando pular pra bem longe de mim.

— Você nunca vai me perder. — Franzi a testa. — Somos melhores amigos.

Shane fez uma pausa.

One Republic começou a tocar na rádio, baixinho ao fundo.

Prendi a respiração.

— Somos? — A língua de Shane passou em seu lábio inferior e ele deu uma risada rouca, incrédula. — Somos mesmo?

Eu tinha tudo para agarrar aquela pergunta como se fosse o último fio de esperança que me restava a respeito de termos algum tipo de envolvimento, mas meu coração não quis aceitar. Não quis aceitar *tão* pouco. Se Shane quisesse mesmo ter essa conversa, ele ia ouvir todas as minhas ressalvas, nós íamos colocar tudo na mesa, sem achismo, sem suposição, sem que nada mais fosse lido nas entrelinhas.

— E dá para sermos mais do que isso? — rebati, embora me quebrasse ao meio.

SHANE

Aline Sant'Ana

Espera, o quê?

Arregalei os olhos, meu peito apertado. De todas as coisas que imaginei, isso eu *definitivamente* não esperava. Havia mágoa em seus olhos, mágoa em sua voz, quase como se cruzar essa linha de envolvimento fosse demais.

Eu estava certo o tempo todo.

Roxanne estava mesmo à beira de saltar do avião com o paraquedas.

Por quê?

Não, porra. Eu não poderia perdê-la.

Senti meus músculos ficaram tensos, as lágrimas pinicaram, mas continuei dirigindo, duro da cabeça aos pés.

— O que quer dizer? — falei, tentando manter a tranquilidade. — Porra, eu... eu quero entender o que vivemos.

Cada dia, cada momento, cada beijo, cada toque. A surpresa que fiz para ela, a primeira vez que recriamos. Os shows, os passeios, cada instante desses dias, não significaram merda nenhuma?

Algo estava errado, meu cérebro avisou.

Algo estava errado, meu coração sangrou.

— Não foi o combinado? — A voz de Roxy pareceu surpreendentemente calma, o que me deixou arrepiado e gelado, por mais que fizesse mais de trinta graus lá fora. — Eu quis passar uma noite com você, e você disse que íamos viver o que tivéssemos que viver até a viagem acabar. Combinamos assim, sem sentimentos, sem expectativas, sem nada além de alguns dias juntos. Em suas palavras: "quando entrarmos no avião, seremos amigos de novo". — Ela não estava irritada, mas parecia determinada demais a colocar esse ponto às claras. *Caralho, eu disse isso mesmo?* — Ou *eu* entendi errado?

— Porra, foi o que combinamos. Mas não mudou nada para você?

Roxy riu, mas foi a risada mais triste e trágica que ouvi em toda a minha vida. Pude ouvir o choro em sua voz, por mais que nenhuma lágrima caísse em seu rosto.

— Shane, eu te conheço a vida inteira. Antes de viajarmos em turnê, havia prostitutas no seu apartamento. Quando fez a proposta de sermos mais do que uma noite, sem complicações, você queria que eu esperasse... algo a mais?

— Não. — E não menti.

Sempre foi você

— Exatamente. Você quis só o sexo e foi isso que fizemos. Se fosse com qualquer outro homem, seria a mesma coisa. E se você estivesse me aconselhando a viver isso com outro, me pediria para não criar sentimento. Tô errada?

Apertei o volante com mais força.

— Tá me dizendo que não sentiu nada? É sério? — Virei-me para ela. — Tá dizendo que colocou seu coração numa caixa e só transou comigo como se eu não fosse... como se a gente não fosse... — *Nada*, mas não acrescentei, porque eu não podia.

— Não é o que você faz? — Ela pareceu ofendida por um segundo. — Se envolve com as pessoas, garante que tem um coração machucado demais para querer alguém, e afasta todo mundo?

— Você definitivamente... caralho, Querubim. É sério mesmo isso?

— É bem sério.

Ficamos em silêncio e eu arrematei:

— Então, não somos nada?

— O que quer ouvir de mim, Shane? — Sua voz ficou mais alta. — Que eu senti tudo o que nunca senti com outro? Porque, droga, você sabe muito bem a resposta. — As lágrimas ousaram cair, minha mão ainda em sua coxa, por mais que eu sentisse um abismo se formando entre nós. A confissão dela me rasgou ao meio. — Senti e sinto durante toda a minha vida. Cada maldito dia amando você, esperando você, querendo você, mesmo sabendo que é a única pessoa que não posso ter. E não, eu não estou te culpando por não ter retribuído anos atrás, porque sentimento não se cobra, se vive. Só estou te perguntando... o que você *queria* que eu fizesse? Depois do que me disse, depois da barreira que criou entre nós dois? Queria que eu criasse mil expectativas apenas para me partir ao meio? Então, sim, eu senti absolutamente tudo, mas mantive os pés no chão, porque, de todas as pessoas que existem no mundo, você é a única que pode me quebrar.

O silêncio me cobriu como se fosse uma avalanche. Meu coração acelerou. *Ela sentia... a vida inteira?* Um fio de esperança dançou no meu estômago. *Ela estava apaixonada por mim*, meu cérebro dizia. Porra, sim, eu a queria tanto que doía, a queria tanto que mal conseguia raciocinar.

Mas o que parecia tão errado, cacete?

Claro que nós dois não íamos nos resolver como qualquer outro casal. Claro que a gente ia brigar. Brigávamos pela porra de um lugar no sofá quando éramos crianças, brigávamos por ciúmes, brigávamos por atenção.

Aline Sant'Ana

Nós éramos melhores amigos...

Você tá apaixonada por mim e tá me xingando, Querubim?

— Você tá me ouvindo? — Umedeci os lábios. — Porra, eu tô dizendo que não somos *só* amigos.

— Até quando? — Roxy jogou.

Os pelos do meu corpo se arrepiaram.

O que havia por trás disso tudo? Por que Roxy estava tão na defensiva?

— Quer outro prazo? — Minha voz subiu um tom. — Quer que eu diga que vou gostar de você de segunda à sexta-feira? O que tá rolando?

— Você pode ser meu totalmente? — Ela soluçou e foi como se eu tivesse recebido um tiro no peito. *Merda, eu tinha que parar o carro e abraçá-la. Dirigir assim, cacete, não estava dando certo.* Levei a mão até seu rosto, sem vê-la, secando suas lágrimas, o coração partido. — Pode ser meu por inteiro, com tudo o que você tem? Não é o prazo o problema, é a entrega.

— O que está dizendo, Querubim? — sussurrei, virando-me para ela, por um segundo, observando seus olhos no tom mais gelado de azul. Lágrimas começaram a descer por seu rosto. Eu queria pegar a sua dor e jogá-la pela janela do carro. Queria nos colocar numa redoma de vidro, longe de todas as feridas que faziam parte da nossa história. — O que tá acontecendo, amor?

— Eu mereço ser mais do que a sua segunda opção.

Nesse segundo, eu a entendi.

Como se toda a nossa história se desenrolasse, e as peças de um quebra-cabeça se encaixassem. A venda saiu dos meus olhos e eu pude enxergar... o quanto a machuquei.

"Senti e sinto durante toda a minha vida. Cada maldito dia amando você, esperando você, querendo você, mesmo sabendo que é a única pessoa que não posso ter."

Todas as vezes em que não dei um passo, afastei a possibilidade de sermos um *nós*. Cada beijo que desejei dar, cada eu te amo que disse, sempre levando para o lado da amizade. A minha negação, o meu pavor de perdê-la, somado ao tanto que Melinda me machucou...

Foi naquele instante que percebi o quanto a nossa dor pode ferir outro alguém.

Sempre foi você

E não qualquer alguém.

Mas Roxanne Taylor.

Se os sentimentos pudessem nos fazer sangrar, eu estaria com uma hemorragia interna.

Acreditei que Roxanne sempre me olhou como um amigo porque eu era fodido demais para que ela enxergasse a beleza das minhas sombras. Mas justo ela, a menina que eu mais queria proteger, viu a minha autodestruição com relacionamentos de merda e drogas. Me viu beijando uma, duas, três garotas.

Ela sempre me amou e eu sempre a quis.

Mas nunca encontramos o caminho até o outro.

Apertei o volante com força, querendo achar um lugar para parar o carro, mas era tudo um imenso breu, uma tremenda escuridão naquela parte da Avenida Lúcio Costa.

— Você fez uma promessa de que amaria Melinda pelo resto da sua vida e frisou, durante todos esses anos, que seu coração pertencia a ela e a mais ninguém. Eu assisti você se partir ao meio por causa dela e, até alguns dias atrás, você não se envolvia porque garantia que seu coração sempre estaria ocupado. Isso mudou, Shane?

— Roxanne...

Ela cobriu o rosto com as mãos, soluçando tanto que me odiei por nos levar para um lugar em que não podia parar o carro, não podia abraçá-la, nem garantir que tudo ficaria bem.

Merda, merda, merda...

— Então, vou refazer a minha pergunta. — Fungou, a voz tão baixa que meus ossos estremeceram. — Você realmente pode ser meu com tudo o que tem ou vai sempre esperar a Melinda voltar?

Era *isso* que estava errado, o que nos prendia, o que causou toda aquela discussão.

Naquele momento em que Roxy abriu sua alma, eu não pude fazer nada além de abrir a minha também.

Estávamos nus, pela primeira vez, sem nada para nos mascarar.

Me veja, Roxanne. E me diga se ainda será capaz de me amar.

— Melinda nunca vai voltar, Querubim. — Respirei fundo. — Ela está morta.

Aline Sant'Ana

Um clarão me cegou.

Em seguida, houve um forte impacto, me fazendo cair em completa escuridão.

CONTINUA EM

Sempre foi você

AGRADECIMENTOS

É difícil colocar em palavras. Estamos no penúltimo livro da série Viajando com Rockstars, e o Shane e a Roxy foram uma montanha-russa. Vou tentar ser breve nesses agradecimentos, porque quero deixar o melhor para o final. Primeiramente, à minha Editora Charme, por ter abraçado essa série com tanto carinho desde o primeiro dia. Vocês confiaram em mim. E nem o maior abraço do mundo seria o suficiente para agradecer.

A Verônica, por me ouvir de madrugada e por cuidar desses rockstars com responsabilidade, carinho e amor. Mas especialmente por me auxiliar tanto na construção desse enredo e nunca soltar a minha mão. Seus olhos e sensibilidade fizeram esse livro ser o que é. Obrigada!

Ingrid, por ter me aguentado por anos falando desses garotos e por sempre me ajudar a sair de todas as saias justas que eles me enfiavam. Obrigada! Sua atenção e cuidado foram imprescindíveis. E, ah! Shane e Roxy têm o seu bom-humor, mas isso você já sabe...

Agradeço DEMAIS às meninas que me aguentaram mais de perto durante a criação desse livro, que me ajudaram com as cidades. Cada leitora que se disponibilizou a me enviar links, mensagens, prints, roteiros... Esse livro não teria saído sem vocês. Gratidão imensa! Em especial também a todas as minhas "Santinhas". As meninas do grupo do WhatsApp, Facebook e Instagram. Vocês são maravilhosas! Um beijo para a Patrícia, Déborah e Camila, obrigada por estarem tão perto, mesmo estando tão longe.

Às blogueiras que divulgaram esse livro e aguardaram tão ansiosamente, por anos, esse casal chegar. Obrigada pelo trabalho de vocês.

Meus amigos queridos Pedro, Luma, Sayonara, Juliana e Raíssa. Vocês são uma bênção nos meus dias.

Por último, mas, definitivamente, não menos importante: minha família. Obrigada por terem "ouvido" cada capítulo, por terem construído Shane e Roxanne comigo. Por amarem eles como se fossem reais, por acreditarem nesse sonho. Eu amo vocês, mamãe e irmã. Vovó, obrigada por aparecer nos meus sonhos e continuar me garantindo que tudo está bem.

Aline Sant'Ana

Obrigada a você que leu até aqui. Que se apaixonou por Shane e Roxy. Aguardem muito amor no segundo livro para compensar o susto.

Amo vocês!

Nos vemos na linha de chegada,

Sempre foi você

Aline Sant'Ana

Entre em nosso site e viaje no nosso mundo literário.
Lá você vai encontrar todos os nossos
títulos, autores, lançamentos e novidades.
Acesse www.editoracharme.com.br

Você pode adquirir os nossos livros na loja virtual:
loja.editoracharme.com.br

Além do site, você pode nos encontrar em nossas redes sociais.

 https://www.facebook.com/editoracharme

 https://twitter.com/editoracharme

 http://instagram.com/editoracharme

 @editoracharme